小孩你过来 著

大魔术师

青岛出版社
QINGDAO PUBLISHING HOUSE

图书在版编目（CIP）数据

大魔术师 / 小孩你过来著. -- 青岛 ： 青岛出版社，
2018.6
ISBN 978-7-5552-6631-0

Ⅰ．①大… Ⅱ．①小… Ⅲ．①言情小说－中国－当代
Ⅳ．①I247.5

中国版本图书馆CIP数据核字(2018)第012599号

书　　名	大魔术师
著　　者	小孩你过来
出版发行	青岛出版社
社　　址	青岛市海尔路182号（266061）
本社网址	http://www.qdpub.com
邮购电话	010-85787680-8015　13335059110
	0532-85814750（传真）　0532-68068026
责任编辑	郭林祥
责任校对	耿道川
特约编辑	李金旺
装帧设计	苏　涛
印　　刷	三河市南阳印刷有限公司
出版日期	2018年6月第1版　　2018年6月第1次印刷
开　　本	16开（700mm×980mm）
印　　张	20
字　　数	241千字
书　　号	ISBN 978-7-5552-6631-0
定　　价	59.80元

编校印装质量、盗版监督服务电话　4006532017　　0532-68068638
建议陈列类别：畅销·青春小说

目录
CONTENTS

大魔术师

目录
CONTENTS

大魔术师

第一章
混进大魔术师的家

记得小学时有一篇命题作文叫《我的理想》，大多数同学都写长大以后当老师或医生，燃烧自己照亮别人什么的。乔芊也大胆地写出了自己的理想。

> 我的理想是要当一名优秀的大魔法师，把一张白纸变成钞票，把一块砖头变成金砖，把讨厌的同学变成小强，把上学时间改到下午，作业全免，让这无趣的世界充满爱！

老师是这样批注的：在实现梦想之前，先用召唤术把你的家长请到老师的办公室来。

童年的梦想通常不切实际，但不代表不可能实现，生于造梦的时代，只要敢于吃苦不畏艰辛，便放手去做，失败并不可怕，可怕的是依旧选择不务正业的那一小撮分子。

A市，山峦叠起间屹立着一座别墅，别墅里住着一位神秘的大魔术师，此人姓郝……

"侬好，请问郝师傅在伐？"乔芊第十八次登门造访。

"郝先生正在各地巡演，请问你有何贵干？"管家虽然听不懂上海话，也无法透过可视电话看清女孩的容貌，但认得出她的声音，她已用四川话、东北话等各地方言企图混进来。

"个么侬可以把郝师傅额电话给吾伐？"（那您可以把郝大师的电话给我吗？）

"你再不讲普通话我可挂了。"

"别价啊阿姨，您就让我见见郝大师吧，我知道他前天就回国了，拜托拜托。"乔芊对着可视电话作揖，无意间将"方言翻译器"晃在屏幕中。

"抱歉，没有郝先生的允许我不会让你进来。"

乔芊见管家一如既往的冷酷无情，顿时捂住肚子哎哟哎哟惨叫。

这时，一男子骑山地车路经此地，停在她身后。

"阿姨，我肚子疼，借用一下洗手间总可以吧？"她显现在屏幕中的表情很痛苦。

"往前走十米有公厕。"男子好心提醒。

乔芊脊背一僵，急忙按住屏幕和听筒，转身看向身穿运动服、头戴棒球帽和墨镜的男人。

"少管闲事，走走走。"

男人耸下肩，在蹬起山地车离开之前，夺过听筒对管家说："她在装病。"继而挂断电话。

"……"乔芊望向远行的身影，活动活动脚踝，跟小猎豹似的冲刺而出，一把抓住车架，"干了坏事还想跑？你给我下来！"

男人也不回头，一脚踩地，慢条斯理地喝着矿泉水。

乔芊双手环胸绕到男人身前，以防他肇事逃离，紧攥车把质问道："你在无形之中破坏了我完美的计划知道吗？！"

"我是蓄意的。"男人摘下帽子甩了甩汗珠，不耐烦地说："哪儿来的回哪儿去，郝大师对未成年少女不感兴趣。"

乔芊嗤之以鼻，不过也不怪这人误会，毕竟郝佑鸣是名声大噪的帅哥魔术师，投怀送抱的美女自然不少，单她在别墅门外撞见的女粉丝没有十个也有八个。

"肤浅，我是来拜师的。"

男人干笑一声，"这借口早就被人用滥了，还不如说应征当暑期工。"

说者无心听者有意，乔芊暗自打个响指，还真是哈，趁着暑假至少可以赖在这里两个月，偷师什么的貌似也可行！

"谢了，你拆穿我的事一笔勾销，去玩吧帅哥。还有，希望我们不要再见面了，不准跟踪我。"她豪迈地拍了下男人的肩膀，随后欢蹦乱跳地打开车门，开起她的MINICooper离开别墅。

廖尘付之一笑，掉转方向骑回别墅，进门便看到郝佑鸣正坐在沙发上看报纸。

"师父早。"

"早。"郝佑鸣抿了口咖啡，翻到某一页时不由得拧起眉。廖尘看他的表情就知道报纸上又写了有关师父与哪位女明星的绯闻，随口安慰道："不必太在意，认真你就输了。"

"这些记者搞什么，为什么不拍我的左脸？左侧更帅。"郝佑鸣侧头展示给廖尘看。

廖尘缓慢地眨了两下眼，刚准备回房冲澡，郝佑鸣又说："一起吃早饭。"

廖尘的步伐戛然而止，斩钉截铁地回："我不饿。"

"一刻钟后餐厅见。"

空调呼呼吹着冷风，廖尘的额头却流下几滴汗，因为据他对师父的了解，师父肯定会在就餐时随便变个魔术让他破解。一旦破解失败，后果相当严重。

洗完澡，廖尘走进餐厅，发现郝佑鸣面前摆了个十来斤重的大西瓜，行内人都知道物品越大越难"凭空消失"，所以他真想掉头就跑。

"过来吃西瓜。"郝佑鸣一抬手取出一把切瓜刀。

"吓我一跳，我还以为师父要让我……"

话没说完，切瓜刀在郝佑鸣的手中消失，"刀在你身后，看到了没？"

"……"廖尘扭身看去，那把刀就在他身后刚走过的地板上，他擦了把汗，跟郝佑鸣生活在一起压力非常大！

"答案。"

他被郝佑鸣那双眼睛盯得发毛，"对了师父，今早有个女孩来拜师，长得可漂亮了。"

郝佑鸣看向壁钟，"你还剩下十三分钟破解机关。"

廖尘捡起刀审视，刀柄上并没有捆绑肉眼难辨的细鱼线，也就是说这把刀没有机关，即便有，师父手里的刀藏哪儿了？速度之快令人眼花缭乱。

时间分分秒秒流逝，郝佑鸣一手托腮，一手轻敲桌面，餐厅内弥漫着挥之不去的压抑气流。

"我猜有两把刀。"

对于这种毫无技术含量的答案，郝佑鸣选择沉默。

正当廖尘抓耳挠腮时，女管家带领一名身着家政服装的女孩走过来，女孩戴着黑框眼镜，走路姿态规规矩矩。

"郝先生，这是家里刚聘请的清洁工，叫乔芊，专门负责打扫洗手间。"女管家当然记得这女孩三番五次上门求见郝佑鸣，管家本该一口拒绝她应聘的请求，但听到女孩凄惨的身世之后，不免动了恻隐之心。

廖尘歪头看着乔芊，这女孩还真跑来当保姆了？

乔芊见到廖尘在此也受到不小的惊吓，但尽可能做到临危不乱，她故作怯懦地低下头，鞠躬行礼，"您好郝先生，我去工作了。"

郝佑鸣应了声，一抬眼皮见廖尘正目不转睛地望着清洁员的背影。

"还有三分钟。"

"师父，我不是在岔开话题，她……"

郝佑鸣不知道何时又取出切瓜刀，边切西瓜边问："这就是你口中的很漂亮？怪不得参不透魔术中的奥妙，眼神不济还想当魔术师？要不要我帮你在眼科挂个号……"

廖尘垮下肩膀，每每都是如此，只要解不开谜底，一定会被师父损得体无完肤没脸见人。他严重怀疑师父原本的目的就是为了变着花样为难他。

另一边——

乔芊高举马桶刷子站在盥洗台前欢呼雀跃，终于混进大魔术师的地盘了！她一定要学会出神入化的魔术手法，然后，当一名逢赌必赢的千王之王！

至于为什么有正儿八经的职业不选偏偏要当老千呢？乔芊面朝镜面快速挑眉，当然是为了应战那老谁家的小谁呗。

婚姻大战，关乎乔家的利益与声誉，关乎她的未来，伤不起更输不起！

乔芊望天，要说她家长辈真够"草菅人命"的，就连那所谓的未婚夫姓甚名谁、是圆是扁都不肯透个底儿，神神秘秘故弄玄虚。

当当当，一串敲门声传来。

"正在忙，哪位？"她提高警惕。

门外那人没走也不回应。

乔芊小心翼翼地打开门，发现既不是兴师问罪的晨练小哥，也不是伟岸高大的郝大师，而是一个身着正装的年轻女性。

"你好，我是郝先生的经纪人兼助理林依娜，请提供身份证、家庭现住址及联系方式。"林依娜翻开文件夹，一本正经地说，"虽然管家已经对你的背景做过初步了解，但郝先生毕竟是公众人物，马虎不得。"

乔芊应了声，取出护照双手奉上，"助理小姐好，我是单纯无害的大学生。"

"澳门？"林依娜对比着护照轻瞟一眼，"证件照比本人好看的还真不多。"

"……"乔芊推了下笨重的黑框眼镜，虽然这话有点伤自尊，但故意把自己伪装成书呆子的形象就是为了让郝大师明白她不是来耍流氓的。

"岁月是把杀猪刀，左一刀右一刀就给我削成这样了。"

林依娜不苟言笑，不算礼貌地打量乔芊，"做好你的本职工作，无论发生什么事直接向陈管家汇报，千万不要去打扰郝先生。"

"好的，请问另一位年轻先生是谁？"

"管家没有告诉你吗？廖尘是郝先生的徒弟，也是来头不小的人物，嗯，对了，你也不要太靠近他，一旦两位男士对你表示不满，我会请管家辞退你。"林依娜两指夹着护照本还给乔芊，"原本别墅雇用新人应该经我亲自把关，你是例外，请珍惜这次来之不易的机会。"

哎哟！不就是一份洗厕所的工作，瞧给她臭屁的。

"我会努力工作，让住在别墅里的每一位主人在使用卫生间时感到通体舒畅。"乔芊俯首恭送。

待送走林依娜，身后传来诡异的笑声，乔芊斜眼一看，见廖尘要开口，她立马做个"打住"的手势，"你不要找我麻烦，我也不会骚扰你，咱们井水不犯河水。"

廖尘刚被师父损了一通心里正不爽，当然要找点乐子发泄一下，"你混进来的目的我可是一清二楚，林助理呢，又对八岁到八十岁的同性极度排斥，我随便地煽风点火一句，你就得收拾东西走人。"

"不好吧，人们常说帅哥的心胸比大海还要宽广，何况这好主意还是你出的。"

乔芊举着马桶刷小跑步靠近，廖尘则倒退三大步，"让我保守秘密不是不行，不过得答应我一个条件。"

"行行行，你说。"

"帮我查一下师父坐的那把椅子。"

"椅子？郝大师随身携带一把椅子？"乔芊的脑海中浮现出某男手提小马扎的画面。

"故意装傻？我说的是师父现在坐在屁股底下的那把餐椅，你去帮我查查那把椅子有没有不对劲的地方。"

"现在？林助理刚警告过我不许靠近郝大师。"

"你不是清洁员吗？趁着擦地板的工夫不就凑过去了？"

"我负责的范围是厕所，如果郝大师坐的是马桶，我倒是可以自然而然地靠过去……"

廖尘恼羞成怒，"就说你去不去！去就扯平，不去现在就走人。"

乔芊见他东张西望疑似找人，只得迫于无奈答应下来。

两人很快分工，廖尘缠住林依娜东拉西扯，她去餐厅接近郝佑鸣。

廖尘给她指出三个调查方向——椅子腿是否有机关，椅座底部是否安置暗格，椅子靠背是否为空心。

"回来，万一被抓包，千万别抖出我。"

"放心！"乔芊目光炯炯，万一被抓她一定拉上廖尘垫背。

她拿着抹布若无其事地走进餐厅，见郝佑鸣正坐在餐桌前玩平板电脑，于是蹭到桌边收拾残羹剩饭。

乔芊的视线落在郝佑鸣修长优美的手指上，"需要我帮您续杯咖啡吗？"

郝佑鸣不予回应，目光停留在平板电脑上，乔芊伸长脖子瞄了眼，还以为他在忙什么大事，居然在玩"打僵尸"。

看着挺专注，于是她故意将抹布掉在地上，一边捡东西一边爬到郝佑鸣的椅子后方，首先触摸四条椅子腿，又扭转脖子观察椅座下方，果然发现与普通椅座有所不同，刚欲伸手碰，忽然感到一片黑影儿遮盖在头顶上方。

乔芊与郝佑鸣大眼瞪小眼长达一分钟之久。

"为什么这样看着我呢？"乔芊先发制人。

郝佑鸣眨了下眼，将咖啡杯递给她，"谢谢。"

乔芊暗自舒口气，双手接过杯子，走到工作台前往杯子里倒咖啡，随着杯子续满，杯中忽然浮出一个青面獠牙的鬼头。

"啊——"她惊声尖叫，手臂乱挥的同时将咖啡壶也扔了出去。

哐当，哗啦。

"不好意思，我递错了杯子，那是加热便会浮出3D图案的整蛊道具。"郝佑鸣悄然在"惊吓指数表"上填写相应数字。

浑球！乔芊神情呆滞地摇摇头，取来扫把和簸箕收拾一地碎片。

林依娜与廖尘闻声跑来，林依娜瞬间绷起脸，"难道我讲得还不够清楚？"

"刚巧路过，而且我是受害者。"乔芊指向罪魁祸首郝佑鸣，用力瞪着幕后黑手廖尘。

廖尘干咳一声出面解围道："不就是打碎一个咖啡壶吗，我们继续聊。"说着，他试图将林依娜引回客厅，可林依娜径直来到乔芊面前，说："这里不用你打扫，回到属于你的工作岗位。"

乔芊像受气包似的放下扫把，拿起擦马桶盖的抹布擦了下餐桌，一脸哀怨地怒视廖尘，转身向外走去。

当她路过郝佑鸣身旁时，感觉围裙口袋一沉，她下意识地摸进去，顿感手心传来软乎乎、湿答答、活动的感觉，下意识地拿出来一看，居然是一只张着大嘴的活青蛙。

"啊——"

吼声破墙而出，忍无可忍，无须再忍，乔芊把青蛙扔向郝佑鸣，"你还有完没完？！"

郝佑鸣一副掩饰不住的好心情，高举双手，示意不闹了。

林依娜见她大呼小叫可不干了，"你这是什么态度？我希望你马上向郝先生道歉。"

不等乔芊辩解，郝佑鸣忽然向她的方向伸出一只手，乔芊误以为他又要使坏，急忙跳开一大步，不慎踩到廖尘的脚面。

于是，又是一声低声惨叫。

林依娜环视餐厅，翻倒的咖啡杯，摔碎的咖啡壶，蹲在咖啡中呱呱叫的青蛙以及弯身揉脚的廖尘，不由得怒火中烧，她提起乔芊的手臂向外拽，"这里用不起你，去领工资。"

"我是无辜的啊！"乔芊抓住门框，情急之下怒喊道："郝佑鸣！你敢不敢告诉你的助理这一切都是你一手造成的？！"

很久没听到有人对自己鬼吼鬼叫并直呼大名，郝佑鸣悠悠地抬起眸，这女孩非但没被吓哭还知道反抗，有必要留下来继续测试惊吓指数，"算了，依娜。"

"她根本不具备职业操守，笨手笨脚，言语粗鲁。"

郝佑鸣不否认也不袒护，但气场很足，压迫得林依娜一时间不敢再提出反对意见。待周遭恢复平静，郝佑鸣微扬食指，指的正是乔芊，"去忙你的。"

乔芊前脚离开，廖尘后脚便跟了过来，"你还是别干了，据我对师父的了解，他不会轻易放过你。"

"那不是正好吗？怕就怕他只把我当透明人。"乔芊感到手心沾满黏稠的液体，抽出纸巾使劲擦，嘟嘟囔囔发起牢骚，"我原本特尊敬、特崇拜他的，你知道吗？当他站在台上表演的时候多稳当多酷的一人啊，私底下居然以欺负弱小为乐。"

"你还弱小？真正柔弱的女孩绝不敢冒险抓住男人的车架。"廖尘当时也没想到她真会追过来质问，因为该地区较为偏僻，真揍她一顿未必有人瞅见。

乔芊装作没听见，搓了搓手挑起眉，"对了，你是郝佑鸣的徒弟，怎么也得到三分真传吧，不如你教我魔术？"

"你想学什么？"

"嗯……最好是偷梁换柱的本领，举个例子啊，就拿诈金花来说，不管谁发牌，我拿到手的永远是顺子或豹子。"

"原来你想学的不是魔术而是千术？你这小丫头到底在想什么？"廖尘戳了戳她的脑瓜，"别说师父不会教你，换谁都不可能教你，这是本行的大忌，何况出千属于非法行为，一旦被赌场监控拍到你出千，你会被列入全球黑名单。"

"哎呀，你这么严肃干吗？我就是打个比方，我才不会去赌钱。"乔芊看他半信半疑，原地旋转两圈，"你看我整体造型多乖，是不是？"

廖尘无谓地应了声："魔术行业没有手把手教的，主要看个人的悟性和创新，你如果只是想学些小把戏，我可以教你。"

乔芊知道行有行规，并有公认的八项戒条：1. 要尊重同道；2. 要认真练习；3. 未练习熟练前不做表演；4. 不无代价教授魔术；5. 不公开魔术的秘密；6. 不在表演前说出魔术效果；7. 不在同一观众前表演同一套魔术；8. 要以正途发展魔术。

基于以上几点严格要求，其实她并不想踏踏实实地拜师学艺，何况即便郝佑鸣真答应收下她，她还要考虑考虑能不能留下半条命走出这扇门！

完全可以想象，当她再次被耍的时候，他会道貌岸然地说：不是我想吓唬你，而是不能在表演前说出魔术效果哟！

艺术家与疯子之间果然没有距离。

"椅子你查了没？"廖尘摸着鼻子轻声问。

"林助理拼命虐我也不见你帮我，知道也不告诉你。"

"我怎么没帮你，她不走我总不能把她推出餐厅吧？后来你狠狠踩我一脚也没说道歉啊，别计较了，快告诉我。"

"告诉你也行，但你必须答应我一个条件。如果你答应了，我会长期帮你。"

廖尘挑起眉，见她眼珠狡诈地转来转去，顿时有种跳进火坑的不祥的感觉。

第二章
送上门的"女朋友"

"说来听听。"

"你有女朋友吗？"

"你在想什么？"

"现在林助理已然视我为眼中钉，如果我想留下来，必须有一个正当且有力的理由，你就告诉她对我一见钟情爱得不能自拔什么的。不过，切记！千万不要对我有非分之想，千万不可以爱、上、我。"乔芊严肃地说。

廖尘二十出头不假，但他没瞎也没傻，堂堂赌场接班人怎么可能对这么个虎了吧唧的小保姆情有独钟？！

"到底是谁赋予你这么大的勇气说出这番话？"

乔芊无视他惊诧的表情，又说："现在我的处境很尴尬，如果你不合作，我迟早会被林助理炒鱿鱼，以后可没人帮你查这查那了。"

廖尘提起一口气，且不说让她帮忙的问题，就说师父整蛊乔芊的种种也曾经被用在自己的身上，这样的转移无疑是可喜可贺的……

"那我告诉林助理你是我的……私人保姆？"

"还奶妈咧！我要提升地位你懂不懂？"乔芊毫无玩笑之意，正色道："实话告诉你，我跋山涉水千辛万苦来到这里正是看重郝佑鸣的牌技，如果不是为了想从他那儿学点真本事，我不会容忍林助理的所作所为。"

杀气，这看似乖巧柔弱的女孩居然释放出一股杀气？

廖尘双手环胸退开两步，"你先把眼镜摘了。"

乔芊取下平光眼镜，"我又不是真打算做你的女朋友，外表重要吗？"

"你是无所谓，我得顾及颜面吧？嘘……"廖尘阻止她讲话，透过她一头凌乱的鬈发审视她的容貌，大眼睛，高鼻梁，小嘴还算秀气，但不知道哪里出了问题，整体看上去很邋遢。

乔芊自从初期造访郝宅时就是一袭学生打扮，后来在应聘清洁员一职时又把自己打扮得落魄，别说廖尘看她别扭，她自己也不想多看一眼。

廖尘挣扎许久，扶墙摇头，"不行不行，有你这样的女朋友实在是太丢脸了。"

乔芊眼珠一转，推门走进洗手间，然后伸出一只手朝他勾勾手指。

廖尘不明所以地靠近，待走到门口，他先是一怔，视线从下向上移动，随后嘴角微微上扬，无奈地说："你这牺牲未免太小了吧？不过算了，反正我在这儿住不了多久。"

"那就是成交了？"乔芊粲然一笑，放下提过膝盖的裙摆，再次遮住一双小腿，不过见他一脸不情愿，她又不满地哼了声，"身在福中不知福，多少人想当我男朋友还没那资格呢，其实真正受委屈的是我。还愣在这儿做什么？快去向林助理说明情况，我不想再看她的脸色。"

廖尘望向她的背影，这调调跟师父很像啊，会不会受虐加倍？

正在他犹豫不决之际，林依娜已然再次找到乔芊。

乔芊退到廖尘身旁，故作怯懦地躲到他身后，趁其不备，狠狠地掐了下他的脊背。

"啊！"廖尘踉跄一步在林依娜眼前刹住脚步，火速恢复镇定，"有事吗，林助理？"

林依娜疑惑地扬起秀眉，"廖先生这是什么意思呢？"

一只小手挽住他的手臂，廖尘干咳一声，耸了下肩，"相信你所看到的。"

林依娜蹙起眉，笑着问："别告诉我你们在交往？"

乔芊故作娇羞地应了声，站到廖尘身前，"他刚刚向我表白，我虽然不是个随便的人，但也渴望有人照顾、有人关怀，所以我答应他交往看看，哦，对了，我和他交往没有违反什么规定吧？如果林助理反对的话我马上拒绝他。"

林依娜真不敢相信她都听到些什么，可廖尘确实没跳出来反驳。

而廖尘完全由着她胡说八道，毕竟林助理的目的不过如此。

"当然不，祝福你们。"林依娜笑得意味深长，随后转身离开。

乔芊朝林依娜的身影吐吐舌头，又拍了下廖尘的肩膀帮他回魂儿，"表现不错，继续保持。我这人最讲诚信了，你师父坐的那把餐椅确实有问题，椅座下方大有文章。"语毕，她拐进洗手间假装忙碌。等廖尘再想多问两句的时候她已经关上门。

廖尘自顾自点头，果然是火坑。

这时，站在二楼回廊围观全程的郝佑鸣，轻手轻脚地走下阶梯，溜进餐厅，将那把藏有机关的椅子搬进储藏柜，又取出一把从外观上看一模一样的餐椅摆回原位，蹲在椅子后方鼓捣一会儿，继而溜边返回卧室。

大概过了十分钟，只听一阵求救声顺餐厅冲出来，乔芊匆忙跑去帮忙，惊见廖尘半跪在地上动弹不得。

"你在干吗？"

廖尘无力地动动唇，"我的手被强力胶粘在椅座底下了。快去找管家要溶解剂。"

乔芊很想笑，但看他神色痛苦不敢耽搁，这一急转身不慎与郝佑鸣撞了个满怀，郝佑鸣见她身子向后倾斜，一把拉住她的手腕。

乔芊站稳，道了谢绕行跑去找管家，没有发现渐渐浮现在手腕处的"血手印"。直到她取来溶解剂要帮廖尘解困的时候才愕然发现。

"啊！"

啪！

慌张之中，一巴掌不偏不倚打在廖尘的眼眶上。

"干吗打我？！"他捂住半边眼睛。

"你看！吓我一跳。"血淋淋的大手印。

"呵呵呵呵……"郝佑鸣一手扶墙，笑到双肩微颤。

两人不约而同看向郝佑鸣。乔芊攥起拳向他逼近，但在距离他半米的位置又却步，因为他浑身上下藏有无数杀人于无形的凶器！

"郝佑鸣！你能不能成熟点？！"乔芊咆哮了。

郝佑鸣无视她眼中的怒火，慢条斯理地说："任何一种道具都是魔术师辛勤钻研而来的劳动成果，不经允许检查道具便是侵犯知识产权，这是廖尘串通你应受的惩罚。"

廖尘自知理亏，抬起能动的那只手向郝佑鸣行礼，"师父，对不起。"

郝佑鸣欣然接受，又看向乔芊，"你不该表示歉意吗？"

乔芊扭头一哼，"廖尘是我男朋友，他道歉等于我道歉。"

郝佑鸣当然也听到了他们的"黑市交易"，不过只当不知道吧，真把她气哭就不好玩了。

待他离开，乔芊才走到廖尘身旁，一边帮他溶解强力胶一边发牢骚："你实话告诉我，大魔术师是不是都跟他似的这么变态？"

"别乱说话，让师父听见，你会死得很惨。"

"你站起来也不比他矮，有点骨气行不行？"乔芊咬牙切齿，"我爷爷说得没错，小白脸不安好心眼，郝佑鸣何止坏，简直是黑心黑肺！"

廖尘索性倚着椅子背席地而坐，也有一肚子苦水想吐，"抛开师父的恶趣味，不可否认他是一位值得尊敬的顶级魔术师，如果可以从他身上学到一成本领，我就算没白来。"

乔芊查过郝佑鸣的资料，六岁开始学魔术，其间获奖无数，如今二十六岁的他已跻身全球十大魔术师之列，"你很想当魔术师？"

"那倒不是，兴趣罢了。"

"看你资质平平，他为什么会收你？"她问。

廖尘白了她一眼，"我祖父与师父的祖父有些交情，所以没有拜师便收下了我。"

"可是他除了虐你还教过你什么吗？"

"这你就不懂了，魔术没有手把手教导的，学会基础之后就看个人造诣了。你知道为什么有些人被称为大师吗？因为他们可以通过光、电、力学研发出别人意想不到的道具，让魔术推陈出新，震撼全场。听林助理说，许多魔术师为了多见识新魔术，奔赴世界各地近距离观看魔术表演。有几位魔术师为了破解师父的魔术手法，跟随巡回演出团看了三十几场演出。而我刚巧有机会近距离观察，自然不能错过。"廖尘知道郝佑鸣一直在教自己，不过方法比较另类，喜欢让他"以身试法"。

乔芊似懂非懂地点点头，原来魔术不只需要眼疾手快，还要熟读物理化学充实头脑。她若有所思地望向门外，爷爷说魔术就是比较高级的千术，随着时代的变迁，传统千术已被逐渐淘汰，取而代之的则是高科技作弊手法，最善用其中奥秘者当数魔术师。

听上去很有趣啊。

"想什么呢，快点弄。"廖尘的手掌还粘在椅座底盘上。

乔芊抽回神志，趴在地上，使劲歪着脖子帮他除胶。廖尘无意间目光向下，轻咳嗽几声移开视线，"喂，走光了。"

乔芊顺着自己大敌的领口望到内衣的蕾丝边，攥住衣领的同时捶他胸口一拳，"不知羞耻，那么多地方可以看，你偏要往这里看？！"

这一拳着实有力，廖尘吃痛地眯起眼，"对不……"话到嘴边忽然间想起点什么，"你不是我女朋友吗？看看怎么了？"

"跟我耍浑是不是？好。"乔芊站起身，将溶解剂统统挤进水池，又把空罐丢到他身上，"管家正在给其他保姆开会，扯开嗓子喊也未必听得见，你就粘着吧！"

话音刚落，她夺门而出，还不忘顺手关上餐厅木门。

充耳不闻从身后传来的鬼吼鬼叫，她愤愤地走入洗手间，挽起袖子刚欲冲洗"血手印"，很快注意到摆在盥洗台上的一瓶颜料清洗剂。乔芊猜到是谁放的，但不敢贸然使用，因为郝佑鸣实在太太太危险。

"放心使用，我这人是很有节制的。"

乔芊眯眼望去，只见郝佑鸣悠然地倚在门边，一副"良禽"的神态。

乔芊用清水冲洗不见成效，才拿起颜料清洗剂，但在使用之前，她再次审视郝佑鸣的表情。

"真的没做手脚？"她再次确认。

"大不了不用，三五天过后会自动褪色。"郝佑鸣面色从容，手里把玩着一副扑克牌，"要不要抽一张牌测测运气？"

乔芊猜想他一定会动手脚，但她此行的目的不就是为了接近这位把扑克牌玩得出神入化的大魔术师吗，所以没什么可怕的。

她伸出手，郝佑鸣又问："你猜会抽到几？"

"当然是 Queen。"说着，她毫不犹豫地抽出牌，拿过来一看居然真是一张黑桃 Queen。

"这说明你换牌快还是我运气好呢？"她似笑非笑地问。

郝佑鸣凝视着她那双充满自信的大眼睛，据他阅人无数的经验来看，她那份无所畏惧的高姿态绝不是装出来的。

他将牌面全部翻过来给乔芊看，几十张牌里只有A、K、Q、J、10五种。

"25%的几率，运气对魔术师而言也存在一定重要性。"郝佑鸣在她耳边打个响指，只见一罐除胶溶剂闪现指尖，"别让廖尘粘太久。"

"你是不是抢了哆啦A梦的口袋？"乔芊审视着他合体的英伦风黑衬衫，接过溶解剂，从他身旁侧身走过。同时，陈管家迎上他的步伐。

"郝先生，关于新进员工的问题林助理找过我，需要我处理吗？"

"你指什么？"他问。

"林助理虽然没有直说，但似乎对乔芊不大满意，不过那女孩只是想利用暑假打工赚学费，身体也不太好，患有较为严重的贫血症。"陈管家深表同情，将一份体检报告交给郝佑鸣。

郝佑鸣首先注意到体检报告的打印日期，不就是今天？

"十九岁……"他喃喃自语，"既然她自称家境贫寒、体弱多病，那就留下吧。"

陈管家微笑致谢："我会叮嘱乔芊远离郝先生的活动范围。"

"没关系，她并没打扰到我。"别墅里的工作人员在林助理的层层筛选下全部是中老年人，除了廖尘，难得出现心脏强劲的年轻人，他不想错过"和乐融融"的机会。

管家俯首退离，郝佑鸣则是看了下时间，返回工作室，察看电子控温箱里的鸡蛋是否已孵化成功。为确保在表演魔术时万无一失，每一样道具都需要魔术师亲手打造，如果偶尔发现他坐在客厅里边看电视边织围脖，一点不稀奇。

与此同时，廖尘甩了甩手腕爬起身，乔芊从冰箱里取出两罐饮料，趁着管家没看见的时候赶紧喝饮料偷懒。

"刚才郝佑鸣让我抽牌来着。他什么意思？"

廖尘打开饮料喝上一大口，"我哪儿知道？不过师父做任何事都有原因。"

"对了，工作期间我需要住在这里，你陪我去附近的超市买点东西。"

"你不是有车吗？"

乔芊眼睛一横，"你看见了？"

廖尘刚要说出车型，乔芊做了个嘘声的手势，"忘记你所看到的，请记住我是连饭都吃不上的穷学生。"

"奇怪了，我为什么要替你保守秘密？"廖尘不太了解MINICooper的行情，但估摸着二十几万肯定有。

乔芊眨了眨眼，从随身携带的挎包里取出一本支票簿，"自然有你的好处，开价。"

廖尘低头打量自己，有没有搞错，他的样子像是在索要封口费吗？！

"别不好意思，尽管讲。"

"讲你个头啊，你混进来到底有什么企图？"廖尘越发看不清形势。

"跟你一样学魔术，仅此而已。"乔芊用笔杆挑起他的下巴，坦然道，"不如再说直白一点，我打算收买你，如此一来我也可以尽快达成心愿。"

廖尘呆滞相望，如果让她知道贿赂的对象身家过亿，不知她会做何感想？

"喂，你去哪儿？"乔芊收好东西一路追赶。

"你不是要去超市吗？动作快点。"

廖尘依旧没有开车，骑着山地车将她带到一家大超市门前，本想随便逛逛等她出来，却被她拉了进去。

乔芊将一辆购物车塞进他手中，边走边往车里放，不一会儿便把购物车堆成小山。

"你买这么多零食和补品，不穿帮才怪。"廖尘无奈地说。

"当然不全是给我自己买的，要与其他员工搞好关系才方便开小差，如果同事们问起来，我就说你买的。"乔芊悠哉地穿梭在货架之间，"对了，林助理喜欢什么？"

"她？喜欢师父和名牌包。"

听罢，乔芊自顾自判断，"看来我和她的关系注定无法和谐了，她想让我走无非是为了砍掉我这个年轻貌美的对手，我又不能为了她去毁容。"

廖尘忍不住笑出声，"自信是好事，但不能太过。"

倏地，乔芊侧头瞪视，"我身材不好吗？脸蛋长得不漂亮吗？"

廖尘贴近她的五官，"你涂了土黄色的粉底？"

"你看哪个穷学生细皮嫩肉的？否则哪儿来'土里土气'这个词？"乔芊撩了下凌乱的麻花辫，"反正配你绰绰有余。"

"我很好奇一件事，你就不担心我出卖你？"

"如果你想告密的话，在我进门的那一刻就抖出来了，说明我对你有一定的利用价值。"乔芊伸出一根手指停在他的嘴唇前方，"又或者，你确定像我这样的女生掀不起什么大风大浪，即便留在别墅也不过是多一人或少一个人的问题。"

犀利的注视居然气场全开，廖尘这才察觉她的身世背景或许不简单，"你家做哪行的？"

"干吗？打探清楚想入赘？"乔芊对这类话题很敏感，习惯性地提高警惕。

"算我求你了，世界上不止你一个女人。"廖尘感到很无力。

乔芊半信半疑地移开视线，继续往推车里丢货品。

疯狂大扫荡完毕，新的问题来了，她忘记廖尘没有开车，这附近偏僻，叫出租车又不容易，这五大袋子东西该怎么运回去？

廖尘想了想，把两袋放在车后架上，两袋挂在车把上，还有一袋让她坐上横梁之后抱着。

山地车的前横梁通常呈高低斜面，乔芊怀抱购物袋又没手抓扶，所以廖尘骑出去还没十米，她整个人便滑到车座前端，脊背好死不死贴在廖尘的大腿根部。

"你向前坐点，这样没法骑。"

"我也很难受好不好！你要开车过来就不用受这份儿罪。"乔芊卡在横梁底端满腹牢骚。

如果廖尘不是受过良好的教育，真有心把她端下自行车。

"我哪知道你购物跟抢劫似的，先说好，我可不帮你提进屋。"

乔芊不予回应，低着头在购物袋里翻找东西，直到骑回别墅门口，她仍是赖在车梁上暂时没动，待廖尘再次催促，她仰起头，高举一罐插上吸管的冰镇饮料递到他的唇边，随后粲然一笑，"辛苦了，请你喝。"

廖尘俯看她的神情百思不得其解，莫非她唤出了藏在身体里的"善良天使"？笑容居然甜美且真诚。

他不由自主接过饮料，乔芊却握着饮料罐不撒手，顺势将购物袋塞进他怀里，"可凉了，你喝吧，我帮你拿着。"灿烂的微笑。

廖尘跨下车座，弯身吸了口饮料，嗯，是够凉的，嗯？不对！为什么他两只手都感到沉甸甸的？！

"哎呀，别看了，太阳这么毒赶紧进屋吧。"说着，乔芊提起最小的购物袋，迈着雀跃的步伐走进别墅正门。

廖尘无奈一笑，索性好人做到底。

等他吭哧哼哧走入客厅，乔芊已然在给大伙儿分东西，见郝佑鸣飘过，她取出一盒饼干双手奉上，"郝先生，这是廖尘专门给你买的。"

她查过资料，如果网上信息属实，郝佑鸣只喜欢吃该品牌的手工饼干。不过说起来这牌子似乎只有这一款饼干，每日限量供应，它有个非常简单直白的名字，叫"My Cookie"。

郝佑鸣倒没假客气，打开盒盖取出一块放进嘴里，边咀嚼边与廖尘面面相觑，虽然郝佑鸣没有过多表情，但明显看出心情不错。

廖尘见师父对自己展示并非"绵里藏针"的笑容，原来一盒饼干就可以哄师父开心？

乔芊观察着师徒间的眼神交流……其实谁都不差一块点心或一张贺卡，但这些小礼物又是社交中不可或缺的佳品。贵在重视。

Yes，师徒关系越融洽，对她越有利！

多好的氛围，却因林依娜的到来彻底打破。她环视一周，吓得保姆们四散忙碌。

"郝先生，您的电话。"

郝佑鸣从林依娜手中取过手机，顺手将饼干盒还给乔芊，但似乎还没吃够，边听对方说话边从盒里取饼干，可吃就吃吧，他还不坐下，乔芊只得捧着饼干盒亦步亦趋，两人从一楼走到二楼晒台。

他用肩膀夹着电话回道："想看刺激的是吗？你去找一只成年铰口鲨。这种鲨鱼可以迫使水通过鳃提供稳定的富氧水，由此保证让它在静止不动的情况下保持呼吸。"他一转身倚上晒台墙围，无意间看到身材娇小的乔芊，嘴角勾起一抹诡异的笑容，"如果找鲨鱼有困难的话，也可以找一个少女表演高台跳水，我会让她在落水的一刹那凭空消失。"

乔芊顿感脊背发凉，倒退两步又被郝佑鸣拉回原位，他捏住乔芊的双肩将之悬空托起，又掂了掂分量，继而对通话方说："不过此类表演具有一定的危险性，如果体重在四十二千克左右的话，安全跳跃极限最好控制在十米之内。嗯……先这样，我先试验一下，晚点联系。"

结束通话，郝佑鸣"帮"乔芊放下饼干盒，拉起她向游泳池走去，当两人走上十米跳台，乔芊终于明白他想干什么！

"廖尘！救我啊廖尘——"

乔芊就像树袋熊一样挂在郝佑鸣的身上，声嘶力竭地朝别墅方向呐喊。

郝佑鸣见她抱着自己死不撒手，移到跳台边缘，强迫她的身躯悬在跳台外。

他双手插兜，柔声细语地讲出欠抽的提议："手一松就下去了，别怕，整个过程只需三秒。"

"那你为什么不自己跳？！"

他从兜里掏出计秒器，说："体重直接影响落水速度，何况我要留在原地观察你入水时的状态。"

"那就叫你的助理跳，反正我不跳！"乔芊紧搂他的双肩，断然拒绝。

"林助理的体重在四十八千克上下，同样超出测试范围。"郝佑鸣看她还是拼命摇头，再次提出一个自认不错的建议，"要不这样，我可以让你担任此次表演的一号助手，你会在几千名观众的注视中急速坠落再凭空消失。是不是很酷？"明媚的阳光播洒在他白皙妩媚的脸庞上，仿佛索人性命的吸血伯爵。

悠悠地，乔芊直视他的双眼，说："酷……个……屁！"

"……"

走你。

"啊——浑——"

咚！哗啦，水花四溅。

"郝佑鸣是杀人犯！"乔芊蜷在棉被里愤懑不已。

廖尘将一套衣裤放在床边，"这是林助理友情提供的，你先换上，吃完午饭带你出去买。"

"林助理刚才笑得多开心啊，我都看见她的嗓子眼儿了。"乔芊一手用干毛巾擦拭着湿漉漉的长发，一手提起衣裤看了看，款式非常老气。

"原来你这么白，果然顺眼了不少。"池水洗掉了她精心涂抹的土黄色粉底，冲散了乱编的麻花辫，整体气质提升一大截。

"我好看我知道，还用你说？"乔芊路过他身旁时故意撞一下，"见死不救。"

"我跑出去的时候你已经落水，不过话说回来，这不像师父的作风，此类具有一定危险系数的测试通常会请专业人士示范。你是不是说什么话刺激他了？"廖尘没有看错，郝佑鸣硬生生地将呈现八爪鱼状的乔芊从身上分离，然后托住她的腋下扔进游泳池里。

乔芊快速换好衣裤走出来，不过七分裤已被她剪成小热裤，T恤也剪短一半，隐约露出平坦的小腹。

虽然经她随手改造凸显了身材，但是……"这样不好吧，衣裤是林助理借你穿的。"

乔芊不予理会，走到梳妆台前整理头发，"为了表达你对我的歉意，你去跟管家打声招呼，我要住客房。"保姆房没有独立卫生间，并且还有三名女性同屋。

"我该怎么说？"

"笨，我现在不是你的假女友吗？热恋期各种示好不应该吗？"

"听你的口气交过不少男朋友？"

偶像剧里的男主角不都是这么演的吗？她所出身的家庭不允许小辈随意外出，所以闲来无事至少看过上百部爱情片。

"其实我挺喜欢待在这里，没人注意我是谁。"乔芊的语气中透着疲惫。

不知道她在感慨哪方面，但刚巧也是廖尘喜欢住在这座城市的原因，所有人的注意力都聚焦在师父身上，他反而落得自由自在。

"你师父的演出费是多少知道吗？"

"这属于商业机密，不太清楚，但是一场大型魔术商演肯定可以赚到五六百万，你问这个做什么？"

"随便问问，比我想象得还要高。教会徒弟饿死师父，难怪他不愿收徒。"乔芊对郝佑鸣的印象越来越差。她改变主意了，不只要学如何玩转扑克牌，还要拆穿他故弄玄虚的魔术。众所周知，制造一场华丽的表演秀需要耗费大量时间构思，届时气不死他也累死他。

这时房门敲响，不管来者是谁，乔芊匆忙躺回枕边盖上被子，待摆好痛苦万分的造型后才示意廖尘开门。

"你好廖先生，请问乔芊没事吧？"陈管家关切地问。

"没什么，只是吓到了，不如今晚就让她在这间客房休息？"

管家已从家政人员那儿听到些八卦，如今看到廖尘亲自照顾乔芊，也不得不信时下年轻人谈恋爱的速度之快，"听廖先生安排，乔芊愿意住多久就住多久。还有一事，郝先生让我过来请乔芊共进午餐，如果她身体不适，我便如实汇报。"

听罢，乔芊故作挣扎地支起身，"陈管家，我没事了，整理一下马上过去。"

陈管家应声离开，乔芊利落地翻身下床，问廖尘："你猜他会不会向我道歉？"

廖尘耸耸肩不发表任何言论，率先走出房门，他们一前一后步入餐厅。

午餐较为丰盛，郝佑鸣与林依娜已经开动，见他们出席，郝佑鸣面朝乔芊微微一笑，指向身旁的空位。

乔芊根本不想坐在他旁边，可对面坐着林依娜，她考虑片刻，决定坐到林依娜那边。

郝佑鸣边切牛排边对她笑，笑得特奸诈。

乔芊狠狠地回瞪一眼，又起一块鸡胸肉塞进嘴里。

林依娜无意间一侧头，发现乔芊不仅擅自剪破了她的衣裤，还故意露出一双纤细美丽的大白腿，再看那脸蛋，大眼灵动，肤质细滑，所以不管乔芊如何掩饰，她早就被看出是美人坯子。

"她是家政人员，与我们一起就餐，其他员工会怎么想？"林依娜不满地说。

"爱怎么想就怎么想。"郝佑鸣认真地切着牛肉。

廖尘见林依娜又要开口，说："林助理是否忘了一件事，乔芊正在与我交往，所以希望林助理在言辞上稍加注意。"

两位男士不约而同向着乔芊说话，林依娜火冒三丈，见状，乔芊嘴角上扬，朝廖尘俏皮地眨下眼，果然良心发现了嘛。

廖尘扯了下嘴角，他只是不想听林助理喋喋不休。

安静不到十分钟，林依娜举起红酒杯，笑着问："你在哪所大学就读？"

啧啧，以为她出身贫寒，企图拿学历做文章？

"我不是本市人，学校也不在这座城市，林小姐未必知道。"乔芊晃了晃红酒杯，习惯性地闻了下酒香，随后饮上一小口品尝味道。

林依娜不动声色，腹诽乔芊装模作样，"是吗，主修专业科目是？"

"经济与企业管理。"乔芊边回答边叉起一小块鸡肉送到廖尘唇边，用眼神命令廖尘张嘴。

众目睽睽，廖尘刚刚公开他们的情侣身份，似乎没有拒绝的道理，只得探身叼走。

"尘尘，好吃吗？"乔芊嗲声嗲气地问。

廖尘不自觉地搓了下胳膊，僵硬地点点头，为什么每次帮她出头受伤的总是自己。

嘴里的还没嚼完，一小块又在叉子上的牛肉又出现在他的视线里。他侧头相望，郝佑鸣则手举银叉笑眯眯回看。

"……"廖尘俯首致谢，叼走牛肉。

"尘尘，味道怎样？"郝佑鸣柔声细语地说。

还没扫走上一批，鸡皮疙瘩又掉一地，廖尘呛咳两声，艰难地举起大拇指。

乔芊知道郝佑鸣又开始找碴儿，"你是鹦鹉吗？"

郝佑鸣笑脸相迎，"即便你是廖尘的女友，但我是他的师父，一日为师，终身为父，你这样质问长辈合适吗？"

"交往而已，又没嫁给他，即使嫁给他，我也可以不接受形式主义。何况某人并没做出值得我尊敬的事。"从进到别墅起便遭到一连串的戏耍，都给他记着呢。

"这叫入乡随俗，适应不了随时可以离开。"郝佑鸣做了个请的手势。

"你在激我吗？我可以很愉快地告诉你，你成功了。"乔芊举起酒杯，"希望我们继续保持现状，'相处融洽'。"

郝佑鸣轻挑眉梢，优雅地举杯回敬。

两人刚欲饮酒表示"合作愉快"，在一旁摸不清路数的林依娜忍不住开口："我冒昧地问一句，郝先生与乔芊是不是早已相识？"

不等郝佑鸣回应，乔芊率先否定："在来这儿之前，我只在魔术影集中见过郝佑鸣。"

"那就说不通了，你怎么可以直呼郝先生全名？"

"难道起名字不是用来叫的？"

"你在学校直呼教授的姓名？"

"教授多半是长者，自然要使用尊称，而郝佑鸣与我是平辈。我说林助理，你可否不要在这种问题上再纠结了？"尊重不尊重郝佑鸣是别人的事，别人的事关她什么事？

林依娜拧起眉，将疑惑抛给郝佑鸣，好似在问：你打算容忍她的为所欲为？

郝佑鸣笑而不语，又将问题扔给廖尘，"你觉得呢？"

廖尘手中刀叉一顿，随后看向乔芊，"师父毕竟长你五六岁，直呼姓名确实有失礼貌，要不叫哥？"

哥？他个以欺负保姆为乐的坏蛋受得起吗？乔芊早已心生烦躁，一气之下竟然脱口而出质问道："是不是我给你们当师母就都不用烦了？！"

顷刻间，鸦雀无声。

气流停滞，乔芊趁安静低头吃饭，廖尘与林依娜则是目不转睛地看向也在用餐的郝佑鸣，等了许久，他终于迫于压力举起一只手，"我反对。"

"就算你同意我还不乐意呢！"乔芊看向林依娜，指了指头部，"我承认郝佑鸣长相出众，但我对他的外貌真的没兴趣，我欣赏具有商业头脑的男人。"

林依娜本想纠正她关于郝佑鸣不懂经商之道的说法，但忽然反应过来，不悦地问："你扯上我是什么意思？"

"你不是'郝锅锅'的经纪人兼助理吗？我原本不想出言不逊，但你对我的敌意表现得过于明显，所以我有必要再次重申，我对你的摇钱树没兴趣。"

话音刚落，只听咔啦咔啦的机械声传入耳际，乔芊感到身旁多出一片阴影，她用余光一扫，惊见平地冒出一棵五光十色的圣诞树。

乔芊瞪着郝佑鸣嘀咕一句神经病。廖尘捂住口鼻转头捡乐儿，不过他不免替乔芊的未来担忧，这丫头言行举止过于高调，师父一个就够难对付的了，她居然还敢向被媒体称为"计谋女王"的林依娜宣战。

初生牛犊不怕虎？只因老虎未发威。

唉，势单力薄，乳臭未干，但愿她不要抑郁到寻短见。

"亲爱的，我吃饱了。咱们去逛街。"乔芊蹦蹦跳跳地离开餐厅。

大事不妙，廖尘嘴角一僵，差点忘了，自己正站在必输的战队里。

"师父，我……"

唰的一声，一把黑色雨伞突然在廖尘的眼前撑开，不仅彻底阻隔了师徒间的距离，伞面还无情地弹中他的额头。

坐在对面的林依娜冷冷一笑，"这顿饭吃得很愉快，快带你'可爱'的小女友去购物吧。"

四射的寒光击穿他的五脏六腑，他早就预感与乔芊结成同盟纯属跳火坑，此刻又有了深一层的认知，火坑底下是熔岩。

思及此，廖尘甩了下头，浪费时间考虑这些杂七杂八的东西做什么，此行的目的不是为了学魔术，更不是为了度假，而是按照爷爷的指示，全方位了解郝佑鸣这个人，至于原因，爷爷只说了一句：知己知彼，百战不殆。

他们会成为对手吗？关于哪方面？

第三章
怎么可以少了郝佑鸣？

"你说我怎么才能让郝佑鸣心甘情愿教我魔术？"乔芊在销售小姐的引领下走出更衣间，站在穿衣镜前欣赏效果。

"我觉得你的提议不错，当师母比当徒弟更具震撼力。"廖尘揉了揉被雨伞打疼的脑门儿，还是不要蹚浑水比较好，否则很有可能影响到爷爷交代的正经事。

说话的工夫，他透过穿衣镜看向乔芊，她已换上紧身T恤，不失性感又很活泼。

"喂，你真打算色诱师父？"

"开什么玩笑，我鲜有机会尝试这类服装，所以穿穿看。"乔芊打量自己这身扮可爱的萝莉装，倒抽一口气，"莫非郝佑鸣有恋童癖？"

"越说越离谱，你再这样胡作非为下去，恐怕我也会被赶出郝家，不如我们宣布感情破裂吧？"廖尘的神情无比纠结。

"那可不行，林助理碍于你的面子至少会对我礼让三分，我可不想孤立无援。"乔芊岂能看不出形势，她起初也想当一个不惹是生非的乖孩子，但是委曲求全并没换来别人的好感，索性撕破脸做自己。

廖尘无谓地扯了下嘴角，应了那句老话，上贼船容易下贼船难。

这时，几道按快门的声响传入耳际，廖尘侧头看去，只见两名女学生立刻收起手机，羞涩地笑了笑，结伴跑出店门。

"她们在做什么？"他脸色微变，质问店员。

"这附近的高中生，小女生嘛，看到帅哥就拍喽，不好意思。"销售小姐鞠躬致歉。

乔芊换装换累了，端着饮料杯坐到休息椅上，说："我高中时期也喜欢看帅哥，我们学校就有很多帅哥，但是他们从不认真学习，只顾着三天两头换女友，一点上进心都没有。看到你我更确信这一点，当学霸们发愤图强时你却在学魔术。对了，还忘了问你今年多大，大学毕业了没？"喟叹，摇头。

"我？二十二，正在准备硕士毕业论文。"廖尘一手支在沙发背上，面带微笑地说，"因为数学成绩较为突出，我在上大学之前一直处于跳级状态。还要问大学吗，还是想知道院校全球排名第几？需不需要我把学生证传真过来请你过目？"

"……"乔芊机械式地眨了几下眼，自圆其说道："当然，任何事都没有绝对性。同时证明我眼光独到，选你做假男友我也很有面子，不像你师父只会变魔术。"

"师父毕业于全球排名前三的大学，据我所知，师父专攻数理化，在校期间拿过不少科研奖，所以已被校方列入风云人物排行榜。"

乔芊傻眼了。换句话说，同住一屋檐下的两位男士都是精英？

"说你是没见过世面的小丫头千万别不爱听，人外有人山外有山，低调点少吃亏。"富家子弟分为巨富型、普遍型以及暴发户型。据廖尘分析，乔芊疑似第三种。

"切，我家有多少钱能告诉你吗？万一你赖上我可就麻烦了。"乔芊自认很低调了好吗，如果让爷爷知道她跑去当保姆非把她脑瓜拧下来。

廖尘一笑置之，取出信用卡递给销售小姐。

此举令乔芊感到不爽，"我没钱吗？用得着你付吗？"

见她横眉冷对，廖尘不解地问："男人送女人东西应该遭到鄙视？"

"算了，这次让给你付，下次我来付。"乔芊合起钱包，问："郝佑鸣除了喜欢吃饼干还有其他爱好没？"

"整人和研发道具。"

"……"以上两点真心无能为力。

"那聊点开心的吧，郝佑鸣的女友是不是特别多？"

"这是师父的私人问题，我无权评论。"

"通常不好评论就代表有很多，怪不得他对我搂搂抱抱依然是面无愧色，流氓。"

"你指的是跳台上的事？我记得是你紧搂师父不放。"廖尘就事论事。

废话，害怕啊。

走出专卖店，廖尘带乔芊来到一家电玩动漫店，在他挑选游戏的时候，乔芊百无聊赖地扫视四周，无意间看到一套挂在墙上的家政工作服很是俏皮，即刻叫店主打包。

"这位小美女也喜欢角色扮演吗？那不如周末一起参加COSPLAY盛会，如果你愿意代表我们店参赛，我免费送你一套特惊艳的。"年轻的店主神色迫切，可以看出他很希望乔芊出席。

不等乔芊开口，廖尘先帮她推了，"她买那裙子另有用途，没时间玩这些。"

"很好玩啊，去吧去吧，你俩一起去，这里是邀请券。"店主将门票塞进乔芊手中，"凑凑热闹也好，我们很需要大量美女鼓舞士气。"

乔芊对动漫人物不甚了解，不过很好奇是怎样的大场面，所以收好门票。

回去的路上，乔芊捏着门票阅读说明，COSPLAY比较狭义的解释是模仿、装扮虚拟世界的角色，也被称为角色扮演。本次大赛涉及数十部动漫作品，票选最高的扮演者，可以获得COS圈亚洲地区公认的年度奖杯。

"看介绍挺有趣的，不了解动漫内容可以扮演吗？"她不知道这奖杯分量轻重，但明显比钢琴比赛之类的要简单好玩，看上去很疯狂很另类。

"不需要，摆几个姿势就可以，你真想参加？"

"嗯嗯，如果不珍惜这次机会，恐怕我这辈子都不会再有机会接触新奇事物。"乔芊双眼放光。

不知她在兴奋什么，或许生活环境非常压抑？他应了声："如果你感兴趣就去玩玩，师父那儿有不少制作考究的道具服，借一套接近动漫人物的行头应该不成问题。"

乔芊小幅度鼓鼓掌，"你肯定比我了解，帮忙选一件适合我的。"

"师父同意借给你再说。"

回到别墅，乔芊一路小跑敲响郝佑鸣的书房门。

郝佑鸣打开门，见到笑容灿烂双手呈捧花状的乔芊。

"最帅的郝锅锅，能不能借我一整套动漫人物的道具服？我要参加角色扮演大赛。"

"比赛？那你直接扮演《皇帝的新装》里的皇帝就好了。"

乔芊嘴角狂抽，索性不再兜圈子，"我要扮演美少女战士！"

"不知道你在说什么，要不然把仿真版绿巨人套装借给你？"

乔芊的心中油然而生一条深深的代沟。

"我先问你，你知道什么是动漫吗？"

"当然知道，譬如《葫芦娃》。"

乔芊提起一口气，虽然驴唇不对马嘴，但是谁又能说《葫芦娃》不是一部经久不衰的动漫？

"有蛇精的服装也行。"她从满怀憧憬转为自暴自弃。

"好，但你拿去做什么？"

"你还真有？！"乔芊嘴角再抽。

郝佑鸣含而不露地一笑，打开书房隔壁的房门，"我记得有，不过时下不流行国产动画造型，日本、欧美的角色居多。"

咦，她是不是又被这坏蛋耍了？

乔芊边琢磨边走进道具间，瞬间眼花缭乱，被一应俱全的道具服所震撼。

"原来你才是玩COSPLAY的大收藏家。"她随手戴上佐罗的黑眼罩，举起长剑在郝佑鸣面前利落地画了个"Z"。

郝佑鸣平静地戴上一对恶魔犄角，双手交叉，抬起之际变出两把忍者常会使用的"十字手里剑"。

"酷！你正好妖孽范儿十足，不如我们一起参加比赛吧？"

"你能参加的比赛，技术含量一定很低。"郝佑鸣把手里剑从两把变成八把。

乔芊抛开恩恩怨怨，凑到他身旁笑眯眯地说："如果再加上一点你的魔术表演，咱们一定可以捧走COSPLAY年度大奖杯！"

"听上去似乎只有我在表演，你的贡献是什么？"他才不去。

"我？我扮演会鼓掌的葫芦娃。"乔芊已然沉浸在宣读获奖感言的喜悦当中。

郝佑鸣垂了下眼皮，发现她正挽着自己的手臂献殷勤。

"小型的魔术表演廖尘完全可以胜任，你为什么不去找他？"

乔芊怔了怔，不由得打个响指，"这个提议实在是太好了，你俩一起表演肯定更精彩，就这么定了啊郝锅锅！"说着，她一溜烟跑出道具间去寻找廖尘。

郝佑鸣倚在门边缓慢地眨着眼，她可曾有一秒把自己当成他家的保姆？

俄顷，乔芊没精打采地走回来，"廖尘很坚决地拒绝了我，他说不喜欢抛头露面。"

"真惨，我也正准备拒绝你。"

乔芊长嘘一口气，"唉，我这人不喜欢强人所难，反正距离比赛还有好几天，希望你们可以迷途知返。"

郝佑鸣见她垂头丧气，返回道具间取来一条长裙递给她，"试试这个。"

乔芊抖开一看，"这条白色长裙怎么这么破？"

"你没看过《僵尸新娘》吗？"其他魔术师怎样研发新魔术他不清楚，反正他喜欢从大制作的科幻影片与动画中寻找灵感。

乔芊还真没看过，走进洗手间换上看似破烂实则精心裁剪的棉布长裙。她提着裙摆走出来，郝佑鸣拆散她的马尾辫，取来一支紫蓝色的口红，用小指挑起她的下颌涂抹颜色，又给她涂上同色系的眼影。他的化妆手法非常娴熟，颇像一位专业的化妆师。

"这部动画你可以看看，你与僵尸新娘的个性有相似之处。"

"哪方面？"

"傻。"

"……"

他把洗手间的照明灯亮度调至最低，将她领到镜子前。乔芊以为会是一副僵尸的模样，没想到还不难看，甚至透出几分诡异之美。

"怎么样？"郝佑鸣自顾自点头。

"不怎么样，但如果你喜欢的话，我也可以扮演会鼓掌的僵尸新娘。"说着，她扭转视线征求他的意见，没有注意到他正弯身帮她整理头纱，嘴唇不巧碰到他的脸颊，留下一枚紫蓝色的唇印。

空气停滞一瞬，乔芊捂着唇慢慢地移开一步。

"你居然……唇印就是你非礼我的证据，你可是家喻户晓的大魔术师，不想身败名裂的话就和我一起参加比赛！"

"陷害的方式可以稍微增加些难度吗？"郝佑鸣脸上写着满不在乎，自从出名之后八卦绯闻屡见不鲜，虽然狗仔从没有拍到过具有说服性的亲密合影，但照样可以把素未谋面的女明星写成他的情妇，所以谁还在乎一个所谓的强吻？

"这世上还有比暧昧不清更方便快捷的陷害手法吗？"乔芊眼珠一转，"我想你的女朋友或情人也不愿听到男友出轨的噩耗，我这个人嘴巴很大的啊，保不齐会胡说八道。"

"最初我似乎是为了祝你顺利参加比赛才好心帮忙，你在告诉我什么是好心没好报？"郝佑鸣似笑非笑地看着她。

乔芊置若罔闻，上前一步，又说："不去也行，你教我玩扑克牌。"

"比如？"

"在不被监视器发现的情况下弄到一手好牌。"

"你想出千？"

为什么郝佑鸣和廖尘都能一眼看穿她的动机？！

"我可以负责地告诉你，世界上没有一种偷梁换柱的千术可以逃过赌场监视器的电子眼，别做白日梦了。"

"也不是非要作弊啊，我在网上看过你的扑克牌表演。我记得很清楚，嘉宾指出抽哪张牌，你便准确地抽出哪张。电视台为了测试你的能力，几台摄影机都聚焦在你的手部，确实没有抓拍到你换牌的细节。后来主持人问你是不是戴了涂有特殊记号的隐形眼镜，你笑谈道，扑克牌表演不是仅限于手法，还要有超常的记忆力，在洗牌时已经记下整副牌的顺序。嗯……我不相信你拥有异于常人的记忆力，所以据我分析，你肯定有一套独特的记忆方式。教教我吧，这关系到我未来的命运。"

如果可以记住牌面，不管玩什么都是赢。

郝佑鸣一副爱答不理的态度，抽出纸巾认真地擦拭着唇印，随后转身走人，乔芊赶忙提起裙摆追上前，"我人品有保障。"

"你今天讲了太多冷笑话。"

"在魔术方面我真的很崇拜你。"

"谢谢，再纠缠我，我只能辞退你。"

"即便你炒我鱿鱼，我还是你徒弟的女朋友啊。"

郝佑鸣忽然驻足，无比同情地望向迎面走来的廖尘，问："当你决定帮她的时候，有没有想过反而成为她的要挟手段？"

当他没听见吗？廖尘与乔芊属于假情侣关系。

心照不宣，廖尘耸下肩，"这小丫头太鬼了，人前装可爱，人后是御姐，千万别答应她什么准没错。"

郝佑鸣附议，随手关上卧室门。

乔芊怒目上前，二话不说把廖尘拽进某间客房，"你就这么随随便便把我出卖了啊？"

廖尘举起手机，"我爷爷刚打来电话，质问我是不是偷偷交了女友，足足教训了我一小时。我都说了叫你别招惹林助理，你偏偏不听。"

"林依娜到底什么背景？我怎么感觉你和郝佑鸣都不敢得罪她似的？"

"谈不上不敢，她是师父的前女友，不过是几年前的事了。"

乔芊恍然大悟，"那她为什么称呼郝佑鸣为'郝先生'？"

"毕竟是工作关系，唯恐越界吧，谁知道？"廖尘原本不该讲出有关师父的往事，但如果不将大致情况告知乔芊，下一个倒霉的肯定是她。

"可是你曾说过林助理仍旧喜欢郝佑鸣。分手原因知道吗？"

"不知，何况你不这样觉得？"

"或许是，我对情情爱爱的事不感兴趣，反正我的婚姻早就注定了。"乔芊喟叹一声，在他面前旋转一周，"结婚那天我穿成这样，再化个僵尸妆，会不会吓死新郎？哈哈。"

"原来你的婚姻也是由家里决定的？同是天涯沦落人，握个手吧。"廖尘终于从她身上找到"同病相怜"的话题，"不过我应该比你更惨；我到现在还不知道对方姓甚名谁。"

"哎？这么巧，我也不清楚未婚夫的高矮胖瘦。不过我猜想肯定是个丑八怪，否则长辈们不会支支吾吾避而不谈。"

廖尘严重同意，"她只要有你的一半我就知足。"

"啧啧，你终于承认我是美女了！"

"我指的是坏心眼儿减半。"

乔芊立刻打掉他的手，"人不犯我我不犯人，撇开让你背黑锅、提东西等几件小事不算，我不就利用你打击了一下林助理的气焰吗？小气吧啦地在你师父面前出卖我。"

廖尘欲言又止，无奈地笑了。其实说白了吧，有些麻烦纯属自找，如果乔芊没姿色、没身材又只有臭脾气，他又何必自讨苦吃。

"内疚了吗？为了表示歉意，陪我参加比赛。"

"我可以到现场给你加油助威，但真的不能出现在台上。"廖家富甲一方，此次出行又未指派随从，所以家中长辈告诫他越低调越好。

死脑筋。乔芊气哼哼地推门而出，本打算返回洗手间换回自己的衣服，却发现郝佑鸣蹲在回廊的围栏前吃饼干。

顺着他的视线看向一楼客厅，林依娜正在与一位西装革履的男士交谈，听不清内容，但看对方愁眉苦脸的样子应该是遭到某种拒绝。

乔芊眼中划过一丝狡黠，蹑手蹑脚地靠近郝佑鸣，在他的身后站定，缓缓地伸出两只魔爪，企图吓他一跳。

然而，她刚欲拍他肩膀再大喊一声时，郝佑鸣一转身捂住她的嘴把她推到墙边。

乔芊顿时感到口腔里鼓鼓囊囊的，咂巴咂巴还有股蓝莓的味道……呃！他居然把吃剩的饼干塞进她嘴里？！

郝佑鸣做了个噤声的手势，谨慎地松开手。

"鬼鬼祟祟地躲那位男士呢吧？追债的？你教我玩扑克牌，我帮你还钱。"

咯吱咯吱，她在嚼饼干。

郝佑鸣漫不经心地瞄她一眼，抱着饼干盒蹲回原位。

乔芊跟着凑过来，"你蹲在这儿就不怕客厅里的人看到？"

"你可以下去看看。"

乔芊不明所以，连破白裙都没换便跑下阶梯。当她站在两人身旁抬头相望时，居然发现眼前就是再正常不过的空回廊。

"你穿成这样来客厅做什么？没看见我正在会客吗？"林依娜不满地问。

"不好意思，我马上离开。"

"这位小姐请稍等一下，"男士取出一张名片双手奉上，"我绝对没有挖墙脚的意思，只是我公司正在为一部带有玄幻色彩的微电影物色女主角，若有兴趣欢迎试镜。"

乔芊完全没兴趣，敷衍地应了声，继而奔上楼梯，气喘吁吁地问："你是怎么做到瞬间把自己变没的？"

"我哪儿也没去，还看到影视公司的人给你递名片。"

乔芊越发迷糊，因为在下楼的过程中，通过余光可以看清郝佑鸣的所在位置，确实没有出现人影移动的画面。

对此问题她想了很久，换衣服在想，吃饭在想，刷厕所的时候也在想，直到晚间十一点，她终于发现了玄机。

于是兴冲冲地敲响郝佑鸣的房门。

郝佑鸣打开门，怀抱一只刚出生不久的小狗崽。

"我明白了！虽然不知道你是如何搭建的，但我猜想你利用了镜子的反射效果，因此不管我走到哪个位置，看到的都是你事先准备好的静态画面。对不对？"乔芊伸出一根手指摸了摸可爱的小白狗。

郝佑鸣沉默片刻，提起小狗搁在她的头顶，"送你。"

"是不是我答对了？"

郝佑鸣缄默不语，摘下戴在食指上的黑色戒指，捏在两指之间呈现在她的眼前，"看好。"

话音刚落，五指展开，乔芊就这么眼睁睁地看着戒指不翼而飞了。

"如果你可以参透其中的奥秘，我会考虑教你玩扑克。"

"你再表演一次。"

说话的工夫，戒指又回到他手中，由此乔芊可以确定，他不是趁乱扔出去的……

"等等，我要给戒指做个记号。"乔芊径自跑进他的卧室，环视一圈找到记号笔，在戒指上画了一个红点。

郝佑鸣依旧是一副从容不迫的神态，再次将戒指举到她的眼前，乔芊目不转睛地盯着，不到一秒，戒指再次消失不见。

乔芊踮起脚尖，急忙压低他的掌心察看，也没藏在手心里啊。

"到底藏哪儿了？……"她一手托着小狗崽，一手顺着他的指骨反复摩挲，拍了拍他的裤兜，捏了捏裤腿，又摸到他的手腕，除了发现他手臂很结实之外没有其他收获。

她拧起眉，倏地注意到他脖子上的一条时尚项链，刚要伸手，郝佑鸣倒退一步。

乔芊以为找到答案，疾声厉色道："别动！不许乱动。"不由分说地解开他的衬衫扣子，当解到第三颗时，却只看到一条造型奇特的项链，她不禁大失所望。

"再脱就剩裸体了，何况所谓揭秘，不是在我身上翻找，而是自己琢磨。"郝佑鸣系衣扣之际，那枚做有标记的戒指已神不知鬼不觉地戴回食指。

"如果我猜出来，你真教我玩扑克和参加角色扮演比赛吗？"

"后者免谈，前者也许更多，如果你感兴趣的话。"郝佑鸣自小接触魔术，这一行最讲究天赋与执着，乔芊虽然没有马上找出戒指消失的奥秘，但寻找方向是正确的；还有回廊的问题，她竟然没花多少时间便想到与反光镜有关的答案。至于说她执着，她为了参加毫无意义的比赛不厌其烦地说服他。基于以上两点，基本可以通过他的测试。

——这个毫不犹豫从他手中抽走Queen的自信女孩，相当有天分。

正想着，一个粉色的三角鼻头悄悄地凑到他的手边。

"快闻闻，然后替我指引方向。"

乔芊不苟言笑，捧着胎毛还没脱的小白狗，硬是要当猎犬用。

郝佑鸣神色纠结，有时看着挺机灵，有时又幼稚得可以，或许应该再看看。

第四章
土豪之间不是朋友

乔芊躺在床上辗转难眠，正思考着郝佑鸣所出的难题，手机嗡嗡作响，待她看清来电是谁，立刻将空调冷风调至最大，继而站在风口下方接听电话。

"妈，我……"

"终于舍得开手机了？！你这孩子，留下一张字条说走就走是不是神经错乱？！你一直很乖，妈真不敢相信你会做出这种事！"乔母的口吻既焦急又气恼。

"对不起，让您担心了，万分对不起，我……就是想在结婚前出来走走，妈妈，拜托您千万别告诉爷爷。爷爷他老人家还没回国吧？"

电话那端传来长长的舒气声，"你爷爷如果知道这件事，你以为你还能在外面待几分钟？罢了罢了，既然你有胆量甩掉阿德跑出去，妈硬要你回来估计你也不会听话。唉，妈可以理解你的心情，还是个孩子呢就要嫁人。你在信上说去了西藏？适应那边的气候吗？温度很低吗？有没有带感冒药？"

"一切都好，我也没有患上高原反应。这里真是太美了，我本来就纯洁的心灵再一次得到了净化！"乔芊对着墙壁大肆抒情。

话说她来到郝宅还真与爷爷脱不了关系。那时她正筹划着去何处疯狂一下，无意间听到爷爷与父亲的交谈内容，当时他们正在收看电视节目，一转台刚巧看到郝佑鸣的纸牌魔术。爸爸便随口评论道，听说郝佑鸣不只魔术了得，赌术也很高超；爷爷则表现出一脸不屑，急命保姆转台。

说者无意，听者有心。究竟是怎样一位了不起的大魔术师，居然使得从不关心娱乐节目的长辈们，不仅记住全名甚至特别关注？于是，乔芊暗自决定会他一会。

"芊芊，我们视频通话吧，妈要看看你。"

"这个……这里信号不好啊，而且我也困了，不如明天吧？"她刻意地打个哈欠。

"一言为定，那你早点休息，那边早晚温差大，注意保暖，一人出门在外千万不要惹事。哎呀，还是不放心，干脆把酒店地址告诉妈妈，叫阿德飞过去保护你。"

钟玄德是乔芊的贴身保镖，甩掉他再上飞机已然费了九牛二虎之力，她才不会自投罗网。

匆匆结束通话，乔芊更无心睡眠，拿起纸笔列出购物清单，防寒服、登山靴、羊绒衫……这大夏天的，真是疯了。

与此同时，郝佑鸣也接到长辈打来的国际长途。

"乖孙子，什么时候回家看看奶奶？"

郝佑鸣明白奶奶的意思，说："等此次巡演结束我就回去接手生意，您最近身体怎么样？"

"身体还可以，就是偶尔感到累。你父母过世早，你继母在生意方面又帮不上忙，在这世上奶奶只剩下你一个亲人，奶奶不会逼你马上放弃魔术事业，但这一次你无论如何不能反悔，一定要帮奶奶达成你爷爷的夙愿。答应奶奶，快保证。"

"我保证。"他几乎每天都要重复这三个字。

"乖，奶奶年纪大了，知道自己爱唠叨，但是不重复一遍总感觉心里不踏实，千万不要让媒体拍到你与年轻女性过分亲密的照片。即便你真有心上人也要等半年之后再说，否则奶奶无法向亲家交代。"

郝佑鸣轻叹一声，"放心吧奶奶，这些年我忙得不可开交，根本没时间谈情说爱。"

挂上电话，他不由得脱掉工作服，走出房门，来到露台呼吸新鲜空气。

"原来你也没睡？"

乔芊抱着小狗崽坐在他身旁的躺椅上。

不约而同仰望满天繁星，双双长嘘一口气。

"你有烦心事？我也是，好烦。"乔芊自顾自喝着饮料。

"女人烦的不过是身材和容貌，纯属无病呻吟。"郝佑鸣对经商没有太大兴趣，可是又不能再让年迈的奶奶奔波劳累，何况奶奶属于事业型女强人，如果他不肯接手，奶奶不仅仍会事事亲力亲为，还会在每一个壮大事业的契机上全力以赴。

"肤浅，我担心的问题远远超越你的想象，大有可能要与一个猪头男结婚生子。"乔芊托高小狗扭了扭。

"那么好，饿了可以咬两口。"郝佑鸣一手枕在脑后，想到坐在身旁的倾听者还是个女孩，欲言又止。

乔芊望向他的侧脸，他的眼睛宛若吸入星光般明亮，让这百无聊赖的夜晚多出几分光彩，虽然她常说帅哥空有其表，但终究还是这号人物养眼啊。

"郝锅锅，我能问个很私人的问题吗？"

"你想问我和林助理分手的原因？"

"厉害，你怎么知道廖尘八卦了你？"

"不是他多嘴，是你难缠。"自从乔芊住进来之后，他无比同情心慈手软的徒弟。当然，仅限于精神上的同情，因为他也是欺负徒弟的元凶之一。

"那你说说呗，我最爱听有关苦命鸳鸯的故事。"乔芊试图走入他不可告人的内心世界，然后乘胜追击，拉近彼此间的距离。

"比起当情侣，更适合做合作伙伴。"郝佑鸣敷衍了事地动动嘴唇。

"林助理是挺能干的，尤其是在帮你赶走莺莺燕燕方面。"

"这是我交给她的工作。"

乔芊半信半疑地应了声："这说明你是个自控力很差的人？"

"你觉得呢？"

乔芊支起上半身，凑到他眼前，认真地审视他的五官，"据面相学来看，狭眸且内双的人异性缘极好，薄唇代表薄情，高鼻梁加浓眉代表性欲强……综合分析吧，你属于只想把女人骗上床但不愿负责的花花公子。我说的对不对？"

"你说什么就是什么。"郝佑鸣勾起唇，悠悠地凑到她面前，稍显夸张地咬了下嘴唇，用挑逗的语气问："有没有兴趣去我房里聊聊人生？"

乔芊见他眼神迷离很有内涵，尖叫一声举起小狗挡住他的脸，继而跳下躺椅，连拖鞋都来不及穿好便火速逃跑。

郝佑鸣吹了声口哨，终于清静了。

可是安静不到十分钟，乔芊手举马桶搋子又走回来。

"我警告你，虽然我有求于你，但你千万别打我的歪主意，否则你一定会被我的夫家追杀。这不是威胁是事实，千真万确的事实。"

"你郑重其事地跟我说这些，是怕自己把持不住吧？"他粲然一笑，露出一口洁白的牙齿。

"你够了自恋狂！我来到这里是真心希望你能教我牌技，但你不能仗着我有求于你，便在言语上轻薄我，有没有听、明、白？"

不等郝佑鸣发表点什么，廖尘迷迷糊糊地走上前。从他的角度看不到郝佑鸣，见乔芊挥舞马桶搋子抽风，有气无力地说："刚睡着就被你一声尖叫惊醒，如果你看到鬼火，可能是师父在做实验，如果你看到静态物体自行移动也是师父的杰作，这世界上没有鬼。"话说他刚住进来的时候也常遭到郝佑鸣的恶整，久而久之便习以为常。他猜想，郝佑鸣锁定的新一代折磨对象非乔芊莫属。

"哦，谢谢提醒。"乔芊怒视郝佑鸣，"你在我胳膊上弄弄血手印也就算了，如果再敢装神弄鬼吓唬我，我一定会把马桶搋子塞进你嘴里！"

郝佑鸣坐起身，慢慢地扭转视线，对预告未来计划的坏徒弟充满怨恨。

廖尘与他四目相对，顿时清醒八分，又平行移动眼球假装没看到。

乔芊根本没注意流窜在他们之间的刀光剑影，只看见一轮明月映在廖尘的身后，乔芊怔了怔，又看向手托红酒杯的郝佑鸣，忽然双掌一击，"我想到角色扮演的主题了！你俩扮演吸血鬼，只要化上浓艳的舞台妆，肯定没人能认出你们是谁，而我呢，就扮演被你们争抢的某某公主。唰！只见郝佑鸣凭空变出一束红玫瑰送给我，我刚准备羞答答地接过来，又见廖尘变出一颗钻戒朝我抛媚眼，你俩身高、身材差不多，又都是帅哥，一定会成为全场的焦点，怎么样怎么样？"她左顾右盼等待认可。

前所未有的静谧，空气中恰似弥漫着浓重的鄙视气息。

郝佑鸣抛弃前嫌，信步走到廖尘面前，与他互道晚安，各自回房。

乔芊嘟起嘴非常不爽，她想在结婚前夕做一些不算太出格的疯狂事怎么就这么难呢？哼，迫使她放弃没那么容易，加油吧，乔芊。实在不行就自己去，虽然她这个门外汉肯定拿不到奖杯，但是拍几张照片留作纪念也好。

于是，她马上回房查找有关吸血鬼的动漫，待确定目标后，便在隔日清晨，干了一件让别墅上下都震惊的事。

一大清早，陈管家扫视出现在客厅沙发靠垫上、走廊墙壁上、餐厅桌布上以及各个房间门前的同一种图案的时候，险些昏厥过去。

"这到底是谁干的？！"管家戴上老花镜审视杯垫上的印刷图案，岁数大了不清楚年轻人的喜好，不过这些图案明显来源于某部动画片。看那两颗带血的犬齿，似乎是吸血鬼。

林依娜起身早，听到嘈杂声开门而出，她刚欲询问管家，一转眼看到张贴在墙壁上的海报，定睛三秒，一把将海报扯了下来。

"陈管家，乔芊在哪儿？！"

"早上好林小姐，乔芊目前不在，她按照我的指示去超市购置洗涤用品了。"陈管家提起乔芊总是面带笑意，主要是没想到这个起初死缠烂打要见郝佑鸣的小妮子特勤快，不仅把马桶、浴盆洗刷得干干净净，还主动帮厨房收拾碟盘碗筷。虽然并非亲眼所见，但家政人员们都对乔芊赞不绝口。

"这些海报肯定是她贴的，等她回来之后叫她来我房里。"林依娜昨天在饭桌上听廖尘与郝佑鸣闲聊时似乎提到什么动漫比赛，郝佑鸣只说了一句，你叫乔芊趁早死了这份心。

不等陈管家帮乔芊说好话，林依娜已怒气冲冲地走上楼，一路走一路撕海报。

管家看向正在忙碌的家政人员，"真是乔芊做的？"

"对不起陈女士，我不清楚啊，我以为是郝先生的安排，难道不是吗？"拿人钱财与人消灾，自从乔芊来了之后，所有保姆一直在创收。

一刻钟后，郝佑鸣舒展着筋骨走出卧室，来到餐厅，拿起咖啡杯，发现不是平常使用的杯子，端起来看了看，杯子上印着一位身着燕尾服、手持红酒杯的吸血鬼男爵。他移开咖啡杯，餐垫上印有同样的人物，并且多出一排说明——郝佑鸣饰《吸血鬼骑士》中的玖兰枢。能力：用意念摧毁事物、透视、使非纯血统的吸血鬼臣服于他。（温馨提示：很适合你哦！）

不一会儿，廖尘溜溜达达走进餐厅用早餐，他拿过马克杯倒牛奶，看到杯上印有一个满头银发、犬齿外露的吸血鬼少年——廖尘饰《吸血鬼骑士》中的锥生零。能力：吸血鬼猎人家族唯一继承人。（温馨提示：你在我眼中一直是正能量美少年！）

"呵呵，这丫头真能折腾。"廖尘笑着摇头，昨天见她没再提起那事以为消停了，怎料大动作在后面。

郝佑鸣见他面前的人物不同，径直拉过餐垫一看，悠悠地眯起眼，"我是吸血鬼，而你是抓捕吸血鬼的猎人？我看起来很弱吗？"

铿一声，酷似金刚狼的三条钢爪从郝佑鸣的手肘处弹出。

廖尘小幅度地扬起下巴，"我没有参与这等罪恶勾当。"

"难道你们两个有头有脸的成年人真要陪着乔芊一起疯？"林依娜非常不

解，为什么两个成熟的大男人会对孩子们的世界充满兴趣。

郝佑鸣与廖尘互看一眼，随后看报的看报，吃早餐的吃早餐。

郝佑鸣在想：还有半年，便要返回大西洋城接手家族事业，届时第一件事就是要与奶奶认定的孙媳妇拜堂成亲，人生是如此的悲剧。

廖尘在想：最多半年，必须与素未谋面的未婚妻正式会面，唉，再没自由可言。

与此同时，乔芊走在返回别墅的路上，接到了母亲打来的电话。

"哎哟，知道了妈妈，不是还有小半年呢吗？我真的不是逃婚，就是出来放松一下，不管对方是谁，我肯定嫁啊！"

挂上电话各种郁闷，爷爷的思想真是顽固不化，难道不靠外姓男人的帮助，乔家企业就得倒闭？她完全可以独立经营啊好不好！

乔芊在走入别墅之前已接到其他保姆偷偷报来的坏消息，据通风报信者观察，郝佑鸣与廖尘都没啥大反应，情绪最激动的是林依娜。

"嗨，各位早上好。"乔芊换好工作服主动现身。

一分钟过去，鸦雀无声。

倏地，林依娜走到她身旁，叫她走一趟。

廖尘扭身望向她们的背影，神色中透着几分担忧。

"师父，乔芊只不过贪玩了点，其实并没伤害到谁。"廖尘曾经见过林依娜训斥属下的场景，硬是把对方一个大男人骂到痛哭流涕。

郝佑鸣抿了口咖啡，慢条斯理地说："卖萌、耍赖、喋喋不休是乔芊的长项，林依娜碍着你的面子应该不会太为难她。"

廖尘应了声："不过，林助理迟早会发现我和她是假情侣关系。乔芊性子急，林助理脾气冲，但愿不要动起手才好。"

话音未落，二楼传来玻璃制品落地的轻微声响，郝佑鸣看向天花板，与廖尘互望一眼，不约而同地向林依娜的办公室走去。

另一边，办公室里——

乔芊与林依娜被五花大绑捆在一起，嘴上缠着胶带，惊恐地注视着两名假扮园丁的盗贼。

事情是这样的，林依娜怒气冲冲地推开办公室门，还没站稳便被埋伏在门后的盗贼勒住脖子压在墙边。而乔芊虽然听到屋内发出凌乱的脚步声，但是没多想，因为心思正放在如何应对林依娜刁钻的问题上，于是被盗贼如法炮制逮个正着，当她反应过来的时候，一把刀顶在喉咙上，想喊也不敢喊了。

不过话说回来，谁能想到屋里藏着两个入室抢劫的贼啊？！

两名盗贼头戴只露出眼睛的匪帽，根据头部的面积，暂时称他们为"大头"和"小头"。

大头首先给了小头脑瓜顶一拳，"你不是说这个钟点他们都在餐厅吗？！"

小头委屈地揉揉脑门，"我在这里浇花浇了一个月，每到这时候主人家全去一楼吃早饭，家政人员都在一楼活动，千真万确啊！"

事已至此，大头也懒得跟他废话，阔步上前捏住林依娜的下巴，压低声音警告道："只要不反抗，我保证你们没事！"

不等林依娜给出回应，乔芊率先快速点头，求财好，钱乃郝佑鸣之物。

然而，已然将办公室翻箱倒柜的二人要的不是钱。

大头撕开粘在林依娜嘴上的胶带，继而将水果刀架在她的脖子上，"说！姓郝的把《千手》搁哪儿了？"

千手？乔芊竖起耳朵，千术的千？

此刻林依娜终于弄清楚盗贼出现在办公室的原因，不由得冷笑，"原来你们要的是《千手》，当然在郝佑鸣身上。"

"放屁！据我所知，那东西分量不轻！长什么样我也清楚，你在逼我揍你吗？！"大头将水果刀向前方压了压，刚要加以质问，只听一串脚步声从门外传来。两人互看一眼，立刻一人挟持一名人质，来到房门两侧。

敲门声很快传来。锋利的刀刃抵在喉咙上，林依娜唯有按照盗贼的指示询问来者是谁。

"刚才无意间听到重物落地的响动声，你们没事吧？"廖尘问。

"没事，不小心打破了花瓶，乔芊正在收拾。你去吃饭吧，我和乔芊聊得正投机，打算一会儿一起去买衣服。"林依娜使用非常柔和的声调试图引起他的警觉。

果然，这样的回答足以让廖尘与郝佑鸣察觉到古怪。郝佑鸣将没喝完的咖啡倒进垃圾桶，翻转咖啡杯口贴在门板上窥听。

廖尘沉了沉气，继续试探，"如果林助理不介意的话，我有几句话要对我家芊芊讲，请她先出来一下可以吗？"

听到这样的要求，小头按照大头的吩咐撕开乔芊嘴上的胶带，再用眼神威胁乔芊老实点。

"干吗呀亲爱的，一分钟不见我如隔三秋是吗？"乔芊也一反常态地耍起嗲。

"……是，baby你能出来一下吗？"廖尘搓了搓发冷的手臂。

"不要这样呀亲爱的，你乖哈，我过一会儿就去找你。"乔芊不动声色地呕了下。

门外，郝佑鸣抬起一只手，伸出四根手指，暗示屋中人数。

廖尘倒抽一口气，果然温柔什么的都是假象。

"好，那你们慢慢聊吧，我去晨练。"他扬声表明动向，继而加重步伐走向楼梯。目前有两件事需要马上进行：一是报警，二是命令宅中所有人留在一楼。

郝佑鸣则按兵不动，忽然听到拧动门把手的轻微声响，他一个闪身躲到石膏雕塑侧面，再按下石膏雕像底盘上的旋转机关，让它转动90°，利用雕塑的正面挡住开门人的视线。

小头贼眉鼠眼地打开门，首先看到正对着自己站立的维纳斯石膏像，感觉哪里不对，不禁挠挠头。

"发什么愣，人走了没？"大头一边将两名女人质背靠背捆绑，一边催促小头赶紧关门。

"老子的耐性有限，再不说《千手》在哪儿，我可要打女人了啊！"大头擅拳挥袖。话说在大别墅里偷东西原本并不是麻烦的事儿，但麻烦在于郝佑鸣把《千手》看得很紧，所以只能选在他刚起床用早餐的时段展开盗窃行动。

据买家介绍，《千手》本身并不值钱，只是一本对郝佑鸣而言较为重要的工作笔记。买家还提出两个要求：一、在偷盗过程中万不可损坏分毫；二、绝不允许伤人。

郝佑鸣回想着整栋别墅的结构。林依娜的办公室位于别墅二楼，楼下是玻璃花房。这两人肯定是利用花房作为蹬踏点潜入二楼，而且据他推断，应该身着园丁的工作服。

如果等到警察抵达现场，封锁后路，再抓捕二人并不难，但麻烦的是，不知林依娜与乔芊的处境，一旦对方狗急跳墙大开杀戒可就危险了。

思及此，他弯身前行，快速钻进自己的卧室。几分钟之后，从他的卧室里走出一名身材高挑、身着性感晚礼服的大美女。"她"脚踩高跟鞋，肩头披挂一条丝质围巾，整了整大波浪式的黑色长发，不急不缓地来到办公室门前。

与此同时，屋中盗贼再次受到脚步声惊扰，不免有一阵小躁动。

"依娜、芊芊呀，你们知道我刚买的E罩杯文胸放在哪儿了吗？"郝佑鸣掐着脖子发出尖细且露骨的问话。

林依娜与乔芊都没能在第一时间认出郝佑鸣的声音，但心里都在想，女警来了！

小头记得别墅里没有大咪咪，但大头似乎很感兴趣，悄然上前观察，果然看到一位美女正倚在护栏旁搔首弄姿。

"快点告诉人家嘛，哦，对了，还有我新买的情趣内裤也不知去向，瞧我这记性哟，别人都说胸大无脑、胸大无脑的，我怀疑我的智商真是被胸部吃掉了，哈哈哈……"郝佑鸣对着门板做出几个很恶心的咬唇动作，又故作粗鲁地托了托胸前两个圆形气囊，故意挤出一条很深很深的大乳沟。

大头舔着肥厚的嘴唇，看得口干舌燥，于是揪起瘦小的乔芊，刀尖顶住她的腰眼，命她开门"迎宾"。

性命攸关，乔芊哪敢轻举妄动，她谨慎地打开一道门缝儿，刚欲对前来救援的"女警"挤眉弄眼说明情况，只见化身女模特的"女警"一把拥住她的脖子，向前方走了两步，主动自投罗网。

咔嚓一声，大头反锁房门，刀尖本想顶在美女的后心处，但恍然发现美女忒高大了点，这一刀差点戳在美女的丰臀上。

一股浓郁的香水味儿扑向乔芊，她很想睁开双眼看清对方容貌，但脑瓜被埋在两个软软的球体中"不能自拔"。

林依娜透过背影已然认出来者是郝佑鸣，她非但不开心反而担心起来，毕竟盗贼们找的就是他。他为了保住自己和乔芊的安全，或许真会交出他格外重视的《千手》。

郝佑鸣在进门的一瞬间已看清几人方位，此刻最危险的当数林依娜，因为其中一名蒙面歹徒正把刀架在她的脖子上。因此，他首先加重手中的力道将乔芊推到窗口的位置，随后边贱笑边问："哎呀呀，依娜你个小淘气用什么东西扎我呢？"

乔芊终于看清"女警"的容貌，好美好修长！不过，怎么看上去有些眼熟？

郝佑鸣无视神色呆滞的乔芊，转身之际用力甩动长发，只见那柔韧度极好的假发发梢毫不留情地扫过大头的眼睛！

大头下意识捂眼弯腰，郝佑鸣没有乘胜追击，而是像白痴似的娇嗔一喊："不好意思，我不知道你们在排练，你们是新来的魔术助手吧？"说着，他笑眯眯地走到小头身旁，敲了敲刀面，"哇塞！表演项目莫非是只蒙口鼻不蒙眼的飞刀术？哦呵呵，英俊潇洒、玉树临风的郝大师去哪儿了？"

"……"乔芊总算想起这个对郝佑鸣赞不绝口的女子是谁了，生死关头，救人之余还不忘自夸几句的人都是神经病！

控制林依娜的小头也被大美女"天真烂漫"的思维构造逗笑了，何况眼前的女人真的很美，就跟杂志封面上的大模特儿似的。

郝佑鸣伸出修长的五指，顺着刀柄的位置摸上小头的手腕，小头就像触了电一样僵硬抖动。为什么呢？因为郝佑鸣就是在用一根微小的电针扎他！

大头那边揉着酸疼的眼睛，揉了老半天才把眼泪与疼痛去除。他首先看清美女的臀部，又见小头正面朝美女一抽一抽的，误以为这小子不分尊卑捷足先登，于是也忘了牵制乔芊的行动，火冒三丈地走上前，一把捏住美女的肩膀。就在这时，郝佑鸣猛然转身，双手同时出拳，稳准狠地击中盗贼的眼眶。

"哎哟哟，还有完没完……"大头捂住双眼，二次扶墙蹲身。

郝佑鸣冷笑一声，翻手一拳重重打在大头的太阳穴上，继而粗狂一声吼："进来抓人！"

猝然之间，埋伏在门外与窗外的刑警冲进房间，将两名歹徒五花大绑。

廖尘后脚进屋，先被郝佑鸣雷人的造型吓了一跳，紧接着急忙替林依娜松绑，同时询问乔芊有没有受伤。

乔芊摇摇头，完全不在意周遭的混乱与之前的种种，心生崇拜地走到郝佑鸣身旁，"我扮演吸血鬼，你来演傲娇公主肿（怎）么样？"

郝佑鸣优雅地撩了下长发，带着浓重的爷们气息说："去死。"

乔芊眯起含恨的双眼，家贼难防听说过吗，等她偷走什么宝贝"千手"之后看你从不从！

同时，两名稀里糊涂被制伏的盗贼，亲眼所见大美女取下假发套露出真容的这一刻，惊了。

因为郝佑鸣的名号响亮不便出现在公众场合，所以经过协商，警方请四名当事人留在别墅中分别做笔录。

"乔小姐你好，首先请你出示有效证件，方便警方存档。"刑警说。

乔芊惊得睁大双眸，存档？开什么玩笑。

"我是受害人。"

"我知道，但是希望你配合警方的调查工作。说句不算中听的话，许多入室抢劫案都无法排除监守自盗的可能性。我不想为难乔小姐，职责所在。"

"你说我里应外合偷郝佑鸣的东西？！欺人太甚！我不录了！"乔芊借题发

挥，一溜烟跑向郝佑鸣所在的房间。

她推开休息室的门，见两名刑警正在询问郝佑鸣，她抖抖嘴唇依着他坐下，"警方怀疑我跟小偷是一伙儿的，太欺负人了！呜！"

"那你就招了呗，逢年过节我会去监狱看你。"

乔芊扬手打了他一巴掌，继而附耳说："我是背着家里人出来玩的，万一让我父母知道我遭遇危险事件，肯定会把我关起来，这次你无论如何也得帮帮我。放心，不让你白帮忙，我送一辆奔驰怎么样？"

听罢，郝佑鸣悠悠地看向刑警，"如果我家里有妄想症患者，你们能否一并带走？"

乔芊见他还想说什么，一把捂住他的嘴，"好吧，当我没说，帮帮忙吧。"

郝佑鸣思忖片刻，用审视的目光打量她，"不过话说回来，那两名小偷的盗窃手法非常不专业，而你张口闭口动辄百万，充分说明雇主钱多人傻。"

她确实想二次偷盗来着，可是还没动手，已经成了主要怀疑对象。

刚要帮自己申冤，寻找她的刑警后脚追来。乔芊紧张地攥住郝佑鸣的手腕，越攥越紧之际，她忽然感到手心里压着什么东西，于是她松手低头，看到郝佑鸣手腕上套着一根与肤色几乎相同的皮筋。

刑警欲开口，乔芊扬手制止，盯着那根皮筋与他的手指，陷入沉思。

她不走便影响到郝佑鸣这边的询问记录工作，郝佑鸣见她神色专注，基本猜到她正在思考的问题，于是叫来管家请几位警务人员暂时离开，他则原地不动，饶有兴趣地等待结果。

乔芊边沉默边踱步，半小时就这样过去了。

突然之间，她跳转一圈，睁开炯炯有神的大眼睛，指向郝佑鸣的手腕，"我知道戒指消失的秘密了！你在与我交谈的时候偷偷把戒指与皮筋相连，当手指松开的一瞬，戒指必然在弹力的收缩下钻进你的袖口，后来，我挽起你的衣袖检查，你当时还自觉自愿地解开袖扣，其实是用来掩饰你把皮筋与戒指推向手腕以上的动作。对不对？！"

"听起来似乎有点道理，但我是怎么把戒指与皮筋相连且保证其不会掉落的呢？"郝佑鸣弯起眼睛，笑容中透出三分惊喜。

乔芊拧起眉，"我能看看那根皮筋吗？"

郝佑鸣优哉游哉地摇了下头。

"我再表演一次？"

"好，不过等一下，用我的戒指。"乔芊从挎包里取出一枚戒指交给他。

郝佑鸣捏起戒指一看，很快确定镶嵌其上的宝石是切工完美的真钻，"两克拉？"

"也许吧，夫家那边派人送来的。"乔芊不是很想回忆这件事，因为只收到订婚戒指却不见未婚夫的准新娘更像一件商品。

问话的工夫，郝佑鸣已在戒指上做好手脚，乔芊此刻再聚精会神观望为时已晚。

"看好。"

"嗯！"

五指张开，戒指消失不见。

乔芊呆滞地眨眨眼，"没看见啊，快快快，变回来。"

"我什么时候说过再变回来？"

贪财鬼想独吞！乔芊扑向沙发，一边索要戒指，一边趁乱摸索他藏在手腕上的机关。

郝佑鸣自然看穿她的小心思，抬高双手就是不让她碰，乔芊气急败坏，一个饿虎扑食把他摁倒在沙发上，继而骑在他身上"毛手毛脚"。

哐当一声，半扇门板硬生生地撞上墙壁。

乔芊侧头望向怒火熊熊的林依娜，说："别误会，我只是在找东西。"

林依娜立刻意识到自身的过激反应，将怒气咽进喉咙，尽量平静地开口："误不误会都与我无关，我只是过来传达刑警的意思，他们询问郝先生何时可以继续笔录。"

郝佑鸣坐起身的动作直接让乔芊失去平衡，见她向后倾斜便一把捞住她的腰，顺势将钻戒放入她的挎包之中。所以说在许多时候，魔术师与女观众勾肩搭背，真的不是在耍流氓。

"戒指就在你身上，慢慢找。你的情况我会向警察说明，晚点儿再说刚才的事。"郝佑鸣朝林依娜点下头，站起身，与林依娜一同离开休息室。

乔芊坐在沙发上"自摸"，果然发现戒指神不知鬼不觉回到包里。她捏着戒指仔细观察，刚要贴在鼻子上闻闻，休息室大门再次被推开，她下意识地把戒指放回包中。

廖尘走进来，把手里捧着的一大盒冰激凌放在她面前的茶几上，"甜食有解压的作用，刚才吓坏了吧？"

"谢谢，你可真贴心。"乔芊刚巧口渴，拿起勺子大快朵颐。

"过来时遇到师父和林助理，林依娜脸色很差，可能也吓到了。"

乔芊懒得解释，嘟嘟囔囔地问："那两个小偷要偷的'千手'到底是什么宝贝？"

廖尘怔了怔，"原来他们来偷《千手》？那很可能是同行所为。"

"别卖关子，究竟是什么？"

"知道《千手》的人应该不在少数，因为师父随时会拿出来写写画画。简单来说，就是一本工作笔记，字典薄厚，记录了师父所发明的道具与魔术技巧等。"廖尘搓了搓下巴，"我其实也对《千手》感到好奇，但师父不可能允许别人翻看。"

乔芊往嘴里塞上一大口冰激凌，"好东西啊，谁弄到手谁就会成为郝佑鸣第二，而郝佑鸣在魔术界便会失去立足之地，如果真丢失的话，他八成连死的心都有。"

廖尘见她嘴角溢出奶油，抽出纸巾在她的唇边擦了擦，哑然失笑，"看你思路清晰，能吃能喝，我就不必替你担心了。"

说完这句话，二人的动作同时停顿，最终还是由廖尘打破僵局，"你在别人面前不是我的女友吗？免得管家保姆们跑来问东问西。"

"哦，我差点忘了这事，辛苦你了，今天多亏你和郝佑鸣反应快，否则我和林依娜没那么容易脱险，为了表示感谢，"她擦了擦手，拿起座机听筒递给廖尘，"我对本市不熟，麻烦你帮我在本城最好的海鲜楼订张桌子。"

廖尘诡异一笑，"顶级海鲜啊？啧啧，一顿饭吃下来怎么也得七八万吧。"

"很好很便宜，订吧。"

廖尘笑而不语，打开皮夹，从中选出一张信用卡推到她眼前，"有这份心意是好的，但是你这爱说大话的毛病真得改改，你请客，我买单。"

乔芊捏起卡看看，又丢回他手边，"谁说大话了，你以为我请不起？"

"我猜你的家底还算殷实，但如果我没记错的话，你的代步工具不过是一辆价值二十几万的小轿车，就不要再挥霍家里的钱了。"

乔芊没有看错，他满脸写着：你个小穷鬼，穷鬼，穷。

她仰头干笑三声，"听你这轻蔑又欠抽的口气，家里一定很有钱喽？"

廖尘耸了下肩，"也不是我赚来的，不值得炫耀。"

经营规模较大且口碑极好的赌场，简称印钞机，廖家凑巧就是。

"爱说不说，接着说《千手》，郝佑鸣平时都放在哪里呀？"她故作天真地眨眨眼。

"你千万别打《千手》的歪主意，即便你是女的，师父也不会轻饶了你。"

廖尘最初帮她稳固地位无非是为了给师父找一个更好欺负的娱乐对象，但是经实践不难发现，乔芊最大的功能是没事找事。通过这件事告诉我们，当你想利用一个人的时候，首先要了解这个人。

乔芊白了他一眼，既然小偷锁定办公室无果，那她就从郝佑鸣的卧室找起，然后把整本内容都扫描到电脑里，再之后，她岂不是想怎样就怎样了？

留在别墅的刑警们取证、做笔录，忙碌到晚间十点才收队。接下来的工作则是审问两名犯罪嫌疑人，据《千手》持有者郝佑鸣推断，必有幕后指使。

待大批人马离开，乔芊正好也睡醒一小觉——为了实施完美的偷盗计划，需要养精蓄锐。

换上保姆装，明目张胆地敲响郝佑鸣的卧室门，一本正经地问："郝先生，我现在可以进去打扫洗手间吗？"

敲了几声没有回应，她谨慎地拧了下门把手，发现房门居然没锁。

开启一道门缝钻入其中，听到流水声从洗手间传来，不由得内心狂喜，郝佑鸣正在沐浴，纸制品自然不能带进去，天助她也！

刻不容缓，她蹑手蹑脚地来到书柜前。书柜中整齐地码放着上百本原文书籍，从世界名著、天文地理再到民风民俗，五花八门，包罗万象。

千手……千手……郝佑鸣会在封皮上直接写上这两个字吗？

算了，工作量过大，她索性放弃书架转向床头柜，既然《千手》属于工作笔记，灵感来了随时都要翻开一用不是吗？所以放在床铺周围的可能性还是有的。

因此，她一边提防着洗浴的郝佑鸣，一边摸到床边……

与此同时，郝佑鸣悄然打开浴室门，清晰地目睹她鬼祟的身影。

当她爬上他的床时，他认为不能再等了。

"你在干什么？"

"啊——"乔芊双腿一软，额头撞上床头，又听到逼近的脚步声，她马上摆出一副慵懒的姿态，故作镇定地撩了下发梢，说："一个女人躺在一个男人的床上能干什么？嘘，无须置疑自己的魅力，相信你的眼睛。"说着，她用僵硬的手指划过自己僵硬的身躯，心里计划如果郝佑鸣心生邪念，立马愤愤地推开他，捂脸泪奔，顺利逃离犯罪现场。

"我看得很清楚，你弄脏了我新换的床单。"郝佑鸣不敢相信她居然仍穿着鞋赖在床上。

乔芊还没意识到鞋子的问题，她摊开一只手展示清洁度，"放心，在进来之前我还没刷过马桶。"

郝佑鸣甩了甩头上的水珠，将毛巾搭在肩头，走到床尾，双手攥住床单边缘向下拉。乔芊随着床单的移动一路下滑，当她快滑到郝佑鸣的身前时，她才惊慌失措地往反方向爬行。见她还企图踩脏褥子，郝佑鸣一把拉住她的脚踝拽到床尾，乔芊双手护胸，仰视头顶上的郝佑鸣以及他半敞开的浴衣领口，油然而生"霸王硬上弓"的不祥之兆！

"我、我我跟你闹着玩的……不打扰你休息了。"乔芊蹭回地面，刚欲逃窜，一股拉力牵制了她的行动，她不敢与他四目交汇，唯有静观其变。

郝佑鸣指向凌乱的床铺，对着她背影问："就这么走了？"

"要不然……咧？"她紧张地盯看木地板。

郝佑鸣不懂她理直气壮个什么劲儿，见床单碰倒了她拿来的清洁剂，洒了一地，他平静地指挥道："拖干净再走。"

啥？！脱、干、净再走？！

乔芊不由自主捂紧大荷叶边的衣领，偷偷向前挪动一小步，又走一小步，郝佑鸣倏地转到她的正前方，她利索地大踏步后退，"我知道错了，我再也不会擅自闯入郝大师的房间，你放过我吧行不行？"

郝佑鸣不明所以，见她一脚又踏进清洁剂里，不禁拧起眉，"我也没说你什么吧，只是叫你拖干净再走，有问题吗？"

乔芊不小心看到他健硕的胸肌，立马捂脸转身，好言相劝道："我是有未婚夫的人，你叫我脱我就脱，把我当什么了你？这种事大可去找林助理啊！"

拖地的活儿为什么要找林依娜？这都什么跟什么。郝佑鸣的耐心显然已到了极限，旋身走到门边，咔咔，反锁房门，把钥匙放进浴衣口袋，不悦地说："不拖干净今晚就别想出这个门。"话音未落，他返回洗手间吹头。

乔芊的冷汗流下来，没想到看起来像个正经人的他居然真是个禽兽！

她悄然走到窗边求救，但不幸的是，三更半夜无人经过。她又爬到座机旁，刚拿起听筒，郝佑鸣举着吹风机含怒走出来，"我再问你最后一遍，你拖还是不拖？"

吹风机强劲的气流吹动着他的浴衣边角，看上去越发像个变态色情狂。

"脱，我脱，你千万别冲动。"乔芊身着的工作服为两件套，里面是荷叶领的白衬衣，外面是黑色的掐腰吊带裙，为了避免工作时走光，裙子里面穿了安全裤。

她紧贴墙壁，艰难地站起身，将半边宽吊带褪下肩膀。此举令郝佑鸣感到错愕，于是径直向前，刚要问她在做什么，她却误以为自己手脚太慢引发他的怒火，所以手忙脚乱地将两边吊带全拉下来，紧接着摸索裙腰上的暗扣，"你、你别过来啊，我不是在脱了吗？！"

郝佑鸣的步伐戛然而止，回忆两人的对话，扑哧一下笑出声。

"笑什么啊，是不是脱完就可以走了？你刚才是这么说的没错吧？！"

"是，慢慢脱，别紧张。"郝佑鸣倒退三步，坐上转椅。

乔芊脱掉吊带裙之后当然不能再继续脱下去，她拉了拉还算长的衬衫，呈内八字站在墙角，决定与郝佑鸣谈谈心，"虽然我知道你很不耐烦，但我还是得说，再过不久我就要成为人妻，所以我肯定是不愿意，你长得又高又帅，只要动动小手指，什么样的女人得不到，何必非要为难我呢？我不远万里来找你，真的是为了学习牌技。"

"正如你所说，我不缺投怀送抱的女人，所以你凭哪一点让我心甘情愿教你？"郝佑鸣一手抵在唇边强忍笑声。

"我可以交学费。"

郝佑鸣耸耸肩，连话都懒得接。

不过，他确实有意栽培乔芊，她的执着、理智、童心、小聪明、自信与看似单纯靓丽的外表完全符合一位优秀魔术师应具备的条件。

——当一名大师级的人物发现一个可以替代自己的好苗子时，通常会出现两种极端的做法：一、彻底打压；二、倾囊相授，助她一举成名。

想着想着，视线扫过她赤裸的双腿，噢，又发现一个优点，腿够长够细，可以在穿裤装的情况下隐藏不少魔术道具。

"你腰围多少？"

"一尺八。"

"还可以再瘦一寸。"郝佑鸣点点头，"胸围呢？"

乔芊心头堆积着熊熊烈火，想抓花他的脸，但又怕真动起手来被他打成猪头。

"32B。"

"B？……"郝佑鸣扬起"电子眼"目测，"不必谦虚。"

魔术师要利用身体的每一个部位隐藏道具，女魔术师比男魔术师多出的一点优势还在于演出服上的变化。

乔芊不自然地咳嗽两声，"不要为满足一时私欲懊悔终身。"

"转过去，把长发撩起来。"

乔芊耐着性子照办。

脖颈儿要够漂亮，穿起晚礼服才够端庄优雅，郝佑鸣满意地应了声："你没有文身吧？"

"当然没有，我的家庭很传统，尤其对女性的要求格外严格，非常非常严格。"乔芊再次提醒他，自己是冰清玉洁的良家少女。

"很好，你过来一下。"

"你想怎样？"乔芊贴在墙边一动不动。

郝佑鸣见她不配合，主动走过去，自顾自抓住她的左手，感受指骨的柔软度。

"手指长得很美，你以后不用做清洁的工作，我会通知管家。"

通常出卖点什么便能换来点什么，乔芊火速缩回左手。郝佑鸣又拉起她的右手，摸了摸她的掌心，正因为知道她忐忑不安，所以才要试试她会不会出手汗。

不错，手心非常干燥，便于掌心藏物。

乔芊感到他们正在十指交扣，生平第一次与同龄男人做这种事，还是在被强迫的情况下，她不禁红了眼眶，眼泪在眼窝里打转。

郝佑鸣看不到她的表情，但她身体微微的颤抖传递到他的手中，他侧头看向她，她却转开头看向另一边。这一个微妙的动作，给他带来一种娇羞的感觉。

"你教训廖尘的时候不是挺嚣张的吗？现在怎么了？"

乔芊不愿让他看到胆怯的一面，快速擦掉眼泪，冷冷地问："我可以出去了吗？"

"不行，你还没拖……"

"你够了郝佑鸣！脱什么脱？！别以为我是女的就好欺负，如果我告诉钟玄德你非礼我，我保证你会死得很、难、看！"乔芊从没像此刻这般思念过保镖先生，万分想念啊。

郝佑鸣一笑置之，指向沾满污渍的地板，"我一直在说拖……地，你以为是？"

乔芊看向只穿衬衣和安全裤的自己，恨不得马上挖条直达无人岛的隧道！

真相大白，她这个完全不会防身术的弱智女子终于可以松口气了。

她抓起裙子跑进洗手间，隔着门板质问："不对啊，既然你没有那种想法，为什么还要对我上下其手？甚至不知廉耻地问我胸围？！"

"在回答你之前，你先回答我一个问题。"

"讲！"

"明知我在房里，你还爬上我的床是什么意思？"

一片空前绝后的宁静。

俄顷，乔芊提着墩布灰溜溜地走出门，先是吭哧吭哧擦净地板，再把脏床单卷了卷抱在怀里，若无其事地道："地板拖干净了，我把床单送到洗衣房去，晚安郝先生。"

她自顾自走到门边，毕恭毕敬地俯首，等待郝佑鸣拿钥匙开门。

郝佑鸣边掏出钥匙边目不转睛地看着她，"让戒指消失的方法想到了没？"

"肯定与皮筋有关，我起初设想皮筋上装有隐形挂钩，当挂钩咬住戒指环便可轻易弹进袖口，可问题是，弹进袖口之后该怎样取出来。"

郝佑鸣弯曲双臂，"你忽略了一个细节，现在察觉了没？"

乔芊观察着他的动作，幡然醒悟，"明白了！戒指弹进袖口之后你快速用手肘夹住，什么时候要用戒指了，手臂只要垂直向下，戒指就又掉回手心！"

郝佑鸣忍不住揉了揉她的发帘，"在魔术表演中，道具是次要的，重在手法。"他取下皮筋套在乔芊的手腕上，"这根皮筋上没有挂钩，看似是一根完整的皮筋，其实有一条可以抽拉的机关，拉线顶端涂有一种特殊的黏合剂，可以自动与金属制品粘连，但不能超过七克，也不要选择太轻的物品，否则有可能弹到你无法控制的部位。"

乔芊放下床单，提起这根神奇的皮筋，果然找到一根可以与皮筋主体分离的拉线。而拉线的底端又与主体合为一体，也就是说，当郝佑鸣用两指捏起戒指展示的时候，已经把拉线粘在戒指环上，再利用五根手指各个角度遮挡，巧妙地避开了观众的视线。

"真好玩，能送给我吗？"

"嗯，入门礼。"

听罢，乔芊怔了怔，"什么意思？"

"我要收你为徒。"

乔芊更恍惚了，"你说真的还是开玩笑？"

郝佑鸣伸出一根手指指向她的眉心，郑重地说："不管你出于何种目的找上我，我教你。"

"……"

乔芊一时间消化不良，其实她来的目的只是想学点千术对付未婚夫，没想过正儿八经地当学徒，何况他的态度转变得有点快，"虽然你看起来不像说笑，我也很高兴成为你的徒弟，但不会有什么附加条件吧？"

"当然有，三个月之后，把新人魔术大赛的奖杯给我捧回来。"

"可我对魔术一窍不通。"

"道具已经交给你了，回去认真练习，不懂的地方再来问我，出去吧。"郝佑鸣打开房门，"快和师父道晚安。"

"师父晚安。"乔芊晕乎乎地迈出门槛，又急转身推了下门，"师父，徒弟定会全力以赴捧回新人奖杯，但在苦练之前，师父先帮我捧回COS大赛的奖杯。"

这次换郝佑鸣无语，不知是被她唠叨烦了还是困劲上来了，他胡乱地点点头，扬手打发她赶紧消失。

乔芊对着紧闭的门板比了个胜利的手势，欢蹦乱跳地往卧室走，一抬眼，惊见虎视眈眈的林依娜。

"身为廖尘的女友却从郝佑鸣的卧室走出来，你的胃口未免太大了吧？"

乔芊从她的目光中看到对自己的鄙夷，怒哼："我忍你很久了！如果你对郝佑鸣念念不忘就继续交往啊！"

"省省吧你，郝佑鸣要娶的女人绝不是你我这种小角色。别再犯贱了！"

林依娜怒气冲冲地回房，哐当一声撞上房门。这些年来，他拒绝谈情，甚至鲜少与异性接触，她一度以为他对她或多或少还有些感情，却没想到是在等另一个女人！

她不清楚对方是何方神圣，只是通过他与祖母的几次通话隐约得知，娶了这女人便可在最短的时间内达成郝家已逝长辈的夙愿。

郝佑鸣本人已是家财万贯，名声显赫，更别说郝家庞大的财力，林依娜真的搞不懂，究竟是怎样一桩生意，需要一个男人为了没见过面的女人如此自律？！

第五章
世界上最苦的徒弟

乔芊见林依娜摔门而入，朝她的房门翻了白眼便回到自己房间，可是刚要关门，廖尘出现在房门口。

"你不会也是过来警告我的吧？"乔芊感到很无力，她已经无数次表明自己是快有家室的人了，但所有人就跟没听见似的。

"我听到回廊里的吵闹声出来看看，你又和林助理发生口角了？"廖尘问。

"是她单方面挑衅我，同性相斥呗。"乔芊反正也不困，打开门请他进来坐。

她从冰箱里取出两罐饮料，递给廖尘一罐，打开自己那罐喝了两口，一声长叹，"告诉你一件事，郝佑鸣已收我为徒。"

"咳咳……"廖尘一口饮料呛在嗓子眼，"你说真的？"

"是啊，事情发展得挺突然，我也没弄明白他到底在想什么。不如你给分析分析？"

廖尘知道郝佑鸣从不对外收徒，而自己来到这里，目的也不是为了学魔术，关于这一点，他不可能告诉任何人，包括乔芊在内，"我对师父也不算了解，偶然的机会，我随口提了一句想学魔术，我祖父便把我介绍给师父。"

"听你提过，你爷爷和他爷爷交情匪浅是吧？"

"应该是，不过听我爷爷说，师父的祖父在他未出生前已过世，师父几乎不提家中现况。何况我是来学魔术的，没必要挖师父的隐私。"廖尘抿了口饮料，"还是说说你吧，你做了什么让他决定收你？"

"喂！这问题好像是我在问你吧，你说……"乔芊犹豫片刻，轻声说，"依你对他的浅显了解，他是真心想教我，还是借着教学幌子想和我发生点什么？"

廖尘哧地一笑，"你也看到每天有多少女粉丝堵在别墅外不愿离开，我想你还没有美到令师父神魂颠倒的地步。"

"这种话不用说得太明白好吧？但他确实对我做出一些超越正常男女范畴的坏事，比如摸我的手，问我胸围、腰围，最可恶的是，他还嫌我的腰不够细你知道吗？"

廖尘半信半疑地说："如果是真的，可能师父的确对你有好感，否则我也想不出师父亲近你的原因。"

"不管是真是假，我绝对不可能做出背叛夫家的事，我必须干干净净嫁人。"乔芊记忆中最可怕的一幕，就是妈妈拐弯抹角让她穿贞操内裤的事，都什么年代了，吓得她立字为据，保证以完璧之身出嫁才算逃过一劫。

"你可真矛盾，一边说不愿意嫁，一边又说要为夫家守名节，我不信你从没向往过谈一场轰轰烈烈的恋爱。"

"恋爱有用吗？我看校园里的情侣们除了吃饭、约会、搂搂抱抱也没什么特别的，再之后就是哭哭啼啼寻死觅活闹分手，我宁可当个冷血的旁观者也不愿沉陷其中，让别人以为我是疯子。"乔芊的追求者真心不少，但她更清楚一点，追求者多半看重的不单单是她这个人。

她看向廖尘，其实待在这里反而让她感到前所未有地轻松舒畅，最好玩的是认识廖尘与郝佑鸣这两个家伙，他们居然只把她当成爱吹牛的普通女学生。

"对了，还有一个好消息要告诉你，郝佑鸣已经答应参加COS大赛，你身为我的师兄、他的爱徒，再推三阻四可就说不过去了。"

廖尘不自觉地压了压耳郭，"麻烦你重复一次，我感觉听错了什么。"

"郝佑鸣答应参加COS大赛，他扮演吸血鬼，你扮演吸血鬼猎人，当你俩艳惊四座的时候，我站在你们中间摆摆造型就行了哈。"乔芊非常期待，在那种混乱的地方，不受教条礼数的制约，更没人管她穿着是否得体，可以随心所欲地疯玩一把。

廖尘沉默不语。自从她出现之后，郝佑鸣的个性好像真的变了，或者说深藏在冷酷外表下的某些东西慢慢浮出水面。他不会真看上这小女生了吧？

"啊，对了！我要雇一名专业的摄影师给咱们拍照摄像，你有人选吗"

"林助理喽，她是专业编导。"

"星空璀璨的夜晚，你为什么要讲这么扫兴的话？"

"即便你不叫她去，她也不可能任由师父单独行动。师父是公众人物，万一被人认出来会造成一定规模的骚乱。"廖尘摇摇头，"看来你并不是真正喜欢魔术才来到这里，否则你绝不会把师父带到人山人海的公众场合。"

"至于吗？我们学校里有不少正当红的偶像明星，他们照样要上课、去餐厅吃饭，从未发生过骚乱事件。"

"我最佩服你的一点就是说谎不脸红。"廖尘指的是学校的问题，那些明星通常集中在半封闭式的贵族学校，由此证明乔芊又在吹嘘家庭条件如何优渥。

乔芊垮下肩膀，"算了，反正你俩谁都别想跑出我的五指山，晚安。"

廖尘笑着起身，"早点休息，半夜可能会下暴雨，关好门窗。"

乔芊打了个哈欠挥手道别，待廖尘离开，她快速冲澡钻进被窝。

进入梦乡的她，怎么也没想到一觉醒来之后，她的地位有了飞一般的突变。不，准确点说，郝佑鸣真的不是神经病吗？！

闹钟在整八点时响起，乔芊按了闹钟，坐起身，耳边很快传来礼貌的敲门声。

"乔小姐早上好，郝先生请您下楼用早餐。"中年保姆和蔼可亲地说。

"张嫂，您这是？……"

张嫂的态度仍旧中规中矩，"郝先生指派我照顾你的饮食起居，需要我做什么请尽管吩咐。"

乔芊抓了抓凌乱的长发，"您现在是我的私人保姆？"

"是的，请乔小姐先行洗漱，我来整理房间。"说着，张嫂走入卧室，叠被铺床一阵忙活。

乔芊晕乎乎地走进洗手间，洗漱完毕换好工作服走出来，张嫂又哐里咔嚓帮她脱掉，随后双手奉上一套崭新的休闲服，"郝先生有交代，从今以后，乔小姐的待遇与廖先生一样。"

她不由得转身看向太阳升起的方位，真的没有错位吗？

换好衣服来到餐厅，郝佑鸣和廖尘已在用餐。

但不知为什么，廖尘挤眉弄眼，一副很焦虑的神态，她不明所以，走着走着，郝佑鸣忽然叫她止步。

"鸡蛋掉到水池里了，你帮我捞上来。"

"噢。"乔芊挽起袖子，走到水池旁，刚欲伸手，一股热气扑上手心。她小心翼翼地想试下水温，当指尖探入水中几乎立刻又弹出来。

"你想烫死我啊？！"

"如果速度够快的话不会被烫到，何况目标很明显。"郝佑鸣慢条斯理地拿起教鞭，甩到一定长度，啪的一声打在水池旁边，"快。"

乔芊缩了下肩膀，"我记得'滚水取物'归于扒手训练。"

"不管是魔术还是偷窃，核心思想不外乎'稳、准、快'。人的承受力是有限的，所以要在逆境中激发潜能。别耽误时间，开始。"

乔芊将求救的目光抛向廖尘，廖尘同为徒弟，哪有说话的份儿，刚才正是用眼神暗示她快跑。

"我还没吃早饭，吃完饭慢慢练吧，师父？"面对滚滚热水，她只想给郝佑鸣洗洗头。

"饥饿也在训练范围之内，我不是叫你来吃饭的。"郝佑鸣始终不苟言笑。

"……"乔芊心中只剩下一个念头，报警！

然而，任何想法都抵不过一入师门深似海的事实，郝佑鸣的眼中释放出摄人心魄的冷光，在她心中骤然变成冷血无情的杀手，而在廖尘眼中似乎这才是正常的。

"乔芊，加油。"廖尘握紧拳以示鼓励。

不等乔芊瞪眼，铁质教鞭再一次打在水池旁，迸发出惊悚的鸣响。

"取出鸡蛋的时间决定你吃饭的时间。"

乔芊初次见识到郝佑鸣灭绝人性的一面，说不害怕还真挺害怕。她深吸一口气，看准沉入水底的鸡蛋，在心里默默计算了一下折射角度，手指停在鸡蛋上方的水面上，一不做二不休，双眼一闭把手伸了进去！

"啊——"

乔芊尖叫一声抽回手，鸡蛋是圆的，会随着水流的波动而移动，所以很不幸的，抓空。

郝佑鸣见她手臂上泛起浅红，扯过她的手臂，拧开冷水管帮她冷敷。乔芊顿感一阵疼痛，再看烫红的胳膊，边掉眼泪边捶打他，"你这是虐待！是体罚！我不学了行不行？！"

"师门不是你想入就入、你想走就走的地方，百炼成金，千万别把魔术想得过于简单。"郝佑鸣任由她咆哮发泄，边用流动水给她降温，边打开冰箱取出事先准备好的冰袋。

乔芊哪儿受过这份罪，一时间彻底慌了，"你让我走吧，我真不学了。"

郝佑鸣充耳不闻，他认定的徒弟不学也得学。

"师父，乔芊还是小女孩，要不然稍稍放慢教学速度？"廖尘听她哭声凄惨，于心不忍。

"你少掺和，前几天教你的魔术练熟了没？"

廖尘下意识地闭紧双唇，这不是错觉，郝佑鸣在一言一行间释放出巨大的压迫感。这才是他的本色，严厉，严格，严谨。

水与她的眼泪都在流，郝佑鸣没料到她的皮肤这么娇嫩，大步流星把她带到客厅，命保姆取来芦荟膏，均匀地涂抹在红肿处。

"别哭了啊，我有分寸，不会烫破皮。"

乔芊都不知道拖鞋什么时候走丢了，伸出脚丫狂踢他小腿。这是她头一次完全不顾及形象地想揍死一个男人。

"屁分寸！你根本就是故意的！得不到我就想毁了我！"

"如果这样想可以让你心情愉悦的话，我愿意承认。"郝佑鸣斜起唇角，恢复一派慵懒。

经过紧急处理，乔芊手臂上的红肿逐渐退散，本以为大风大浪就此平息，可是她又错了，郝佑鸣再次化身恶魔，找了一间闲置的客房，塞给她一个大苹果之后便锁上房门。

当天下午三点，乔芊饿得倒在床上动弹不得，就像一摊烂泥。

从早上到现在只吃了一个苹果，严格来讲是多半个，如果上天再给她一次机会的话，她会非常认真地把苹果核都吃了。

"郝佑鸣你个大浑蛋！打算什么时候放我出去？！"第九十八次对着门板怒吼。

她舔了舔干涩的唇，隐约听到窗外有人呼喊她的名字，拖着虚弱无力的双腿走到窗边，一看这间屋子就是一早给她准备好的——玻璃窗户外围加固了一层铁护窗。

她拉开窗户，抓着护窗上的铁栏杆，可怜巴巴地俯瞰窗沿下方的廖尘。

"电视台刚把师父和林助理接走，抱歉来晚了。"廖尘看她无精打采，嘴唇发白，先是左顾右盼，随后从时装袋里取出一包快餐，"快去找个绳子之类的东西顺下来，快。"

距离几米远都能闻到快餐的香味，果然不是非比寻常的饿。

乔芊以迅雷不及掩耳之势在屋中搜索绳状物品，无果之后又打开衣柜，一下子就乐了。

她从柜中取出一堆未拆包装的领带，边悄声告诉廖尘等等，边手脚麻利地拆盒子。

忙活大致一刻钟，一条由各大国际知名品牌制成的昂贵"绳索"从护窗缝隙里落到一楼。

廖尘把快餐放进有提手的时装袋，刚刚系好便见她迫不及待地向上拉动。

"别急，师父一时半会儿回不来，小心点啊，别把脚踩在护窗上。"

乔芊打开汉堡的包装纸，饥肠辘辘时才明白什么是美食，遇到困难时才知道谁是贴心人。

她坐在窗沿上，狠狠地咬上一大口，被食物填满口腔的感觉真是太美好了！

"为什么是快餐？你特意出去买的？"乔芊大口吸着冰镇饮料。

"不是，刚巧出门就带一份回来。"廖尘不忍心说实话，别墅上下确实对乔芊实施了禁食令，夸张到两名厨师守在厨房门口寸步不离。

"郝佑鸣究竟想干吗啊？先用开水烫我，现在又把我关在屋里不让吃饭，他知不知道这种行为已经触犯法律？"乔芊平时食量很小，但此刻一口气吃完两个巨无霸。

廖尘也不知道该如何替郝佑鸣辩解，但从教学方式来看，师父对乔芊似乎抱着速成之意。

"手机借我用一下。"

"你要打给谁？"

"当然是报警！再这样下去，我会被他活活折磨死。"乔芊半跪在窗沿上往下顺"领带绳"，廖尘则倒退两步表示遗憾。

"既然师父收你为徒，就代表准备认真教你，我给你送吃的已然违背了师父的意愿。你再忍忍吧，等师父回来，你们心平气和地谈谈。"廖尘虽然也觉得郝佑鸣的做法过激，但说白了，自己只不过是郝家的客人。

乔芊欲哭无泪地趴在栏杆上，"我有些害怕啊廖尘，说实话，我在家的时候也偶尔会被关禁闭，但至少不会挨饿受罚。郝佑鸣不会是变态吧？"

"师父是严厉了点，但他看到你烫伤不是马上停下来了吗？你要学会坚强，伽利略曾说过：生命犹如铁砧，愈被敲打，愈能发出火花。"

"得了得了，站着说话不腰疼！不过，谢谢你冒着生命危险送来食物，我会收拾好房间不给你添麻烦。"乔芊吃完这顿，下顿还没着落，万一廖尘与郝佑鸣统一战线，她更没活路了。

"反正你在屋里也无事可做，不如我教你个小魔术解解闷儿？"

提到魔术，乔芊想起手腕上的皮筋，她摇摇头，"我学了一个还没练熟，谢谢你提醒了我。"

"我都快不认识你了，一口一个谢谢的。"廖尘哑然失笑。

"礼多人不怪，你是这座别墅里唯一一个还顾及我死活的人，你是好人。"乔芊朝他挥挥手，爬下窗沿，首先藏好运输"粮草"的工具，再把放置领带的空盒子逐一放回原位，随后倚在床头，从挎包里取出钻戒练习魔术。

凌晨四点，郝佑鸣边训斥林依娜办事不利，边疾步走上楼梯。

"对不起，下次不会了。"林依娜追着他的步伐致歉。至于原因，讲好晚十点结束拍摄任务，却拖拖拉拉到凌晨三点才收工，不过电视台通常就是这样，没谱中的战斗机。

"我说过不止一次，我是魔术师，不是演员更不是歌手，再敢乱接通告，你趁早另谋高就。"

听罢，林依娜愣是半天没接上话，等她想解释的时候，郝佑鸣已取出钥匙打开某间客房的房门。林依娜紧随其后，惊见郝佑鸣径直走向呼呼大睡的乔芊。

他朝林依娜做了个嘘声的手势，轻拍乔芊的脸颊，柔声询问："醒醒，饿坏了吧？"

此话一出，林依娜醒悟郝佑鸣大发雷霆的由来。

乔芊揉了揉眼睛，见他回来了，一翻身将被子蒙过头。

"叫厨子起来做消夜。"郝佑鸣背对着林依娜发号施令。

林依娜深吸一大口气，紧咬嘴唇转身离开。

只听走廊间传来砰的撞门声，显然林依娜没有执行他的命令。

郝佑鸣微微拧了下眉，试图叫醒昏昏欲睡的乔芊，乔芊却捂住耳朵就不起来。

"饿就来餐厅。"郝佑鸣从离开到现在滴水未进，因为十几个小时连续拍摄。

他路经林依娜的卧室，放慢脚步，思忖片刻，正犹豫着是否敲门，房门忽然敞开。

林依娜的脸上挂着泪痕，胸口剧烈地起伏着。

"没错！照顾你是我分内的责任，但不代表我要照顾好住在这里的每一个人！你拍多久我就陪了多久，你想过我累不累吗？"

"我正想敲门问你要不要一起吃饭。"郝佑鸣几乎没有多余的表情。

林依娜缓和了一下情绪，"对不起，是我态度不好。"

"我一直以为你已经调整好心态，需要我给你放个长假吗？"

林依娜拭去再次滑下的泪，"除非你原谅我，否则我永远得不到解脱。"

"当我答应让你做我的经纪人兼助理的时候，我就没再怪过你。"当情侣终成陌路，应该庆幸少年时期沉迷于魔术的他对于感情懵懵懂懂、对性毫无兴趣吗？

与此同时，乔芊贴在门边窥听，八卦之心唤醒了五感。

"我承认曾有一度迷失方向，我……"林依娜面对他的无动于衷，欲言又止。自从再次回到郝佑鸣左右的那一刻，她便警告自己，用实际行动证明她并不是他认为的那种女人，尽心尽力帮他打理事业，在他疲累时嘘寒问暖，也许终有一天他会重新回到她身边。然而，朝夕相处历经四年，她却感到彼此间的距离越来越远。

哐当！抱着棉被倚在墙角偷听的乔芊，不慎脚踩棉被被摔出门槛……

乔芊确定他们肯定在看自己，所以把脑袋埋在被子里装死尸。

林依娜见她冒出来十分恼火，挤过郝佑鸣身旁上前，"你究竟懂不懂规矩？居然躲在一旁偷听？"

乔芊尴尬地爬起身，"对不起，不过走廊属于公用场地吧？"

"这里的一砖一瓦都属于个人财产，如果你感到不满大可住到外面去。"

呵呵，偷换概念挺快的哟。

"你指别墅属于郝佑鸣吗？我是他的徒弟，说实话我还真不想住这儿，条件一般，风景一般，除了配备游泳池、健身房，还有什么？谢谢林助理的建议，我现在就走。"乔芊不想错过逃离郝家的大好时机，若无其事地从郝佑鸣身旁经过。

很好，郝佑鸣没有拉住她，那就快跑吧！

可是正当她美颠颠地走到楼梯出口时，郝佑鸣深沉地咳了一声，"你看我拿到了什么？"

乔芊爱答不理地抬起眼皮，看到他手中摇晃的东西，倒抽口气，再翻开挎包，果然不见了护照。

她噔噔蹬蹬疾步返回，跳起脚与他争抢，"你根本不是魔术师，是死扒手！"

郝佑鸣笑盈盈地高举右手，"我早就说过魔术融合多方技巧，且是唯一合法的骗术，何况你来找我不就是为了学习千术吗？"

"那又怎样，上学还可以辍学呢。"

"可你现在处于义务教育的阶段，义务教育具有强制性。"说着，他捏着护照的那只手向上一抛，乔芊下意识伸手去接，护照却不翼而飞。

"你！你简直……"乔芊揪起他的衣领猛摇晃，"还给我！还给我！"

猝然之间，林依娜一股大力将二人分开，"你闹够了没有？郝先生为了早些赶回来连演出服都没换，你还想怎样？！"

乔芊这才注意到郝佑鸣的穿着，这身西服果然过于华丽。

"如果他不把我关起来就没事了啊。还有，我和你不属于雇佣关系，请你稍微注意一下语气可以吗？"

"不好意思，我说话向来如此，而且分明是你偷听在先，我为什么不可以说？如果被听到隐私的人是你，你不反感吗？！"

乔芊哪里辩得过周旋于各类人之间的林依娜，她无意间瞄到置身事外的郝佑鸣，"这位先生，你在看热闹吗？"

郝佑鸣耸耸肩，"在近景魔术表演中，语言是一门至关重要的学问，因为观众会提出诸多刁钻古怪的问题为难魔术师，作为一名优秀的魔术师必须做到对答如流，我看这门课由林助理教你再合适不过，你们继续吵，当我不存在。"他倚墙而立，双手环胸。

被围观吵架是件丢脸事，林依娜自然听出弦外之音，因此暂时放乔芊一马，关起房门前向郝佑鸣道了句晚安。

乔芊朝门板吐吐舌头，继而怒气冲冲走到郝佑鸣面前，摊开手，"护照还我。"

郝佑鸣笑了笑，握住她的手，"你有口福了，英俊潇洒、风流倜傥的郝大师亲自下厨。"

乔芊被他牵着走，忍不住捂胃，"哎哟，真好，可我一点都不期待。"

郝佑鸣笑而不语，径直走到厨房，脱掉西服，挽起袖口，洗净双手，处理食材的时候，才说："乔芊，我的时间不多了，如果有可能的话，我希望把平生所学全部教给你。只要你不怕辛苦，静心钻研，我会让你成为本世纪最杰出的女魔术师。"

他的话语中不带玩笑之意，高挑的背影上仿佛附着一层神圣的光环。

一股伤感的气流莫名地弥漫开来，乔芊紧抿双唇，时间不多？莫非郝佑鸣他……命不久矣？

"好，我学。"

虽然不喜欢郝佑鸣多变的性格，但他此刻的表现是真诚且略带惆怅的。他是魔术界的顶级大师，一位被誉为魔术奇才的知名人士，如今甘愿倾囊相授，她似乎没有拒绝的理由。

第六章
"吸血鬼"狂欢之夜

郝佑鸣为了让乔芊义无反顾地投身魔术事业，表示愿意以严肃的态度看待COS大赛，并且按照她的人物设定进行变装。这种"好"事，当然要算上廖尘一份儿。

得知这一消息的林依娜接受不能，她边翻阅日程安排表，边说："这个月你还要接受三次采访和两家杂志社的封面拍摄工作，请郝先生三思而后行。"

"不让乔芊见识一下我的实力，她是不会听话的。"郝佑鸣虽然不了解乔芊的家庭状况，但她的个性非常突出，对于自信心旺盛的那类人，需要的不是言语上的说服，而是征服。

"抱歉，我不太理解你的意思。"

"届时你自会一目了然，准备好保姆车，我先回工作间安装道具。"郝佑鸣同样是自信满满的人，不管是商圈还是魔术圈，必须做到一"鸣"惊人。

翌日，乔芊提着纯白色的小礼服在穿衣镜前比画，这条裙子最大的特点是大露背。保姆送来的时装盒里还有一些奇奇怪怪的配件与假发。她捧出棕色的假发看了看，手感柔软，发丝顺滑，看上去除了长也没什么特别，然而，等她往头上这么一试戴，猛然一看居然像变了个人：杂乱的碎长头帘稀稀散散地遮盖在眼前，卷曲的过腰长发洒落肩头，恰有空灵之美。

乔芊兴冲冲地敲响廖尘的房门，一开门，两人同时倒跳一步。乔芊围绕他旋转一圈，"啧啧，你戴这顶银色假发帅爆了！"

廖尘则苦恼地托起一个小盒子，"非要戴紫色的隐形眼镜以及贴文身吗？"

"要的，漫画里的猎人是紫眸，那不是文身，是封印之类的，贴在脖子上，"她小心翼翼地拿起贴纸，再次感叹，"我们的服装都是郝佑鸣准备的吗？大魔术师就是一丝不苟。"

"既然师父决定陪你疯就肯定会疯到底，他做任何事都很认真。不过，我为什么要陪你们一起疯？"廖尘无力地从道具盒里取出一把叫作"血蔷薇之枪"的武器，枪柄上挂着一条铁质锁链，看上去倒是挺酷的。

"我们是好朋友又是师兄妹，你权当放松一下嘛。"乔芊视察完毕，满意点头，"快点按照说明书的要求换装，我也去忙了。"说着，她哼着欢快的小曲飞出门槛。

就这样，三人各自忙碌，直到过了中午，乔芊才拿起电话再次催促："师父，五点之前比赛结束，你能不能快点啊？"

"不急，还有两个小时。"

郝佑鸣果断地挂上电话。

又是一小时的漫长等待，保姆跑来汇报：郝先生与廖先生已坐上保姆车。

乔芊应了声，再次看向镜中的自己，弯长的假睫毛之下是一双棕红色的大眼睛，再挎上耀眼的亮钻手包，朝镜面一记飞吻：你怎么这么美、这么美。

上了车，首先看到身穿黑色礼服、眼戴宽边太阳镜的郝佑鸣。而后看到手持相机始终不愿多看她两眼的林依娜。

而廖尘，显然被乔芊所装扮的造型惊艳到了，顺着她修长的小腿一路看向妖冶又不失可爱的眼妆，"礼服大大提升了你的气质，美丽大方。"

"这叫天生丽质懂不懂？"乔芊唯恐压皱裙摆，所以只坐一个边角。

保姆车缓缓驶出别墅，乔芊见郝佑鸣站在过道间玩深沉，谄媚道："师父快坐下。"

郝佑鸣不予回应，食指压着蓝牙耳机似乎正在收听着什么。

乔芊默默观察着郝佑鸣的整体装扮，黑色的华丽礼服，肩披中长款披风，左肩肩头配有一个诡异的骷髅头，拇指与食指戴着造型别致的朋克戒指。而他的发长与发色刚巧与剧中人物吻合，棕色且盖过脖颈儿，发丝伴随他的动作正轻盈舞动。

优雅中带着邪恶，岂是一个帅字了得？

看他如此给力，乔芊不免再次幻想领奖的一幕。廖尘则悄悄凑到乔芊的身旁，又被乔芊无情地推开，"烦人，你坐到我的假发了！"

"难得看到你有女人味儿的一面，可是一开口准破功。"廖尘这会儿也来了兴致，转身对林依娜说："会场一定人潮汹涌，建议林小姐只带相机过去。"

林依娜按捺着烦躁的情绪，强颜欢笑。要说乔芊与廖尘年纪小，参与此类活动还说得过去，但郝佑鸣是什么身份、什么年纪？二十六岁的成功人士有必要挤在一堆高中生中被人品头论足吗？

她怒视乔芊的背影，郝佑鸣声称她在魔术方面有天赋，叮嘱自己必须以礼相待。

不过，得到郝佑鸣的赏识不知是乔芊的幸运还是灾难，因为林依娜太了解郝佑鸣的行事作风，想成为郝佑鸣的徒弟，不仅要接受魔鬼式训练，还要舍弃尊严。

四点二十分，终于抵达可容纳千人的比赛会场，此刻已接近选拔尾声，选手们紧盯着群众选票区域，心情多半是忐忑的。

"天啊，你们快看那组选手！"一名女生的尖叫声几乎冲破会场屋顶，紧接着，原本兴致已过的学生们就跟打了鸡血似的全体起立欢呼。

进入比赛场地的通道铺有红色地毯，乔芊迈着轻盈的步伐走在两位男士的正前方。她的内心极度澎湃，恨不得跟孩子们一起造势，但表面上只能尊重原著中的角色形象——淡定从容的血族公主。

郝佑鸣慵懒地取下墨镜，再次迎来一阵排山倒海的尖叫，甚至一浪高过一浪。她们嘶声裂肺地呼唤着郝佑鸣所扮演的角色名字——玖兰枢。

"逆天了！碉堡了啊！枢大人真的来三次元了！"学生们紧盯着郝佑鸣那双血红色的鬼魅瞳眸，几乎呈现癫狂状态。

震天的喊声几乎震碎乔芊的耳膜，然而，当她以及其他人以为这便是表演高潮的时候，会场上的照明灯瞬间暗了下来，只见走在红毯上的郝佑鸣忽然驻足，在砰的一声炸响之后，一簇橘色火焰燃于他掌心之上。

彻底疯了。乔芊顿感耳鸣阵阵，回眸凝睇，又是砰的一声震响，廖尘的掌心也亮起一团火焰，且火光呈紫色。

而后，更令她始料未及的一幕再次令会场沸腾。

郝佑鸣与廖尘同时上前一步，分别握住她的左手与右手，伴随步伐的移动，会场两侧的墙壁闪烁起一个接一个的火把，火把不单单点亮前行的路，随着烟幕迷情的弥漫，让这一座现代化的会场笼罩在古堡的诡异与阴霾之间。

"酷，太赞了！"乔芊已按捺不住心中的喜悦。

郝佑鸣微微挑起眉梢，"你以为这就完了？"

"那还能怎样，难不成你还能飞起来？"

郝佑鸣含而不露地一笑，伸出一根手指抵在唇边。等到三人走上圆形比赛台，震撼人心的画面又一次让观众们的尖叫声直至饱和！

郝佑鸣优雅地抬起双手，黑色披风就在众目睽睽之下，变成硕大的黑色羽翼，而且未产生丝毫突兀感，仿佛真从他后背中长出来一般！

这一下，距离郝佑鸣最近的乔芊完完全全被吓到了，因为这一双宛若炽天使降临的羽翼正在缓慢地扇动，而她就站在羽翼前方，仿佛被这对翅膀谨慎地呵护着。

此刻台下已出现激动到晕倒的状况，为他们热爱的动漫角色而疯狂，喊到喉咙沙哑也值得！

廖尘本来就是打酱油的，但是没想到酱油得这么彻底。他在好奇心的驱使下挪动脚步观察郝佑鸣安装翅膀的机关。这一看更不得了，翅膀与西服天衣无缝地衔接为一体，即便让郝佑鸣转身展示都很难察觉破绽。廖尘暗自感叹，可以称之为完美道具。

既然是表演就要演全套，郝佑鸣托起乔芊的手，绅士地落下一吻，"服吗？"

"服，真服了。"哪个女孩没做过公主梦，又有哪个女孩不愿意成为众人羡慕嫉妒恨的对象，她今天真的圆满了，收到无数鄙夷唾弃的小眼神儿！

台下，林依娜顶着一双死鱼眼，在侧面给站在台上的他们各个角度拍照，不爽归不爽，但郝佑鸣那张迷惑人心的容颜不只让万千少女沉醉，连她都快犯花痴了。

在各种COS活动中，对于爱好者而言，最大的乐趣便是可以与喜爱的COSER合影留念，受邀次数越多，代表该COSER越受欢迎，COSER对合影一事更是乐此不疲。因此，不知谁大喊一句可以合影了吗，场下顿时轰然大乱。见状，保安一拥而上拼了老命拦截。

面对汹涌的人潮，郝佑鸣缓缓地抬起一只手，眨了下眼，示意台下少安毋躁。待躁动稍歇，他将乔芊拉到自己的身前，双手搭在她的肩头，面朝众人浅淡媚笑，"今日主题——血族的盛宴。"

话音落定，他俯下头，嘴唇贴在乔芊修长的脖颈儿前……倏然间，唇边伸出两颗逼真的吸血鬼牙齿。

"OMG！原来他真是吸血鬼？！——"观众们亢奋到摩拳擦掌，以惊涛骇浪之势鼓舞——"枢大人咬下去、咬下去！"

在千呼万唤之中，他用薄唇摩擦着她的肌肤，渐渐地，乔芊感到脖颈儿处传来隐隐的刺痒感，随后，郝佑鸣咬破含在口中的血浆……红色液体染红了洁白的礼服与她的裸背，仿佛一朵即将凋零的白色蔷薇。

"慢慢合上双眼，倚在我怀里。"他为求效果逼真，牙齿稍稍陷入她的皮肤。

如此的亲密接触其实会令乔芊觉得难为情，不过她还是按照他的安排，合起双眸，悠悠地倒在他的肩头。

惊鸿一瞥，静谧的会场中萦绕起《吸血鬼骑士》的原声音乐，唯美的曲风既深沉又悠扬，他笑得宛若索魄勾魂的恶魔。一手环在她的锁骨前，舔掉嘴角的血迹，单臂挥起，只见黑色羽毛飘飘洒洒落下——让这场阵容豪华的血族狂欢之夜，在沸腾中完满谢幕。

与此同时，各大微博与热门网站争先恐后地报道这一精彩盛况。不过想必论谁也想不到会是郝佑鸣这尊大佛光临"小庙"。

后来，当乔芊坐在车上各种惊讶疑惑的时候，才知道郝佑鸣自从决定参加COS比赛之后便从主办方那边包下了场地，换言之，他在前往会场的路上还在跟踪最新动态，至于照明灯准时关闭以及墙壁两侧喷射火焰等效果，皆是按照他的设计有条不紊地进行。

用他的话说，既然要玩，那就玩大点儿。

乔芊怀抱样式奇特的冠军奖杯爱不释手，同时体会到万众瞩目所带来的快感。她似乎有些懂了郝佑鸣热爱魔术的原因，这种快乐无法用金钱取代。

"师父，要喝水吗？"几分钟前还魅力四射的郝佑鸣此刻看上去很疲惫。

郝佑鸣无谓地摇了摇头，手指压在腰部按揉，因为腰部已被捆绑翅膀的机械装置磨破了皮。若想将最出众的一面呈现人前，首先要学会对自己残忍。

第二天一大清早，保姆便送来一整箱扑克牌。

纸箱上贴着一张手写便笺——取出一副牌练习"弹洗"，方法：将整副牌分成两份，左右手各拿半牌，把牌向上翘到一定幅度，两份牌分别互相交叉洗入。下午三点验收，郝佑鸣。

乔芊扁扁嘴，昨晚到家之后郝佑鸣便给她上了一堂思想政治课。原来魔术初学者都是从扑克牌开始练习。在开始使用一副牌变魔术之前，首先要了解纸牌的起源、牌技的种类、扑克的读法；然后了解玩牌的好处与优点；最后也是最重要的一点，掌握牌技的术语：拿牌的姿势以及四种常见的洗牌方法。

　　以上这一堆知识，郝佑鸣命令她在一天之内全部消化。

　　"天啊……"乔芊趴在床上翻滚，她一定是鬼迷心窍了才会一口答应，眼瞅着距离验收时间越来越短，恐怕又要被罚不许吃晚饭。

　　当当当，监工廖尘准时出场。

　　"理论的部分记牢了没？"廖尘坐到沙发上，翻阅有关昨日比赛的信息。短短一夜之间，连他是谁都不清楚的粉丝们居然为他组建了后援会。"酱油"都有如此佳绩，更别说郝佑鸣的粉丝阵容，网友们正在"人肉"他的真身。

　　乔芊放下理论书，凑到他身旁刚要发牢骚，一张张经过PS处理的美图充斥在视线里。她拉过笔记本游览，"怎么回事，全是你俩的美型照，我呢我呢？"她明明站在两人中间，可是图中只有两位男士四目相对。

　　"有一种技术叫抠图，我只能表示遗憾。"

　　乔芊滑动鼠标，好不容易找到一张有自己的图，再看评论区则齐刷刷咆哮：让内（那）女的起开！

　　廖尘见她一脸失落，抚了抚她的头顶，"别难过，一会儿我去找林助理要照片，喜欢哪张我给你做成海报效果。"

　　"那你还不快去，我都无心学习了。"乔芊忽然发现爷爷讲得没错，任由社会千变万化，世界终究属于男人！

　　不一会儿，廖尘将从林助理处拿来的大量照片导入电脑。乔芊就像个刚拍完写真集的消费者，选定二十几张叫他慢慢处理，而自己继续啃书。

　　"把我弄漂亮啊。"

　　廖尘辅修广告设计，这点事儿在他眼里根本不算事儿。

　　乔芊一边看书一边用左手把玩着弹力球。女性的手比较小，赶上手特小、特没劲儿的，抓起整副牌都成问题，更别说玩出各式各样的花样。

　　"听师父说你会弹钢琴？"廖尘问。

　　"嗯，家里让学什么就学什么。"乔芊是个听话的好孩子，因为不听话会被限制人身自由。

　　"弹琴是练习手指灵活度最好的方法，学起魔术比常人有优势。"廖尘用制图软件修饰着她的眼部轮廓，尽量在不失真的情况下进行最大的美化。

"昨天的风头被郝佑鸣抢尽，你心里会不会有点小埋怨？"她随口问。

"当然不，我生来就没有表演欲。"廖尘抬眸一笑，"干吗，替我抱不平？"

乔芊睨向他，廖尘给人一种与世无争的感觉，"男人要有企图心、占有欲，否则怎么给你未来的老婆带来安全感？"

提到未婚妻，他敛起笑容，"那正好，我希望婚后生活可以互不干扰。"

"对方家庭环境怎么样？"

"关于对方的一切我一无所知，别提了，烦。"廖尘拧起眉，他的婚姻不过是一场交易，他也曾试图反抗，但他是廖家第三代中唯一的未婚男子，又只能以妥协告终。

"如果能把我的未婚夫和你的未婚妻凑成一对就好了，哈哈哈。"乔芊相对想得开。

廖尘怔了怔，故意曲解道："你的意思是，想跟我凑成一对呗？"

乔芊往嘴里塞上两颗大草莓，"是啊，如果我的未婚夫有你一半的温柔体贴，我会打心眼里知足。"

廖尘一笑置之，招呼她过来看图。

乔芊小跑步上前，看到绚丽的背景设计以及像极了芭比娃娃的自己，不由得对他大加赞许。

"不过有个小问题，感觉郝佑鸣在抢我的镜头，你把他抠出去好不好？我打算放大一张放在卧室里。"这不是错觉，她首先看到妖魅的"吸血鬼"，然后才注意到自己，这太不科学了！

"你不觉得这张图很有画面感吗？"他所指图片正是乔芊被"吸血"的一幕。

乔芊咂咂嘴，她需要的是帅气的陪衬，不是沦为陪衬！

她刚想说点什么，手机响起。电话是郝佑鸣打来的，他说下午的理论考试挪到晚上，叫她穿漂亮点，司机一刻钟之后在别墅外等候。

乔芊应声，火速钻进洗手间洗漱，扬声问廖尘："师父为什么叫我打扮打扮再出门？"

"也许带你参加宴会？"

"可能吧，但他怎么知道我会跳交谊舞？"

"你会？"廖尘怔了怔。

时间紧、任务急，乔芊没时间解释，在换衣服前把廖尘轰出卧室，刚要说点什么，廖尘率先开口："知道了，在你回来之前把你指定的照片全部修好。"

"得一知己就是省心，辛苦辛苦。"乔芊快速关上房门，取出一件走可爱路线的小洋装，化了个简单的淡妆，长发随意一盘，提包下楼。

三十分钟后，司机把她载到步行街入口处，告诉她一直向前走便能看到郝佑鸣。

现在是上午十点，购物广场内不算热闹，所以她很快在一家露天酒吧见到伪装成路人甲的郝佑鸣。

她在他对面坐下，"神神秘秘搞什么？"

郝佑鸣抿了口咖啡，透过墨镜打量她的穿着，不悦地说："你穿的是什么，一点儿爆点都没有。"

"我哪儿知道出门在外还有宴会活动，要不现买一条？"乔芊虽然看不到他的目光，但能感受到满满的鄙视。

"算了，你喜欢什么动物？"

"小猫、小狗还有龙猫。"

"哦，你用肢体语言表现一下龙猫的形态。"

乔芊怔了怔，左顾右盼，轻声说："龙猫长什么样你不知道吗？《龙猫》里的灰胖子，耳朵小小，很像大号的金丝熊，回家演给你看。"

"不知道，现在演。"郝佑鸣使用命令的口气，而且音量稍微加大，引起了其他客人的注意。

"不要啊，好丢人。"

郝佑鸣不再开口，从兜里取出一根黑色教鞭，咔，咔咔咔，三拉四拉，拉出一米长。

"……"乔芊最怕他使这招吓唬自己，只得小幅度抬起双手，十指拢成爪子的形状，双"爪"平放在胸前。别说，那呆滞委屈的小眼神儿还真像一只刚挨过揍的龙猫。

"龙猫坐着？"

"你是不是该吃药了？没听见别人都在笑我吗？"乔芊努力低下头，但阻隔不了刺耳的笑声。

倏地，郝佑鸣蹲到她的膝盖前，然后一手搭在她的腿上，不理会他人的注视，做出舔舐手背的动作，颇像一只受了伤的狐狸。

"……"乔芊举着"爪子"僵在原地一动不敢动，直到郝佑鸣拉下她的手放在自己头部，她才缓过劲来。

"就像抚摸宠物那样抚摸我。"他说。

她枕着一只手臂趴在餐桌上，恨不得把自己藏起来，"别、别闹了，没人把狐狸当宠物。"

"这不是重点，按照我说的执行。"他侧头咬了下她的手腕。

神！经！病！

乔芊想归想，但唯恐拒绝之后他当众做出更过分的举动，唯有像抚摸宠物那样蹂躏他的头发。

"天气如此晴朗，你为什么不愿和我一起享受阳光？"他问。

乔芊欲哭无泪，挣扎着坐直身体，又很快把脸颊埋在他的头顶，喃喃地说："我说师父，咱们好好地当人类不行吗？"

"如果你在演出台上摔倒，你打算如何收场？"

乔芊基本弄懂他的用意，但让她从一个淑女变成一个疯子总得给点适应的时间吧？

这时，一对小情侣路经此地，女孩双手捧花对男友说："你看人家多会哄女友开心，而你只会扮成大猩猩吓唬我！"

"切，这有什么了不起，我还可以扮成二师兄！"男友发出两声猪哼哼。

女孩咯咯一笑，两人嬉笑离开。

乔芊注视远去的小情侣不由得傻眼，难道情侣间都喜欢玩些非人类的小把戏取悦对方？

好吧，既然不明真相的群众搞不清他们之间的关系，那她自当拖郝佑鸣下水好了。

想到这儿，她一手倚桌托腮，一手抚弄着郝佑鸣柔顺的发丝。郝佑鸣侧躺在她的腿上，眯起慵懒的双眼，一缕阳光投射过来，她扑哧一笑，表情逐渐从紧绷变得柔和。

然而，当她以为满足郝佑鸣的恶趣味便可脱离苦海的时候，才知道这只是一个丢人丢到姥姥家的小前奏。

"不要过去啊，你杀了我吧！"大庭广众，乔芊不好意思奋力反抗，但他提出的要求太过分了，逼着她站在广场的正中央做哑剧表演！此类表演在美国街头极为普遍，扮演一种角色，保持一个姿势不动，直到有路人往钱罐里投钱才变换一个姿势。

"据我观察吧，你演龙猫有几分神似，就演它好了。"

"去死！我拒绝。"

"我陪你一起演。"

"不！……"话没说完，郝佑鸣突然驻足转身，取下墨镜与她脸对脸，乔芊看到他的眼妆，忍了三秒，捧腹大笑。

这家伙要不要这么搞笑啊，他在眼睛的部位使用黑色颜料画了一副墨镜，伴随眼睛的眨动时黑时白，再加上他严肃的表情，令人无法直视。

乔芊笑得直不起腰。不过话说回来，他到底知不知道自己是一个正儿八经的大帅哥啊，有必要为了艺术献身得这么彻底吗？哈哈哈。

郝佑鸣戴上墨镜，趁她还没笑昏过去之前牵她到广场中央。他倒退三四步，从口袋里掏出一副扑克牌开始拆洗，只见那五十四张牌在他的手中仿佛被赋予了生命一般，单手开半扇（像扇子那样均匀展开）；双手开圆扇；整副牌切分五份挂在指缝间迂回旋转；快速弹牌（握牌的手飞出一张牌，另一手接住）。总之，瞬息万变的花式牌术让人目不暇接，精彩绝伦。

"龙猫的惊讶。"

"噢……"

乔芊惊叹之余收到指令，下意识地抬起两只"前爪"，捂嘴，瞪大眼睛看入了迷。

"如果我勤加练习，可以像师父一样把纸牌玩得这么流畅吗？"

"你现在需要做两件事，一是持续表演，二是偷师。俗话说一心不可二用，但魔术恰恰需要一心多用。"郝佑鸣每分每秒都在教她，不拘任何形式。

所幸他的牺牲没有白费，乔芊的情绪渐渐沉静下来，纵然路人三五成群围观甚至发出细细碎碎的闲言碎语，她仍旧保持龙猫的姿势，目不转睛地注视着他的洗牌动作。

或许，乔芊做梦也没想过自己会有勇气站在人潮人海中"洋相百出"，但这一天还是降临到她的头上。当她听到第一声带有讽刺意味的笑声灌进耳孔之后，居然出乎意料地没有想象中的难以接受。当然，让她勇敢的人肯定是郝佑鸣，他在表演时拥有磁场般的吸引力，足以使她忽略噪音与质疑的目光。

这位既有钱又有势的大魔术师，令她一次又一次推翻对于富人的固有定义。

回到别墅，乔芊边走边揉捏酸疼的手臂，在广场上一站就是几小时真不是闹着玩的。她刚要上楼，警方来访，两名盗窃者招了。

听到这句话，她一溜烟返回客厅，坐到郝佑鸣侧面的单人沙发上。

"起开。"郝佑鸣扬声轰赶。

乔芊充耳不闻，热忱地询问两位刑警喝什么。

刑警婉拒，神色凝重地将一份文件交给郝佑鸣。

"郝先生，因为主犯身份特殊，是否起诉还是由你定夺吧。"

一听这话，乔芊更感好奇，伸长脖子想看清主犯姓名，但郝佑鸣似乎只看到第一行便知晓幕后主谋是哪位，随后收起文件，向警方提出一个令乔芊费解的问题。

"我是否可以保释那两名盗贼？"

"经警方调查，二人为初次犯案，在没有造成人员伤亡以及物品损坏的情况下可以进行保释。郝先生不妨仔细回忆一下是否丢失了其他物品。"

"丝毫无损，他们还免费给草坪浇了几天水。出于人道主义层面的考虑，我不仅要保释他们，还有意继续雇用。"郝佑鸣面不改色地阐述观点。

乔芊听得瞠目结舌，难道是林依娜？嗯，有可能，她当时并没表现出胆怯的样子。

警民协商完毕，起身握手，郝佑鸣拨上一通电话，告知警方，林助理代表他全权处理此事。

待送走刑警，乔芊追上郝佑鸣来到餐厅，"到底是谁想偷师父的《千手》？"

"注意你的措辞，没有拿走便不算偷，即便取走也不过是借看而已。"

"……"乔芊越发摸不着头绪，有必要替做坏事的人极力开脱吗？她洗了洗手，见他倒了咖啡坐下，自己从冰箱里取出冰激凌也坐下。

郝佑鸣的指尖轻声敲打着桌面，若有所思地把玩着一枚硬币，硬币在他手中一会儿变成两枚，一会儿变成三枚，又在指缝间流畅翻滚。

乔芊觉得帅气，从他手中要过一枚，照猫画虎摆弄起来。

静谧的餐厅内时而发出硬币落地的声响，那都是乔芊掉的。

"做点吃的。"郝佑鸣只想阻止接二连三的噪音。

乔芊应了声，系上围裙，打开冰箱门选食材烹饪，郝佑鸣则单手支腮一脸惆怅。

不大会儿的工夫，煎鸡排的香气飘散开来，廖尘循香前来觅食，本以为是厨师在弄，没料到居然是乔芊亲自下厨，"怎么？你们参加宴会没吃饱？"

"喝西北风还差不多，洗洗手一起吃，我再拌个沙拉，做个汤。"乔芊把自己的那盘先让给廖尘，端上餐桌之后又转身忙活，显然对厨房里的这点事并不生疏。

廖尘致谢开动，切下一小块品尝，"嗯，鸡排煎得很嫩，咸淡也适中，我发现你的优点还是挺多的。"

"我家对女性的教育宗旨就是上得厅堂、下得厨房，我妈、我奶奶都是烹饪高手，尤其我奶奶，八大菜系样样精通，不过自从她老人家过世之后我就没了口福。"

"抱歉。"廖尘沉重地说。

"吃你的吧，很久之前的事了。"乔芊麻利地清洗着瓜果蔬菜，"食材有限，先凑合一顿，改天给你们做些有水平的。"

廖尘笑着应声，却看到郝佑鸣切割着食物一言不发，廖尘没去打扰他思考，或许师父灵感来了，正在脑中组装新的魔术道具。

端上沙拉和汤，乔芊伸出五指在郝佑鸣眼前晃了晃，"别想了，专心吃饭。"

郝佑鸣这才发现盘子里的鸡肉都快被他切碎了，他又起一堆肉渣送入口中，一抬手，发现手边的酒杯是空的，悠悠地看向乔芊，"搞什么，有肉无酒？"

乔芊从柜中取出红酒帮他斟好，"亲爱的师父，你使唤起我来怎么就这么心安理得呢？"

"古时的徒弟还得给师父洗脚揉腿，知足吧你。"郝佑鸣饮了口红酒，见乔芊面前的那盘鸡排还没开动，趁她转身之际火速交换。

乔芊坐直身体，拿起刀叉，看向盘中乱七八糟的肉块，狠狠地瞪了郝佑鸣一眼，速度再快也无法掩饰形态上的差异吧！

"你怎么不刁难廖尘？分明看我好欺负。"

廖尘不发表任何言论，正因为乔芊的出现，师父才转移了欺辱对象。

"哦，对了……你们去哪里娱乐了？"他抢在郝佑鸣开口前岔开话题。

乔芊想到自己又扮龙猫又当雕像，并且赚到五十三块七毛的荒诞经历，幽幽一叹，"那是一个悲伤的故事，请你不要再问了好吗？"

廖尘耸了下肩，见郝佑鸣仍戴着太阳镜，打个手势好心提醒。

乔芊捂嘴一笑，"对嘛师父大人，把墨镜取下来吃饭吧。"

郝佑鸣透过墨镜片回瞪她一眼，"如果你像龙猫那样进食，我可以摘掉墨镜。"

乔芊有种万箭穿心的痛感，怒视廖尘，"食不言，寝不语，懂吗？！"

廖尘一脸无辜，"我再说最后一句，照片处理好了。"

乔芊立马臭脸转笑颜，"呵呵呵，多说几句活跃一下气氛也不错哦，晚点去看哈。"

郝佑鸣挑起眉，"什么照片？"

廖尘回："COSPLAY剧照，我做了简单的处理。师父如果感兴趣的话，我再拷贝一份。"

"好，有我的单人照吗？"郝佑鸣的口气显然也在嫌弃出镜的乔芊。

乔芊则嗤之以鼻，没把他的图像抠出去也是她的遗憾。

廖尘看了这两人各一秒，都是自恋狂。

饭后，三人各自回房。乔芊洗完澡，准备去找廖尘取照片，一开门却见郝佑鸣站在门外，他径直走进卧室，"考试。"

"有没有搞错，我一整天都和你在一起，哪儿有时间练习！"

"先洗个牌让我看看。"他坐到茶几前。

乔芊长嘘一口气，搬了个软垫坐到他的对面，从茶几下格取出一副新牌，哗啦啦地洗起来。

待她洗了三十来回，郝佑鸣才说："换一副，加快速度。"

乔芊见他一脸严肃只得照办，但摆了一下午的定格表演，两只胳膊还处于酸痛中，她手一滑，整副牌如雪片般四散飞出。

"不用捡，再开一副。"

"师父，你不困吗？"乔芊偷摸打个哈欠。

"有人逼我加快教学进程，你以为我不累吗？"郝佑鸣的声音很低沉，揉了揉太阳穴。

乔芊扁着嘴拆开新牌，谨慎地问："你说的那个人……是谁呀？"

"一个我惹不起的人。"郝佑鸣身子一歪躺在沙发上，"别停，继续。"

"哦。"乔芊心道，郝佑鸣惧怕的人必然不是林依娜，那究竟是谁呢？

砰！

她只要手中稍有停顿，他便用教鞭敲击茶几吓唬她。

乔芊小幅度翻白眼，如果让她查出那位厉害角色是何许人，她一定要对那人说，求您快把上了发条的郝佑鸣关起来吧！

然而，祈祷只能用来自我调适，该练的还得练。她从晚上九点洗到凌晨四点，困得眼皮打架，双手抽筋，而郝佑鸣非但没有作罢的意思，还越来越精神。

"很好，试试开扇。"郝佑鸣坐起身，他的眼光没有错，乔芊已在短短的时间内基本领悟洗牌的技巧，确实有天赋。

乔芊看着自己因疲劳过度而颤抖的十指，真快累残了。

"师父，有句话我不知道该不该说，但是必须要说。"

"你想重申你在不久后会嫁人的事？"

"你可真厉害，是的是的，虽然我也很想做出点成绩，但是一旦结婚，夫家肯定不会让我抛头露面。"

"正因为你要当全职太太，我才选中你。魔术是一门艺术，如果只用来养家糊口便会失去很多乐趣，你可以一边带孩子，一边研究新魔术，专心致志为三年一度的FISM大赛做准备。"郝佑鸣带着挑衅意味眨了下眼，"我已经很多年没遇到旗鼓相当的对手了，看好你。"（FISM：国际魔术联盟，被世界各国魔术界公认为国际魔术的"奥林匹克"。）

乔芊干咳两声，"那你上一届拿奖的表演是什么？"

"赛事分为八个区块，包括大道具、近距离、超能力、创意等，你问哪一个？"

"当我没问。"乔芊完全可以从他的语气中听出频繁的获奖率。

郝佑鸣再次躺倒，"我先把入门知识教给你，你要勤于练习，我会定时抽查。"

"等等，三年一度？你不是说时间不多了吗？"

"教学时间是不多，怎么？"

乔芊垮下肩膀，她也是，祸害遗千年，她怎么会误认为郝佑鸣命不久矣？！

"别偷懒，洗牌。"

"我的手抖得很厉害。"她伸出双手，它们正不受控制地颤抖着。

见状，郝佑鸣走进洗手间，没多会儿便叫她进来，乔芊见蓄满盥洗池的热水冒起蒸汽，以为他又要用开水烫自己，于是拔腿要跑，郝佑鸣猿臂一伸将她桎梏在身体前方，用双臂夹住她的身体，强行将她的双手按入水中。

乔芊惊声大叫，但水温并没有想象中的高，温暖的水流覆盖了他俩的手。乔芊看向紧紧包裹在手背上的大手，又感到他的胸膛贴在自己的后背上，于是尴尬地向前挪动。而郝佑鸣不知是累了还是没意识到彼此间的亲密状态，她向前挪多少他便靠前多少。

"师父去休息吧，我自己练。"

郝佑鸣眨动酸涩的眼皮，很随意地将下颌落在她的肩头，"先泡着，舒筋活血又解压。"

"要么我帮师父放水泡澡解解乏?"乔芊可以清晰地感受到吹拂于耳际的气流,但又明白他并不是想借机占便宜,所以才不好直接翻脸。

郝佑鸣迷迷糊糊地摇了下头,侧靠在她的肩头稍作休整。

须臾,乔芊顿感一股重力压向脊背,同时伴随均匀的呼吸声。

他竟然就这样睡着了?!简直在逼她忘记尊师重道四个字。

乔芊身材娇小,显然不属于理想的抓扶物,只见睡梦中的郝佑鸣将双手从水池中抽出来,环住她的身体,由此更好地保持平衡。

乔芊敛气屏息垂低视线,确定那双手所放置的部位,终于爆发了。

轰隆一声,郝佑鸣被她铆足力气推撞到墙壁上。

不等郝佑鸣彻底清醒,乔芊双手护胸愤然离去。

"你再这样,别怪我欺师灭祖!"

"……"郝佑鸣揉着钝痛的脊背持续发蒙,怎么回事?

乔芊睡了还不到四个小时便接到母亲打来的电话,无非是问她在"西藏"吃住是否习惯、安不安全、有没有不良少年等,末了又让她带些纪念品回来。

就是这句话让乔芊清醒过来,话说礼物可以网购,但她在当地总得拍些照片留作纪念吧?

"廖尘廖尘!救我!"

廖尘看了下时间,还不到八点。

一开门,首先看到身穿防寒服、登山靴的乔芊,瞬间惊醒。

"世界末日来了?"

"比世界末日还恐怖,你能不能把我和布达拉宫天衣无缝地融合在一起?"乔芊擦了擦额头的汗珠,"我告诉我的家人我在西藏,说自己在那里主要考虑到通信不发达的理由,但是忽略了温差问题。"

"也就是说,你家人并不知道你在这里?"

"这是重点吗?"乔芊反问。

"当然是重点,万一你遇到麻烦,我便成了帮凶。"

乔芊已然忘记曾经捏造的理由,含糊其辞地说:"我不是跟你说过吗?你忘了吗?我想在结婚之前出来走走,顺便学点魔术讨婆家欢心。什么记性啊你。"

他怎么记得乔芊盛气凌人地说郝佑鸣是她千挑万选的人才之类的,何况讨婆家欢心用得着如此大费周章吗?

"哎呀,先别想了,快点帮帮我,否则我一定会被长辈们骂到死。"乔芊钻进他的卧室，一进门便踩到地上的杂志，她刚要拾起来看，廖尘快一步抢走并收好。

虽然廖尘动作很快，但是那行大大的字岂能逃过她的眼睛，她狞笑两声，"臭小子，不学好。"

"这是正规杂志，能卖不能看吗？"廖尘生硬地回嘴。

"我怎么记得师父说过在学习期间必须心无杂念呢？要不我去问问师父，《Playboy》是否可以修心养性？"说着，她转身要走，廖尘横起手臂拦截，"说吧，你要站在布达拉宫的哪个位置，近景还是远景……"

乔芊眼中划过一丝狡黠，得寸进尺道："都可以哦，最好多些场景，有困难吗？"

廖尘咬牙切齿地摇摇头，打开电脑从网上下载背景素材。

乔芊得意扬扬地坐到他身旁，起初还帮忙挑选背景，可是选了一会儿便感到不耐烦，百无聊赖的她也想看看全球最红的成人杂志究竟是怎样一个尺度。

于是，趁着廖尘选图，她蹑手蹑脚地走到床头柜附近，轻轻拉开抽屉，取出杂志，然后一转身倚着床边席地而坐。

翻看几页，虽然整本杂志充斥着女明星的裸照，但拍摄手法相当唯美，有种乐而不淫的独特魅力。真的很美，即便乔芊本身是女人，也会羡慕那些女人的好曲线。哦，对了，玛丽莲·梦露当年也是借助《花花公子》的传播力一炮而红。

她摸了摸发热的脸颊，聚精会神地欣赏美图，完全没察觉从头顶上方压下来的一小片阴影。

"你想做出这样的效果我也可以。"

"啊？！"

杂志从乔芊手中飞出去，她迅速把脸颊埋在膝盖里，反手推拒趴在床上的廖尘。

"都是成年人还不好意思什么，你露大腿给我看的时候我还以为你很开放呢。"廖尘边揶揄边拨弄她的头发。

"你给我说清楚，谁露大腿了？谁露大腿了？！小腿而已好吗！再说我穿热裤的时候你也看得到啊。"乔芊想到昨晚被师父无意间轻薄的不堪记忆，脸蛋红成大苹果。

廖尘注视她绯红的小脸，单手支在床上，大喇喇地问："莫非你还是？……"

"越来越不堪，越来越！我警告你，这话题到此为止！"乔芊惊慌失措地爬起身，刚要挪步，廖尘一把抓住她的手腕。

也许是她穿着棉衣导致体温偏高，也许是从他手心传来的高温，反正她被一种莫名其妙的氛围包裹起来。

"你别用那种眼神看着我，快放手！"乔芊使劲甩动手臂，内心已产生巨大的危机感。

廖尘看她吓得双眼发直，萌生继续逗她的念头，他坐在床边，将她强行拉到身前，故作含情脉脉地说："既然我们都要听从家中的安排进入不美满的婚姻，不如给彼此当情人？"

"你没事吧你？！"乔芊本想用力跑动借助速度挣脱他，但是这一跑不但被廖尘拉回原位甚至"主动"扑进他的怀里，紧接着，乔芊嘶声力吼大呼救命。

不待廖尘说上一句闹着玩，林依娜带着烦躁的情绪推门而入。见状，廖尘立刻松开双手，乔芊则撒丫子逃之夭夭。

"你们不是情侣吗？乔芊大喊'非礼'为哪般？"林依娜工作到现在还没睡。

廖尘见她眼底泛青，笑着说："不好意思吵到你工作了，闹着玩罢了。"

话音刚落，乔芊端着一大盆冷水冲进门槛，哗啦，毫不留情地泼在廖尘的身上，"浑小子，给你降降温！"说完，她提着空盆快步离开。

"……"廖尘擦了把水珠，朝面无表情的林依娜干笑两声，"你看她多淘气，这么大了还喜欢打水仗。"

林依娜不知道该用怎样的表情给予回应，"我确实不太了解时下情侣的玩法，不过有一点我很清楚，在廖先生住进别墅之前，你的爷爷叮嘱过我务必看紧你，他老人家似乎很反对你在此地发展恋情。"

"我有分寸，谢谢提醒。"廖尘甩了甩湿答答的头发，"如果林助理没有其他问题的话，我要准备洗漱了。"

林依娜礼貌地帮他关上房门，继而敲响乔芊的房门，乔芊问清来者是谁才打开门。林依娜注意到她捏在手中的扑克牌，不屑地说："怎么？以为郝先生来抽查，所以匆忙装装样子？"

"这会儿他肯定在睡觉。"

"哦，你凭什么如此肯定？"

"师父凌晨四点才从我房里离开，此刻不睡觉还能做什么？"

林依娜的目光明显锐利起来，继而讪笑，"你在向我示威？"

"只有心理复杂的人才会把问题妖魔化。"乔芊自如地洗着牌，"林助理，如果你对我有什么不满大可直截了当讲出来，我不是不讲理的人。"

"好，你从哪里来？来这儿的真正目的又是什么？"

"简单来讲，我来自一个还算富足的大家庭，目的就是为了向郝佑鸣学习牌技。不可否认，我起初的确抱着玩乐的心态，不过我现在的想法变了，决定认真学习魔术。"乔芊并非出言搪塞，而是刚刚下定决心，其实郝佑鸣有一句话说到她心坎里去了，既然她的婚姻注定索然无味，那她为什么不给自己找点乐子弥补空虚？

"世界顶级发型师、化妆师、服装师大多数为男性，男人们不仅在自身擅长的领域中独占鳌头，还在女人们的领域里出类拔萃。说句不中听的话，你不过是一个半路出家的假尼姑，我真不知道你哪儿来的这份自信心。"

"那我说句卖弄的话好了，虽然我学业不精，但是接触的技艺并不少。我从五岁开始学习社交礼仪与钢琴，六岁学舞蹈与绘画，七岁可以用不算流利的英语与成年人交谈，十岁便跟随长辈学些简单的料理。我不聪明，但毅力还是有的。"乔芊讲这番话并不是想证明自己能力强，只想告诉林依娜，光鲜的背后是汗水，自信源于内涵。

与此同时，郝佑鸣倚在卧室门上莞尔一笑，随后关上房门继续工作。

纵使他的关门声很轻，不过林依娜仍旧能判断出声音是从哪里传来的。她悠悠地看向乔芊，拊掌冷笑，"对不起，小看你是我的错，没想到你居然利用我所提出的问题，将那番大言不惭的炫耀之词传到你师父的耳朵里，真厉害。"

乔芊怔住，刚要叫林依娜讲清楚，她已转身离开，临走前朝乔芊指了指，笑得令人汗毛倒立。

乔芊探出头看向郝佑鸣的房间，师父的房门明明关着呢好吗！

"走开！"乔芊推搡站在另一侧的廖尘。

"你当着林助理泼我一身水让我很没面子。"

"在这件事上我还忘了感谢她，幸好她及时赶到。"乔芊瞪他一眼，"看你斯斯文文的怎么可以做出那种禽兽行为？你知不知道名节对女人很重要啊。"

"喂，我发现你真是个欺软怕硬的主，见到师父毕恭毕敬，见到林助理畏惧三分，见到我就是呼来喝去非打即骂。当初提出与我假扮情侣的是谁来着？亏我还处处照顾你，过河拆桥，忘恩负义。"

乔芊心虚地移开视线，支支吾吾地说："我们不是朋友吗？我的交友信条是这样的，为朋友两肋插刀，甚至插自己几刀都无怨无悔，我以为你也是这么理解的……"

"血流成河的人貌似只有我。"廖尘双手环胸一脸哀怨。

"那能怪谁，谁叫你比我会做人、更讨人喜欢呢？如果不是林助理处处刁难，也不至于把我逼上绝路，归根究底坏人是她，咱们可不能起内讧啊！"乔芊强行握住他的双手，"我知道我欠你很多，可你看上去又什么都不缺，不如告诉我你喜欢什么？"

"什么都可以？"

"只要我能办到的，义不容辞！"

"好，把师父的《千手》弄过来让我看看。我没别的意思，就是好奇。"廖尘眯眼一笑。

"……"上次就因为这件事摆乌龙险些裸奔，还偷？！

晚饭过后，乔芊在经过一番情绪调整之后才敲响郝佑鸣的房门，为什么要调整呢？因为她是来做坏事儿的——偷《千手》。

然而，师父却不在卧室，管家告诉她郝佑鸣在地下工作室，她是否获准进入就不清楚了。

在乔芊的理解中，地下室不是用来放杂物的就是停车场，郝佑鸣去那儿做什么？带着疑问，她走到一楼地下室入口处，一道带有指纹识别器的防盗门出现在她的眼前。

她首先伸出拇指试了试，嘟嘟嘟，识别器朗声汇报：对不起，通行证不匹配。

切，假模假式的。

拿起可视电话听筒，等了会儿，郝佑鸣出现了，问她来这儿做什么。

"那个……弹指动作总是练不好，希望师父抽出时间指导我一下。"

电子门唰地自动开启，乔芊雀跃地走进去，可是当她看清郝佑鸣手里握的是电锯时，又打个激灵退到门外，"我先练别的好了，师父忙吧……"

"进来，不影响我工作。"郝佑鸣戴上透明的专业护镜，抬起一脚踩在木板上，按下电锯开关，造型挺酷，可是嗞嗞声一响，不免瘆人。

乔芊做贼心虚，满脑子进出《电锯惊魂》的恐怖画面，嗓子眼阵阵发干。

郝佑鸣截好所需的木板，见她小脸发白，指了指放在不远处的一个长方形大木箱，调侃道："想不想试试身体被截成两段的感觉？"

"肢解魔术"是大型魔术中比较常见的类型，表演流程为：将一名美女放进木箱中，捆绑四肢，盖上箱子盖，而后，魔术师使用刀剑往箱子里插，再刺激点儿的也会用到电锯，待"行凶"完毕，打开木箱，美女仍旧完好无损。

"这个有、有危险吗？"

"没看新闻吗？前阵子有一位魔术师在表演中失手，真把助手锯成两半，当场鲜血喷射。"

"……"乔芊把脑瓜摇成拨浪鼓，原来魔术表演真存在一定的危险性啊！

"别害怕，我不会失手。"郝佑鸣举起电锯，自认迷人的微笑却吓得乔芊差点瘫在地上。

乔芊装作没听清，左顾右盼扫视偌大的工作室。这里很像贩售家具与兵器、刑具的综合"大卖场"。她听到身后传来脚步声，立刻挺直腰杆小碎步前行，很快注意到镶嵌在墙壁上的一个木盒盖，盖上有一行字：里面是空的，真的什么都没有。

通常情况下，即便有标注还是会不自觉地打开看上一看，这就好比店家在店面门写上大大的"拉"字，还是有无数人照"推"不误。乔芊也不例外，刚打开盒盖，眼前一花，整张脸就被里面飞出来的东西闷了一下！

乔芊惨叫一声向后倾倒，幸好郝佑鸣正站在她的身后，否则她一定四仰八叉后脑勺着地。

"呵呵呵，好奇害死猫。"郝佑鸣架住她的身体。

乔芊的双眼聚焦在从盒子里弹出的东西上，居然是一个篮球大小的红色海绵球，球身正在强力弹簧的控制下缓慢摇曳。

这地方机关重重、阴森恐怖，她扶着墙站直，然后顺着墙壁一点一点向门边蹭。

这边，郝佑鸣有一个"肢解"道具还未请助手测试，见她身形合适，三两步便追上她的步伐，不容分说地将她抱起来，放进一个酷似埃及人形棺材的木箱中。

乔芊看他提起自己的一双手桎梏在位于头顶上方的铁环中，不等抽离，半圆的铁环已合起，牢牢地扣住她的手腕。

"你要做什么？！"

郝佑鸣笑而不答，拿过皮尺测量"棺材"内部的剩余空间，喃喃地说："人形箱子果然危险性更高，似乎太勉强了点儿。"

——揭秘"肢解"表演。当女助手被五花大绑放进某种容器中之后，她要在箱子盖合起的同时，把看似无法挣脱的双腿蜷缩到上半身的位置。因此，无论魔术师使用哪种凶器把箱子拦腰截断甚至分离，观众依然可以看到女助手露在箱子外的头和手在随意活动。所以说此项表演，至少要给女助手留出可弯曲双腿的空间。

想到这儿，郝佑鸣移到乔芊的下半身位置，推动她的膝盖，将她的双腿向上半身慢慢折起。

而乔芊哪知道他在做什么鬼测试，只知道这露骨的姿势很危险，"师父，算我求你了，你是大明星、大魔术师，万万不能做出丧尽天良的坏事对不对？"

郝佑鸣思忖不语，早上无意间听到她自小学舞的事，猜想她的筋肯定软，所以没再多问便开始测试是否能达到他想要看到的效果，不过她似乎不太情愿帮忙，明显感到她正绷直双腿与自己较劲儿。

他疑惑地问："腿碰到耳朵有问题？"

"我可以试试，不过你得先给我松绑。"乔芊严重怀疑郝佑鸣已猜到她是来偷东西的！

郝佑鸣蹙眉应声，虽然乔芊的双腿很软很细，但毕竟不是专业的杂技演员，看来需要他施加一些外力帮她"折"起来。

乔芊惊见他推开位于她腰部以下的另一半"棺材"，取而代之的则是他本人。她瞪着挤在自己两腿之间的郝佑鸣，两行眼泪掉下来。

"哭什么？我还没怎么着呢就弄疼你了？"他问话的这会儿正压住她的膝盖骨向前推。

"我尊敬你是一位大师，也承认挺崇拜你，但是在某些问题上能不能先征求一下我的意见？"她的视线被自己弯曲的双腿彻底挡住。

"我也不明白，你为什么不能信任我？只要你顺着我的力道加以配合，必然不会受伤。"早知道她胆子这么小，他刚才就不该提什么失手事件。

"你也太搞笑了吧？！如果并非自愿而是被强迫，你会配合吗？！"难道她应该咬着嘴唇抛媚眼说：Come on baby？

"会，怎么不会？如果换作我，我会享受初次体验的乐趣。听话，尽量弯曲双腿，否则我没法进行下一步。"

他指的是新道具以及合上"棺盖"。

然而，他所处的位置与言辞听起来跟强奸犯似的，乔芊绝不可能让他得逞，"好吧好吧你赢了！我招了还不行吗？"

郝佑鸣怔了怔，"说来听听。"

"你先给我松绑，我立刻一五一十交代。"

郝佑鸣看她一脸绝望，打开铁环，只见乔芊连滚带爬跳回地面，随手捡起一根铁棍指向郝佑鸣，"不许过来！"

"我不过去，你说你的。"

"说你个头啊！臭流氓！"

"……"郝佑鸣迷茫地眨着眼睛，忽然意识到问题所在：她刚接触魔术不久，并不清楚此款道具的操作原理，而他错在省略了解说环节。

"你以为我要对你做什么？"他不解地问。

"少在这儿装无辜，你想强暴我！先把我捆起来又站在那种地方，还压我的腿！你的所作所为配得上'师父'二字吗？！"

吐槽点太多，郝佑鸣无力辩解，他径直来到人形棺材的位置，勉强把自己塞进去，然后大致摆出弯曲双腿的动作，"看懂了吗？所谓的肢解表演不过如此。否则我为什么要压你的腿而不是脱你的裤子？"

乔芊半信半疑，怒哼转头。

"何况我真想对你怎样为什么不到床上去？你当我没见过女人怎么的？每当我认为你智商够用的时候，你偏偏要让我怀疑是否选对了人。"

乔芊刚要开口，他坐起身扬手制止，一脸难过地说："我只不过想与你分享最新出炉的道具而已，有幸成为我的助手是多少人的梦想你究竟知不知道？而你非但不好好把握机会，甚至在我观察道具规格的时候想那些污秽的东西。你的思想怎会如此龌龊？"

气氛陷入僵局，真是虚惊一场吗？乔芊也在反省是否脑补过度，考虑很久也不认为他有多占理，不过谁叫他是师父，且是行事诡异的大怪胎！

乔芊喟叹一声，低着头走到他身边，主动将他扶出木箱，捆筋拔骨，自行躺了进去，双腿并拢弯曲，轻易地紧贴在胸前——她把身体缩成超乎郝佑鸣想象的一小团。

郝佑鸣眼前一亮，不失时机地合上盖子，果然，严丝合缝，毫无破绽，试验成功。

"出来吧。"他打开木盖，不经意间发问："你刚才打算招认哪桩事？"

"嗯？……"乔芊边用手指抓顺头发边自圆其说道，"我吃光了师父最爱的饼干。"

郝佑鸣脊背一僵，缓慢地转过身，"一整盒都吃了？你居然吃掉了我的消夜？"

那带着颤音的语调就像花光了他刚发的薪水。乔芊内心翻白眼，"反正卖这种饼干的超市还没关门，大不了我去买几盒补给你。"

郝佑鸣瞄了一眼挂钟，怨念极重地动动唇，"每日限量供应，如果到现在还没卖完它就不是我的最爱。"

乔芊嘴角狂抽，"我在开玩笑，其实只吃了一块。"显然，他已经陷入失去零食的痛苦中无法自拔，应该不会再追问其他。

听罢，郝佑鸣长嘘一口气，拍了下胸口，一副心有戚戚焉的死样子。

乔芊趁他抒发情感之时，遥望工作台的方位，很快看到一个如词典薄厚的硬皮本。

她记得盗贼与廖尘都提过《千手》的基本特征：黑色硬皮，很厚。

"为了表示歉意，我帮师父整理一下杂物吧？"

"不需要。练牌去吧。"

"我能在这儿练吗？不会打扰师父工作。"

郝佑鸣应了声，戴上护镜，扛起电锯继续忙碌。

乔芊暗自打个响指，但没有直奔工作台而去，而是取出纸牌坐在小板凳上练习。她是这样计划的，跟他耗精神头，等他神志不是那么清醒的时候再下手也不迟。

"师父，'袖箭'是什么意思？"她刻意摆出虚心求教的神态。

"出千的行话，指事先将一张牌藏在袖口或胸口的位置，再以极快的速度进行替换，如今常使用在魔术表演当中。"郝佑鸣一手从胸前滑过，抬起时，两指间已夹出一张黑桃A。

乔芊毫无诚意地鼓鼓掌，"师父，我想知道你身上到底藏了多少件东西，万一遇到打劫的，你说那抢匪会不会因为搜你的身而崩溃？"

郝佑鸣挑起眉梢，弯身掸掉沾在裤腿上的灰尘，起身之际，又变出一把仿真手枪，枪口瞄准十米外的枪靶，"那我就抢了他。"说着，他扣动扳机，当的一声！"子弹"射中红心，红心处瞬间发出一声爆破，又在烟雾中弹出一面袖珍版五星红旗。

"完美。"

悄声无息地收起枪，提起电锯接着嗞嗞嗡嗡。

"……"嗯，抢匪来不及崩溃就直接疯了。

咚！——

两人在工作室里已待到午夜时分，乔芊强忍困意看向同样打蔫儿的郝佑鸣。郝佑鸣在两小时前吃过心爱的饼干，饼干由乔芊从保姆手里接过来，她不忘匆匆吃掉一块才递给他，而他的举动正如乔芊所料，聚精会神地数了数，确定只少一块后才彻底安心。吃完饼干，他接着打造大型道具，直到此刻明显有些体力不支。她贼兮兮一笑，伺机下手。

廖师兄，看到哪种付出才算义薄云天了吗？哼。

第七章
我想和你一起睡

凌晨两点，郝佑鸣关掉电机，萎靡不振地对乔芊说："今天就到这里。"

"师父困了吗？可是我还不困哦。"乔芊瞪大充满血丝的红兔眼，别提多狰狞了。

"说的就是你。"郝佑鸣脱掉牛仔布的工作服，挽起袖口，拿起一块木板坐到工作台前。

乔芊见他将《千手》向一旁推了推，故作好奇地凑到他旁边，看到他正在做的事情，不由得微微一怔——他正在木板上勾画图形，虽然暂时看不出轮廓，但笔法相当流畅优美。

"师父在用木板作画吗？"

"是浮雕。"郝佑鸣在截取木板的时候已经想好构图，但画着画着忽然停下笔，"摆一个反弹琵琶的姿势。"

"噢，敦煌飞天？"

郝佑鸣打个响指指向她，"一点就通。"

乔芊困得都快找不着北了还飞天咧，她找来一支网球拍，刚要摆造型。

"等一下，把鞋脱了，再在腰上随便围块布冒充长裙。"

乔芊迷迷糊糊地脱掉帆布鞋，找了块窗帘布系在腰间，再次起范儿。

"等。"郝佑鸣小跑步扛来台式电扇放在地上，拧到最大直吹乔芊。

"好，来。"

强劲风力吹得乔芊睁不开眼，她先将网球拍大头朝下夹在肩头，再抬起一脚。窗帘制成的裙摆特兜风，横看竖看不像仙姿飘飘的天女，更像遇上沙尘暴的面口袋。

"腿抬高点……哎？没叫你举过头顶，不要闹情绪。还有臀部，翘高点。"

她虽然自小学舞，但民族舞接触得不多，何况金鸡独立的姿势根本站不了多久，所以不到五分钟便脚尖落地。

"拿出点专业精神行吗？"

"几点了还精神，你当我吃兴奋剂了啊。"

"你刚才不是特兴奋地说不困吗？莫非我听错了？"

乔芊发现在郝佑鸣面前总能干出搬起石头砸自己脚的蠢事，这冤家！

"乖，只要你能坚持十分钟，我肯定能画完。"他惬意地喝着咖啡，吃着饼干。

乔芊弯曲一腿，平稳地抬起来，不满地说："你请几个能歌善舞的助手不行吗？为什么被迫跳水、钻棺材、当素描模特儿的人都是我啊！"

"我不会让外人随意进出工作室，说明我把你当自己人看。再说我不是也陪你参加COS比赛还拿了第一名吗，你怎么不提这个？"郝佑鸣叼着饼干迅速勾画。

好吧，他那天确实出资、出道具又出人帮她赚到奖杯。

"师父，你曾说教魔术的时间不多了，究竟是什么意思？要开始全球巡演了吗？"

郝佑鸣敛起嘴角，"不，准备放弃魔术。"

乔芊以为他在说笑，因为从种种迹象上看，他对魔术的热爱近乎痴迷。

"弃艺从商？"

"嗯。"他回答得很干脆，但语调低沉。

乔芊见他情绪低落又不像说笑，追问道："白手起家还是家族生意呢？"

郝佑鸣轻声喟叹："你让我安安静静地画完可以吗？"

雇用小偷盗取《千手》的幕后指使正是他亲爱的祖母，祖母显然早已料到那两个笨蛋不会轻易得手，无非是在时时刻刻提醒他接手生意、娶妻生子。

乔芊默不作声，见他一手绘画，另一手放在《千手》的封皮上摩挲。他的手长得很漂亮，指尖缓慢游移，动作又柔又轻，仿佛正抚摸着情人的长发，赋予人一种性感的错觉。

"恋物癖，对书比对我好很多。"她趁机挑起讨论。

"它可以毫无怨言地陪我一辈子。"

"哦，看来你很喜欢这本书，名著吗？借我看看。"说着，她自顾自走上前，刚欲伸手，郝佑鸣敏捷地将其放进抽屉，"回去，谁允许你乱动了？我还没画完。"

"好小气！不就是一个本子嘛，为什么不让我看？"乔芊伸长胳膊拉动抽屉，见状，郝佑鸣原地旋转椅背，顺势用椅背挡死抽屉。而乔芊的半个身子正倚在椅子的扶手上，这一挪动，重心失衡向前倾斜，她立刻抓住郝佑鸣的头发稳住重心。

郝佑鸣感到发根钝痛，向后闪躲，导致还没站稳脚跟的乔芊随之移动，慌乱之中，她哪有工夫测量距离，唯有紧紧地抱住郝佑鸣的头部保持平衡。

瞬间，郝佑鸣眼前一片漆黑，脸颊贴在软软的肉体上。

乔芊则呈木讷状一动不动，因为郝佑鸣正搂着她的腰。

停滞数秒，乔芊猛推他的肩膀，却没能顺利地从他的两臂间挣脱出去。

她低头看着他的脸庞，他原本清澈的黑眸逐渐变得混沌。

温热的手指穿过T恤边缘盖在她的腰际，有意无意地揉捏着柔滑的肌肤。

"松、松手……"乔芊完全没弄懂这突如其来的转变从何说起。

倏地，郝佑鸣托起她的双腿站起身，乔芊首先本能地勾住他的脖子，继而哇哇大叫。

她的脊背撞上墙边，仰视从头顶上方压下来的郝佑鸣，当唇与唇即将触碰之际，她快速转开头，但没能彻底躲开，他的吻随即落在她的耳际，一阵酥麻感猝然之间袭遍全身。她连蹬带踹，怒声质问："刚才还好好的，中邪了？！"

"我喜欢你身上的味道。"郝佑鸣表述不清那是怎样一种气息，并非香水散发出的香气，而是从身体里自然发出来的专属气味，好比有人钟爱油漆味，有人喜欢闻汽油味，与香不香毫无关系。

乔芊抬起手背嗅了嗅，自从住进来之后她就没用过香水，但也没觉得有"怪"味啊。

郝佑鸣将她的衣领向外拉了拉，脸颊贴上她的肩窝，用鼻尖磨蹭她的皮肤。

乔芊缩紧肩膀躲避，但可以移动的范围实在太有限，为了避免他做出更肆无忌惮的举动，她只得柔声细语地说："好、好尴尬，难道师父喜欢闻汗味儿？"

郝佑鸣不予理会，沉浸在臆想的国度里。这种味道让他感到既亲切又温暖，仿佛一片舒缓情绪的安眠药——只有他自己知道，从不愿意无休无止地工作，却已忘记从哪一年开始正式患上失眠症，纵然硬闭起眼睛想睡觉仍旧无法安眠。

对了，他似乎想起来了，前几天他居然站立睡着，正因为她当时在自己身前。

"今晚可以陪我一起睡吗？"他彬彬有礼地询问。

"……"乔芊猛摇头。

他举起三根手指，"我保证，绝不会对你做什么。"

乔芊继续摇头，她在男女方面是没经验，但不代表她傻！

"我真的很需要你，不是生理上的需要，这样吧，只要可以消除你的戒心，让我做什么都可以。"他的眼睛眯成一条线，像大花猫似的蹭着她的长发。

"真的？"

"嗯。"

"除非你让我把你捆起来。"

"没问题。"

哗啦一声，他从兜里掏出一副闪亮亮的手铐。

"那好吧，那我们……现在回房？"乔芊答应得这么爽快自有原因，先给他铐起来，待他动弹不得时再逃跑。

回到他的卧室，郝佑鸣躺到枕边，特自觉地伸出一只手贴在床头的栏杆处。

"不行，两只手都得铐起来我才能安心。"

郝佑鸣照办，抬起另一只手。

咔嚓，咔嚓，乔芊高举手铐，毫不犹豫地给他扣上。待确定手铐与栏杆牢牢相连之后，她怒哼一声从床上跳下来，"我从没听过这么不合理的要求！你的行为也太猥琐了吧？！"

郝佑鸣狐疑地问："你想反悔？"

"这叫缓兵之计，学着点。"乔芊扬起拳头狠狠打向他的胸口，"再敢碰我，我非找人阉了你！坏蛋！没人性！臭流氓！下流！"

语毕，她气哼哼地转身迈步，身体却被一股阻力拉住。她吞了吞口水，低下头，看到环在腰部的一双手，整个人僵住了……该死，忘了他是魔术师，必然在手铐上做过手脚。同时证明，他确实心怀鬼胎！

"那什么，师父，我和你开玩笑呢，我打算去下洗手间再上床，呵呵。"

咔嚓，咔嚓。

手铐已然戴在乔芊的手腕上。

"去吧，不影响你方便，洗澡都没问题，我等你。"他轻推她的脊背。

"……"乔芊直挺挺地前行两步，继而加快脚步冲进洗手间，锁上门。

门外传来不紧不慢的提醒之声，"你应该认清一点，在这栋别墅里，没有我打不开的锁。"

"你也太过分了吧！凭什么要求我陪你睡觉啊？！"

"我保证过不碰你就一定会做到，你把我当成抱枕怎么了？"

胡搅蛮缠！乔芊愤然打开门，但没有返回床边，直奔卧室门而去，狂拧门把手。

"……也没有我关不住的人。"他晃了晃挂在食指上的门钥匙。

哼！哪里有压迫，哪里就有反抗。

再后来，乔芊双眼放空，仰面朝天地躺在枕边，手铐与床头栏杆紧密相连。

而郝佑鸣舒舒服服地洗完澡，蜷在她的身体一侧，盖好薄被，道了句晚安，关灯睡觉。

不一会儿，均匀的呼吸声传来，细微的气息拂过她的脖颈儿，还带着薄荷香的牙膏味儿。乔芊也困也累，但警告自己不能睡，不能睡……不能……睡……

乔芊一觉睡到中午，醒来时郝佑鸣不在床上，她也松了绑，慌张地坐起身检查衣裤，待确定没有受到侵犯后，大大松了口气。

郝佑鸣究竟想干什么？！说他色吧，他确实规规矩矩躺好没碰自己；说他不色吧，那他的一言一行该如何解释？

带着诸多疑问与饥饿，来到餐厅觅食。

保姆很快端来午餐，乔芊边吃边问："他们去哪儿了？"

"郝先生与廖先生还有林小姐一大早就出了门，郝先生说等你起床之后务必马上联系他，具体事宜我不太清楚。"保姆如实汇报。

乔芊点头致谢，磨磨蹭蹭吃完饭，洗好澡，又看了会儿杂志，才拨通郝佑鸣的手机，但接起电话的人是林依娜。

"哟，起得真早。"

"我为什么会起这么'早'，郝佑鸣懂的。"

"胆子越来越大了嘛，连师父都不愿意叫了？"林依娜说。

"他找我究竟有何贵干，没事我挂了。"

"别激动，确实有事，郝先生命你在一点半之前抵达辉煌剧场，此地正在为一位魔术泰斗举办盛会。秦大师年事已高，这是他退隐前的最后一场演出，至于郝先生的手机为什么会在我这里，当然是因为演出已正式开始。他见你迟迟未到，请我打电话督促你快些出门。对了，没扰到你的清梦吧？"

乔芊看了下时间——下午13时45分。

"你！"乔芊愤愤地结束通话，再查未接电话，林依娜压根就没打过，明摆着陷害她。

她火速换好衣服往楼下跑，"陈管家，陈阿姨，辉煌剧场怎么走？"

"辉煌剧场？你有没有听错？"管家迎上前。

"怎么？"

"辉煌剧场距离这里将近一个小时的车程，你要不要再确定一下？"

乔芊拿出手机，拨打廖尘的手机，接通但没人接听，她猜想已设置为静音模式。

挂上电话再给郝佑鸣打，不过还没接通她就挂断，如果她打过去只是确认地址，那么林依娜还不知道又要说出什么难听话。

她迅速使用电子地图搜索"辉煌剧场"的位置，果然路途不近，不过她相信没有听错，索性先过去再说。

陈管家正在沉思，没留意乔芊已跑出别墅，待回过神想问乔芊是不是"辉煌歌剧院"的时候，乔芊早就发动车向所谓的目的地驶去。

乔芊按照电子导航指示的路线，以八十迈的速度一路疾行。她如此着急倒不是怕郝佑鸣发火，主要听到"泰斗"两字，既然打算认真学魔术，当然不想错过任何一场精彩绝伦的表演，而且是结束演艺生涯的终结场，过了这村没这店。

都怪郝佑鸣！如果把她叫醒就不会弄得如此狼狈仓促。

另一边，辉煌歌剧院的休息大厅里。

林依娜优哉游哉地喝着饮料，郝佑鸣生平最痛恨不守时的人，即便可以容忍乔芊迟到一小时，但绝对不能容忍整场演出结束还没出现的"好"徒弟。

跟她林依娜斗心眼？纯属找死。

一个小时过后，乔芊望向外观破旧不堪的辉煌剧场以及伫立在迎宾门前的告示牌：本电影院暂时停业，内部装修中。

风尘仆仆、汗流浃背狂飙至此换来了什么？

"你故意耍我？"乔芊手举电话，不客气地质问林依娜。

"你在说什么？你在哪里，怎么还不到？我在辉煌歌剧院的咖啡厅里等你很久了呢。"林依娜吹着空调，喝着下午茶，好不逍遥。

乔芊气冲冲地翻出地图一看，虽然名称相差不远，但位置可差出十万八千里，辉煌歌剧院就在别墅附近！

"为了等你，我也无法欣赏表演，据说此次表演使用了最顶级的灯光、声效与布景，绚丽程度堪称'触手可及的异度空间'，一票难求哦，你不该向我说声抱歉吗？"林依娜幽幽道。

"真有你的林依娜。"乔芊咬牙切齿地说。

"还有两小时就要结束了，你如果可以赶过来的话，也许能看到谢幕。"

乔芊钻进驾驶位，烦躁地捋了一下头发，一把方向盘，原路返回。

与此同时，刚刚看到未接电话的廖尘走出演出大厅。

"你要给乔芊打电话吗？她好像是自己开车过来的，开车时最好不要让她分心。"林依娜所坐的位置正对出口，刚巧阻止他们之间的联系。

"她不会才出门吧？"廖尘将手机放回裤兜，"师父虽然没说什么，但脸色非常难看。"了解郝佑鸣的人都知道他的时间观念极强，何况今日又是重要演出，乔芊恐怕无论如何也躲不过一顿臭骂了。

"现在的女孩哪个没有点公主病？认为迟到是应该的，出门前化化妆、选选衣服先浪费一小时。"林依娜抬起手看了下手表，"唉，我还给她算少了，距离上一次通话已然过去两小时，居然还在路上。"

廖尘焦急地张望着迎宾门。

"你快回去欣赏表演吧，我在这里等她。"

廖尘正看在兴头上，自然也不想错过一分一秒的精彩表演，"只要乔芊一到，麻烦林助理马上带她进场。"

"放心，乔芊是郝先生的得意门生，我当然希望她多学多看。"林依娜笑得善解人意。

廖尘俯首致谢，疾步返回会场，但愿乔芊可以看到压轴大戏。

一个半小时匆匆流逝，乔芊停好车再跑上阶梯已经筋疲力尽，可一口气还没歇过来又被门卫拦截去路。

"邀请函？我和郝佑鸣是一起的。"乔芊气喘吁吁地说。

门卫打量她的穿着，虽然算不上衣冠不整，但确实过于随便。今日来宾皆是各行各业中的风云人物，所以断然不能放行。

"多少钱一张票，我买。"乔芊急得火烧火燎。

"非售票演出，请出示邀请函。"

乔芊见门卫死活不肯变通，只得踮起脚尖向里面张望，很快看到倚在圆柱旁看热闹的林依娜。

"我的邀请函呢？"乔芊稍微加大音量。

林依娜手举银灰色的邀请卡信步上前，卡上的确印有乔芊的名字，但门卫出于谨慎考虑，要求乔芊出示有效证件。

"这位林助理可以证明我的身份。"乔芊的护照还在郝佑鸣手里，简直糟透了！

门卫看向林依娜等待答案，林依娜则缓慢地吹着指尖，"也许是，也许不是，我与这位小姐并不熟。"

"你这样讲有意思吗？"乔芊说。

"怎么了？你我虽然曾有几面之缘，但的确不熟呀。"

时间分分秒秒地浪费着，直到演出会场内传来雷鸣般的掌声，林依娜这才告诉保安，她想起来了，这位小姐正是邀请函所写的乔芊。

终于放行，乔芊无暇与她斗嘴，疾步向入口处走去。然而，没等她推开大门，人潮已从内部拥出来。数十名记者列队两侧等待拍摄，闪光灯噼里啪啦如雨点般洒向三三两两走出会场的名流大家，霎时将乔芊挤到墙角。

"郝大师对此次表演有何观感可以说说吗？"记者A问。

"您刚才为什么要拒绝和秦大师同台演出的邀请呢？难道你们不合？"记者B抓住新闻看点。

"据传言，您也有意退出魔术圈，是真的吗？"记者C问。

无数话筒挡住郝佑鸣的去路，狂轰滥炸。

郝佑鸣戴着墨镜一语不发，林依娜冲到他身前开路护航，"不好意思，郝先生有要事在身，今天是秦大师的主场，请将注意力放在主角身上。谢谢，感谢各位。"

周遭异常混乱，郝佑鸣却一个箭步冲出人群，扶起摔倒在地的乔芊。

"谢谢。对不起，我来晚了。"乔芊没有注意脚下，所以不慎一脚踩空。

"现在几点了？"他平和的语调中暗藏着一股怒气。

郝佑鸣怒视着她，乔芊则低头不语。这边的一幕很快引起记者们的注意，伴随一连串的快门声，乔芊立刻戴上太阳镜，双手遮住脸颊。

"我给你留了字条、叮嘱过家政人员，甚至请我的助理守在大厅死等你！"郝佑鸣无视全场，一把揪起她的手腕指向对面的电子钟，"你居然迟到整整三个小时，爬都爬到了！"

这样的围观必然是不光彩的，而且乔芊从未在大庭广众之下受到过这般严厉责骂，闪光灯火力全开，乔芊不知所措地贴墙站立，气愤中夹杂委屈，恨不得一头撞死。

"你知不知道一秒钟可以决定魔术成败？慢一秒钟或许断送助手的生命！你拿我的话当耳旁风了？"郝佑鸣气就气在这场魔术不仅仅是普通的表演，而是集合众多魔术大师之长，再经秦大师萃取改良而成的精华之作。试问，不曾见识最棒的魔术，怎能创造出更杰出的作品？门外人满为患，水泄不通，众多求学若渴的魔术师无缘目睹，而她手握入场券却错失良机。

乔芊被那些从四面八方射过来的闪光灯光线逼到弯腰抱头，强忍泪水不言不语。她绝不能让记者拍到正面，否则就并非挨骂这么简单，而是会影响到整个家族的企业形象。

见状，廖尘利用高挑的身躯挡在乔芊的身前，他大概了解郝佑鸣怒意难消的原因，但乔芊毕竟是女孩子，脸皮薄，于是好声好气地劝慰："那些记者即便知道师父在教训徒弟，也会胡乱编派你们之间的关系，不如回去之后再慢慢教训她？"

林依娜看火候也差不多了，强行将一动不动伫立在乔芊身旁的郝佑鸣拽出人群。

大批记者见郝佑鸣离场，必然追逐，廖尘则趁机拉起乔芊从偏门撤离，出了门便坐上出租车。

"别怪师父骂你，你确实迟到太久。"廖尘首先打破沉寂。

乔芊没有取下太阳镜，不想让廖尘知道她正在没出息地掉眼泪。

"谢谢你帮我解围。"她无心解释原委。既然林依娜处心积虑陷害她，自会想好一套脱罪之词。行，这次算她赢。

抬头不见低头见，我们来日方长。

说来说去，最可恨的还是郝佑鸣！超级大渣！昨天还死乞白赖贴在她肩头呼呼大睡，睡醒了就可以不分场合、不分青红皂白劈头盖脸甩开了骂啊？！

然而，当乔芊认为郝佑鸣已然可耻到极点时，其实她想错了。回到别墅各自摔门回屋的两个人本该冷战到底，可是到了晚间十一点，郝佑鸣这不要脸的师父居然抱着枕头敲响了她的卧室门。

"走开！"乔芊隔着枕头猛推郝佑鸣。

"一码归一码，你……"

"你什么你，码什么码？你给我滚！"

"……"

乔芊把他推出几步，刚准备关门，他立刻把枕头卡在门与门框之间。

"你又想怎样？！"

郝佑鸣做了个嘘声的手势，"好歹我是你师父，注意点影响。"

"你当着记者的面骂我的时候怎么不想想对我的影响？！"

"本来就是你不对，还不许我说两句啊？"

乔芊懒得跟他争论，"别以为我没护照就走不了，我没走只是为了要让某些人认清一点！我没她想象中的那么脆弱！"她用眼角横了林依娜卧室门一眼，此仇不报，哪儿都不去！

"Ta指谁？"

"你，或者你们，谁欺负我就指谁！"乔芊看见他就来气。

郝佑鸣敷衍了事地哦了声，"时间还早，我教你些别的。"说着，他堂而皇之地往门槛里迈，再次被乔芊一把推出去。

"谢谢师父大人的好意，可我现在想睡觉。"

哐当一声，乔芊关上门，再上三道锁，将郝佑鸣彻底地拒之门外。

郝佑鸣怀抱枕头站在门前，他完全可以自行打开这道门，但乔芊持续咆哮，情绪十分不稳定。罢了罢了，回去躺在床上硬睡吧，不过，十有八九又是无眠之夜。

走着走着，他忽然驻足，如果可以配出一种与乔芊身上相同的气味儿呢？……不过，又说不清究竟是怎样一种味道，总之既好闻又熟悉。

回到卧室，拐进小工作室，这里有一面墙做成层层货架的样式，木架上摆满香水和香薰，总共多少种、多少瓶他已算不过来，反正贵至上万、廉价至几元的都有。

不过，购置这许多香水并非收藏爱好，纯属在寻找哪一种味道有助他睡眠。

他坐到柜架对面的软木椅上，双手拢起抵在唇边，缓慢扫视着形态各异的香水瓶，眼前浮现的却是乔芊的灿烂笑容。他知道这样的依赖肯定要不得，恰似瘾君子恋上罂粟。

同时，乔芊也没睡，坐在床上练习洗牌，她没有忘记来的目的，学魔术之余从中钻研千术，如果可以练到郝佑鸣那般出神入化，必将战无不胜！

敲门声轻轻响起。

"你就是磨破嘴皮子，我也不会让你进来！"她朝门板大吼一声。

"我记得你没吃晚饭。"

"你到底有没有下限啊？居然还敢假扮廖尘的声音？"

"乔芊，你是不是气糊涂了？我是廖尘没错啊。"

乔芊住的客房没有安装猫眼，她贴在门板上等了一会儿，直到廖尘说把餐盘放在门外，她才打开门，还不忘左顾右盼继续侦察。

"疑神疑鬼干吗呢？"廖尘笑着问。

乔芊托起餐盘一溜烟儿回屋，"随手锁门谢谢。"

廖尘不明所以，但还是按照她的要求反锁上门。见乔芊低头猛吃，从冰箱里取出一罐饮料递过去，"师父也没吃晚饭。不过，有林助理照顾应该饿不着。"

"我现在不想听到这两人的名字。"

"还在生气吗？师父语气是不太好，但他没有恶意，这场表演确实精彩，没看到是你的损失，他替你感到惋惜。"廖尘没有帮谁不帮谁的意思，实话实说。

乔芊边吃边思考整件事的来龙去脉，忽然放下勺子怒指廖尘，"我会迟到与你有很大关系。"

"嗯？"

"我答应你搞到《千手》，就必须接近郝佑鸣，本想等他昏昏欲睡时顺手牵羊，谁知道他跟打了鸡血似的连轴转都不带睡的。我决定跟他耗，可是耗到凌晨他还在写写画画，更可怕的是，让我摆反弹琵琶的舞姿充当素描模特儿，所以导致我一觉睡到中午，还有……总之都怪你！"乔芊差点脱口而出昨晚睡在哪里。

廖尘向她抛去同情的目光，"最终拿到《千手》没？"

乔芊气馁地摇摇头，"如果不是为了确定那个硬皮的黑本子是不是《千手》，我也……没什么。"关乎名节，守口如瓶为妙。

廖尘当初只是抱着试试看的心态随口一说，没想到乔芊还真的尽心尽力，此刻反而弄得他有些愧疚，"归根究底是我害你被师父教训，之前的'恩恩怨怨'一笔勾销。"

乔芊双手环胸，仰脖哼了声，"郝佑鸣不让我看，我还非看不可了，倒要看看《千手》里到底藏着什么秘密。"

"说说就算了，你也看到师父的脾气有多火暴，不要主动招惹。"

"郝佑鸣也就大你三四岁吧？你干吗那么怕他？"

"这与年龄无关，既然叫他一声师父，便要做到尊重。"廖尘揉了揉她的发帘，"你是女孩，撒撒娇、闹闹小脾气无所谓，而我是大男人，不能事事由着性子来，学会忍也是我此行的目的。"

乔芊望着他许久不语，好像从这一秒才真正认识廖尘这个人。他的好脾气缘于宠辱不惊吗？不得不说，虽然他只比她大两岁，但在情商方面远远胜出数个段位。

"郝佑鸣真的没有你成熟，我说真的。他超幼稚，爱吃甜食，喜欢整人。"

"魔术师必须拥有一半童心且善于幻想，所以我不可能成为优秀的魔术师。"廖尘从很小的时候，便在家里人的灌输下了解到社会的残酷与现实。祖父时常提醒他，接近你未必是出于好感，也可能是另有所图。从商之人，要学会隐藏弱点，要做到不动声色。

乔芊不知道想到什么，扑哧一笑，"最搞笑的是，他准备从商，真不知道企业交到他手里会不会变成游乐场。"

"师父没告诉你他家的经营范围？"廖尘的表情很微妙。

"不会真是游乐场吧？"

廖尘笑而不语，"经你这么一提醒，我发现确有异曲同工之处。"

"别卖关子，到底做什么的？"

廖尘奉上抱歉的笑容，"你可以埋怨我做人太小心，但多一事不如少一事。"

"我自己问他吧。说另一件事，林助理具体做哪些工作？"

"全天候接收并处理与师父有关的信息。你又想做什么？我记得她最近没有与你发生正面冲突吧？哦，对了，她为了给你送邀请卡，哪儿都没去，一直守在大厅。别的不说，只要是师父交代的事，她从不敢怠慢，你也大方点，一笑泯恩仇。"

乔芊仰起头干笑三声，什么叫成功的陷害，这就是最佳案例。

她将双手放在廖尘肩头，郑重地说："不管怎样，不管别人对我做过什么，每当我陷入窘境时，都是你向我伸出援手，如果有一天你遇到真正的大麻烦需要我帮忙，我会鼎力相助，尤其在财力方面。"

廖尘凝望她那副严肃的表情，没像往常那样腹诽她的自不量力，笑着点头。

乔芊伸出小手指，"来拉钩。"

廖尘笑得有些无奈，伸出小指与她相扣。他确实需要钱，不过那数字庞大到只会令她吓破胆。

"你也是，需要我帮助的时候尽管开口，不管是金钱还是肉体。呃……"廖尘揉了揉被她打疼的胸口，"小拳头还挺硬，早点休息。"

他走到门口，回眸凝睐，或许是她正经起来的样子很端庄，又或许是她那坚忍不拔的意志力吸引了他，他恍然感到此刻的她女人味十足。

乔芊以为他已离开，所以侧坐在沙发上继续练习牌技。过了大约十分钟，她余光一闪，扭头望去，就在与他四目相对的一瞬，廖尘匆匆道了句"晚安"，转身离开。

"晚……"她话没说完，廖尘突然就没影儿了。她走过去关门，却受到阻力干扰，乔芊探出头瞄一眼，见郝佑鸣那厮居然又抱着枕头跑回来了，她没好气地轰赶，"走开！"

郝佑鸣其实蹲在墙边猫半天了，时刻等待潜入乔芊卧室的时机，不过廖尘开了门之后迟迟不走，不知道站在门口看什么看了那许久。

"要么你让我进去，要么你跟我出来，要么谁都别想睡。"他明天一早要上山，为"变走山峰"的大型魔术做最后一次检查工作。登高爬梯是体力活，睡不着很着急。

"呸！滚！"乔芊自从住进郝家之后，常年压抑的、飙脏话的情结得到前所未有的大解放。

郝佑鸣就跟没听见似的，用膝盖顶住门板，单手变出一枝玫瑰递给她。

啪。扔地上。

变出两枝玫瑰。

啪。地上。啪……呃！他脸上。

他捂着眼眶看向廖尘与林依娜紧闭的卧室门，确定安全之后，轻声细语地说："让我进去呗。"

"你先去死一死好吗？"乔芊想到他白天那副盛气凌人的态度岂能消气。

郝佑鸣悠悠地眯起眼，手臂一垂，折叠教鞭顺袖口滑出落在掌心。

咔！咔！咔咔咔！在甩动中延伸至一米长。

乔芊对鞭子总会产生莫名的恐惧感，她下意识倒退一步，郝佑鸣借机上前一步。

"我会迟到是有原因的！"

"你几点醒的？"他转变表情的速度可谓迅雷不及掩耳。

"十二点半。"

"如果家政人员没有在下午一点之前提醒你联系我，我立即开除她。"

乔芊仔细回忆那段时间自己都做了什么，保姆确实说过：务必马上联系。但她没当回事，吃饭，洗澡，看杂志，等联系他时已然错过开场表演，再之后被林依娜当猴耍。

郝佑鸣悄然关上房门，镇定地坐到床边，"怎么不说话了？理亏了吧。"

乔芊斜眼望去，见他正鬼鬼祟祟地摆放枕头，不由得双手叉腰走上前，"师父，即便我有错，也不能构成同榻而眠的正当理由，你给我出去！"

郝佑鸣自顾自躺好，拍了拍身旁的空位，笑容无害，发出诚挚的邀请。

乔芊看出他死皮赖脸的决心已定，走到床边，抱起枕头往沙发上放，"不管你在想什么，我都不会答应你的过分要求，再说我们睡在一起你认为合理吗？"

郝佑鸣当然知道不合理，但他怎么跟乔芊解释他的行为？告诉她他闻着她的体香睡得好？这理由对单身女性而言，仍旧是求爱的烂借口吧。

"晚安。"他关上灯，用乔芊的被褥盖住口鼻，希望可以找到些许属于"安宁"的味道。

黑暗中，乔芊睁大一双眼睛，打开位于沙发旁的一盏小灯，目光熠熠。

微弱的光源投射床边，隐约看到郝佑鸣将头部埋在薄被里，仿佛真的只为睡觉而来。

"我们谈谈。"她走到床边。长此以往还了得？

"谈什么？"

"你是不是喜欢我？"

郝佑鸣从薄被中探出半只眼睛，看向她露在睡衣外的脖颈与手臂以及越发靠近嗅觉的"肉香"，不自觉地舔了下嘴唇，"是。"

乔芊理解不了他高深莫测的思路回转，所以只能从字面上判断他的企图，"我有未婚夫你又不是不知道，喜欢我也要藏在心里啊。"

郝佑鸣伸出手拉住她的手腕，"不如你也躺下来，我们慢慢研究解决方案？"

"拜托！这是你的事，跟我有什么关系，快点出去。"乔芊把手腕往回拉，"和谐家庭就是被你这样的男人搅乱的，幸好我意志坚定！"

"我不会破坏你的家庭，更不会让你的未婚夫知道我的存在。"

他在没经过她同意的情况下已经自我定位成地下情人了？

"谢谢，可我不需要你！"

"怎么不需要了？当你心情不好时可以向我倾诉，当你遇到问题时我可以帮你处理，而你不需要付出丝毫真心，只要陪我睡睡觉就行了。"说着，郝佑鸣将她拽上床，不等她反抗，抬起一条腿压住她的双腿，双手一环挤入她的怀中。

乔芊铆足力气抽出一只手推拒他的身体，他则轻易压住她的手，她又出脚，胡乱踢蹬。他悠悠地扬起视线，眼中冒出一缕狠光，"踢疼我了，别逼我把你捆起来。"

"你能讲点理吗？"乔芊试图挣脱，像水蛇一样拼命扭动身躯。

她的汗水带起"肉香"四散，困意来袭，郝佑鸣迷迷糊糊地应了声，紧了紧手臂，将她整个人固定在怀里。乔芊岂能让他如意，使劲折腾。

郝佑鸣倏地开灯坐起身，乔芊紧跟着往床下爬，又被郝佑鸣按住双肩抵在床头。他骑在她的腿上，抬起一只手，只见一条银链从指尖垂下到乔芊的眼前。银链底端坠着一个淡紫色的小水晶球，水晶球与灯光交相辉映，折射出潋滟的光芒。

"你看球里有什么东西在动？"郝佑鸣发出暗示。

光芒有些刺眼，乔芊定睛观察，恰似有物涌动，"是水吗？"

"不对，再仔细看看，绝对会让你感到震撼。"郝佑鸣眨了下眼睛，挑衅地说："不过嘛，不是什么人都能看到，毕竟大多数人属于肉眼凡胎。"

谁愿意被人讲成平庸之辈？乔芊揉了揉眼睛，沉下心来，注视缓慢摆动的水晶球，视线跟随球体而移动，可不知道怎么的，逐渐感到眼皮发沉、思绪混沌。

扑通一声，她侧向歪倒摔在枕边。

噢耶，催眠成功。

郝佑鸣笑眯眯地收起水晶球，帮她摆正睡姿，关上灯，盖上被子，依在她的肩窝里，不大会儿工夫，顺利进入梦乡。

第二天一大早，坐在车里等待出发的林依娜居然发现郝佑鸣迟迟未来。

她首先拨打郝佑鸣的卧室座机与手机，半晌无人接听。又拨到客厅命管家去请，管家则告诉她，郝先生不知去向。

向来守时的郝佑鸣不可能忘记今日行程。林依娜匆匆返回别墅，待确定郝佑鸣没有出门之后，吩咐家政人员们一间一间找人。

"见到你师父了吗？"林依娜亲自敲响廖尘的卧室门。

"出什么事了？"

"今天要为某项大型魔术表演做最后的审查工作，可他既不在工作室也不在卧室。"林依娜不停地看着时间。

廖尘走出房门，"先别急，一起找。"

话音刚落，家政人员敲开了乔芊的卧室门，但开门的人不是乔芊，而是睡眼惺忪的郝佑鸣。

林依娜顿了一秒，疾步上前，首先看向窝在床边熟睡的乔芊。紧随其后的廖尘也看到了这一幕。

"你们这是？……"她说。

"去车里等我，最多五分钟。"郝佑鸣挤过她身旁，回到卧室洗漱。

林依娜斜睨廖尘，"你真是一位博爱的好男友。"语毕，她带着一股怒浪走下阶梯。

廖尘探头向屋里看了看，象征性地敲了几下门。乔芊显然还没睡醒，懒洋洋地扬起手，示意安静。

俄顷，郝佑鸣穿戴整齐走出房间，路过廖尘身旁时，被他拦截去路。

"有事等我回来再说。"

廖尘沉了沉气，没有像往常一样言听计从，而是走到郝佑鸣面前，"师父和乔芊之间？"

"没怎么，一切正常。"郝佑鸣拍了下他的肩膀，"等乔芊醒了，你问她好了，赶时间。"

郝佑鸣一阵风似的离开，廖尘倚在乔芊的卧室门口，困意全无。

中午十二点，乔芊才从卧室中走出来，一出门便看见站在回廊中的廖尘。

"中午好，吃过了吗？"她不以为然地问。

廖尘欲言又止，与她一同来到餐厅，待午餐上桌，乔芊大快朵颐时，他才问："你们昨天练洗牌练到很晚？"

"好像也不是很晚。"乔芊抬起眼皮回忆，跳过不能说的细节，直接道出结果，"郝佑鸣举起一个很漂亮的小球给我看，我看着看着就睡着了，之后他就走了。"

廖尘没有听懂，不过见她一脸茫然，似乎也不清楚究竟发生了什么事。

"怎么了你，快吃呀。"乔芊很喜欢郝宅厨子的手艺，如果有可能的话，打算挖一下墙脚。

廖尘向她身旁凑了凑，"你不知道师父今早才从你房里走出来？"

乔芊瞬间将一大口土豆泥吞进喉咙，差点噎住。她醒来时衣裤完整，郝佑鸣又不在，她误以为他半夜便离开，这浑球摆明了败坏她的名声！见廖尘还在等答案，她不自然地反问："是……是吗？你看到了什么？他又说过什么？"

"你在装傻？"

"没有啊，我为什么要装……"话到嘴边，乔芊忽然绷起脸，"我们又不是真情侣，这是我的私事好不好，不用什么事都向你交代吧？"

这一句把廖尘噎得够呛，他挪正坐姿，默默吃饭。

气氛略显沉闷，乔芊戳了下他手肘，"对不起，我不是那意思，只是不知该从何说起。"

"关我什么事，喜欢和谁在一起是你的事。"

"天地良心，是他单方面喜欢我，非要缠着我！"乔芊放下刀叉，双手扶额，无力地说："我说了不要情人、不要小三，可郝佑鸣完全不理会我的感受，我也很苦恼。"

听罢，廖尘越发难以理解，"你先冷静，师父亲口说喜欢你？"

"我知道你在想什么，我是自恋，但没有妄想症，是他亲口承认的没错，还说什么肯定不会让我未婚夫知道他的存在。你分析分析这话，他是不是打定主意要给我当小三？"乔芊暗自祈祷，在本市由着他瞎折腾也就罢了，千万别跟着她回澳门！

廖尘忍不住仔细打量乔芊。远的不说，就说他知道的，粗略一算也有几十位来自各国的名媛贵妇争先恐后地倒贴郝佑鸣，而他不仅逐一拒绝，甚至将对方的手机号码加入黑名单。再说乔芊，是挺漂亮，但再漂亮也跳脱不出少女的范围，郝佑鸣不会受什么刺激了吧？

乔芊托腮一叹，"只怪我魅力四射，倾倒众生。"

廖尘收回思绪，"也许另有原因，你想太多了。"

乔芊白他一眼，继续说，"被媒体称作百毒不侵、坐怀不乱的新好男人都拜倒在我的石榴裙下，你说这世界还有我征服不了的男人吗？"

"我饱了。"廖尘蓦地站起身，片刻不愿停留。

乔芊从挎包里取出化妆镜自我欣赏，镜面一晃，无意间看到脖子上有一小块发红，她急忙扒着皮肤瞧，待确定这块红肿是被郝佑鸣的戒指刮伤之后，愤愤地接通郝佑鸣的手机。

与此同时，郝佑鸣正与施工人员商讨道具细节。在他工作时，其他业务交由林依娜处理。

林依娜见来电为乔芊，挂断数次。

紧接着，一条短信发过来：有胆子耍流氓为什么不敢接电话？！弄伤我了，浑蛋！

林依娜还没察觉捏电话的那只手气到颤抖，她看向站在山脚处的郝佑鸣……当初在交往期间，即便她主动发出暧昧邀请，他都要摆出一副正人君子的架势，如今算怎么回事？！

想到这儿，她冲动地回拨过去。

不等乔芊接起手机开骂，林依娜先开口："现在的女孩都像你这样没有羞耻心？你以为献身就能抓住郝佑鸣的心？千万别当真，他只不过是玩玩罢了！"

乔芊放下手机确认来电号码，低咒一声，继而贴回耳边，不骄不躁地说："看来你挺了解他的，听说你们曾是男女朋友，为什么会分手呢？莫非他对你的身体失去兴趣了？"

没想到这小丫头还挺会气人的。林依娜压住涌动的心火，深呼吸保持冷静，迅速整理一套说辞，笑声隐隐地刺激回去，"我确实很失败，失败在我没有早些意识到爱情在他心里一文不值。他说，他要娶的女人必须是可以为家族带来巨额效益的提款机，于是他向我提出分手，因为我碍着他的事业了。听到这样的答案，你是否满意？"

乔芊怔了怔，原来郝佑鸣也是要进行商业联姻的倒霉鬼？怪不得他信誓旦旦地说什么不介意她即将已婚的身份。虽说商业联姻在她所生活的环境里司空见惯，但是在结婚之前抛弃前女友就不太道德了，明知没结果就不该给对方留有希望。尽管林依娜的话不可全信，但郝佑鸣向自己求爱并提出不合理要求是事实没错吧？嗯，卑鄙，可耻，渣！

——正在忙碌中的郝佑鸣浑然不知自己已中枪倒地。

吃过晚饭，乔芊为防止郝佑鸣趁虚而入，早早便锁好卧室门。

打开电脑，先将廖尘帮她合成的西藏风景照投递至母亲的邮箱，随后，闲来无事搜索有关郝佑鸣的资料。

但遗憾的是，网上没有介绍他背景的相关信息，不过有网友揣测郝佑鸣拥有四分之一美国血统，还有人说他的祖先是埃及巫师，更有甚者认为他本身具备特异功能。

越看越邪乎，乔芊关掉网页，打开视频软件，观看从廖尘那儿复制来的花式洗牌示范视频。这套教程由郝佑鸣亲自示范，包括开扇、摊牌、切牌、印度洗牌、鸽尾式洗牌、假洗牌、双翻、破牌以及手背藏牌、天海藏牌、偷换牌等技巧。内容由浅入深，一副牌在他十指的指挥下宛若一列训练有素的士兵。一张牌可以让他玩出十几种花样，瞬间出现瞬间消失，仿佛施了魔咒般出神入化，妙不可言。

每当此时，乔芊不得不承认郝佑鸣在魔术方面的造诣可谓登峰造极。

说到藏牌，讲究的无非是一个"快"字，手指越长且直越佳，由此可以有效地挡住压在掌心的牌。魔术师通常使用"单车扑克牌"，该款扑克牌之所以成为魔术师的最爱，正因为它是世界公认质量最好的扑克牌，标准版规格为6.3cm×8.8cm。如乔芊这样手掌比较小的女性可以使用MiniSize（4cm×5.7cm）。

乔芊手持纸牌，全神贯注地观察着慢动作分解图，郝佑鸣的讲解非常专业，专业到乔芊需要翻看教材注解才能全部听懂。

千术与魔术之间果然差距不大，有些技巧的名称直接就叫赌徒扣牌、侧边偷牌等。

乔芊不由得想入非非，如果让她学会这些，岂不是一眼就能看穿老千们的伎俩？家里人会不会对她刮目相看？嘿。

呃，别扯闲篇了，郝佑鸣已给她报名新人魔术大赛。她本想表演"戒指凭空消失"的魔术，但难度系数比想象中的高很多，所以郝佑鸣建议她把精力放在纸牌方面。还有一个不需要太多技术含量的热身小表演——吞针，穿成一串，再从嘴里吐出来。虽然不复杂，但她觉得很不雅观，所以在她的软磨硬泡之下，郝佑鸣答应给她做一套独一无二的道具，但是……还是要从嘴里吐出来。

同一时间，黑灯瞎火的荒郊野外。

窗外，施工单位正按照郝佑鸣的要求加班加点改造大型道具，郝佑鸣则坐在保姆车里做针线活。

"需要我帮你缝吗？"林依娜将一罐热咖啡递给他，无意间看到他缝制的奇怪图案，"这是你要用的道具？"

"不是，帮乔芊准备的。"郝佑鸣压了压太阳穴。

"她自己不会缝吗？你的工作已经够多了。"

"我怕她扎破手指影响其他进度。"他懒洋洋地动动唇。

"哦……对了，她刚才向你手机上发送一条短信，很不客气地说你昨晚弄伤了她，呵呵。"林依娜轻描淡写地提起此事。

郝佑鸣怔了下，"我没注意，伤到了哪里？"

林依娜不自然地笑了，"她没说我也不方便多问，要不你现在给她打个电话？"

郝佑鸣摇摇头，继续制作表演道具。

沉默半晌，林依娜有一搭无一搭地说："哦，对了，最近少见你与祖母通话，你要不要给她老人家打一通电话问候一下？"关心是假，她在提醒他不要玩过火。

针尖戳进郝佑鸣的指肚，见状，林依娜急忙抽出纸巾裹在伤口上帮他止血，"对不起，我不该提起你家里的事让你分心。"

"迟早要面对，我认命了。"郝佑鸣吸吮着伤口，"一直忘了问你，你有什么打算？"

"我？……如果你不嫌我啰唆的话，我愿意继续给你打工。"

毫无疑问，林依娜是一位相当得力的助手，而且了解郝佑鸣的喜好与脾气，由她当执行秘书自然是再好不过。郝佑鸣想了想，说："赌场的工作不复杂但琐碎，会面对棘手的客人，他们有可能是毒贩、黑手党或政客，你考虑清楚再答复我。"

——全球四大赌城之一，大西洋城。郝佑鸣必须接手的家族生意正是位于此地的赌场酒店。酒店规模宏大，主楼39层，赌场内设有老虎机6500台，轮盘赌200台。每年约有2500万人次光顾，纯利润约30亿美元。

"我一直想问你，你当初是在考验我吗？"7年前，18岁的林依娜与19岁的郝佑鸣在某大型广场邂逅。郝佑鸣当时正在广场上表演魔术，酷爱摄影的她很快被郝佑鸣的外形与魔术所吸引。那时，她不仅不知道郝佑鸣是超级贵公子，甚至以为他是远赴重洋的穷学生，否则外表出众的郝佑鸣怎么会落魄到靠街头卖艺为生。而她的家庭条件算不上大富大贵，但至少衣食无忧，所以带着那么一点点优越性与姿色主动接近郝佑鸣。

郝佑鸣微扬起唇角，缓慢摇头。

在人潮汹涌的购物广场练习魔术，当然要配备一些奇奇怪怪的面具引路人止步。难不成身穿阿玛尼、吹个头发摆pose？

林依娜欲言又止，透过车窗遥望漆黑的夜空。那时她在美国一所名牌大学就读，周遭不乏名流之后，看着其他同学的男朋友手捧鲜花、开名车，再看自己的男朋友，除了身高外貌之外，真的没有其他优点。再说约会地点，永远是鱼龙混杂的广场或快餐店，并且他总是骑着单车，背着表演用的行头，一副很赶时间的样子。郝佑鸣在表演魔术时非常认真，她唯有坐在一旁消磨光阴，因此忽然有一天，她醒悟那不是她想要的爱情。

林依娜倏地看向郝佑鸣，"其实我和那男人什么事都没发生，是他一直追我。"

"很好，你们很般配。你这是怎么了？"郝佑鸣不明所以。

林依娜揉了揉额头，落寞地回道："没什么，虽然都过去了，但我们从没正式谈过这些事，所以我一直想对你说，只怪我当时年纪小，禁不起诱惑，现在想想真可笑，用金钱玷污爱情。"她不以为然地笑了笑，"当然，你对我也没爱到浓烈，魔术才是你的情人。"渐渐地，她收敛笑意，严肃地问："即便我当初没有提出分手，你今天也会为了家族事业放弃我吧？"

郝佑鸣付之一笑，"答案还重要吗？"

"就当闲聊嘛。"她故作轻松地耸耸肩。

郝佑鸣笑而不语，取出手机随意翻看。

不知是林依娜念旧，还是他过于绝情，无关公事的交流似乎总不在一个频道上。

见他低头玩手机，林依娜索性下车透透气……从最初借由拍照搭讪到交换联系方式，直至提出交往与分手，皆是由她主导，而郝佑鸣无论遇到大小事总是一副坦然接受的态度，所以她时常质问自己，那究竟是爱还是不甘心。

车里，郝佑鸣倚在椅背上给乔芊发短信。

[郝佑鸣]：睡了没？

[乔芊]：不到睡觉的点儿，你想不起联系我。

[郝佑鸣]：你从几岁开始泡花瓣浴？

乔芊躺在床上愣了好几秒，他居然能闻到她自己都闻不到的香气？简直比狗鼻子还灵敏。

[乔芊]：一两岁吧，但不是花瓣，是祖传香料。

她的回答证实了他的揣测，乔芊自带的奇特体香与所谓的祖传香料有着必然的联系。如果可以破解香料成分，也许可以制造出类似于乔芊体味的安神药。

[郝佑鸣]：送我一份呗。

[乔芊]：行啊，拿你最重要的东西来换。（她指的是《千手》。）

[郝佑鸣]：对我重要的物品有很多，你想要什么不妨直说。（他指的是魔术道具。）

[乔芊]：装傻充愣，需要我给你点提示吗？就是那个啊，又硬又黑，与你形影不离的东西！

郝佑鸣悠悠地看向两腿之间，也没那么黑……

[郝佑鸣]：你确定？

[乔芊]：确定确定，只要你舍得拿出来给我看看，你几点回来我都等着你。哦，对了，你千万不要有什么顾虑，这是我们之间的秘密，我绝对不会把这件事

宣扬出去！

郝佑鸣二度瞄着胯下，拿出来？

[郝佑鸣]：只是看看就可以了？

[乔芊]：嗯？如果你愿意进行深一步的探讨，我求之不得。主要看你的意思。

郝佑鸣三度低头，她喝多了？

[乔芊]：回话啊，大老爷们儿痛快点儿，说！到底要不要我等你？！

[郝佑鸣]：等我。

[乔芊]：好，我先去洗澡，一会儿见哦。

乔芊握着手机捧腹大笑，她离开家时根本没把香料带出来，因为香料中含有木香等略带毒性的中草药成分，所以这种香料只能用来泡澡，万不可食用，万一把她当卖假药的抓起来可就麻烦大了。她欢蹦乱跳地走出卧室来到厨房，从各种专用于烹饪的香料中倒出几克搅和在一起，反正郝佑鸣没见过真货，先制造一份假的蒙混过关。

噢耶，她怎么就这么机智聪颖呢？《千手》快点到乔大小姐的碗里来！

午夜时分，郝佑鸣赶回家，在经过乔芊卧室时敲响房门，朝她勾了下手指，压低声线说："带上香料来我房里。"

乔芊心领神会地点点头，悄然关上照明灯，轻手轻脚地推开郝佑鸣的房门。

进了屋，她见郝佑鸣走入洗手间，自行坐到沙发上等候。

俄顷，他换好家居服走出来，摊开手，"先验货。"

乔芊看他两手空空，匆忙按住睡衣兜，"凭什么啊，一起拿出来。"

"……"这能同步吗？

郝佑鸣指向沙发，"你喜欢在沙发上……做？"

乔芊迷茫地眨眨眼，感觉哪里不对又似乎没什么大问题，不过反正香料是假货，不怕郝佑鸣耍花样，"在哪儿坐都可以啊，你希望我去哪儿？"

郝佑鸣打量着她这身毫无性感可言的卡通睡衣，看来只能先酝酿一番再实施下一步，"床上做吧，我先洗澡。"

他走到浴室门口，又驻足回望，"你要不要先喝点什么？冰箱里有。"

"哎哟，还假客气上了，不用招呼我，快点洗吧。"乔芊扬手轰赶，抓起放在床头柜上的魔方把玩解闷儿，边玩边想，郝佑鸣从进门开始，表情便异常凝重，貌似挺重视《千手》，万一知道上当受骗会不会发飙或者揍她？

"师父，你慢慢洗没关系，我不着急。"她对着浴室门扬声喊去，语气中透着些许不安。

"放松，你师父是斯文人。"

乔芊挑起眉，莫非他已猜到香料有诈？想到这儿，她不由得从冰箱中取出一罐冰镇饮料，拉开拉环喝了一口才意识到是果味啤酒，不过反开都开了，不如接着喝，顺便趁郝佑鸣洗澡的时候参观一下他的卧室。

他的屋中陈列着大大小小的奖杯或奖牌。目光一扫，一道纯黑色的皮质门引起她的注意。她拧了下门把，发现门没锁，谨慎地推开房门，摸索开关，顷刻淹没在香水的海洋里。

"哇……"整排整排的知名香水落入乔芊的眼帘，不过她惊诧并不是因为价格或种类，而是那些已停产或限量版的香水，这一类香水的获得途径通常由拍卖会而来。

她小心翼翼地托起一个装有香奈儿绝版香水瓶挂件的玻璃盒。该款挂件是香奈儿发行于20至30年代的产品，存世稀少，由白银手工打造，位于挂件正中央的香奈儿标志上镶嵌数颗南非钻，造型别致，瓶内香气留存。她之所以了解，正因为此物曾出现于某大型古董珠宝拍卖会。但是，当她得知消息时已被他人捷足先登，因此至今"耿耿于怀"。

"果然精致了得。"乔芊连连赞叹，爱不释手，不过，放眼望去便知道郝佑鸣属于香水收藏家，他舍得割爱吗？

郝佑鸣站在门边有一会儿了，他先走过来从乔芊手中取走挂件，才问："谁允许你乱翻我的私人物品了？"

"开个价，我想买。"

口气真不小，且不谈是不是古董的问题，单说镶嵌于上的钻石就有十颗。

"在我没发火之前赶紧出去。"这儿是他的私人领地，隐藏着困扰他多年的病症，就连如影随形的林依娜都不曾乱闯。

有什么了不起的，乔芊白他一眼，不悦地返回卧室，一屁股坐在床边，双手环胸不耐烦地说："我的时间很宝贵，要交易就快点交易，别磨叽了，快拿出来啊！"说着，她把香料包从兜里掏出来，捏在两指间摇晃。

郝佑鸣怔了怔，在这么不和谐的气氛下还要继续做那种事？

想归想，香料包迷惑了他的心智，他缓慢地走到床边，再次摊开手，乔芊误以为他企图争抢，于是一翻身滚到床的另一边，"这可是我家的祖传之宝，想换吗？拿出诚意给我看看。"她扬起下巴，方向刚巧指向他的身体。

"我能关上灯吗？"他倒不是害臊，主要是她的一颦一笑不足以让男人产生兴奋。

"开什么玩笑，关上灯我还看什么？我警告你，少跟我耍心眼拖延时间。"乔芊盘腿倚在床头，拿起水果啤酒慢条斯理地饮上一口，那派头就像包了小白脸的阔太太。

"你的口味还挺重。"郝佑鸣顺着床尾的位置爬上床，双臂停在她的身体两侧，注视那一张稚气未脱的俏丽容颜，目前也只能用可爱来形容。

水滴从他的发梢悄然滑落，落在乔芊的睡裤上，他的浴衣领口微微敞开，若隐若现显露出白皙且健硕的胸肌。视线上移，四目相对，浓密的睫毛在她眼中缓慢眨动，乔芊不自觉地倒抽一口气，小幅度地仰起头，"看什么看？！别耽误时间好吗？"

郝佑鸣则凝视着她那粉润小巧的嘴唇……他郝佑鸣，堂堂大魔术师，居然也有为了寻求睡眠配方出卖肉体的一天，唉。

忽然之间，一不做二不休，他抬起双手盖在她的双颊上，紧闭双眼的同时，吻上她的唇。

"唔唔！"乔芊瞪大眼睛匆忙向后挪，但身后就是床头板，根本没有闪躲的空间。

舌尖滑入她的齿贝，在慌乱之中，她不慎关闭了照明灯，室内一片漆黑，只有彼此的呼吸声在空气中流窜。

郝佑鸣压在她的身体上方，平静地询问："你喜欢粗暴点还是温柔点？"

"我呸，都不喜欢！你给我走开！"她这边还傻呵呵地等着交换《千手》呢，怎么就出现温柔还是粗暴的问题了？！

郝佑鸣深沉地应了声，自顾自分析，她喜欢粗暴的。

"我们先说好，事成之后不许耍赖，否则我会让你赔偿我的名誉损失费。"

"……"乔芊彻底蒙了，不等她反应过来，一阵如狂风般的热吻淹没了她的神经。他的手指触碰到细滑柔软的肌肤，嗯，总算有了那么点儿感觉。

"不要，把手拿出去啊！"乔芊隔着睡衣紧紧护住胸口，可护住上面就护不住下面，腾出一只手阻止他拉扯自己睡裤的动作。她吓得浑身颤抖，小脸苍白。

郝佑鸣跪在她两腿之间，掰开她的双腿向自己腰部猛力一扯，继而用胸膛压住她的上半身，一把扯开她的睡衣纽扣，随后双手垫在她的背部，轻而易举地把她捞起来。

文胸吊带滑下肩膀，乔芊护着身体拼命摇头，不知是惊吓过度还是那罐水果味的啤酒度数颇高，她顿感头部晕沉沉的。

"不……"

郝佑鸣吻着她的耳垂，在汗水的挥发刺激下，一缕令他流连忘返的奇异体香变得更加好闻，他的视线逐渐深邃迷离，仿佛饥饿的吸血鬼嗅到了新鲜血液，不能自抑地吸吮着她的皮肤。

乔芊一手托住几欲滑落的内衣，一手推拒他的肩膀，从未有过的酥麻感如电流般冲击着她的理智，"那啤酒……有问题。"她并非不胜酒力的人，何况只喝了几口，怎么可能醉意浓浓。

"产自苏格兰，酒精浓度超过65%，译成中文叫作'醉生梦死'。"郝佑鸣长期受到失眠的困扰，所以通过关系渠道订购了这种被列入禁酒名单的啤酒。不过，虽然传言神乎其神，但他试过之后毫无效果。

他咬了下她的唇，煞有其事地问："尊贵的用户，还需要我再粗暴点吗？"

乔芊有气无力地摇着头，从他身体下方艰难地爬行出去，动作非常迟缓。

郝佑鸣任由她满床乱爬，待她双手卸力瘫在床边的时候，他才再次靠近，嘴唇靠在她的耳畔，"原来你喜欢趴着？"话音未落，他已挪动位置骑跨在她腿部下方，提起她的腰肢，一边帮她脱睡裤，一边唉声叹气，"在进门之前我还在想可能是我会错了意，现在看来你果然惦记我的肉体很久了。"

乔芊在黑暗中不断摆手，揪住床单努力爬行，酒劲儿冲头，视野浑浊，她口齿不清地说："要、要……嫁人。"

郝佑鸣只听清一个"要"字，啧，还催上了。

"你可真猴急，先让我酝酿酝酿。"他褪去浴衣，将她翻了个身，一缕皎洁的月光刚巧洒在她的胴体上，即刻将玲珑有致的曲线撞入他的视线。而她倚在床尾，双眼微合，嘴唇翕动，双臂交叉挡在胸前，原意是想告诉他誓死守护贞洁，但看上去颇有娇羞之感。

郝佑鸣不自觉地滚了下喉咙，俯身拉开她的手腕，不由得为呈现眼前的"风景"深感惊艳。

"不……"

温热的气息向胸部靠拢，乔芊抬起双手推揉他的头顶。

"香料，假的，是假的。"

郝佑鸣听到了，但没有停止暧昧的抚摸，他低头看着她绯红的小脸，沉默片刻，做出一个"艰难"的决定，"天下没有免费服务的美男，记得事后打欠条。"

乔芊很想用尽全力推开他的身体，但失焦的双眼已然测不准方位，双臂从他头部两侧伸过去，再想收回双手又钩住了他的脖子，"主动"把他拉向自己。

郝佑鸣将她圈在怀中，一寸一寸亲吻着她的肌肤，其实他在这方面的技巧一点都不熟练，毕竟这些年把全部精力放在研究魔术上，即便此时此刻欲望横生，也只因为对方是这个对他而言与众不同的乔小姐。

乔芊呢呢喃喃，泪水滑过眼角，用恳求的目光期盼他不要继续下去。

"怎么了？"郝佑鸣擦去她的泪。

眨眼之间，一片眼泪扑簌簌流过她的脸颊。

郝佑鸣用手背抚了抚她滚烫湿润的脸颊，打开床头灯，惊见她已哭成个泪人。

他返回她身边，将她抱到腿窝稍作调整，见她仍在啜泣，便捡起掉落在地的睡衣递给她，乔芊抓住睡衣盖在身前，倚靠在他的肩头，一个字还没来得及说，便在筋疲力尽中昏睡过去。

"……"郝佑鸣怀抱裸女，缓慢地眨着眼，她说睡就睡倒是随心所欲，他该怎么办？

第八章
逃离虎口计划

曙光射入窗内，乔芊隐隐感到一缕气流吹向后脖颈。她睁开又疼又涩的眼皮，本能地抬手揉眼睛，但手臂受到阻力，她垂下眸，只见一条属于男性的手臂环在她的身体前方。

她的手指可以摸到自己光溜溜的大腿，手指停在胯骨下方，不敢再上移检查，基本处在崩溃的边缘。

昨晚的事记得七七八八，记忆停留在倚在他肩头的场景。

她谨慎地扭转视线，惊见郝佑鸣正用迷蒙的眼神注视着自己。

"这件事不许说出去，否则我一定会拽上你一起跳楼。"她眼中含着泪花，故作镇静。既然哭闹已于事无补，只能让整件事石沉大海。

郝佑鸣半梦半醒，紧了紧双臂，拱身侧躺，额头贴上她的肩胛骨。

乔芊本想甩开他，但卧室门外传来家政人员们的脚步与交谈声，她绝望地仰起头，感觉世界末日说来就来了。

不管郝佑鸣对她做过什么，她都不可能报警，这便是上流社会的生存之道，如果说名节重要，那么名声比名节还要重要十倍，绝不能爆出关乎企业形象的性丑闻。

乔芊抹了下眼角的泪，这事也怪自己，明知道郝佑鸣心怀鬼胎，就该斩钉截铁地离开本地，非要心存侥幸，宽慰自己他只是行为诡异但不至于色胆包天。

郝佑鸣听到细碎的呜咽声，支起身体，扳正她的身体，"香水挂件送你了。"

"谁稀罕那破玩意儿，你当我乞丐吗？！"乔芊立刻联想到他在用古董挂件做赔偿，愤怒地抓起枕头挡住那张可恶的脸。

郝佑鸣夺过枕头扔到一旁，乔芊又捂住脸往被子里钻。

"喂，你怎么说翻脸就翻脸？这不是你开出来的条件吗？"郝佑鸣与她争抢着被褥，见她死死攥紧，便从侧面钻进去与她对峙。乔芊此刻身无寸缕，惊声大叫，急忙用双臂压住被子阻隔他的视线。

虽然她动作很快，但是郝佑鸣该看到的一点没少看，他从被褥中探出头，似笑非笑地问："要不要继续？"

乔芊抓起他那边的枕头对他一阵狂打，"我好歹叫你一声师父，大多数情况下对你言听计从，你怎么可以对我做这种事？！现在你叫我怎么向未婚夫交代？！"

好男不跟女斗，郝佑鸣索性走入洗手间，乔芊则裹着薄被穷追猛打，因用力过大，指甲在郝佑鸣的脊背上留下一道深深的血痕。郝佑鸣倏地转过身，一手牵制她的攻击，一手拉开裤腰，"看清楚，不是又硬又黑，你的比喻才猥琐吧？！"

乔芊下意识地看过去，神经顷刻间拉成一条直线，终于明白这场误会从哪一分钟开始的了！她顿感昏天黑地，抓住发根蹲在墙角，无论如何也难以接受这样的情形，"我指的是《千手》啊！分明是你故意曲解其中含义！"

"《千手》？"郝佑鸣蹙起眉，"怎么会用到那种引人遐想的形容方式？"

"黑色的硬封皮，关键词难道不是硬和黑？！"乔芊瘫坐在地，一蹶不振，到底是谁猥琐？！

"地上凉。"郝佑鸣大致弄清她愤怒的原因，隔着被褥试图将她拉起身，她却像小疯牛似的甩头挥拳。

"再折腾又要走光了。"他蹲在她面前，双掌支在她的脸颊旁，"冷静，没发生任何事。"

"真的？真的吗？！"她不由得死灰复燃。

"嗯。你还是处女。"郝佑鸣解释完毕又察觉说多了，而乔芊显然也听出端倪。

乔芊用狐疑的眼神扫视他，郝佑鸣不自然地干咳两声，坦白地说："进不去。"

紧接着，雨点般的拳头再次落满全身，郝佑鸣重心不稳坐到地上。乔芊扯住他衣领的指尖一空，顿感掌心一凉，摊开手一看，居然从他的衣领中抓出一枚硬币，乔芊狠狠地扔过去，"知道我是那什么还不帮我穿好衣服？你居然就理所当然地搂着我睡？！"

"交易还没完成，穿上再脱很麻烦……呃……对不起。"郝佑鸣的颧骨又吃了一拳，"别打我的脸，今天要接受采访。"

"我恨不得抓花你的脸！我最后最后一次告诉你，不管是我用词不当，还是你理解能力有问题，总之肯定都与那种事儿没有一毛钱关系！"乔芊气哼哼地坐回原位，如释重负地长嘘一口气，继而怒指，"还有，不要再以任何借口与我同睡一张床，算我求你了，无论你有多喜欢我，我也不可能做出对夫家不忠的事，就连思想出轨都不可能！我拜托你收敛一点行不行？！"

郝佑鸣别的没听清，一听说不让"睡"了已是万般不舍，他向前爬行两步，乔芊则急忙仰起头，进入一级戒备状态。

她这次彻底下定决心，纵使郝佑鸣在魔术方面的造诣再精妙、再卓越，她都不学了。护照等同身份证，护照目前扣押在他手中，现在挂失需要等上好几天，机票肯定是不能买，但不代表她不能坐火车走！

"你没交学费。"他开始耍无赖。

"开价。"

"香料。"

乔芊暂时分不清他是真的执着于香料的香气还是故技重施的烂借口，"我没带在身上，要不等我回家之后快递给你？"

"我陪你一起回家。"

乔芊难以置信地瞪大双眼，出趟门带回一个大男人像话吗？不幸中的万幸是，登记在护照上的地址并非现住址。

"你让我考虑考虑，出去，先把我的睡衣拿过来，谢谢。"她礼貌待人的同时出脚伤人。

郝佑鸣弯身捡起已被扯得破破烂烂的睡衣睡裤，想到穿了等于没穿的某女肯定还会发飙，于是敲响浴室门，"你还有其他睡衣没？我帮你拿套新的。"

"在衣柜抽屉的第二层，第二层记住了。"她着重提醒，因为第一层码放的是内衣裤。

郝佑鸣应了声，推门走入她的卧室，拉开抽屉取出睡衣，刚欲转身离开便看到站在门外的林依娜。

林依娜看向他抓在手中的女式睡衣，勉强扯起嘴角，摊手让路，"新闻发布会十点召开，一会儿见。"

郝佑鸣应了声，与她擦肩而过。

"路上没遇到谁吧？"乔芊换好睡衣走出浴室。

"林依娜看见了。"

她当时就在祈祷千万别碰上林依娜，可偏偏怕什么来什么。

"考虑好了没有？"郝佑鸣已在隔壁房间洗漱完毕，正站在穿衣镜前打领结。

乔芊若有所思地走上前，无意间看到一条更适合他今日装扮的领结，所以扯下他刚系好的那条，将看中的黑色领结套在他的脖子上，边系边解说："你的气质过于慵懒，如新闻发布会这类活动还是穿得正统些比较好，显出你对此事的重视度。"

郝佑鸣俯下头，注视她认真的神态，也对，今天要在各大媒体面前正式宣布不再接受商演的重大决定，应该严肃些。

"我的好日子快到头了。"他初次坦露心事。

乔芊微抬眸，"自从认识你的那一分钟开始，我的好日子已然终结，你知足吧。"说到这儿，她忽然想起某些细节，于是愤恨地抽紧领结，勒得郝佑鸣直咳嗽。

"我的初吻！"

"冷静，初吻无据可查。"郝佑鸣瞬间感到呼吸困难。

"可我自己知道啊，恨死你了！"乔芊一手揪着领结，一手攥成拳头狂捶他。

"喂，尊师重……"话没说完，郝佑鸣又挨了一脚。

她死拉着领结不撒手，他越争抢禁锢得越紧，迫于无奈，只得托高她的双腿架在手臂上，由此防止她一而再、再而三利用自身重量随意拉扯。

乔芊虽然失去平衡，但仍旧"宁死不屈"，郝佑鸣踢开阳台门，三两步走到阳台边缘，身体向前方压倒，迫使她的半个身子悬在阳台外。

长发垂直散开，求生欲终于令她松开领结，并且搂住他的脖子保证安全性。

而这暧昧不清的一幕，被隐藏在别墅外的狗仔喊里咔嚓拍了个痛快。虽然没能拍到女主角的正面，但睡衣加拥抱很能说明问题。

"外界一直在传郝佑鸣从不近女色，这次可有大新闻写了！"狗仔朝摄影师摆出胜利的手势。

"我记得在某次采访中，有记者问起他不交女友的原因，他好像半开玩笑地提起早有婚约在身之类的。郝佑鸣可是出了名的难搞，你还是查查清楚再爆料，如果那位小姐是他的正牌未婚妻，你小心他把我们杂志社列入拒访黑名单。"摄影师好心提醒。

"老兄，你的消息真是不灵通，郝佑鸣今日将会在新闻发布会上公布隐退一事，最后一锤子买卖，再不爆料更待何时？敞开了编呗！"

两狗仔相视一笑，笑得满眼冒坏泡儿。完全不去考虑此类桃色新闻会给郝佑鸣本人带来怎样的隐患。

另一边，乔芊坐在阳台护栏上闷闷不乐。郝佑鸣为了舒缓她的情绪，变出一枝玫瑰花咬在齿间，眼中释放出十万伏电流大演情圣。

"总是玫瑰你无聊不，变点别的。"

郝佑鸣笑了笑，一手扬起，将一只活物抛向上方。乔芊仰视翱翔于空的小黄莺，瞠目结舌。

"你身上还藏了什么，快变出来。"她忍不住拍拍他的西服。

"另一样你常见，教鞭。"

"……"乔芊扶着他的肩膀出溜回地面，蹭开两步，头也不回地走了。

择日不如撞日，趁他出门，订车票、收拾行李、跑路！

亲爱的师父，愿今生后会无期。

乔芊提着行李贴站在卧室窗口的一侧，待接上郝佑鸣与林依娜的轿车驶出别墅，她提起行李箱，蹑手蹑脚地走出房间。

路遇陈管家，陈管家见她一身旅行装扮，刚欲询问，乔芊从包中取出车钥匙，"谢谢您一直以来对我的照顾，这辆车虽然我开过几次，但还是挺新的，您拿去开着玩吧，车停在辉煌歌剧院的停车场里，只能麻烦您自己开回来。"

陈管家从来不知道乔芊有车，不由得看向车标，这明显不是自行车的车钥匙啊。

乔芊鞠躬道别，堂而皇之走出别墅大门，路过信箱时塞入一封道别信，这封信是写给廖尘的，感谢这段日子的帮助与关照，并且提到，等回到家会通过互联网与他联系。

同一时间，坐在加长轿车中的林依娜电话不断，她时而蹙眉发送短信，时而浏览网页，但这些动作不会引起郝佑鸣的关注，毕竟她平时就这样。

这时，出现在她手机上的信息令她下意识看向坐在对面的郝佑鸣，随后回复简短内容，将手机放入公文包。

"郝先生今天的心情似乎不错，比我想象中平静。"林依娜比任何人都了解郝佑鸣对魔术的热衷程度，可他此时的反应却过于冷静。

"不然怎样，我只有一个祖母。"郝佑鸣透过车窗看向这座美丽又熟悉的城市，在不久的将来，将选择永久性离别。

"百行孝为先，似乎也只能如此。对了，这件事你告诉两位徒弟了吗？"

"廖尘本来就是来玩的，没关系，至于乔芊，"他悠悠地看向林依娜，"我倒很希望她跟我走。"乔芊在他眼中就是有助睡眠的大抱枕。

"她之前对我说她是廖尘的女友，难道是我听错了？"

郝佑鸣不以为然地笑了笑，"真真假假又有什么关系，反正她已是别人的未婚妻。"

林依娜越听越糊涂，这小妮子果然不是善男信女，一手泡廖尘，一手勾郝佑鸣，甚至又冒出来一个未婚夫？

她看了眼时间，距离下午两点还有一段时间，好戏即将开锣……

另一边——

乔芊拉着行李，满怀欣喜地走在空旷无人的坡路上，再走十分钟抵达路口便可以拦到出租车。

噌噌噌，灌木丛中冒出几名非主流打扮的女学生。

乔芊见她们叼着香烟或吸管，一副不良少年的样子，自然站在一旁让她们先走。

然而，当几人即将穿行而过时，走在最前方的女孩忽然不客气地推搡乔芊，"给老娘滚远点！"

势单力薄，乔芊唯有忍气吞声，向后挪动三大步。不过，她的容忍没有换来息事宁人，几人把她围在中央，不言不语，呵呵狞笑。

"几位缺零花钱？"她从几人年纪与架势上初步判断，她们有可能是常打劫的坏学生。

领头女生冷笑不语，这事说来巧得很，她刚接到大姐大的命令，命她几人下午两点在超市门口收拾一个勾引老大男朋友的狐狸精，现在才上午十点，居然就叫她给撞见了。

"这人是你？"她取出手机朝向乔芊。

乔芊一看是在COS比赛中扮成公主的照片，木讷地点下头。

领头女生收起手机，脸色骤变，一把薅住乔芊的长发，猛然向树干撞去。

"不要脸的贱女人！看我不打死你！"

不等乔芊回过神，七拳八脚已砸向她的身体，她本能地护住头部，却被一棍子打中手臂。她闷哼一声节节倒退，很快被几人逼到大树坑里。

"把话说清楚再打我也不迟！"荒郊野外，喊救命都没人能听见。

啪的一声，一记响亮的耳光狠狠抽在她的脸上，领头女生攥住她的头发大力揪扯，"臭婊子！仗着有几分姿色就可以到处勾引男人了？！今天我就让你尝尝苦头，看你日后还敢不敢犯贱！"话音未落，飒飒的拳风再次袭向乔芊的脸颊，乔芊抬起双手竭力挡住，"我勾引谁了？！"

"你们还不动手？给我压住她的双手！"

跟班小妹得令，火速按住乔芊的双手以及乱踹的双腿，乔芊挣扎无效，唯有大声呼救。

领头女生一点都不着急教训乔芊，慢条斯理地从裤腰上解下皮带，一皮带抽在树干上，带起刺骨的冷风。

"别紧张，只要你老老实实配合，乖乖让我抽上几鞭子，我便可以交差。"

"你肯定是认错人了！即便不是，你凭哪一点乱打人？！"乔芊感到全身的筋骨都在疼，出门肯定没看黄历，才会遭此无妄之灾！

"大姐，她的行李箱是LV的。"女同伴眼前一亮。

"那种山寨版在批发市场花百十来块就能买到。"领头女生讥笑同伴没见过世面。

乔芊见其余几人盯着箱子左右打量，"是真货，可以去官网查编码，放了我就送给你。"

领头女生怔了怔，提起箱子审视片刻，继而将皮箱丢给其中一人看守，随后挥舞着皮带抽在乔芊的腿边，"现在它是我的了，还需要放了你？"

"我能买到十万块的限量包，就能雇得起打手，别说你不是黑道中人，即使你是，也该懂得拿人钱财与人消灾的道理，何况我并没勾引任何人，就此罢手还来得及。"乔芊故作沉稳地进行谈判，遇到事怕也没用不是吗？

"真能说，怪不得帅哥都被你这样的女人拐跑了呢。我好怕啊，但这顿打你是挨定了！你们几个把她翻过来——"领头女生扬起皮带，待几人将乔芊脸朝地面压倒在草丛中时，皮带应声落下，稳准狠地抽打在乔芊的脊背上。

轰隆一声巨响，天空炸开一道干雷，淹没了她的喊叫声，雷阵雨接踵而来，冷风混杂着雨水浇在乔芊火辣疼痛的身躯上。

犀利的皮带再次打在背部，正当乔芊感到绝望的时候，领头女生竟扑通一声摔倒在她的身旁。

"我不想打女人，你们几个，放开她。"廖尘攥在手中的道别信已被大雨浇透，当然还有他这个人。

"廖尘，廖尘，呜呜……"此时，他仿佛救世主降临。

廖尘见几人无动于衷，快步上前，几个女生毕竟只是高中生，面对人高马大、一脸愤怒的男人不由得放开手。

乔芊爬起身扑进廖尘的怀里寻求保护，委屈与痛楚化作泪水扑簌簌流淌。

"别怕芊芊，我在这儿。"廖尘抚了抚她的脊背，却又在她的闷哼中停下动作，俯头望去，惊见一缕缕鲜血染红白色T恤。

领头女生使个眼色命所有人撤退，几人心领神会，顷刻间向四面八方冲出去。廖尘手长脚长岂能让这些人顺利逃脱，他一个箭步奔出去抓住其中一人，此人惊声大喊同伴，见状，领头女生抄起木棍掉头跑回，二话不说，跳起脚打在廖尘的头部。这一棍子着实有力，但还不至于将廖尘打晕。他无暇顾及头上流淌的鲜血，转身攥住再度袭来的棍棒，攥紧铁拳打向领头女生，但拳头又在领头女生鼻尖前戛然停住！因为对方是女人而不忍心下手，面对女性对手，保留或迟疑是绅士的致命弱点。

就在此时，领头女生的同伴举起一块大石头再次打向他头部的伤口！

扑通一声，廖尘昏厥在地。

乔芊连滚带爬趴到廖尘的身旁，边哭边喊："你们这群杀人凶手！——"

"杀人"二字入耳，领头女生终于意识到事态的严重性，于是丢下木棍与其他人仓皇鼠窜。

"廖尘，坚持住廖尘，救护车马上就来……"乔芊一手捂住他的伤口，一边慌乱地拨打急救电话。大雨滂沱，乔芊翻开行李箱取出T恤和外套，T恤用来暂时包扎伤口，随后她瘫坐在地，双手撑起外套高举在他的头顶遮雨，焦急地呼唤着他的名字。

下午一点，新闻发布会现场。

林依娜走出会场，正准备给乔芊打电话叫她去超市帮郝佑鸣买饼干，可电话还没接通，她已接到另一通求救电话。

"你说什么？你的手下把一个男人打伤了？！"

"应该没死，但听描述肯定伤势不轻，我叫她们偷偷回去看过，两人都不在原地，可能上医院了。唉，小丫头们出手没轻没重又怕惹祸上身，万一真把对方打坏了，这事可就闹大了。"大姐大一边责骂手下，一边与林依娜交涉。

听罢，林依娜蓦地站起身离开发布会现场。

"不用紧张，你现在要做的是，让那几个人消失半年，跑路的费用马上打入你账户，再给你个人加十万辛苦费。只要你和你的人把嘴巴闭紧，我保你们平安无事，听明白没有？"

"是是，只要钱到账，我们马上离开本市避风头，谢了哈。"

林依娜低咒一声结束通话，她只不过想找几个小流氓替自己出出气，教训乔芊一下，怎么好端端就把廖尘给打成重伤了？他可是赌场大亨的亲孙儿，一旦廖尘不幸身亡，别说那几个混混会死无全尸，就连她林依娜恐怕也难逃一死。

无论花多少钱、花多少精力，一定要把这件事压下去。

想到这儿，她联系管家索要救治廖尘的医院地址。

整洁的病房里，乔芊握着廖尘的手，得知他性命无忧，不由得对上苍千恩万谢。

"大夫，请问他什么时候可以醒过来？"乔芊从始至终寸步不离，脸没洗，衣服没换，被皮带抽肿的部位也没处理，脏得像泥猴。

"头部淤血已清除，麻药劲儿还没过，幸好送来得及时，不必过于担心。"外科医生如实汇报，又说："患者并非意外受伤，最好交由警方处理。"

乔芊应声致谢，望向神色憔悴的廖尘，想到穷凶极恶的女流氓，无暇再考虑自身不可暴露的问题，拿出手机准备报警。

然而，刚按好报警号码，林依娜风风火火推门而入，"廖尘怎么样了？"

"这位小姐少安毋躁，患者暂时没有生命危险。"医生回。

林依娜暗自舒口气，轻手轻脚走到病床边，先帮廖尘掖了掖被子角，又向乔芊指指门外，示意出去谈谈。

两人一前一后来到僻静处，林依娜心平气和地问："怎么会弄成这样？"

事到如今，乔芊也只得说清来龙去脉，包括她擅自离开的前因。

听完长长一段解释，林依娜暗自舒了口气，原来是乔芊逃跑在先才会破坏她所拟订的方案。这样的答案岂能不让她喜出望外。

"如果你只是想回家，大可向郝先生讲明原因，他是很讲道理的人，不仅会归还护照，还会派司机将你送往机场。如果是那样的话，还会出现如此危险的情况吗？你年纪也不小了，做事怎会这么冲动？"

乔芊神色萎靡，坐在椅子上休息，垂眸不语。

林依娜看着狼狈不堪的她，转头偷笑，误导道："她们说你勾引了男人？显然是打家劫舍的烂借口。对了，看清那些流氓的长相了吗？"

"五人均为女性，年纪在15到18岁之间，个个浓妆艳抹，头发染色，如果再遇到可以认出来。"

浓妆艳抹？比想象中还要模糊，太好了。林依娜悬在嗓子眼的大石终于落下一大半，"既然生命无碍，暂时不要惊动警方，毕竟刑事案对于名门出身的郝先生与廖先生都影响不好，我会请私家侦探彻查此事。至于你遭遇抢劫的前因后果，你是当事人，由你向郝先生解释清楚比较好。"她坐到乔芊身旁，抽出一张纸巾拭去她挂在眼角的泪，惺惺作态地安慰道："吓坏了吧？人没事就好，我先送你回别墅休息，等你安全到家我再回来照料廖尘。别担心，OK？"

乔芊平日出行有保镖看护，这一次确实受到不小的惊吓。在受尽打骂侮辱的那一刻，说实话，她不由自主喊出郝佑鸣的名字，多希望他能把自己变到她的面前，但魔术终究不是魔法，他们之间更没有息息相通的心电感应。

如果不是廖尘挺身相助，她很难想象后续会怎样，毫无疑问的，她欠廖尘一个大人情。

"谢谢你林助理。你已经很忙了还要麻烦你，万分感谢。"惊魂未定的她，只想泡个热水澡，好好睡一觉……

新闻发布会结束，郝佑鸣首先赶往医院探望廖尘的伤势。林依娜在旁大致描述事发经过，喟叹道："虽然乔芊没直说离开的原因，但我猜想她可能承受不住压力了，唯恐在新人大赛中无法取得理想的名次，所以选择临阵脱逃。小女孩就是小女孩，想怎样就怎样，完全不考虑别人所面临的问题，险些酿成大祸。"

郝佑鸣感觉廖尘伤势不轻，悄然退出病房，问："报警了没？乔芊受伤了吗？"

"幸好廖尘及时出现，乔芊只是受了一点轻伤。至于其他问题，我会处理妥当，给你一个满意的答复。还有，这件事要不要通知廖家长辈？"

"等廖尘醒过来看他的意思。"郝佑鸣思忖片刻，"伤人逃逸已构成刑事罪，尽快联系警方取证抓人，不要给对方留出逃跑的时间，"他看了下时间，"辛苦你多待一会儿，廖尘一旦苏醒，马上通知我。"

"是，你累了一天，早点回去休息吧。"林依娜俯首恭送，正因为忠心耿耿，所以郝佑鸣不可能怀疑她的办事能力。她看向窗外淅淅沥沥的雨，这场雨下得很是时候，指纹、脚印统统洗刷殆尽。

回到别墅，陈管家一边招呼厨房准备晚餐，一边阐述她亲眼所见的部分。当郝佑鸣听管家说起，乔芊自从返回别墅再没离开卧室，放下刀叉径直来到她的卧室门前。

管家见他疾走，急忙取来门钥匙，决定自行打开房门。郝佑鸣则命她先敲门，若不开再说。

等待片刻后，"钥匙给我，去忙你的。"

郝佑鸣打开房门，屋内异常安静且没开灯，他摸索到开关，将光线调至最低。

乔芊侧头趴在枕边睡着，身旁挤着一只正酣睡的小胖狗。白胖的小狗崽听到动静睁了下眼，见来者是郝佑鸣，又吃力地转个身紧贴乔芊继续睡。郝佑鸣哑然失笑，这只小狗因为体型过胖不适于表演成为"弃婴"，之后送给乔芊当宠物。而她一直把小狗放在保姆那边寄养，今天会抱回卧室自己照料，可能希望小白胖起到警犬的作用？

他一手托起小狗放到床脚，随后支起双臂试图看清乔芊的脸部，可这一看，他的笑容瞬间消失，抓起床头电话，命保姆速速送来消肿的药膏和冰敷袋。

"疼，别碰我。"乔芊喃喃呓语。

郝佑鸣从保姆手中接过急救箱，关上门返回床边，脱掉西装，挽起袖口，本想扳正她的身体擦拭药膏，但刚一碰到乔芊的背部，她几乎是尖叫一声弹起身。

"身上也有伤？"郝佑鸣自顾自撩起她的睡衣边角，看到红肿的抽打痕迹。

他拿过一个枕头放在被褥上，"趴上去，先帮你处理背部的伤。"

乔芊以为睡一觉脸部就会消肿，然而根本不是那么回事，感觉半边脸颊胖出两三圈。

"廖尘醒了吗？"她接过冰袋敷在脸上。

"还没，我问过他的主治医师，术后昏迷属于正常现象，何况伤口遭遇两次重击，没有造成脑震荡算是万幸。"他从洗手间取来一条浸热的毛巾，问："除了后背和脸部，还有其他地方受伤没？要不要去医院？"

想到发生在不久前的事，乔芊心有余悸，爬到床脚抱起小胖狗，又蜷在床头不言不语。

"要我抱你一下吗？"他展开双臂。

"我记得睡前锁好了门，还检查了两次，你是怎么进来的？"乔芊小幅度扭头，抛出鄙夷的小眼神儿。

郝佑鸣垂下双臂，"别闹了，快过来擦药。"说着，他拽住乔芊的脚踝往自己这边拖。乔芊的胸口也挨了几脚，与床面摩擦不禁钝痛。

她倏地坐起身对郝佑鸣拳打脚踢，"如果不是你总对我动手动脚，我会想到逃跑吗？会遇到小流氓吗？这件事全怪你全怪你！你给我好好反省啊！"

委屈又愤怒的泪水溢出眼眶，她发泄道："我承认你在魔术方面的造诣令我心悦诚服，可是除了魔术，你是我见过最没、风、度的臭男人！"

这误会可大了，好吧，他承认乔芊的身材确实不错，滑不溜手很好摸，但说破大天儿他也不至于霸王硬上弓。还有，关于错误短信导致"床上运动未遂"的事件不是也解释清楚了吗？

眼泪打湿了小胖狗的软毛，她难过地又说："如果廖尘有个三长两短，我该怎么向他家里人交代，我现在很害怕……"

郝佑鸣惆怅地看着她，"他真的没事，即便万一出事，我来扛就是了。毕竟他住在我这里，我有不可推卸的责任。"

见她默默啜泣，郝佑鸣抽出纸巾压在她的眼上，"哭改变不了任何问题，放轻松。"

他的手指碰到她红肿的脸颊，乔芊夺过纸巾侧过身拭泪。

"我要冷静冷静，你先出……""去"字还没说出口，乔芊再次被他拉回原位，她的身下放置着一个柔软的大枕头，紧接着，脊背一凉，一双涂抹了膏油的双手从尾椎骨推上来。

"我是女人，你给我擦药油真的没有问题吗？！"

"我这双手上了巨额保险，是不是深感荣幸？"

乔芊翻个白眼摔回枕边，不过，温热的毛巾加上药油的推揉明显驱散着痛感，她忧伤地问："严重吗？活了十九年第一次被皮带抽，耳光倒是挨过。"

"耳光？"

"嗯……爷爷和爸爸的脾气都不太好，因为言行或礼仪问题受过责罚。不过，那些都是十四岁之前的事。"说实话，乔芊在家住的时候一向是战战兢兢过日子，唯恐哪里做得不妥被男性长辈责骂，这世上除了母亲没人把她当成温室花朵。

"懂了，所以你把那些怨气全撒我身上。"

"我家长辈再严厉，也不会把我推下十米跳台或把我放进热水里捞鸡蛋，是你一次又一次推翻凶狠的定义。"

"严师出高徒，你学有所成之后自会感谢我。"郝佑鸣相信1%的天赋加上99%的努力才有可能成功，他同样这样要求自己。

严肃时刻，乔芊感觉指尖碰到胸部边缘，"你！"

"对不起，药油很滑。"郝佑鸣举起双手，一脸无辜，趁她坐起身，用小指挑高她的下巴，将多余的药油涂抹在她的脸颊处。指肚拂过浮肿不堪的皮肤，他的动作逐渐变得谨慎而缓慢，又低头看向她的双手，"没伤到十指就好。"

"你说这话也太没人性了吧，伤者要求休息三天。"

"一天。"

"两天。"她急忙举手。

"最多一天半。"

"前半身也被踢肿了，两天。"见他企图验伤，她压住睡衣边角，将领口稍微扯大，"看到了吧，我原本都打算走了，又何必骗你。"

"听管家说，你在离开前留下一封信给廖尘，廖尘看到信后才去追你。"他擦掉手上的药油，摊开掌心，"既然师兄都有信收，那么做师父的没道理蒙在鼓里，写给我的信呢？"

乔芊平行移开视线，心虚地回："我打算回家之后给你发电子邮件。"

郝佑鸣面无表情，掏出她的护照放在床头柜前，"是我错了，误以为你像我一样热爱魔术。算了，我不教没恒心、没毅力的娇娇女。"

失望的表情以及对她的全盘否定。

"我没说不学啊！只是希望你跟我保持一定距离有错吗？！"

"你倒说说该怎么保持？！"郝佑鸣噌地一下火了，掏出一副牌塞进她手里，"五份开扇。"

"开什么玩笑，我连三份都开不好！"乔芊不甘示弱地吼回去。

"行，我表演一次给你看。"郝佑鸣拿过牌，指尖快速转动，只见整副牌被分割成均匀的五份，并且全部挂在十指间，随时可以恢复成完整的一副。

"看懂了吗？换你。"

乔芊捏着牌生闷气却又无计可施，郝佑鸣嗤之以鼻，绕到她身后的位置，控制住她的手指与扑克牌，再次示范。

"咦？原来是这样……"她专注观望，在实践中很快领悟其手法奥秘。

他的胸膛紧贴着她的脊背，四只手几乎是交错叠落，仅仅是学习牌技的一项就要如此靠近，更别说在其他魔术中需要利用身体各部位隐藏道具的问题。尤其是初期阶段，如果没有郝佑鸣帮忙藏匿与测试，根本无法完成整套表演，还想保持距离？开国际玩笑的是她。

"起开，压到伤口了。"她站在床上，以俯视的角度怒喊道："你总是故意混淆视听，我说的是除了魔术之外的私人时间！对，我指的就是睡眠时间！"

"你是来学徒的又不是来度假的，私人空间根本不存在。我指东你就不能打西，我叫你三更起床就别想拖到五更，半途而废、临阵脱逃的废物没资格跟我谈条件。"郝佑鸣那气势就跟阎王爷附身似的，上前一步撞上她的身体，又将她撞回柔软的床面。

人要脸树要皮，吃苦不怕，就怕努力再三依旧挨骂。乔芊紧咬下嘴唇，使劲地抿了抿，扭转身体背对向他，尽量克制着想哭的冲动。

郝佑鸣正在气头上，不小心忽略了她刚受到惊吓的事，此刻见她肩膀颤抖、呼吸不顺，他不由得抓了抓发丝，绕到乔芊正面，蹲下，极不自然地笑了笑，"不该冲你嚷嚷，一时间忘了你现在需要师父的关爱与安慰。"

乔芊气鼓鼓地转开头，嘀咕道："真想知道像你这种阴晴不定的怪胎会娶怎样一个女人当老婆。你说她会不会被你逼疯？然后等你睡着后拿刀砍了你？"

"我对未来老婆一定超好，打不还手，骂不还口。"他说的可是实话，反正娶回家送给奶奶就算顺利完成任务，婚后几乎见不到面的夫妻肯定不会吵架。

乔芊只听懂面上这层意思，必然连一个标点符号都不信，"我替你未来的老婆捏把冷汗。"

郝佑鸣不以为然地耸下肩，"大概半年左右，欢迎观礼。"

乔芊怔了怔，"半年，你也是半年后结婚？"

"希望如此。如果对方不肯嫁，我会使用非常手段。"他眼中掠过一道锐光，"不过我的担心应该是多余的，这世上有哪个女人可以抵挡我的魅力？你说是不是啊，乖徒弟？"

原来他压根就没得到女方的同意便打定主意娶人家？乔芊打个冷战，不知道谁这么倒霉。

闲聊时间结束，累了一天的郝佑鸣转身躺在旁边，帮她摆好枕头，撩开被子角，说："安心睡吧，师父会陪着你，保护你，等你睡着我再去洗澡。"

他的笑容看起来很正派。

乔芊不知该用怎样的表情去鄙视他，他确定他身体里不是住着两个人吗？一个是大魔术师叫郝佑鸣，一个是大色狼叫郝无耻。

等着吧，她一定会参加他的婚礼，一定要把他倚仗师父之名长期对女徒弟施行性骚扰的真相，告诉那个以为嫁给专情高富帅、实则是花心大萝卜的苦命新娘！

凌晨四点，急促的手机铃声吵醒了郝佑鸣，他打开台灯，看向枕在手臂上安睡的乔芊，伸出另一只手抓手机。

"是不是廖尘醒了？"乔芊迷迷糊糊地爬起身，她本想耗到郝佑鸣离开再睡，但脑瓜一沾枕头便进入梦乡。

"嗯，要去探病就快点换衣服。"郝佑鸣走下床推门离开，乔芊紧随其后洗漱换装。

十分钟后，两人在车库碰面，郝佑鸣没有叫醒司机，而是亲自从车库里开出一辆白色跑车。

"玛莎拉蒂GTS4.7？"乔芊打开粉扑盒，用粉底遮挡红肿的脸颊，随口问，"性能怎样？"

"行吧。你还懂车？"郝佑鸣一脚油门，驶出别墅正门。

"不是很懂，名气大自然成为外行的首选，我只会开自动挡。"乔芊得知廖尘苏醒的好消息，又开心地取出唇膏润唇。

"一会儿不要在廖尘面前提到我受伤的事，他刚做完手术，需要保持良好的心态。"

"切，你以为他会一睁眼就急着问医生，'乔芊怎样了？她没事吧？'自作多情。"郝佑鸣一笑置之。

"我和他私交不错，你不知道吗？是你这种毫无血性的神经病无法理解的友情！"

"怎么跟师父说话呢？"

"滚！"

"……"

与此同时，病房里——

廖尘正处于半昏迷状态，反反复复地说："乔芊，乔芊，快跑……"

医护人员围在床边忙碌，林依娜则倚在一旁询问病情，不为别的，只求廖尘平安无事，由此放松对那伙不良少女的追查问题。

二十分钟之后，乔芊的跑步声贯穿了静谧的回廊，她急匆匆打开病房门。

廖尘此刻已完全苏醒，见乔芊安然无恙，笑着朝她摆摆手。

"别乱动，伤口疼吗？"她疾步上前，握住廖尘的手。

廖尘的呼吸稍显孱弱，握紧乔芊的手示意她坐下再说，眼皮微抬看到神色忧戚的郝佑鸣，说："师父，我没事，请林助理送你回去休息吧。"

不等郝佑鸣回话，乔芊扭身说："对，今天最辛苦的是林助理，我留下来照顾廖尘，没问题的。"

林依娜提心吊胆等待廖尘苏醒早就累得筋疲力尽，当下应了一声，提起公文包走到郝佑鸣面前，"我们先回去，你是公众人物，不宜逗留过久，万一引起民众的注意反而扰到廖尘的安宁。"

这话不无道理，郝佑鸣轻压了下廖尘的肩膀，"好好休息，我不会让这件事不了了之。"

林依娜的心再次悬起来，廖尘却又"帮"她挽回险局，"师父，暂时不要通知我爷爷，反正我伤得不算重。"他不以为意地笑了，"其实我还挺庆幸的，庆幸棍子只落在我头上。"

乔芊眼中泛起感激的泪花，"你别这么说，我已经很内疚了。"

廖尘拭去她的泪，"如果我记忆没混乱的话，记得你帮我做人工呼吸，呵呵。"

"当时又心急又害怕，我也不知道能为你做些什么，怕你醒不过来。"乔芊垂下眸，"谢谢你廖尘，如果不是你及时赶到救我，我可能死在荒郊野外都没人知道。"

"傻话，我们是朋友。"

两人你一言我一语传递着肺腑之言，完全无视同来探病的郝佑鸣。

乔芊哭了好一会儿，才透过余光发现还有一个大活人站在身旁，她仰起头不耐烦地轰赶，"你像雕塑似的戳在这儿干吗呢？离远点儿，挡到输液瓶了。"

郝佑鸣被她强行推开一步，随后，她又柔声细语地询问廖尘有没有哪里不舒服。

林依娜见郝佑鸣神情纠结，看在眼里，笑在心里，不过，乔芊的表现也令她感到不爽，因为只有关系亲密才会不把郝佑鸣这尊大神当回事。

"让他们年轻人单独相处吧，麻烦郝先生送我回去休息？"林依娜揉了揉脖颈，一脸疲惫。

就说是雇佣关系，也不带连轴转使唤的，郝佑鸣偶尔也会关心一下员工的体力问题，他主动帮林依娜推开病房门，待林依娜走出门槛，他回眸凝睇，问："你一个人行吗？"

"行，你快送林助理回住所吧。"乔芊并没回头，小心翼翼地替廖尘调整枕头的高度。

郝佑鸣刚欲关门离开，乔芊追加一句："路过前台时把护士请过来，点滴快打完了。"

他闷闷地应了声，走到前台，敲了下桌面，"303房的病人想小便。"

小护士注视他帅气的侧脸，羞答答地举起备用大夜壶，心花怒放地飞奔过去。

车轮急速行驶在宽敞平坦的马路上，林依娜坐在价值百万的跑车里，又想到停泊在地下车库的十余辆名车，心中五味杂陈。

小富购车，大富购房，巨富则是不断添置以上两样。她自嘲地一笑，当初提出分手，不就是嫌弃站在街头卖艺的郝佑鸣贫穷吗？

不过，金钱问题并不是分手的全部原因，主要是无法容忍魔术比她重要的事实，而他宁可整日窝在家里观赏其他大师的魔术表演，也不愿陪她出去散散心。

"为什么一直不说话？"她看着窗外提问。

"我记得明天没工作。"他下意识地加大踩油门的力度，以一百二十迈的速度急遽驰骋。

林依娜提起一口气又缓缓吐出，"新闻发布会之后，你的身价再翻三倍，这半年之内的商演将成为历史性的一页，要不要趁热打铁出本自传回馈你的拥护者？"

"比起魔术生涯回顾，我更期待企业家的开篇，等我在其他领域做出成绩之后再议。"

"你会像爱魔术一样经营赌场吗？"

"爱好只能当副业，当魔术变成一件必须按时交工的产品时，其实已经失去最初的乐趣。"比起华丽的舞台表演，他更喜欢为行走的路人带来小惊喜，因为路人不在乎他姓甚名谁，只会将注意力集中在变化莫测的戏法上，给出的反应与表情最生动也最真实。

"让你失去兴趣的并不是魔术本身，而是暂时无人超越所带来的空虚感。所以你想踏入未知领域找点刺激。"

郝佑鸣笑而不语，不敢说无人超越，但目前真的处于自娱自乐的状态，如果硬说变化，也只不过是表演道具越发昂贵、舞台越发炫丽罢了。而那些具有绝对创新性的魔术，需要沉淀与等待，说不准哪天灵感就冒出来了。

林依娜凝望那张令她着迷的脸庞，以调侃的语气问："你就没想过用爱情填补无聊的时光？"

"爱情？"郝佑鸣无谓一笑，"爱情？谈情说爱可以占据一天之中的百分之几？"

"你的问题太奇怪了，没有人用百分比来分配谈恋爱的时间。"

"当然可以排出时段，吃饭两小时，看电影两小时，剩余时间呢？何况不可能天天约会，大部分时间还是要用来工作与思考。"

无理取闹地分析走势，林依娜却一时间不知怎样反驳，原来爱情在他心中是一件理智且乏味的事情，她甚至开始怀疑他们是否真正交往过。

别墅里，失去"睡眠神器"的郝佑鸣只得在地下工作室里制作道具。一阵敲敲打打之后，他疲惫地坐到工作台前，从抽屉里取出还未完成的一件小道具。这件道具是为乔芊参加新人魔术大赛而准备的，用在"口吐银针"的表演环节上，但乔芊觉得恶心，要求他替换其他。

郝佑鸣穿好针线，刚欲继续，又忽然忆起乔芊在医院的态度，于是，将原本做到一半的"五彩缤纷袖珍棒棒糖"扔进纸篓，重新在纸上画好图形，然后取出一堆绿色的布条和牙签，阴森森地笑起来。

大青虫，绿油油的大青虫。

联想到乔芊抓狂的表情，他从微笑转为大笑，遨游在臆想的国度中。

病房门外，乔芊在回廊中踱步。虽然郝佑鸣把护照还给自己，但她却不能再次一走了之，因为一来要照顾受伤的廖尘，二来不想被郝佑鸣彻底看扁，因此经一番思量之后，她拨通了贴身保镖钟玄德的电话……

"大小姐，出什么事了？"虽是三更半夜，但在接通的第一声后便联系上钟玄德。

"你，能不能瞒着家里人出来找我，我其实不在西藏……"

对方沉默三秒，"地址。"

乔芊没料到刚正不阿的钟玄德答应得如此爽快，这一下反而换她犹豫不决。

"如果大小姐没有遇到麻烦，一定不会联系我，请讲地址。"

"你真的不会把我的行踪告诉别人吗？"

"我钟玄德对天发……"

"好了好了，我相信你，快点赶过来，我需要你。"

"很严重？我联系一下当地的有关部门？"

"不不不，我只是需要你站岗放哨，不是野战训练，再胡闹就别过来了！"

"知道了，对不起。"

结束通话，乔芊靠向椅子背，又因背部疼痛弹直腰板儿。这顿打不能挨得不明不白，打打杀杀的工作交给特种兵出身的钟玄德来处理再合适不过。

哼，顺便帮她教训教训猥琐师父郝佑鸣，看他还敢不敢爬上她的床！

翌日中午，当乔芊返回别墅之后，无论管家还是保姆都用一种恐惧的眼神注视着跟随在乔芊身后的魁梧男人。

男人的身高与郝佑鸣相仿，一米八五左右，他的鼻梁上架着纯黑色的宽边墨镜，皮肤呈荞麦色，剃着精短的寸头，头部与手背上的疤痕清晰可见，走起路来飒飒有风，说他不是打手真没人信。

两人走入餐厅，钟玄德帮她拉好椅子，随即站立一侧，腰杆笔直，窥视八方。

"坐下，这不是家里，可以随便点。"乔芊抿了口橙汁，咂巴咂巴感觉口味偏甜，刚欲起身换一种，只见钟玄德快她一步从冰箱中取出一樽鲜榨橙汁。

乔芊早已习惯被他服侍，自然而然地恢复大小姐的优越姿态，"工作日程按老规矩执行。我们是客人，没有我的命令不要伤人。"

"是。"

"别墅的主人名叫郝佑鸣，很有名的大魔术师，听说过吗？"

钟玄德明显停顿一秒，继而回道："不了解。"

乔芊一想也是，钟玄德除了喜欢摆弄武器就是阅读有关军事类的报章杂志，如果非逼他看一场电影，也肯定是战争片。

钟玄德倏地六十度俯首，"请告诉我，您的伤势如何造成？"

他长了一双鹰的眼睛，通过乔芊走路的姿势与坐姿便可以判断出伤情不只集中在脸部。

"其实我倒现在还没弄明白那几个女生打我的原因。我起初认为她们认错人，但后来她们又抢我的旅行箱，我都说给她们了，可她们还是要打我，说什么好交差。四个人把我压在地上，其中一人用皮带抽打。"乔芊初次完整描述被袭击的全过程。

"介意让我看一下您背部的伤势吗？"

乔芊在他面前没什么不好意思的，应了声，侧坐过身，撩起一半衣衫。

钟玄德蹲身审视，通过抽痕的深浅与角度，基本确定施暴者的身高在一米六至一米六五之间，"这附近有没有批发市场？"

"不太清楚，可以问问管家，你打算怎么做？"

钟玄德从兜里取出本子和笔，拉开椅子坐到餐桌前，"请小姐尽量回忆几名凶犯的局部特征，譬如是否打鼻环或佩戴哪类的首饰。"

于是，乔芊在他专业的引导下逐步静下心，努力回忆那触目惊心的一幕。

说着说着，钟玄德礼貌打断："让我看一下您腿部的伤势可以吗？"

乔芊应了声，挽起裤腿，见保姆不在，脱掉鞋站在餐椅上便于他观察。

钟玄德时而快速记录，时而礼貌性地抬起她的小腿进行查看，乔芊则单脚踩椅子面上，因为重心不稳，所以一手搭在钟玄德的肩头保持平衡。

这时，忙碌一夜的郝佑鸣来到餐厅，本打算吃点东西回房休息，未承想看到一个陌生男人正在抚摸他徒弟的腿。

"阿德，这位便是别墅的主人郝佑鸣郝先生。"

钟玄德首先将乔芊从餐椅上挽扶下来，继而微微点头。

"你忘了介绍这位先生是？"郝佑鸣注意到对方如铁锤般的双拳，一看就是练家子。

"他？我的远方亲戚，叫他阿德就可以了。阿德刚巧来本地旅游，师父不会介意让他住在这里吧？"乔芊眯眼一笑，笑得像个天真的乖大宝。

郝佑鸣望向面无表情的阿德，无谓地应了声，按下服务铃等待保姆备餐。

乔芊见钟玄德仍旧站在身旁，拍了拍身旁的空位，悄声说："他家厨子的手艺可好了。"

"哦，带回去。"钟玄德的语气就像刚看中一件非买不可的商品。

郝佑鸣目不转睛地盯着他，自顾自倒了杯橙汁，然后将玻璃杯推到钟玄德的面前，"友善"地请他喝饮料。乔芊一抬眼皮注意到郝佑鸣的表情，那种不怀好意的神态她当然印象深刻，又见钟玄德捏住玻璃杯，她立刻压住他的手腕，随后举高倒有橙汁的玻璃杯，晃了晃，果然不出所料，只见橙汁变成了鲜血的颜色！

"师父，不要恶搞阿德可以吗？"

"你不觉得气氛有些沉闷吗？"郝佑鸣眼中闪过一丝遗憾之意。

乔芊托腮一笑，"我真的是在好言相劝，该说的我都说了，如果师父一意孤行，我不敢保证会发生什么事哦。"

"我帮你的亲戚培养幽默细胞，哪里不对了？快看，他一动不动马上要石化了！"郝佑鸣最看不得别人在他面前装酷摆造型，除自己之外。

乔芊从桌子底下踢他，用眼神警告他别没事找事。

钟玄德身为乔芊的贴身保镖，仿佛一头随时准备发出攻击的猎豹，不过，在没有收到主人的指令之前，绝不会擅自轻举妄动。

饭菜上桌，几人安静用餐，趁着乔芊去洗手间的工夫，郝佑鸣又开始招惹钟玄德，忽然之间，他伸长一只手臂，钟玄德则机敏地连带椅子退开一步。

"拿番茄酱而已，放松。"郝佑鸣笑着从他身旁取走酱料瓶。

"我受过专业的面部神经控制训练，无论郝先生多喜欢胡闹，我仍是这副表情。"钟玄德在退役之前是一名优秀的特种侦察兵，他吃过枪子，坐过电椅，拆过炸弹，是一名早已将生死置之度外的军人，即便世界末日降临，也不会动容半分。

"噢。多吃点。"郝佑鸣会说这句话，只因为听到返回餐厅的脚步声。

乔芊从冰箱里取出果盘，一边翻阅杂志一边吃水果，钟玄德的出现无疑让她彻底安心，尤其在那些有郝佑鸣神出鬼没的地方。

这时，林依娜提着公文包走进来，坐到郝佑鸣身旁，问："你的脸色很差，又熬夜了？"

"习惯了，出门？"

"嗯，办点事，顺道去医院看看廖尘。噗！对不起，请把西服脱下来，我请管家拿去干洗。"林依娜还以为郝佑鸣订做了一个人形仿真道具摆在餐厅里恶作剧，怎料在与"假人"四目相对时，对方点了下头，所以一大口饮料全喷到"假人"身上了。

"没关系。"钟玄德平静地擦拭着黑西装。

郝佑鸣忍着笑转开头，无意间发现乔芊对于自家亲戚的遭遇无动于衷。

乔芊伸个懒腰，站起来，钟玄德便跟随起立，陪同她离开餐厅向楼梯走去。

林依娜望向远去的背影，问："那男人是谁？"

"很眼熟，我似乎在哪儿见过。"郝佑鸣答非所问。

"这男人看上去至少超过三十五岁，乔芊的朋友吗？说句武断的话，看着不像善类，这种人你怎么可能认识？怕是记错了。"林依娜急于出门而快速就餐，因为她要去事发现场清理一切可疑的证据。

郝佑鸣没注意听她说了什么，记忆里确实有过类似的影像一闪而过。

林依娜眼珠一转，"乔芊无端端遭遇袭击，会不会与这男人有关？"

"怎么讲？"

"在没有抓获凶手之前自然全是猜想，我看那男人满脸刀疤，应该常与人发生暴力冲突。"她耸下肩，"随口一说罢了，毕竟我们的心愿是相同的，希望尽快找到那几个人。"

"他受到的可不是普通伤害，他的额头上有一条弹道疤。"郝佑鸣根据观察以及敏捷度测试来看，大致可以确定钟玄德曾经或仍在从事的行业。

林依娜心头一惊，莫非是追查此事的便衣警察？！

想到这儿，她借故匆匆离开别墅，决定实施另一个保全自己的脱罪方案。

其实方法很简单，至少对她而言。

午夜时分，郝佑鸣分明很疲倦，但睡了不到两小时便没了困意，他穿着睡衣溜溜达达地来到乔芊的卧室门前，只见钟玄德伫立门前，纹丝不动。

"管家没有给你准备客房吗？"他假惺惺地关切。

"谢谢，不必麻烦。"

郝佑鸣提起一口气，道了句晚安，返回卧室。

俄顷，他又开门走出，钟玄德侧头向他的方向望去，见他拐下楼梯，很快察觉到他身上细微的变化……

十分钟后，郝佑鸣走出别墅绕到花园，鬼鬼祟祟地将一把梯子架在乔芊的阳台前，试了试稳定性，刚欲攀爬，一道黑影闪现在他的余光中。

"你也喜欢夜间漫步？"郝佑鸣歪头假笑，一脚蹬在梯子横梁上，若无其事地问。

"是，不如一起走走。"钟玄德的语调毫无起伏，他注意到的变化正是郝佑鸣换穿的帆布鞋。

这时，一串清脆的笑声从二楼阳台传来，乔芊双手托腮，摇头晃脑，"阿德，陪我师父多走几圈，我去睡觉了。"

"是。"

钟玄德接受指令完毕，一转身已不见郝佑鸣的踪影。

于是，他开启墨镜上的红外线扫描功能，很快从一块与墙壁同色的道具板后方找到郝佑鸣。

"郝先生，请。"

郝佑鸣深沉地应了声："你们特种兵也接受过反催眠训练吧？"

"是。"钟玄德索性不再打哑谜，其实单凭郝佑鸣明知他是特种兵，还敢在饭桌上挑衅这件事来分析，他已拥有极强的心理素质和过人的胆识。

郝佑鸣刻意挪开一大步，只见钟玄德马上跟进一步，亦步亦趋，形势不利。

他话锋一转，问："我们是否在哪里见过？"

"没有。"钟玄德的回答几乎没有迟疑。

"别急着回答，你再想想。"

"不如边走边想。"钟玄德再次摊手相邀。

"……"怎么个意思，不遛弯儿坚决不让走？

与此同时，蹲在阳台下方偷听对话的乔芊捂嘴偷笑，爬梯翻墙？亏他想得出来。明明是一颗被钟玄德盯死的小酸枣，还想冒充大红杏咧！

第九章
挂墙头与玻璃心

"藏在哪里？"乔芊举着一串"棒棒糖"请教郝佑鸣。这些棒棒糖的糖棍只有绣花针那么细，针尖上顶着五彩缤纷的"糖果"，贴近一闻带有清淡的花香。嗯，果然要比从嘴里吐出一串绣花针美观许多。

"舌头下面。"郝佑鸣最终打消用"青虫"做道具戏耍她的念头，原因只有一个，那名特种兵真的很难缠：后半夜基本进入巡逻的状态，一会儿站在他的房门口，一会儿去花园，时刻监视他的一举一动。最可怕的是，这哥们儿不会也有失眠的毛病吧，居然此刻还站在门外坚守阵地。

"拿过来，我教你怎么藏。"郝佑鸣萎靡不振地歪在沙发上，说困也不困，就是提不起精神，加之近期推掉不少商演与访谈，导致他多半时间留在别墅里无所事事。

乔芊手捧装有道具的盒子坐到他身旁。道具会准备完全相同的两份，一份可食用，当众做出咀嚼吞咽的效果，另一份则用来"还原"，待张开嘴让观众看清口腔内空无一物后，再将穿在鱼线上的"棒棒糖"拽出来。对了，还得吃下一根线，线要使用入口即化的材质。

别看步骤简单，但观众会在烈焰红唇的诱惑与奇妙的感观中获得双重享受。话说真把魔术揭秘出来就不好玩了，一点惊喜感都没有。

"有防水口红吗？最好是艳红色。"

"我叫阿德去买。"阿德告诉她，会在午饭后去追查施暴者的活动范围。

无心插柳柳成荫？郝佑鸣缓慢地挑起眉，取来纸笔，列出一系列彩妆名称。

乔芊打开门，将购物清单交给钟玄德，并叫他先去休息。

钟玄德虽然戴着墨镜，但郝佑鸣感到一道冷冷的目光正注视自己，他像个绅士似的坐直身体，优雅地品着茶。

"大小姐，您一个人真的可以吗？"

"别担心，他一到晚上才'犯病'。"乔芊没有把郝佑鸣强迫自己"陪睡"的事告知钟玄德，而是谎称他有暴力性夜游症，在半梦半醒之中经常乱打人。

话虽如此，但钟玄德仍旧放心不下，何况处于梦游状态杀人的患者不是没有。听说郝佑鸣被誉为天才魔术师？在通常情况下，天才的思维系统确实异于常人，所以会出现"天才与疯子只有一线之隔"的准确定位。

钟玄德在观察郝佑鸣的同时，郝佑鸣也在观察他，忽然之间，灵感来了。

弄一把仿真左轮枪，在三秒内完成拆卸再还原？梆！梆！是不是又酷又帅？

乔芊关上房门，见郝佑鸣蹲在茶几前写写画画，走上前一看，竟然看到一幅完整的枪械分解部件图，不仅如此，他还在各个部件上标注了尺寸，像极了专业图片。

"你不过二十六岁，会的东西未免太多了吧？"乔芊沮丧地坐在一旁练习牌技，暂且不去赞许他在绘画上的功力，单说他对枪支构造上的了解已然非比寻常。

"因为我的时间比普通人多三倍。"

"什么意思？"乔芊十分不解。

不困只能学新玩意儿呗。郝佑鸣认真绘图不予回答，顺便警告她别想趁机休息赶紧练习。

吃过午饭，他们转战地下工作室。此次换地方倒不是又让乔芊测试什么新道具，而是郝佑鸣属于行动派，既然想好要弄一支特殊的仿真枪，就得马上制作。

他从柜中取出一把从模型商店购买的普通仿真枪，坐在一堆工具中央拆拆装装。

乔芊则坐在办公桌前练习反应度，方法：拿一个撞击平面后弹起高度不超过十厘米的小球，把球丢向桌面，然后在它弹起并掉落之前在球体下方快速且平稳地摆动手。一般人可以摆动一下或者干脆失败，适合学魔术的人可以摆动两下，而郝佑鸣在做示范时竟然摆动了四下。

弹力球一次一次撞击着桌面，乔芊练得腰背酸痛手抽筋，郝佑鸣为了防止她偷懒，撤走舒服的老板椅换成方凳。她掩唇打个哈欠，见郝佑鸣正背对自己研究着什么，她一手枕在头下趴在桌面上，姿势到位，很快便睡着了。

大概过去一刻钟，郝佑鸣转身找材料之余发现呼呼大睡的某女，他立刻抛去含恨的眼神，轻手轻脚绕到她身后，张开两只魔爪，企图大叫一声吓醒她。

然而，当双手即将拍到她的肩膀时，一缕幽香飘进他的鼻子，为他原本就疲倦的身躯唤来困意。他搬来一把带靠背的小木椅，坐在她的身体正后方，双手从她腋下穿过，钩住她的肩膀，向后顺势一拉，迫使她的姿势从趴伏转为后仰，后脑勺刚巧垫在他的肩头。

郝佑鸣侧过脸颊枕在她的头顶，嗅着发丝间隐隐散出的气息，合起倦怠的双眼……去他的天才魔术师，去他的博学多才，他只不过是个患有严重失眠症、唯有靠拼命用脑与不停工作才能入睡的人肉机器。

而乔芊或许是睡得不够舒服，身子向后移动，臀部的二分之一坐到他的腿上，一手搭在他的手臂上，一手抚上他的脸颊，真把他当成椅背来用。

紧密的贴合让气息的传递更为纯粹。环住她的腰肢，她的身躯便顺着他倚靠椅背的角度一同倾斜，就这样贴在一起双双入睡。

一个小时后，乔芊放在桌上的手机疯狂地响起来，她闭着眼伸手摸索，但试了几次发现掌心落空，这才不情愿地睁开眼，接起电话又躺回"椅背"。

"你好，哪位……"

对方明明是稚嫩的萝莉声，可说出口的话却不堪入耳，"臭不要脸的骚货！想红想疯了吧？！你他妈给老娘有多远滚多远！"

哐当一声，电话重重挂断。

乔芊清醒九分，匆忙翻看号码来源，竟然是一串不可回拨的IP公用电话号码。

正回神之际，三四条短信又挤进屏幕，内容大致与小女生的口气差不多，什么狐狸精、死人妖、勾引枢大人的××之类的。

"枢大人是谁？"她喃喃自语。

"不就是你让我扮演的吸血鬼……"

回应声几乎擦着她的耳朵传来，乔芊猛然扭头，"呃……"额头硬生生撞上他的。

看到彼此的坐姿，她已无暇顾及痛楚，"你！我？……我们在干吗？！"

郝佑鸣揉了下钝痛的额头，一脸懊恼地说："当然是睡午觉，还能做什么。"

不等继续质问，她的手机再次响起，她看着陌生的号码，按下接听键，放到郝佑鸣的耳边。

叽里呱啦的过激言辞灌入他的耳朵，他从乔芊手中取过手机，但并未急于苏醒，舒舒服服地仰在椅背上，直到对方骂完挂断通话，他才悠悠地睁开双眼。

乔芊见他睡眼惺忪，神色木讷，扑哧一笑，"怎么样，afternooncall爽不爽？"

郝佑鸣昏沉沉地嗯了声，说："那女的吼道，枢大人是她的她的她的，无限循环。"

乔芊从他腿上跳下来，又一跃身坐上工作台，就在这短短几分钟之内，又收到十几条或恐吓或谩骂的短信。她与郝佑鸣面面相觑，忽然拍案而起，"我知道了，我终于知道那些女生为什么揪着我不放了！全是你的错！就是你这个臭妖孽惹的祸！"

"……"郝佑鸣迷茫相望。

乔芊翻出短信展示在他眼前，详解道："那日不分青红皂白打我的不良少女在施暴之前曾出示一张我的COS照，还问我是不是本人。我当时没多想就承认了，然后带头的女生便开始对我拳脚相加，边打边说我勾引了她朋友的男友。如今又出现这种状况，看来她们并不知道事态的严重性，仍在无理取闹。"

"可是她们怎会有你的手机号码？"

"这个这个……我就不清楚了。"

手机又一次响起，郝佑鸣径自取过电话接听，不等对方开骂，他抢先说道："我是你亲爱的枢大人哟。找我有事吗，小可爱？"

"啊……我记得您的声音，记得记得，啊——"高亢绵长的尖叫声贯穿了整间工作室。

乔芊捂着胃在一旁翻白眼，这不公平并且不正常的世界！

而电话那端的母夜叉瞬间化身小娇羞，"枢大人，请问一下，您与那位女COSER真是情侣吗？"

"你先告诉我这号码是从哪里弄来的。"

"您的官网论坛里，身为您的脑残粉，虽然没钱雇杀手，但用口水淹死女COSER是没问题的！我们很有团队精神的！只要枢大人一句话，黑她一生没商量！"

听罢，郝佑鸣将坐在工作台上的乔芊搬到一边，打开电脑，输入对方提供的网址，道了谢，结束通话。

别说，所谓的官方网站弄得还挺像模像样，一张由他扮演的动漫人物美型图做成巨大的欢迎横幅。再看会员人数，这可不是以"郝佑鸣"本人的名义建设的网站，竟也有高达二十几万的粉丝。

郝佑鸣首先打开图集，看着一段段视频或一张张经过处理的图片，不由得欣慰地点点头，时下的孩子们虽然宅得要命，但在运用高科技方面不逊于专业人士。

乔芊凑过来等待答案，可他居然扬扬得意地翻阅起照片来。于是，一巴掌打在他的背部，"等你年老色衰的时候再慢慢回味好吗！"

"……"郝佑鸣退出图片区，点击论坛区，果然有一个标题飘在最上方，标题是——【挂墙头】揭露不知廉耻女COSER为博出位之下流手段。回帖数：【5582次】

打开正文，楼主用一种非常无奈且悲愤的情绪杜撰了一段属于乔芊的黑历史。

文中言之凿凿说道：她为了红，四处宣传自己是枢大人的女朋友。

至于粉丝如此愤怒的原因，有所谓的截图为证——截图来源各大COS论坛，马甲统一为"血族公主"。该马甲发言人将一个既矫情又自恋的"乔芊"呈现在粉丝面前，"她"甚至在言语上对粉丝们大肆羞辱，譬如相貌丑陋、只敢意淫之类的人身攻击，并且每每发完评论，还不忘放一张枢大人与"她"的合照炫耀一番。

看到这里，乔芊气得浑身颤抖，被冤枉、被诬陷！只要是正常人都接受不了！

"气什么，认真你就输了。"

"真恶心，太卑鄙了！这个信口雌黄的人渣究竟有多恨我？！"乔芊从没受过此种奇耻大辱，好像整个世界一夜之间出现翻天覆地的变化，四处弥漫着不稳定的阴暗因子。

"信息发达的时代，想败坏一个人的名声又不需要本钱。"郝佑鸣身为魔术圈的大红人，常会收到一些不着边际的负面报道，起初也会不爽，但逐渐习惯了——并非习惯了污言秽语的指控，而是学会用另一种方式去看待问题。

看她越发愤怒，他宽慰道："始作俑者利用的无非是孩子们的热情，谁在年少时没有一个半个假想敌？别生气。"

　　说归说，郝佑鸣注意到发表不实言论帖子的时间，却是从乔芊遭遇袭击的前一天开始。

　　乔芊在旁默默掉眼泪。郝佑鸣边帮她拭泪边耐心开导，因为他知道没有人天生坚强抗压，何况是不满二十岁的女孩。

　　郝佑鸣把她拉到身边，"脾气发出来是本性，压回去是本事。你越在意那些言论，越会有人兴风作浪，去换个手机号码，剩下的事我来处理。"

　　说着，他启动一台大型的台式电脑。乔芊注视屏幕，只见屏幕上跳动着一串串看不懂的英文单词。

　　他的指尖飞快地敲击在键盘上，足足有一刻钟没有停歇。

　　"你在做什么？"乔芊忍不住打断。

　　"不管谁想害你，师父帮你一个一个解决他们……"郝佑鸣按下回车键，专属他的COS官方论坛成为第一个攻击对象，刷新之后再想进入，全空白的页面上赫然呈现一句渲染成血红色的结束语——Game Over。

　　乔芊望向他自信的笑脸，终于稍稍消气。

　　郝佑鸣眯眼指指脸颊，"既然笑了，不如亲一个？"

　　乔芊嘴角一抽，刚才趁她睡着趁机揩油的这笔账还没算呢！

　　"嗯嗯，可以用手亲吗？"

　　"……"

　　所以，一系列恐怖事件算是告一段落了？似乎再追查下去也只能得到同样可笑的结果。不过还是老问题，只是因为粉丝们对郝佑鸣所扮演的角色抱有幻想，便疯狂到如此地步吗？

　　乔芊忽然感到很疲惫，只要与郝佑鸣沾边的准没好事。

　　郝佑鸣看穿她的心思，蹲在她面前变出一只小白兔，乔芊嘟着嘴意兴阑珊，郝佑鸣又变出两块他最爱的饼干，一块给乔芊，一块自己吃。

　　"告诉我，你不会因为这件事再次抛弃我。"

　　乔芊坐在他的正对面，咯吱咯吱地咀嚼着，许久，从他手中接过小兔放在腿上。他侧过头也躺了上去，额头蹭着柔软的兔毛，与白兔一同依偎在她的身旁。

　　"哦，原来是师父的粉丝在胡闹？"廖尘倚在病床上，乔芊则据实阐述事件原委。

　　"有人在网上以我的名义散布谣言，引起粉丝极度不满。"乔芊只是在想，这些人幸好不知道当日的扮演者正是鼎鼎大名的魔术师，否则她受到的攻击肯定不止这些。

"师父怎么说？"

"他说既然对方没有暴露他的真实身份，有可能就是普通网民，而且他已查到发布假消息的IP地址，来自某校女生宿舍楼。他已向对方投递警告信与律师函，限对方在三天之内承认自身为谣言散布者，若不肯辟谣，便通过法律途径加以制裁。"乔芊把橘子瓣送到廖尘嘴边，"虽然我欣赏郝佑鸣的办事能力，但觉得好冤枉啊，无端端被莫名其妙的人诅咒辱骂。"

"我当初就提醒你别拉上师父一起参加，只要有他出席的演出必会造成一定反响。你还记得那对惊艳的黑色翅膀吗？那不是普通的道具，而是师父为某部即将开拍的大制作影片特意打造的。如今翅膀已亮相，他唯有重新设计。"参赛当日的规格、服装、道具等造价远远超出高中生所承受的范围。引起热议与多方关注本在情理之中。

廖尘也从中对郝佑鸣多出几分了解，他属于要么不做、要做便要搞出大动作的那类人，如果他们终有一日成为对手，那么显然是难对付的劲敌。

乔芊承认当天虚荣心爆棚，如果现在反过来责怪郝佑鸣貌似不够厚道，不由得喟叹："吃一堑长一智，以后在公共场合还是跟他保持距离好了。"

"这就怕了？等你嫁入另一个大家族之后才是真正的考验。"廖尘尽量展现出从容的笑脸。

"婆家不敢虐待我，即便是装，他们也会装出把我捧在手心里的样子。"有些事乔芊只是不说，但心里清楚，她不过是双方长辈共同开拓新市场的奠基石。

"你夫家很穷？"

"谈不上穷，我猜想与我的家境差不多吧。"乔芊暗自查遍澳门地区单身巨富的名单，发现要么长相抱歉，要么风流成性。

廖尘凝望她很久，说："你的未婚夫很幸运，因为你是定力很好的女孩。"

乔芊似笑非笑地抬起头，"你的意思是我应该拜倒在你西装裤下才合理了？"

"不是我也是师父，总之是在夸你。"廖尘俏皮地眨下眼。

"哎哟，伤自尊了吧？我承认你和郝佑鸣出类拔萃，但注定不是我的。"乔芊冒着她自认的生命危险来到陌生的城市，求学，打工，参加不曾接触的变装比赛，过些平凡的生活，也是希望可以在结婚前疯狂最后一把。

"等你嫁人之后还方便联系吗？"廖尘想到那封道别信，当时的感受很奇怪，仿佛心里一下子少了些什么。

"应该没问题，你打算什么时候回摩纳哥？"乔芊刚刚获悉他的家并不在中国。

"最多一个月。"他的情绪明显消沉。

"干吗一脸不高兴？摩纳哥是个美丽的国家，没有军队，没有海关，不征收关税，阳光、沙滩、比基尼，赌场面积占据国土大半，是欧洲王公贵族、商流名士的销金地。"乔芊歪头相望，调侃道，"千万别告诉我你是赌城大亨。"

"是或者不是都不会影响我们之间的相处模式，"廖尘粲然一笑，"千万别自卑。"

乔芊满脸黑线，她为什么要自卑，纵然经营赌场也未必比她家有钱！

"怪不得我当初稍稍提到学藏牌的念头，你便马上联想到赌场和千术，世界真是小。"她边说边取出一副扑克牌，坐到远处继续练习。

廖尘观察着她的手法，发现她已在短时间内掌握了洗牌的要领，并且姿态优雅，颇有气势，郝佑鸣果然慧眼识珠。

"距新人魔术大赛不到三个月，我会去赛场给你加油打气。"

"你不是最讨厌抛头露面吗？不必飞来飞去浪费时间，又不是什么重要的公开赛，等我参加国际魔术大赛的时候你再来捧场。届时我要对战的人是郝佑鸣，那才有看头。"

自信的笑容溢在她的唇角，廖尘不自觉地笑起来。

另一边，正在舞台上测试灯光效果的郝佑鸣接到祖母打来的暴怒电话。

"你是怎么跟我保证的？你说啊！"

郝佑鸣从林依娜手中接过八卦杂志，林依娜今天也忙得焦头烂额，一直做着搪塞各方来电的工作，暂时声称绝不知情。

因为——郝佑鸣与乔芊相拥的亲密合照，成为本期封面焦点人物。

幸好只拍到乔芊的背影，万幸万幸。

"我不管是真是假、谁对谁错，你给我立刻、马上与那女人断干净！"祖母持续怒吼。

郝佑鸣一边承受责骂，一边回忆这幅照片的由来。时间应该是召开新闻发布会的那日清晨，当时乔芊哭哭闹闹误以为失身，两人连哄带打确实在阳台出现过。

"您先别着急，不就是个背影，我可以解释。"

"之前也有类似报道，但记者不过是在捕风捉影并没抓到证据，可这次不同，你与那女人明显搂在一起，我提醒你不止一次、十次、百次了吧？！你是不是想气死我这个老太婆才甘心？！"

"小心您的血压，我会尽快解决。"

"佑鸣啊！我们目前的处境非常被动，如果再被对方抓到把柄，就要失去最后的机会，你权当帮帮奶奶行不行？奶奶实话告诉你吧，这是一个与钱无关的梦，若最终未能实现，奶奶真没脸去见你爷爷。"

郝佑鸣不怕奶奶咆哮，就怕她出言恳求，"放心好了奶奶，我会公开否认此事。"

"这才是奶奶的乖孙儿，一定要撇清，越干净越好。"

"知道了。您那边是凌晨，快去休息。"

"不要等半年，你给我尽快回来。让谁看着你都不如奶奶自己盯着来得放心。"

"三个月，我一定以商人的面貌出现在您面前。"郝佑鸣又安抚了奶奶几句才挂上电话。

林依娜将一杯咖啡递给他，故作平静地问："当我看到这则新闻时便猜到你祖母的反应，你一向谨慎，怎会让记者拍到这种引人遐想的镜头？"

"如果向媒体公布乔芊是我的徒弟反而会加深误会，而且奶奶不会允许一名小有姿色的女徒弟跟随我左右。"郝佑鸣思忖片刻，想到乔芊即将嫁人的问题，说："我在附近还有一套公寓对吗？你现在马上把她接过去避避风头，我一会儿要进录音棚制作声效，暂时不能开机，所以请你务必转告乔芊，忙完之后我会去公寓找她并当面解释。"

"好，我这就去办。"林依娜转身离开，唇边带出抑制不住的笑意，三番四次试图赶走的眼中钉终于在亲情的力量下，彻底滚蛋了。

网上的谣言正是她雇枪手发布的，即便找到"元凶"，对方也不过是个未满十八岁的青少年，乔芊不想忍气吞声又能怎样，谁叫她拉上郝佑鸣参加不符合他身份的比赛来着？当日出尽多少风头，今日就让你吞下多少苦果。

跟她斗？回去再练几年。

她边走边迫不及待拨通乔芊的新手机号码，心里不由得嘲笑，换号码就是不想惹事，选择退让等于选择不了了之，她今晚终于可以睡个踏实觉了。

"抱歉乔小姐，郝先生命令你马上搬出别墅。"

"嗯？什么意思？"乔芊下意识看向廖尘。

廖尘以为又是骚扰电话，叫她开免提。

乔芊按下免提键，林依娜又说："你的出现已经严重影响到郝先生的公众形象，去报摊买份杂志看看吧，郝先生暂时不想见到你。"

"我当然可以搬出去，但请你把话讲清楚，我不记得我做过什么破坏郝佑鸣形象的事。"

"是吗？那就见面说吧，在我返回别墅之前，你有两件事要做，一是立刻收拾行李，二是原地等我回去接你。"

不等乔芊回应，林依娜利索地结束通话。

"你别下床，需要什么我帮你拿。"乔芊跑上前按住廖尘的肩膀。

"我陪你回去。"廖尘的神色中已带出明显不悦。

"不用，我又不是没钱、没地方可去，何况林助理说了一会儿会去接我，我问问清楚。"乔芊见他再次起身，扑哧一笑，"干吗？你以为我怕林依娜？"

"我知道你不怕她，但她常与媒体打交道，难免把问题想得严重化。手机拿过来，我打电话问问师父究竟出了什么事。"廖尘神色忧戚。

"有必要吗？他不想见我，我还不想见他呢！阴晴不定的死家伙！"乔芊背上挎包，"我先回去收拾东西，如果这次又是林依娜无中生有，我会先甩她一巴掌，然后潇洒地去住总统套房。"说着，她拨通钟玄德的电话，"把我的随身衣物收进行李箱，在客厅等我。"

"你在跟谁说话？"

"啊，还真忘了告诉你，我的保镖阿德，他瞒着家里人来找我了。"

听罢，廖尘稍感安心，"有什么事马上给我打电话，不要让自己受委屈。"

"哎哟，想想我欺负你时的趾扈样，你就该安心了啊！拜。"

当她疾步走出病房门，廖尘对着她离去的方向悠悠一叹，这傻丫头，如果不是因为对她有好感，她以为她能欺负得了谁？

在乔芊回到别墅之前，钟玄德已收拾好行李箱站在客厅中等候。他确定乔芊逃离乔家之时只带上护照便上了飞机，可一转眼又是满满两大箱。在他帮忙整理衣物用品期间，陈管家跑来归还了一把车钥匙，钟玄德这才知道她还买了辆车。不过，他没有自作主张收回车钥匙，毕竟乔大小姐送出去的东西绝不可能再要回来。

乔芊回来的路上买了一盒饼干，没错，就是郝佑鸣最爱的那款，但她不是特意给他买的，只是自己忽然想吃罢了。

倒上一杯热腾腾的巧克力奶，翻开今日卖到几乎脱销的八卦杂志，虽然图片中的自己衣冠不整，但不得不庆幸狗仔队只拍到背面，否则她一定会先被爷爷大卸八块，再被爸爸千刀万剐。

"阿德，能看出这人是谁吗？很难认出来吧？"

钟玄德只瞄看半眼，便抱歉地回："您问错了人。"

"……"也对，他是专业侦察兵。

吃好下午茶，看完杂志，直到暮色降临还不见林依娜的踪影，乔芊给她发送一条短信，告知她已在客厅等候超过五小时。

林依娜很快回复：刚刚忙完，你从别墅后门出去，最多十分钟。

乔芊无精打采地走到别墅后门，钟玄德提着行李箱紧随其后。别墅后面有一条河渠，有水的地方原本就爱招来蚊蝇，何况这大夏天的，蚊子当然不会放过细皮嫩肉的乔芊。

而这一等又是一小时，即便钟玄德一直在旁扇赶蚊虫，乔芊仍被叮了一身的大包。她边抓痒边拨打林依娜电话，拨打数次却转接至语音信箱。

"搞什么啊，真是够了！咱们走！"

当乔芊看到杂志内容就知道整件事与自己无关，如果郝佑鸣不对她动手动脚就不会出现后来的状况，他还闹脾气？他还暂时不想见她？他还叫她搬出去避嫌？合着遭到轻薄的人反而应该说一声对不起了？！

去死吧，郝佑鸣！本小姐没兴趣看你们的脸色，泡温泉、做SPA、吃吃喝喝还不回来了！

郝佑鸣忙到深夜才从录音棚里走出来，他打开手机，首先看到一堆留言挤进屏幕，短信发送人为林依娜，告知他被记者纠缠与尾随，一直在马路上兜圈子。

"回别墅了吗？"郝佑鸣很快联系上林依娜。

"还没，我还是回去找你吧，此刻回别墅实在是太冒险。"林依娜将车停在道边，引擎始终开启，刻意制造出驾驶中的效果。

郝佑鸣应了声结束通话，又拨打乔芊的手机。

——对不起，您呼叫的用户已关机。

打到别墅，管家告知：乔芊与钟先生提着行李在三小时前离开。

再打给廖尘，廖尘说，乔芊在接到林助理的电话后便返回别墅。

"师父，我看到杂志上所写的内容，认为这件事应该怪不到乔芊头上。"

"她确实没做错什么，你怎会这样说？"郝佑鸣不明所以。

"哦，误会一场，林助理打来电话时乔芊刚巧在我这儿，我以为又是骚扰电话便要她开免提，所以听到她们之间的对话，林助理或许也是着急，口气急躁了些。"

郝佑鸣大概听出些门道，挂上电话后继续拨打乔芊的手机。

而此时乔芊正在酒店的瑜伽馆里舒筋活骨，钟玄德则在旁边的健身房里练习举重。

"阿德，我去做护理，一会儿餐厅见。"

"是。"钟玄德无视聚集周身的辣妹，毕恭毕敬地回应。

做完护肤、泡完温泉已到午夜，乔芊坐在西餐厅舒适的沙发椅上，慢条斯理地切着牛排，曼妙的钢琴曲萦绕在偌大且空旷的餐厅中，哎哟，很久没过得这么惬意了。

"这才是生活，我就是好日子过够了才会自找不痛快。"乔芊抿了口红酒，看向几乎全天候不摘墨镜的钟玄德，"干吗一直不说话？"

"夫人对大小姐放心不下，不如打通电话报平安。"

"你出来时怎么向我妈交代的？"

"我没细说，夫人也没追问。"其中的含义显而易见，夫人知道钟玄德突然离开一定是去找自家闺女。

知女莫若母，乔芊心里明白，离家甚久仍可在外逍遥，定是母亲做出"欺上瞒下"的努力。

想到这儿，她打开手机，可这刚一开机，郝佑鸣的电话便打了进来。

乔芊挂断，刚欲按键拨打，提示铃再次打断操作，挂断，打，挂断！打！打！

"神经病，有病吃药！"她说。

"你在哪儿？"

"要你管？别再打过来了！"

愤愤挂断，电话又响起来，乔芊以为又是郝佑鸣打来的，所以看都没看便怒不可遏地接起来，"你再敢骚扰我，信不信我叫阿德揍死你！"

"请问继续加松露吗？"厨师见缝插针询问。

"继续。"

嘟嘟嘟。关机。

"……"廖尘眨巴眼睛，这是怎么了，好大的火气。

与此同时，郝佑鸣与林依娜交换座位，他坐上驾驶位，但并没急于开车，而是看向林依娜，"你坐出租先回别墅，我去找乔芊。"

林依娜怔了怔，"你从早上忙到现在还没吃饭，疲劳驾驶很危险，你要去哪儿，我送你过去。"

"不用，我暂时还不能确定方位。"郝佑鸣伸长手臂帮林依娜打开车门，"路上小心。"

"什么意思？乔芊没说她在哪儿是吗？"林依娜神色中带出些歉意，"怪我不好，只顾着甩掉狗仔让她等太久，换作我也会闹脾气。不过你也不用太担心，她毕竟是成年人，身旁还跟着男性朋友，应该不会有问题。"

郝佑鸣目不转睛地看着她，林依娜疑惑地眨着眼，"是不是我哪句话说错了？"

"没有，关于乔芊的部分原本就不属于你分内的工作，是我考虑欠周，日后无论大小事我会亲自通知她。"

"你这么说，就是怪我没照顾好乔芊了？"

"呵，有点。"郝佑鸣做了个送客的手势，"她对我很重要，不论是魔术还是生活。"

他的态度异常认真，把林依娜的心都快刺穿了。

林依娜下车还不到五秒，转身看到的只剩下急速驶离的车尾。

不可能，郝佑鸣对魔术的热爱远远超越女人，怎么可能放弃还没做完的道具，去找一个乳臭未干的小丫头？这其中一定有原因，一个她没有发现的重要原因。

车轮滚动在静谧的车道间。郝佑鸣走入一家高档的牛排馆，在侍者的带领下走入餐厅，他首先扫视四周，再看向演奏台，见该餐厅的钢琴无人弹奏之后，转身离去。

——在与乔芊简短的通话期间，他听到适合于就餐时间弹奏的钢琴曲，且是一架音质较好的钢琴所发出的旋律，加之周遭空旷，由此可以断定乔芊正在就餐。

手机振动，郝佑鸣戴上耳机。

"师父，你和乔芊在一起吗？她手机一直处于关机状态。"廖尘问。

"正在找。"

"哦，那我提供一个线索，十分钟前我和她有过一次通话，当时她正指挥厨师加松露。我查了下，目前提供松露的餐厅全市只有十家，我发到你手机上？"

松露是一种蕈类的总称，因其对生长环境的要求极为苛刻，所以造成了它的珍稀昂贵。根据品质，每千克最高可达三点五万美金。客人如果点到松露，厨师需桌前服务，一克一克地向食物上撒下松露屑，直至客人喊停为止。

"发过来，看来今天必须找到她才行。"郝佑鸣脑中浮现出乔芊付不起餐费的悲凉画面。

廖尘笑道："师父不知道她是个小暴发户吗？当初以保姆的身份混进来，不过是为了学魔术。好了，不闲聊了，地址马上发过去，希望师父在见到她的时候尽量克制情绪。小女生难免耍小性子。"

"我的情绪很稳定，这句话你应该对她说才对，早点休息。"郝佑鸣很快收到十家餐厅的方位图，加大油门向第一个目的地驶去。

行驶途中他在想，总是说她很重要，但比起廖尘对于乔芊的了解，他显然一无所知。

凌晨两点半，郝佑鸣拖着疲惫的身躯步入某家酒店的法式餐厅。餐厅中只剩下两三桌客人，悠扬的钢琴曲飘入耳际，他立刻叫来大厅经理，询问今晚点过松露的客人是否为一男一女。

"对不起，不方便透露。"经理婉拒。

确实不合规矩，郝佑鸣扬手作罢，转身坐下，翻开菜单，吃饱了再找。

他点了些食物，又要了一份松露沙拉。

"抱歉先生，目前只有来自法国佩利哥的黑松露，产自意大利阿尔巴的白松露正在运输当中，非常抱歉。"

"什么什么？没有白松露的法式餐厅？"郝佑鸣开始找碴儿。

肥鹅肝、鱼子酱与松露是法式餐厅必不可缺的三大美食珍馐。服务生尴尬地点下头，客人所提到的顶级白松露确实没有。

郝佑鸣故作不满地合起菜单，"去把厨师长叫过来。"

服务生路过经理身旁时悄声通传：客人貌似要投诉。

号称顶级的法国餐厅一旦接到投诉，事态可大可小。

经理放眼望去心里便有了数，笑容可掬地走到郝佑鸣面前，亲自为他斟上红酒，说："今晚的客人虽然不多，但个个都是美食家，比如刚离开的那位小姐，就餐结束之后又单点了一份本店最受欢迎的拿破仑酥，命服务生送至总统套房。"

听罢，郝佑鸣眯眼一笑，"我忽然对松露失去兴趣，随便上个沙拉，再加一份拿破仑酥。"

"好的，请慢用。"经理转身之际长嘘一口气，其实一早便认出客人是大魔术师郝佑鸣，不过在此类会聚名流巨星的高档餐厅中又不算稀奇事，但是像郝佑鸣这般"调皮捣蛋"的知名人士还真不多见。

吃饱喝足结完账，郝佑鸣走入洗手间，戴上墨镜粘上假胡须，来到酒店服务台，请服务人员接通总统套房乔小姐的室内座机。

"哪位……"乔芊的话语透着浓浓的睡意。

前台小姐说："抱歉打扰了，您的舅舅正在服务台前等您，请问您需要先行确认，还是请服务生带领这位先生上去？"

"什么，舅舅来了？！"乔芊噌地坐起身，"那，那请他上来吧……"

挂上电话，乔芊连拖鞋都没穿便风风火火敲响钟玄德的卧室门，"阿德，怎么办？刚给妈妈打过电话舅舅就来了！舅舅一定是被妈妈派来抓我的！"

钟玄德永远是一副清醒且衣装整齐的模样，"请大小姐少安毋躁，我去迎接。"

乔芊一袭睡衣肯定不方便见长辈，抱起衣裤，手忙脚乱地奔进洗手间。

然而，正当乔芊规规矩矩地站在客厅中央准备迎接敬爱的舅舅大人的这一刻，接进门的居然是那个招人烦的臭师父！

"走走走！"乔芊三两步上前推推搡搡，同时质问钟玄德："你为什么要放他进来？"

钟玄德低头不语。卑鄙的郝佑鸣！不用乔芊提醒他，他也会阻止，但郝佑鸣起初根本没有进门的意思，只是掏出一个精致的小盒子请他交给乔芊。作为保镖，他有义务替雇主检查一切可疑物品，于是在征得郝佑鸣同意之后开盒检查，就在开启的瞬间，只见一个黏糊糊的莹绿色的软球从盒中弹出来又黏在他鼻梁上，紧接着，郝佑鸣立马掏出手机给他拍了一张形象大损的"震惊照"。而后，郝佑鸣晃着手机威胁他，不让进去就散播出去。

一时疏忽大意，老鹰被小家雀啄了眼！

"请钟先生回避一下，我有事与徒弟单谈。"郝佑鸣的态度非常有礼貌。

"喂，阿德，你还真走啊？！"乔芊无法理解钟玄德怎会变得如此"不仁不义"。

乔芊双手环胸，一屁股坐到沙发上，"你还找我做什么？"

郝佑鸣环视超豪华的客房，坐到乔芊身旁，头一歪搭上她的肩头，"一个人住怪浪费的，不如一起吧？"

乔芊甩了甩肩膀欲起身，郝佑鸣早有防范，一把将她捞回原位。她推拒不开，想大呼救命，郝佑鸣又腾出一只手捂住她的嘴，乔芊喊不出声、挪不开窝，只得攥紧拳头一顿猛捶。

"打吧打吧，除了脸随便打。"郝佑鸣一手环住她的腰，一手压住她的唇，侧身歪倒，脸颊枕在她的肩头，不由自主地合起疲累的双眼。

这一次不是因为乔芊所散发的气息而感到困顿，而是真的累坏了，从一刻不停地工作到马不停蹄地寻觅，此刻终于可以松口气。

"你给我出……唔……"乔芊话没说完，又被郝佑鸣摁住嘴。

"你先听我说，等我说完你再说。"郝佑鸣现在很想睡觉，但无奈于乔芊持续折腾。

"那你坐起来说！"他把大部分重量压在了她的身上。

郝佑鸣懒洋洋地靠在沙发背上，压了压太阳穴，揉着揉着，再次合上眼皮，貌似又要睡着。

乔芊无奈地说："算了算了，反正你来了就没打算走，先睡吧，我也困着呢。"

"嗯……"郝佑鸣站起身，边脱去外套边向主卧室走去，乔芊快跑两步挡在门前，"主卧室是我的，你睡别间。"

郝佑鸣轻易地把她扒拉到一边，"房费我来付，醒了以后我准备泡个澡。"此类套房的构造大同小异，主卧室与全景浴室相连，浴室内配备按摩浴缸和桑拿房等设施。

乔芊见他堂而皇之地往卧室里走，拉住他手腕向外拖曳，"不要进去啊。有些东西不能让你看到懂不懂？！"

然而，她所施加的阻力太弱小，郝佑鸣已经推开门，看到贵妃椅上摆放着一排内衣裤。不难看出是刚买的，因为拆下来的包装盒还丢在旁边。

乔芊奔过去趴在椅面上匆忙聚拢，"女生的房间怎么可以乱闯，不但没风度还没素质！"

郝佑鸣置若罔闻，推门走入浴室。乔芊先将内衣裤统统扔进时装袋，随后愤愤地拧开浴室门，她进来的目的是阻止他使用自己的浴缸，但怎么也没想到他动作如此之快，赤着上身正在解皮带。

郝佑鸣的双手停在皮带的位置，与她面面相觑，见她仍是一动不动，一本正经地说："乔小姐不准备出去吗？"

乔芊挥去羞涩，三两步上前，戳着他的胸膛质问："你二话不说叫我搬出别墅，我也搬出来了，现在你又追到这里企图霸占我的卧室和洗澡间，你到底想怎样？还有，谁告诉你我住在这里？"

"《致爱丽丝》把我带到这里。"

餐厅中弹奏的钢琴曲？乔芊怔了怔，注视他那张三分慵懒、七分疲惫的脸庞，她不由得垂下手臂，"骗人，各餐厅弹奏的几乎都是这首钢琴曲，你不可能根据几个音符便找到我。"

"你自小学钢琴应该比我更清楚一点，钢琴的音色足以体现一家餐厅的档次。好吧，我承认还有松露，如果廖尘没有提供松露的消息，我这会儿应该正奔走于各大西餐厅。"郝佑鸣倚在墙边，"我没有赶你走，只是在我的工作地点附近给你准备了一套设施齐全的公寓，这样做不仅是为了维护我的形象，也是为了保护你。可当我从录音棚里出来的时候，才得知你与钟玄德已离开别墅。

"现在可以让我洗澡了吗？"

他摊手相送，每一句话都讲得有气无力。

或许没有这些解释，乔芊的心也会软下来，因为他看上去随时会昏倒。乔芊转身走到门口，关门前吐了吐舌头，"打个电话通知我真的很困难吗？请你不要假手他人，谢谢！"

郝佑鸣勾起唇角，自由散漫地行了个军礼。

乔芊关上门，暗自舒口气，不原谅都原谅了，不叫他洗洗睡还能怎样。

来者是"客"，她收拾好贴身衣物，坐在卧室里看电视，等待人家郝大少爷洗完澡决定睡哪间之后，她再决定挪不挪地儿。

可是这一等就是一小时，乔芊困得哈欠连天，敲响浴室门却迟迟得不到回应。

她试着拧开门把手，门没锁，捂着半只眼睛探进脑袋，浴缸里没人，半透明的桑拿箱也没透出人影儿，再看地板……她不由得瞪大眼睛推门而入，跑向躺在地板上的郝佑鸣，扬声喊道："阿德，阿德快过来救人！"

钟玄德疾步走来，习惯性地试了下鼻息，又用手臂贴上他的额头，"体温偏高，请大小姐打电话请医护人员过来。"说着，他抄起郝佑鸣的身体扛在肩头向卧室走去。

很快，酒店医护人员提着急救箱来到房间。量血压、体温，测试结果：血压没有明显偏高趋势，体温39℃，初步诊断为发热，俗称高烧。

乔芊见这么多人在旁折腾他仍是昏迷不醒，焦急地对钟玄德说："送医院吧？"

不等钟玄德回话，一只滚烫的手包裹在乔芊的手腕上，乔芊猛然转身，郝佑鸣缓慢地摇着头，一个字没说又昏睡过去。

女医护宽慰道："乔小姐别着急，吃过退烧药，再用冰袋降温，可以有效地控制病情。我会留在这里照料郝先生，一旦病情加剧再送医院也不迟。"

"好，好吧，他自己似乎也不想去医院。"

"郝先生是公众人物，有所顾虑实属正常，近看更帅呢，呵呵。"

乔芊望向病恹恹的"酥胸半露"的睡美男，也不知道怎么想的，从女医护手里接过水杯和退烧药，"我喂他吃药吧，请你暂时不要离开，先去客厅稍作休息。"

女医护稍显失望地退到客厅，乔芊刚准备把药片交给钟玄德，忽地又想起他喂自己吃药时的可怕行径——两指捏住腮帮子，直接把药弹到舌根处。

"帮我扶住他的肩膀。"

钟玄德得令执行，乔芊则捏起药片往郝佑鸣嘴里塞，却发现他牙齿紧合，"乖，张开嘴。"

处于昏睡中的郝佑鸣自然听不见，于是，钟玄德腾出一手，雷厉风行地捏住他的腮帮子。

乔芊把药片放进郝佑鸣嘴里，拧开一瓶矿泉水帮他往喉咙里送药片，可是矿泉水只在口腔里溜达一圈又溢出唇角。因此，钟玄德托起郝佑鸣的下颌，迫使嘴的方向几乎正对天花板，拿起水瓶就要灌。

"停！你想呛死他啊？"乔芊哪里知道郝佑鸣在进门前曾摆过钟玄德一道，她急忙扶住郝佑鸣的双肩坐到他身后，继而扬手轰赶，"出去，我来。"

钟玄德见"女前胸"紧贴"男后背"，提醒道："大小姐，男女授受不亲。"

"需要你赶走郝佑鸣的时候你回卧室躲清闲，现在又来教训我该如何如何，想怎样？"

"对不起。"钟玄德此刻是哑巴吃黄连，有苦说不出。郝佑鸣绝对是一只狡猾的狐狸。

卧室里终于安静下来，乔芊给郝佑鸣喂好药之后，又取来一条干毛巾帮他擦头。他的身体烫得像火炉，但发烧又不能受凉，所以她先得把他裹得严严实实，再用冰袋压在额头。

"热……"燥热感导致他拉扯棉被。

"冰天雪地，寒风凛冽，你在北极，你在北极，听到企鹅们的叫声了吗？……"乔芊道出不知道管不管用的心理暗示。

"北极……没有……企鹅……"郝佑鸣在半昏迷中顽强纠错。企鹅分布在南极。

乔芊干咳一声，继续为思路清晰的病人制造幻觉，"北极熊的吼声总听见了吧？"

郝佑鸣感到烧心烧肺般的燥热，触碰到乔芊冰凉的手指，撩开被子角，艰难地向床中央挪了挪，邀请她上床"休息"。

"不用表现出一副生命垂危的死样子，有一种东西叫特效退烧药。"乔芊压下被褥，重新把他裹起来。

退烧药果然有奇效，头已然不像刚才那样剧烈疼痛，郝佑鸣把脑袋蒙进被子里，可怜巴巴地说："自从十六岁离开家，感冒发烧都没人照顾，内心深处是多么渴望一个拥抱。"

乔芊斜眼望去，知道她最听不得这些事，才故意装可怜的吧？

"忙碌一天，连口水都没喝又开始找你，咳咳……"

片刻，他感到床边一沉，乔芊身穿完整衣裤钻进被窝。

她侧过头警告道："不许搂我、抱我，只是睡觉。"

郝佑鸣诚恳地点点头，叫她关上晃眼的照明灯。

漆黑的室内，郝佑鸣因身体不适无法安眠，乔芊为了安抚他的情绪，哼起《致爱丽丝》的旋律。这首名曲是贝多芬在四十岁时为他心仪的女学生所创作的钢琴曲，后来爱丽丝嫁给了贝多芬的朋友，故事就这样无疾而终了。

浑浑噩噩间，郝佑鸣接触到低于自身的体温皮肤，不由得拉住她的手。乔芊这一次没有推开他，因为她可以感受到他渴望得到解脱的迫切情绪。

她拉高七分袖的袖口，索性将整只胳膊借给他。

"你就这么喜欢我啊？"她调侃道。

他用脸颊蹭了蹭她的臂膀，立刻让她沾上一片火热。

乔芊侧身支起身体，一手盖住他的额头，吃过药已有半小时，却感觉病情更严重了？

只关注体温，忘了控制距离，郝佑鸣这个忘恩负义的男子居然趁机将她捞进怀里。炙热的薄唇在她微敞的领口处反复摩擦，然后收紧双臂，把滚烫的脸颊埋在她锁骨以下的位置。

乔芊扬起拳头，在打落之际又戛然收回。

他没有做出更过分的举动，变得很安静。

算了，他还能占她多久便宜啊，最多五个月，他们都会为了所肩负的使命回归各自的岗位，在人前做起好好先生和贤妻良母。

这样的命运，至少她无法逆转。

凌晨五点，乔芊在当当作响的敲门声中苏醒。她从棉被里艰难地抽出手臂，摸索半天才打开台灯，擦了下脸颊上的汗水，想挪动身体，却被郝佑鸣紧紧桎梏其中。他的额头附着一层细密的汗珠，紧蹙眉头，显然睡得很不舒服。

乔芊摸了摸他的额头测试体温，没有之前的滚烫感了。她想抓到床头柜上的毛巾帮他擦擦汗，但腰部以下动弹不得。

"先松手，我不走。"她不知道自己为什么要这样说，可能此刻的他看起来真的很需要关怀吧。

郝佑鸣双眸紧闭，眉头蹙得更紧，环在她腰间的手臂又用力地收了收。

敲门声再次传来，乔芊应了声，告知钟玄德客厅等。

她抬起头，嘴巴贴在郝佑鸣的耳边窃窃私语："你出了很多汗，泡在汗里睡觉多难受啊，我去给你拿件干净衣服换。"

郝佑鸣胡乱地摇了两下头，一腿跨在她身上，手指开始不老实地在她腰部与肋骨之间游走。

她身上也是潮乎乎的，半湿不干的衬衫黏在皮肤上就像一块豆包布。不过，原本应该产生难闻的怪味儿才对，却没想到这样的融合居然让她的身体发出一缕淡淡的香气。她耸了耸鼻子，以前还真没察觉这种香气如此浓郁。

这便是母亲让她使用秘制香料泡澡的用意吗？这种算不上香气的香料可以稀释汗水所释放的异味，此刻，就连带郝佑鸣周身的气流都是清爽的。

一根手指抚上她的嘴唇，乔芊还没弄明白怎么回事，郝佑鸣已把嘴唇凑过来，她急忙盖住他的唇，"给你阳光就灿烂，得寸进尺！"

郝佑鸣压根没睁开眼，一只手向下滑到她的臀部，虽然隔着衣裤，但湿透的衣衫让触感变得无比清晰，乔芊终于不再顾及他的病情，把他一脚踹开！

乔芊走进浴室冲了个澡，换好衣服后打开卧室门，一开门就见钟玄德仍旧站在门侧保驾护航。

"我们在度假，该休息就休息，适当放松一下。"

"谢谢大小姐关心，我不累，职责所在。"钟玄德留着半句没说，何况卧室里还有外人在，不能因为对方是病人就忽略他是男人的事实。

乔芊发现医护人员歪在沙发上犯迷瞪，走上前致谢并送客。待医护人员离开，乔芊坐到沙发上，问："急着叫我出来有什么事？"

"郝先生放在外衣兜中的手机持续发出振动提示，据我估计，不少于十通未接来电。"钟玄德指向放在沙发上的外套，他并没取出手机。

乔芊猜想可能是林依娜见郝佑鸣彻夜未归乱了阵脚，于是她抓过外套摸出手机，翻阅来电号码，却发现不是林依娜，而是另一个从美国打来的长途号码。

手机在她掌心振动起来，依旧是同一个号码，来电名称为：Amanda。

乔芊想了想接起电话，本想用英语告诉对方郝佑鸣没带手机，但是还没开口，对方已用流利的中文开始咆哮了。

"别告诉我你正在忙！因为工作时间你根本不会开手机！你这臭小子打算气死我？！"

听对方声音至少超过六十岁，乔芊轻咳一声，"对不起，冒昧打断一下，郝佑鸣发高烧在休息，等他醒来之后给您打过去好不好？"

"啊？佑鸣生病了？严重吗？吃过药了吗？有没有送医院？"

一连串不安的追问透露着亲密的信息，乔芊舒口气，幸好，刚才还以为仇家呢。

"请您放心，吃过药后已经退烧，再过一小时我会帮他测体温。"

"那就好那就好，请尽心尽力照顾我家佑鸣，我不会亏待你的，护士小姐。五分钟后我的秘书会再次拨打这个号码，请把你的姓名和卡号告诉她。"

乔芊撇嘴吹了下发帘，刚要表明身份，对方又以命令的口吻继续说："在佑鸣生病期间，除了工作伙伴Miss林之外，其他年轻女性若借故接近他一概谢绝，千万不要让那些不三不四的坏女人靠近我家佑鸣。"

咬牙切齿的劲头一听就有所指，杂志事件刚刚曝出，乔芊必然联系到自己身上，"我的领悟能力低，请问哪类女人算不三不四呢？"

"这位护士小姐在说笑吗？我家佑鸣目前是单身贵族，所有企图勾引我家佑鸣的女人都是我的眼中钉。"Amanda活了一把年纪，还能听不出弦外之音？

乔芊眼珠一转，忽然哈哈一笑，"哦哦，我懂了！放心吧Amanda女士，我一定不会让那位姓林的小姐再次接近郝先生！"

"等等，你说什么？！"

"嗯嗯，我真的懂了，原来林小姐不是郝先生的女朋友而是工作伙伴啊，不过这位林小姐对郝先生特别关心，我还以为他们是情侣关系呢，误会一场。哦，对了，您千万别说是我讲的！否则我一定会被炒鱿鱼。"

"好，我保证被炒鱿鱼的一定不会是你。"

砰的一声，Amanda女士怒火高炽地挂上听筒。

乔芊歪在沙发上笑得直打滚，哈哈，叫你林依娜欺人太甚，叫你郝佑鸣耍流氓成瘾，一箭双雕什么的最有成就感了！

俄顷，郝佑鸣的手机再次响起来，乔芊清清喉咙接起来，对方是Amanda女士的女秘书，请乔芊提供手机号码以及银行账号。

"举手之劳不必客气，我是酒店的医护人员，目前郝先生的病情有所好转，我还要去照顾其他生病的客人，再见啦。"

挂上电话，得知Amanda正是郝佑鸣的祖母，乔芊抱着沙发靠垫又是一阵欢快的翻滚。她没有听错，在与秘书小姐通话的同时，Amanda奶奶正使用另一部电话质问林依娜，那高亢的声音可以冲破铜墙铁壁。

"大小姐，打算何时起程？"钟玄德不想泼冷水，但也不希望她蹚浑水。

乔芊原定在本地玩几天就回家，怎料郝佑鸣又通过蛛丝马迹找上门，并且郑重申明没有赶她走的意思，虽然原谅了他，但不代表她已彻底消气！既然一场"报复大戏"即将开锣，她没道理不看完表演再走吧？

她欢蹦乱跳地从钟玄德身旁走过进了卧室，惊见床上没人，这才想起来郝佑鸣被她一脚踹到地毯上那一桩大快人心的美事。

绕到床的另一边，看到郝佑鸣抱着棉被卧在上面呼呼大睡，乔芊从浴室取来一件干净的浴袍，帮他擦了擦汗，见郝佑鸣半梦半醒，又跪在他身后，连哄带骗地推他起来。

郝佑鸣就像喝醉了一样，懒洋洋地靠在她肩头，毫无防备地任由她摆布着。

"芊芊……"

乔芊一愣，"你刚才叫我什么？"

"不叫你芊芊，难道叫你'小乔'吗？"

"呸，我倒希望你是周瑜，反正迟早被诸葛亮气死。"

"诸葛亮还没登场，我已经被你踹死了，咳……"郝佑鸣揉了揉钝痛的胸口，之前发生什么他不记得，但乔芊殴打病人这段他作为受害人深有体会。

"麻烦你帮我把手机拿过来。"

乔芊心中一惊，现在如果让祖孙俩通上话，大有可能会穿帮，还有林依娜八成也在狂拨他的手机追问原委，所以绝不能让他现在就摸到手机！

"三更半夜谁会给你打电话啊？你先上床躺着，我一会儿去拿。"她倏地站起身来，先将正拿她当靠垫的郝佑鸣无情地撂回地板，继而走到卧室门口，用郝佑鸣可以听清的音量，对着空无一人的客厅说："两位医护辛苦了，我的朋友已退烧，请回去休息吧。"

——先把妖言惑众的自己撇清才是王道！

"手机顺手带……"他话没说完，乔芊已关上卧室门。

乔芊充耳不闻，一边把被她甩倒在地的病人扶上床，一边自言自语："这家酒店的服务态度可以打满分了，酒店医护唯恐你病情恶化，居然一直留在客厅里等消息。是不是很贴心、很尽心？是不是？"

"嗯？……嗯。"郝佑鸣倚在床头喝了口水，一抬眼皮看到乔芊的神态，不由得咬着杯子边注视起来。

"我脸上有脏东西吗？"乔芊借机走进洗手间，返回时见他正往门口走，一个箭步冲到他面前，表现出关切的神态，急道："发着高烧乱跑什么？别让我着急，快回床上躺好！"

"你忽然之间……这是怎么了？"在郝佑鸣的记忆里，只存在一个叫乔芊、三不五时对他拳打脚踢的女徒弟。

"我？难道你刚才对我说过什么都不记得了？"乔芊瞪大双眼，一副难以置信的表情。

郝佑鸣让开两步倚墙而立，缓慢地眨动眼皮，等待她揭晓谜底。

他如此平静，导致她无法以一问一答的耗时模式继续下去，沉默许久，她突然捂住脸飞奔，趴在床上呜咽假哭。

拖沓的脚步声靠近，乔芊赶紧把头埋进松软的被褥，"你别过来！我讨厌你！刚才还口口声声说有多喜欢我，可是转头就不承认了！"

"呃？"郝佑鸣驻足，"哦，原来是这件事，我还以为是什么大事呢。"

仍旧语速平稳，乔芊越演越无力，偷摸握拳，开始兜圈子，"这不是大事吗？"

"你一早就知道。"郝佑鸣从没掩饰对她的好感，是喜欢啊，没错的，喜欢她的小聪明，喜欢她的气质以及独有的气息，否则根本不可能选她做接班人。

这是乔芊所听过的最没情调的示爱，她抽出纸巾假装抹掉眼泪，深吸一口气才转过身，"喜欢我就应该事事迁就我，举止温柔，笑容儒雅，我提出的要求就是你必须完成的使命。可是你看看你都做了些什么？除了占我便宜就是欺负我，要么就是被你的粉丝攻击，如果不是我有一颗坚强的心，早就气挂了！"

郝佑鸣还是一副无法彻底回魂儿的模样，或许是最近太累了，一串闷咳伴随目眩袭上来，他晕晕乎乎爬上床，贴着乔芊侧身躺倒，身子一歪枕在她的腿上思考……不管是兴趣爱好还是食物，对于他皆有独宠，而乔芊在他的世界里开创了新的唯一。经过激烈的心理斗争，他悠悠地抬起头，诚恳地说："除了祖母，在我生命中不可或缺的两样东西是魔术和饼干，如今多了一个你，我决定把你排在饼干前面。"

"……"她该感到荣幸吗？！

"这回知道我有多重视你了吧？有诚意了吧？"

"如果你真有诚意的话，请立刻死在我面前！"

"……"郝佑鸣感觉还是不要接话为妙，自觉自愿滚回枕边继续昏睡。

乔芊斜视他的背影，睡吧睡吧快睡吧，养足精神才好迎接郝奶奶劈头盖脸的狂轰乱炸！哈哈。

别墅里，天刚蒙蒙亮。

林依娜一遍遍拨打郝佑鸣的手机，却始终无人接听，她只想搞清楚究竟出了什么事！

郝老太一通电话打过来，质问她是不是对郝佑鸣有情，林依娜当时正在睡觉，只是在回答过程中慢了几拍，便被郝老太骂得狗血淋头。老太太发泄完毕，叫她做完这个月不用再上班了。郝老太生性多疑、脾气火暴尽人皆知，虽然以上斥责不足以令林依娜言听计从，但惹得长辈不满自会破坏整体形象。

任何事总得有个苗头才会爆发，而郝佑鸣用不到借刀杀人的方法。

因此，林依娜脑中闪现一个搬弄是非的名字——乔芊！

死丫头终于反击了？

此刻拨打乔芊的手机只会惊动到郝佑鸣，林依娜索性作罢，走入办公室，坐在电脑前打开文档，一边噼里啪啦地敲字，一边诡异冷笑，兵来将挡水来土掩，凭她的资历和头脑，还治不了一个黄毛丫头吗？

酒店里，上午十点，郝佑鸣看到几十通未接电话便预感出了大事，于是赶忙回拨。

"少爷好，老夫人身体稍感不适，已回卧室休息。"美国时间：晚十点。

"严重吗？心脏病又犯了？"

虽然秘书小姐回应无大碍，但郝佑鸣的心情不免紧张起来，毕竟赌场之内弥漫大量烟酒之气，或多或少会影响到老年人的健康问题。

"老夫人时常在睡梦中呼唤少爷的名字，那些不愉快的往事，希望少爷能忘就忘记吧。"秘书小姐跟随郝老太多年，郝家的事多少知道一些。

"替我照顾好奶奶。"

结束通话，郝佑鸣陷进沙发。纵使他一再承诺会回去接手家族事业，可是祖母仍旧寝食难安，怕他心结未开，唯恐他耿耿于怀。其实他没有憎恨过任何人，只知道让一位年过半百的老人伤心操劳实属不孝。

一只小手盖住他的额头，乔芊睡眼惺忪地说："退烧了，你的生命力真顽强。"

不过是一句玩笑话，却概括了他十六岁至二十六岁这十年间的生存方式。

"你知道穷人最怕什么吗？"郝佑鸣笑着问。

"吃不上饭呗。"

"错，是生病。"

乔芊没多想，见他握着手机沉思不语，故作不以为意地问："出什么事了吗？"

"我祖母身体不好，有些担心。"

啊，是不是惹祸了？！乔芊立刻坐直，"你奶奶她老人家……还好吧？赶紧打个电话问候一下啊。"

"暂时问题不大，但愿只是小毛病。"郝佑鸣高烧初愈，感到浑身无力，仰靠在沙发上望向天花板，"赚再多的钱又有什么用，你说是不是……"

乔芊发现他情绪不对，凑到他身旁又摸了摸额头试温度，郝佑鸣则躲开她的手，把自己埋在靠垫里，"让我一个人清静会儿。"

啧啧，用人朝前、不用人朝后的白眼狼。

乔芊回房不久，郝佑鸣的手机在掌心发出振动。

"鸣鸣，你在哪里呀？我到机场啦！"电话那端传来娇滴滴的询问声。

郝佑鸣回忆片刻，终于想起此人是谁，他边走向卧室边告知对方别墅地址，并向对方承诺尽快赶回去。

挂上电话，又接通林依娜的手机。

"在家的话帮我迎接一位贵客。"

"没问题，不过那位贵客预计几点钟抵达别墅？我订了今日的机票。"

"公干？"

"私事，至于原因……我知道你有苦衷，可以理解。"

不待郝佑鸣追问，林依娜喟叹："一会儿再聊，我手边还接着另一通业务电话。请郝先生放心，我会处理好手上的工作再离开。"

一觉醒来有种世界变迁的感觉是怎么回事？

郝佑鸣边脱衬衫边按下浴室把手，"快出来，让我先洗，我要出门。"

"开什么玩笑！你去阿德房间洗！"

昨晚戏耍保镖先生的坏事他可没忘，于是，他从项链上取下万能钥匙，把钥匙塞进锁眼，咔咔咔摆弄几下，顺利打开浴室门。

浴室之大足有五十平米，乔芊正敷着眼膜，听着音乐，坐在靠窗的按摩浴缸里舒舒服服泡澡。花瓣漂浮在水面上，基本只能看到她露在外面的手臂。

当淋浴那边发出哗啦啦的水声，她才撕下半边眼膜望过去，看到透过磨砂玻璃投射过来的人影，她的尖叫声几乎贯穿在整间客房。

"出什么事了，大小姐？呃……对不起！"钟玄德见乔芊香肩外露，急忙蒙住双眼退到门外。

乔芊手忙脚乱地裹上浴巾，首先将钟玄德关在门外，继而大刀阔斧地来到淋浴房门前，唰地一把拉开玻璃门。

"你给我……"乔芊一定是被气疯了，才会做出这等观看男人裸体的傻事！

郝佑鸣一边冲洗头上的泡沫，一边扯过浴巾围在腰间，"看够了请随手关门，谢谢。"

乔芊甩上玻璃门，站在门外气得直跳脚，"你到底想干什么！"

郝佑鸣拉开门探出脑袋，"急着出门，你洗你的，我洗我的，互不干扰。"

乔芊感觉自己距离崩溃不远了，"你给我出去！出去！滚！"她抓住郝佑鸣的手臂往外拽，郝佑鸣则忙里偷闲冲洗残留的沐浴露，但胳膊被她拉着实在洗不到，于是他索性连同胳膊和她一起扯进浴室。

拉扯之间，乔芊顿感浴巾松脱，迫不及待想拉一拉，可是该死的郝佑鸣正攥着她的手腕！

"松、松手……"

话没说完，浴巾掉落到脚边，郝佑鸣大喇喇地看向她的身体，只见乔芊原地定格两秒，眼前一黑，顺着墙壁下滑。

郝佑鸣抛开淋浴器喷头，及时接住昏倒的她，轻轻拍打她的脸颊，"安慰"道："又不是第一次'坦诚相见'，有必要紧张成这样吗？快醒醒。"

啪的一声，一巴掌落在郝佑鸣脸上，抽得他两眼冒金星。

"跟你说了多少次我快要嫁人、嫁人了啊！"乔芊怒气冲冲地捡起浴巾护在身前，坐在地上对他连踢带踹，泪水横流，"我非常讨厌你！我再也不想看见你！"

这一巴掌打得超级狠，竟然在他腮帮上留下三条红肿的抓痕。他望向镜子里的自己，想到即将会面的重要客人，想到那女人歇斯底里的疯狂状态，万般惆怅。

"你完了乔芊，我要和你同归于尽。"说着，他弯身捡起喷头，温热的洗澡水溅到抓痕上，他吃痛地眯起眼，先将喷头挂回固定架，又将洗发水挤在乔芊的头顶，"快洗，你得跟我一起回去解释伤势的由来。"

洗发水的泡沫顺着发丝流向她的脸部与全身，乔芊无暇冲洗双眼，扶着墙站起身，"神经病！你再碰我，我叫钟玄德现在就杀了你！"

"你能冷静点吗？"

"冷静你妹！"

"……"郝佑鸣见她摸索着墙壁寻找出口，一把将她拉到喷头下方，压低她的头帮她洗净脸上的泡沫。泡沫刺痛了她的双眼，眼泪大片大片地溢出眼眶，她扑通一声瘫坐在地，初次不顾形象地号啕大哭起来，"曾经我不相信什么前世因后世果这类的孽缘之说，现在我信了，彻底信了！我一定是脑子进水了、让猪亲了，才会想到找你学艺！我要回家……呜……"

郝佑鸣蹲在她面前，一筹莫展地看着她，想帮她擦掉眼泪，却被她一把打掉。

"你就是我命中的克星！我这辈子都不想再看见你！"强劲的水流浇灌着她的身躯，水柱打得她几乎睁不开眼，而她已然忘记闪躲，精神大崩溃。

郝佑鸣没遇到过这种状况，也不知道该怎样平复她的情绪，只得向前蹲跳一步，关掉出水口，嘴唇凑到她的脸颊旁边，舔掉她的泪。

"走开！"她止住哭声。

情绪果然得到转移，郝佑鸣眯眼一笑，嘴唇下移，停在她的嘴唇前方。

"你要敢亲我，我就咬破你的嘴。"

有一种人特别可怕，似乎对于任何一类威胁都可以做到置若罔闻，没错，说的就是他郝佑鸣！

唇与唇的碰撞，在乔芊原本就脆弱的神经上又划过一道闪电，一不做二不休，她咔哧一口咬破郝佑鸣的嘴唇。

郝佑鸣蹙了下眉却没躲开，舔了下嘴唇的血迹，随后用牙齿轻轻碰了碰她的下嘴唇，挑了挑眉梢，诡异一笑。

"嘶……你还敢反咬回来？！"乔芊一拳打过去，虽然他没有用力合齿，但的确是咬了她一口。

"打也打了咬也咬了，别生气了。喏，送你一枝花。"郝佑鸣俏皮地眨下眼，瞬间变出一块雕刻出花朵形状的护肤香皂。

乔芊侧头看向空空如也的肥皂盒，明明是人家酒店提供的洗浴用品，也要在有限的条件下拿来糊弄人，她夺过肥皂扔向他的脑门！

"我真服了你，你别折磨我了行不行？"

"行，你先陪我回别墅一趟，如果程露锦问起我脸上的伤，你就说……"郝佑鸣想了想，"不慎被热情的粉丝抓了一下，OK？"他又想到嘴唇的咬痕，就说上火起的火泡破了？嗯。

程露锦是谁？听起来是个女人的名字，乔芊嗤之以鼻，"啧啧，原来你还知道被女人扇耳光很丢脸啊？"

郝佑鸣沉默片刻，继而转身看向她，"说来也奇怪，被你打，我居然一点不恼火是怎么回事？"

"因为……你活该！"

郝佑鸣指向她，严肃地说："你就逼我吧，迟早吃了你。"

一道寒光射向乔芊，她环住身体，一溜烟儿跑走。

一刻钟后，一袭正装的郝佑鸣戴着墨镜、捂着脸颊，与假扮成小男生的乔芊穿过酒店大堂，坐上返回别墅的车。乔芊此行没让钟玄德跟随，因为她也担心在随时可能失控的情况下，自己会愤然指出郝佑鸣的种种罪行，届时，保不齐郝佑鸣真会被钟玄德活活打死。

乔芊坐上车，系好安全带，郝佑鸣一脚油门飞出几十米，巨大的惯性令乔芊心生疑惑，"你貌似很紧张，莫非程露锦就是你之前提到的未婚妻？"

"我没有未婚妻。"

"哎？你之前说过半年后要结婚啊。"

"你记错了，我说过准备娶妻，没说过对方一定会嫁给我。"郝佑鸣长叹一声，似笑非笑地调侃道，"如果可以选择的话，我最想娶的女人肯定是你，你也特想嫁给我，我知道。"

乔芊打个冷战，忙摇头，"我一点都不想嫁给你，否则我的后半生只能活在噩梦里。幸好不是你，谢天谢地了！"

红灯路口停车等候，一缕明媚的阳光射入挡风玻璃，照耀在郝佑鸣那副比大多数女人更加妩媚的容颜上，他放出十万伏电力，朝乔芊眨眼一下。

乔芊在全面了解到他这个人之后完全不买账，翻个白眼看向窗外，"你个死花瓶。"

她骂自己越来越顺口了？这……师父的威严快到碗里来。

第十章
郝大师一秒钟变身记

返回别墅，正如郝佑鸣所预料的一般，程露锦看到他脸上的抓痕时几乎呈现出癫狂的状态。她瞪大一双圆圆的眼睛，惊慌失措地捂住脸颊。捂脸的举动无意间展现出靓丽到刺眼的水晶指甲，假指甲长到完全可以当作暗器来使用。

乔芊在旁打量着这个时髦漂亮的女人，正在猜想她是郝佑鸣的谁，程露锦则展开双臂，忍着夺眶而出的泪水，颤声说："我可怜的宝贝，快到妈妈怀里来……"

乔芊以头抢地。

有没有搞错，这女人打过肉毒杆菌还是做过电波拉皮？横看竖看没超过三十岁。

郝佑鸣信步上前，礼貌性地与她拥抱，"几年不见更漂亮了。"

哎哟，原来他也会说女人爱听的话？

程露锦轻轻托起他的脸颊，左看看右看看，"这抓痕……你被女人的指甲弄伤的？"

准确无误的判断。她在嫁给郝佑鸣的父亲之前是一名还没毕业的小护士。

"不完全是……"郝佑鸣话没说完，程露锦以迅雷不及掩耳之势掏出手机，一边翻找婆婆的手机号码，一边说："我原本在旅行途中，婆婆一通电话打过来说你在外养了女人，命令我立刻飞过来监视你的一举一动，我起初还不信，现在看来果然姜还是老的辣！我要马上把看到的状况告诉婆婆大人！"

当她即将按下接通键之际，郝佑鸣一个箭步冲过去拦截下来，"不是你想的那样，乔芊，快把你知道的告诉程女士。"

程露锦嘟着粉唇瞪向女扮男装的乔芊，"你要实话实说哟，在我面前说谎的女人都会减少一个罩杯！"

哇，这诅咒太恶毒了！

"是我打的，你儿子偷窥我洗澡。"真逗，她什么时候说过要帮郝佑鸣了？

语毕，程露锦的尖叫声如潮起潮落般绵延不绝，那动静仿佛可以震碎摆在一旁的古董花瓶。

郝佑鸣捂住耳朵很想逃跑，这就是奶奶宁可选择独自忙碌，也要打发继母周游列国的重要原因！程露锦是他见过的行为举止最夸张、最喜欢大惊小怪的女人。

乔芊注视着边尖叫边在客厅中疾速游走的程露锦，真没想到场面会变得如此失控。

"程女士请淡定，我重新讲一次可以吗？"她提高分贝，试图将程露锦拉回正常人的行列。

程露锦来到乔芊的面前，"你！算了算了！"她从书包里取出支票夹，"不管你们是两情相悦还是鸣鸣单恋你，请你开出一个永远消失的价码给我。"

这画面似曾相识，绝对在哪里见过。

一声浅笑从大门处传来，廖尘笑着说："原来你也有被开支票的一天。"

对上了！就说在哪里见过吧，她也经常这么干。

"你怎么出院了？医生同意了吗？"乔芊三两步走上前，搀扶廖尘坐到沙发上。

乔芊正准备继续说下去，感到有人敲她肩膀，扭身一看，只见程露锦又捏着支票夹尾随而来，她说："打扰一下，先解决我们之间的问题再叙旧可以吗？"程露锦朝廖尘点头致歉，"这位帅哥不好意思哈，我先来的。"

"……"廖尘完全在状况外，做了个请的手势。

乔芊扫视四周寻找郝佑鸣，发现那厮居然歪在单人沙发上翻阅杂志，"郝佑鸣！"

"啊？"郝佑鸣故作疑惑地抬起头，又问管家："午饭准备好了没？"

"准备好了，请各位贵客边吃边聊。"陈管家还是看得出形势的。

乔芊假惺惺地摊手邀请程露锦，随后与廖尘并行走进餐厅。

消停不到五分钟，程露锦隔着廖尘继续与乔芊交涉："你必须走啦！如果让我婆婆确定你的存在，你会死得很惨的小姐！开价好吗？价钱好商量。"

乔芊放下刀叉，从挎包中也取出一本支票，举着签字笔问："多少钱可以让我安静吃饭？"

"口气不小嘛！不要拿着上限五十万的支票吓唬我！"

"吓的就是你！五百万本小姐也出得起！"

"切，那我出五千万！……哦，NO，我才不会中你的圈套，婆婆赚钱好辛苦的！"程露锦吐了吐舌头。

乔芊做个鬼脸，"就你儿子这样的我想包多少有多少，谁稀罕你的钱啊！"

郝佑鸣与廖尘互瞄一眼，杠头遇杠头，不如认真吃饭。

"真热闹，您好郝太太。"林依娜显然错过了一场好戏，她小幅度瞪了乔芊一眼，坐到廖尘对面的空位，"怎么一个人回来了？打个电话，我会派车去医院接你。"

"坐出租回来很方便，何况也不是什么大病。"廖尘一手压在乔芊的膝盖上，暗示她不要与郝佑鸣的继母斗嘴。

程露锦以为郝佑鸣知道林依娜辞职的事，所以随口问："林小姐，请你千万要体谅我婆婆的处境，她年纪大了，接受不了任何突发状况。"

"我可以理解，只当给自己放个长假。"林依娜不以为意地一笑。

语毕，郝佑鸣朝林依娜勾了下手指，二人双双离开餐厅。临走前，他一手压在乔芊的肩头，附耳说："你居然陷害我，晚一点再找你算账。还有，你肯定跑不了，不如以礼待人怎么样？"说着，乔芊顿感手腕一凉，又听哗啦一声响，只见一条长长的铁链跟随郝佑鸣的步伐延伸到门外，拽拽拽，与位于餐厅附近的洗手间的水管锁在一起。

乔芊扯了扯铁链，听到上楼的脚步声，索性拿起刀叉先吃饭。

"昨晚去哪儿了？师父到处找你。"廖尘不是不想帮忙，只是还没搞清究竟发生了什么事。

既然廖尘问起，乔芊借机说给程露锦听："郝佑鸣昨晚在酒店找到我，后来发起高烧，天快亮终于退烧，忙里忙外照顾他还成了罪人，什么世道？"

话音未落，程露锦惊诧的尖叫声再次贯穿餐厅，然后捂住脸自责地说："我可怜的宝贝儿子，是妈妈没有照顾好你，呜呜……"

乔芊捂住耳朵扬声制止："程女士，抱歉容我打断一下，我只是想说，你的丈夫、郝佑鸣的父亲真的很爱你。"

提起丈夫，程露锦双手捧花羞涩一笑，又捏起餐巾沾了沾眼角，"我老公去年刚过世。"

气氛急转直下，乔芊放下刀叉，俯首致歉，"对不起。"

程露锦摇摇头，取出化妆镜补粉，喟叹道："呜呜长得很像他父亲，如果没有婆婆的命令我真的不想来，看到就难过……"她从皮夹中取出丈夫的照片递给乔芊。

"哇，果然很像。"不同之处在于郝佑鸣的父亲蓄了青皮胡，一层浅浅的胡楂附着在腮帮与人中的位置，透出几分颓废忧郁的迷离之色。乔芊不由为之赞叹，是阅历与岁月造就了这样一位成熟稳重的男士，这才叫真正的帅！

程露锦收回照片亲了又亲，"我失去帅老公，婆婆失去帅儿子，终日以泪洗面。"

虽然她反复无常表现得像个疯子，但是不难看出她很爱丈夫。

廖尘插不上话也不想插话，悄然退出餐厅，将空间留给两位动不动就甩钱的女士。

"等等，廖尘，你真打算把我扔在这儿不管了？"乔芊举起手腕，亮出明晃晃的银手铐。

"我又不会开锁，师父正与林助理谈公事我也不便打扰，反正还有时间，我先回房洗个澡再回来保护你。"他粲然一笑。

"好吧，注意伤口，千万别沾到水。"乔芊拖着铁链将他送到回廊，随手关上餐厅门，方道："早知道带阿德一起过来就好了，他可以帮你洗澡。"

廖尘见她神色忧戚，抚了抚她的发帘，本想轻松地讲出提前出院的原因，但话到嘴边再也笑不出来，"我会搭明天一早的飞机回摩纳哥。"

一缕属于离别的气流在彼此间流窜，乔芊默默地点下头，"也好，回到家，多些人照顾你。不过我还没报答你，送你一份礼物好不好？"

廖尘的眼中染上一层柔光，"你就是一份包含惊喜又带给我惊险的礼物，与你相处的这段日子让我过得很充实，谢谢你。"

突如其来的拥抱将她包裹其中，乔芊怔了怔，环起双臂拍了拍他的脊背，挥去伤感，莞尔一笑，"好了好了，又不是生离死别，我随时可以去摩纳哥找你玩，你要给我当导游哦！"

"好……不过那时，我已是别人的丈夫，一想到这点心情就会变得很差。"他拥紧乔芊的身体，第一次，或许也是最后一次，以单身的形式拥抱一直想拥抱的女孩。

"乔芊，能不能再做我一分钟的假女友？"他尽量让语气听上去像开玩笑。

乔芋深吸一口气，下巴抵在他的肩头应了声。

廖尘初次知道自己的胆量有多小，不敢对上她的双眼，只能把表情埋入她的发丝。

"我，喜欢你。"

温柔又腼腆的话语拂过乔芋的耳畔，她微垂眼眸，没有回应也没感到惊讶，当这个男人一次又一次为她挺身而出的时候，她又怎么可能感觉不到其中的情意，不过这层窗户纸是绝对不能捅破的，其实他们都明白。

她嫣然一笑，故作自恋地回："真巧，我也喜欢我！"

沉静数秒，廖尘哧地笑了，垂下双臂，头也不回地迈上阶梯。

廖尘来到郝佑鸣的办公室门前，敲了两下，郝佑鸣打开门。

"在我离开之前想对你说，乔芋不是你的玩具，在某些方面请你尽量尊重她的意见。如果她向我诉苦，我想我不会坐视不理。"

有别于以往的廖尘，深沉得像变了个人，或者说，这才是真正的他。

巧合的是，郝佑鸣刚刚从祖母口中听来一则消息——原来廖尘在长辈的安排下来到这里另有一番目的。他含而不露地一笑，缓缓地伸出手，"师徒情谊止步于此，一路顺风。"

心照不宣，廖尘沉了口气，用力相握。

待再见面之时，他们应该已成为商圈中的佼佼者。在商界，握手礼用来表达两层含义，相关利益的合作以及赤裸裸的宣战。

送走廖尘，郝佑鸣关上房门，坐到办公桌前，将辞职信推回林依娜面前。

"辞职信收回去，除非是你自己想走。"郝佑鸣此刻正在用人之际，培养新人谈何容易，奶奶却总担心他因儿女情长耽误大事。

"我当时正在睡觉，郝女士忽然问我是否对你有情，我确实没反应过来……"林依娜语速平和，神色委屈。

郝佑鸣注视她的双眼，"我也想问同样的问题。"

林依娜只怔住一秒便对答如流："郝先生在说笑吗？我们只存在工作关系。如果非要扯到感情，我承认每当你被繁重的工作压得疲惫不堪时，我也会感到心疼。"

"从工作角度讲，我当然不希望你将精力全部投入在感情生活中，但是从朋友的角度来看，又希望你幸福。"郝佑鸣绕过办公桌走到她面前，从皮夹中抽出一张信用卡拍在她的手心，"这几年辛苦你了，给你放三个月长假，待假期结束之后，如果你还愿意回来工作，直接到大西洋城那边上任。"

廖尘走了，她也走了，只留下乔芊？

"如此说来，郝先生准备利用回国前的这段日子对乔芊进行特训？"

"是的，封闭式训练。"自从接到奶奶的电话之后，郝佑鸣便知道这场商战势必会与廖家彻底决裂。不过话说回来，奶奶这一次真的很沉得住气，居然明知廖尘借由学艺之名潜伏在自己身旁也不曾知会一二，直到闹出所谓的"恋情曝光"事件，奶奶才忍不住聊到部分重点，叮嘱他千万不要在生活作风方面让廖家抓到把柄。而对于乔芊的去留问题，郝佑鸣也有了新的打算，只要加强别墅附近的巡逻人手，杜绝二次曝光，他完全可以在不受干扰的环境中踏踏实实地教导乔芊。只要乔芊学有所成，就算给他的魔术生涯画上完满的句号了吧？

林依娜提交辞呈的目的自然是反其道而行，这不是赌博，而是她知道郝佑鸣很难再找到比她更鞠躬尽瘁的助手，这其中的道理很简单，因为她把他的工作当作他们的事业在经营。

"既然郝先生心中已有打算，我恭敬不如从命。在我度假期间，你随时可以找到我，任何不便亲自出面解决的问题都可以打给我。"她可以不动声色地留在他身边这么多年，正因为事事做到张弛有度。

郝佑鸣温柔一笑，"每天让你这样一位大美女做些应酬跑腿的工作确实委屈你了，祝旅途愉快，没准儿还会结下一段异国情缘。"

"我今年才二十五岁，其实也不急着把自己嫁出去。"林依娜从书柜上取下一个文件夹，"近一个月的日程安排都在这里，做完这些你也可以安心休息了。至于前几日的杂志风波，按老办法处理，避而不谈是制止舆论蔓延的最佳方案。何况记者想采访到你只能给我打电话，我在度假，他们也找不到我。"说完这句话，林依娜忽然愣住了，这才意识到郝佑鸣让她离开的真正原因，不是用来平复郝奶奶的情绪，居然是为了避开风头？

他果然具备成为一名精明商人的潜质，但前提条件是，一将功成万骨枯。员工就是员工，随时可以派出去冲锋陷阵。

郝佑鸣则始终面带微笑，这笑容底下隐藏着瞬息万变的思绪……不能再放纵自己，必须尽快进入祖母给他设定好的身份——即将结婚的男人。

与此同时，餐厅里——

"原来你夫家开赌场？那么郝佑鸣就是赌场的接班人了？"乔芊稍显惊讶。

　　"是啦是啦，虽然父子俩一直闹不和，但鸣鸣是郝家第三代中的独苗，生意自然要交给他打点。所以你不要找他谈恋爱啦，我以过来人的经验跟你讲，郝家男人都是工作狂，一忙起来连老婆姓什么都不记得了，如果心情好想起叫你一声'小宝贝'，那得偷笑好几个月。"程露锦虽然满腹牢骚，但是每每提及丈夫都会眼含泪光。

　　"你今年才三十岁，嫁给比自己大二十几岁的男人后悔吗？"

　　"如果说后悔的话，后悔没能再早几年认识我丈夫。"程露锦抽出纸巾拭了下眼角，正色道："你少在那儿转移话题，我的任务就是把你从鸣鸣身边撵走。"

　　"这任务太没难度了啊，现在是他不肯放我走！"事实胜于雄辩，乔芊举起手铐，又好奇地问："他们父子俩为什么闹不和？"

　　"还不是因为魔术，赌场继承人沉迷于魔术自然引起纷争，父子俩吵过闹过，在我嫁入郝家第二年，也就是鸣鸣十六岁那年，父子间的矛盾越发激化，最严重的一次就是鸣鸣离家出走的前一晚。那晚，我老公不仅对鸣鸣棍棒相击，还将他制作了将近半年的魔术道具丢进壁炉，当时把我和婆婆都吓坏了，但谁都不敢接近鸣鸣，因为他眼中毫无温度，冷得像一头随时会爆发的猎豹。"

　　程露锦长嘘一口气，"鸣鸣也不管满头的血，站在火炉前直至道具化为灰烬，一分钱都没带便离家出走。郝家家大业大，不可能公开寻子，否则让不法之徒得知鸣鸣出走的消息，很有可能对鸣鸣造成更大的危险，所以我老公只能雇用私家侦探寻找儿子。这一找就是五年，直到鸣鸣出现在荧幕上才算真正有了消息，可找是找到了，但他仍旧不肯认祖归宗……说实话，即便我老公当时做法偏激，但有时也挺气这孩子的绝情。我觉得吧，他就是在与他的父亲较劲儿，你不是说魔术没前途吗，我就让你看看什么是享誉世界的大魔术师。"

　　乔芊的心渐渐沉静下来，"他确实狠，尤其对自己。"此刻她想到郝佑鸣曾在无意间说的一句话，穷人最怕生病。生病了便不能打工赚钱、读书听课，还要吃药看病，这些摆在生死之间的问题，是同为豪门出身的乔芊无法想象的艰难。然而他不但活了下来，还活得比一般人要好，凭借双手，创造属于他郝佑鸣的神话。

　　乔芊在想，这或许正是他没有抛弃姓氏的原因，虽然无权选择降生的家庭，但可以做独一无二的自己。

　　咦？他的形象一下子就高大了许多。

　　"对了，你刚才提到郝奶奶的愿望，是什么愿望能透露吗？"

　　"你以为婆婆会把这种机密大事告诉我这种大嘴巴吗？"

　　真有自知之明。

"哦，那你为什么还要把那些私事告诉我？这应该也是你郝家的秘密吧？"

"我没那么笨，自然不会逢人便说啦，当然是希望你知难而退。鸣鸣在他父亲的病榻前，向我婆婆发过誓，他承诺尽心尽力经营赌场，并且，要替过世的爷爷完成未了的心愿。为了完成这个心愿，哪怕遇到挚爱，也会义无反顾地放弃。"程露锦伸出三根手指，"我说的都是实话啦，告诉你这么多真相，只因为我发现鸣鸣居然任你打骂，这太不可思议了！"

"啊？！"乔芊指向自己，"有没有搞错啊郝太太，我骂他他不还嘴，那是因为理亏！如果我细说他都对我做过什么，你一定会让我去报警！极其严重！极其恶劣的性骚扰！"

"哦，那你为什么不跑？我看是半推半就吧！"

"你可真不讲理，等他忙完了，你赶紧去问问他我究竟跑过几次！"

说曹操曹操到，郝佑鸣倚在门边朝两位女士招招手，"你俩聊得很投机嘛，那我先去忙。"

"你给我回来！我倒想不聊，也得走得了啊！"乔芊已经记不清第几次摇晃锁在手腕上的铁链，这别墅里有一个算一个，完全无视她的痛苦！

"鸣鸣呀，乔小姐告状说你经常对她实施性骚扰，确有其事吗？"程露锦此刻反倒语速平稳，不喊不叫，似乎只要不是她的宝贝儿子吃亏，都不是大事儿。

郝佑鸣观察着乔芊那双喷火的小眼神，平静地说："她说什么是什么。"

程露锦轻描淡写地噢了声，"也就是说，刊登在杂志封面的图片不是假新闻喽？"

"是真是假没有争论的必要，总之我要娶的女人肯定不是乔芊。她只是我的徒弟。"他的语气笃定且冰冷，仿佛他们不曾嬉笑打闹，不曾同榻而眠，不曾说过喜欢她，甚至不曾熟悉。

乔芊顿感心口发闷，这种感觉形容不好，觉得自己特天真特可笑，对他整体改观还不到一分钟，他便使用刻薄的言语在彼此间构筑了一道屏障，然后狠狠地将她推到千里之外，随后以胜利者的姿态趾高气昂地说，你不过是我调剂生活的酱油和醋。

程露锦感到气氛不对，但无疑是她想得到的结果，于是借旅途劳顿之由回房休息。

静谧的餐厅里，乔芊默默地站起身来，嘴角勾起一抹轻蔑之意，"虽然你的转变使我解除了困扰，但同时让我体会到人性的多变，你继母无意间提到的一个词足以概括你的全部，那就是，绝情。"

郝佑鸣转开视线，深吸一口气，继而正视乔芊，若无其事地回："明白就好，这就是我，千万别对我动心。"

一副扑克牌丢在餐桌上，"既然彼此认清身份，不如做些有意义的事。"他的态度道貌岸然。

"原来你记得自己做过许多无聊事？"乔芊抓起牌，讥笑道，"我还以为你忘了呢。"

郝佑鸣凝视她的背影，旋身而去。

钟玄德退掉酒店客房返回郝家。他按照乔芊的交代监视别墅四周，以免媒体追踪报道。这不，回到别墅的第一天晚上就抓到躲在树丛里獐头鼠目的狗仔。钟玄德在退伍前可是特种兵，侦察、反侦察、以非常手段逼供都在他的专业范畴。

"大小姐，关于暴力事件我有了新的线索。"钟玄德只是想转移乔芊的注意力，她从早上开始练习牌技，现在是晚十点，她中途只休息过一个小时。

"不是郝佑鸣的粉丝吗？而且，造谣生事的那名女生也承认是谣言散布者。"乔芊没有停下手中的动作，她是这样想的，既然来了，罪也受了，自尊心也受到了一定的伤害，当然要学会点什么才不枉白白受辱。

钟玄德将一个厚信封放在桌边，乔芊拆开一看，里面装有几张照片，拍摄场景是一处咖啡厅，时间为晚间，透过落地玻璃窗可以看到两个正在交谈的女人。

"这是什么？"

"事后我跟踪过那名造谣的女生，事发第二天，她与这位女士在咖啡厅曾简短会面。从照片中可以看到，该名女生收下一个信封放入书包，看信封的形状与女孩的表情应该是现金。之后我跟踪那名女士，她是郝佑鸣所在演艺经纪公司的文员。"钟玄德见她神色迷茫，索性更直接地说，"该名文员是林依娜的秘书。如果不是她们心浮气躁，急于封住女生的嘴，我也很难查到相关人员。"

乔芊怔了怔，"你是说……找人打我和恶语中伤的人都是林依娜？"

"不排除，但林依娜听命于郝佑鸣，同样不排除他是幕后指使的可能性。"

"他？他怎么可能找人打我？何况，他有必要使用这种不入流的手段对待我吗？"

"手段不分贵贱，只要达到目的就可以了。如果我没记错的话，大小姐曾一度非常想离开本地，但郝佑鸣扣押了小姐的护照，于是小姐选择不告而别，途中便遭遇暴徒行凶。而郝佑鸣为了彻底打消小姐再次离开的念头，于是雇用几名不良学生进行恐吓与殴打，未承想廖尘及时出现，而后唯恐事件败露，所以欲盖弥彰利用粉丝护航。以上只是假设，至于细节部分还要靠大小姐自己斟酌。"钟玄德说这番话只是分析事件的来龙去脉，在真凶没有落网之前，任何人都会成为怀疑对象。

乔芊回忆起整件事，当她提出报警的时候遭到林依娜极力阻止，当郝佑鸣得知这件事时也确实没做出太激烈的回应，再后来就是粉丝们的人身攻击事件，好巧不巧，她与郝佑鸣正在一起，他很快从粉丝口中问出缘由，并且以最快速度处理完毕。

"这件事我之所以没有特别追究，正因为牵扯到COS粉丝团的问题，当初是我提议参加COS比赛，当日郝佑鸣与廖尘作为主秀赢得粉丝青睐，各自拥有为数不少的崇拜者。"乔芊虽然是受害者之一，但一直天真地以为案件的发生与自己脱不了干系。

"所以，策划者不管是林依娜还是郝佑鸣，用粉丝团大做文章皆是了结此事的最佳方案。"钟玄德俯首，"能做的我都做了，剩下的事由大小姐自行定夺，我负责执行。"

待钟玄德离开，乔芊蜷坐在沙发的角落里。

如果郝佑鸣的态度不曾转变，她绝对不会怀疑到他身上，可是恰恰出现了一幕不算愉快的插曲，让她感到这个男人是冷酷的、阴晴不定的。他在离开家的这十年间，提前经历同龄人不曾接触的社会阴暗面，或许也受到这样或那样的欺骗。爷爷常说，城府来源于挫折与实践。所以，郝佑鸣的心理年龄应该比实际年龄大出许多。

话虽如此，乔芊还是不愿相信这些猜测是事实。

"进来之前不可以先敲敲门吗？"她提防着步步靠近的郝佑鸣。

"给你表演一个好玩的魔术。"郝佑鸣将一盒鸡蛋放在茶几上，叫她随便挑出两个。

乔芊神色黯然，随便取出两个递给他。

"要不要检查一下这两颗蛋？"

"不需要，开始变吧。"蛋黄在白色的鸡蛋壳里蠕动，透过灯光可以看得很清楚。

郝佑鸣笑着舔了下嘴唇，拿起两颗蛋做了个相撞的假动作，随后将两颗蛋包裹在掌心之中，故弄玄虚地说："看好，千万不要眨眼睛，我要把它们变成'连体蛋'。"

乔芊此刻哪有心情看什么魔术表演，但随着他聚精会神的搓捻动作，又下意识将视线集中在他的两掌之间。他捂着两颗易碎的鸡蛋，使用两根大拇指揉捏，仿佛正小心翼翼地矫正着鸡蛋的位置，连呼吸都变得谨慎，顷刻将氛围拉入紧张的状态。

乔芊不自觉地坐直身体，一时三刻之后，当郝佑鸣摊开掌心，惊奇的一幕出现了——原本不相干的两颗鸡蛋底部完全融合，严丝合缝的，形成一个心形的形状。

"检查一下？"

乔芊接过连体心形蛋，近距离观看仍旧找不到黏合痕迹，而且可以感到蛋黄还在蛋中涌动。乔芊问他是否可以敲碎鸡蛋壳，郝佑鸣毫不犹豫地点头应允，还叫她大力敲没关系。乔芊取来一把勺子敲碎鸡蛋壳，居然真有两个蛋黄掉进水杯。

"怎么做到的？"当不可能成为可能的时候，越发想知道真相。

"再仔细看看就会得到答案，你只是暂时被双黄蛋带走判断力。"

"莫非其中一颗是双黄蛋？不对，蛋是我挑的，两颗蛋都有蛋黄。你在我没发现的情况下调包了？"她跪起身搜找他的口袋，的确从他兜里翻出一颗完整的蛋，也就是说，他确实换掉一颗，但她很快发现数量不对，于是她又把放在鸡蛋盒里的其余六颗蛋敲碎，全部是单黄蛋。先不说这只有1/8的几率，就假设她刚巧拿起来的是双黄蛋，他又将另一个换成空蛋壳，可是又怎么解释两颗蛋壳的顶端完全融合的问题？

继续在他身上追查答案，郝佑鸣则抬高手臂任由她翻找。假如现在有人俯瞰她的整体，她就像一只不安分的小猫，伸出小爪子东抓西挠。其实她的思路没错，何况没有哪个魔术师会去赌那八分之一的概率。

真相——蛋就是普通的蛋，而另一颗则是半颗蛋，十分完美的仿真蛋，蛋里藏有人造蛋黄，拇指推移的就是半颗蛋的边缘，边缘内侧涂满具有腐蚀性的黏合剂，在与真鸡蛋融合的过程中已经破坏了普通蛋的表壳，因此不会呈现蛋壳套蛋壳的"难看"画面。

然而，不等他弯起嘴角微笑，她的动作戛然而止，随后穿上鞋，拿起扑克牌坐到床边，"很晚了，我要休息。"

郝佑鸣抿了下唇，没有像从前那样死皮赖脸地留宿，走进洗手间洗了下手，站在门边说："如果你喜欢这个魔术，可以用来替代口中吐物的表演。"

"你指的是新人魔术大赛？随便，听你安排。"见他要离开，她追加一句，"我再重申一次，第一，不能使用我的真名报名；第二，在比赛过程中，我需要戴上装饰面具。我的容貌和姓名绝对不可以出现在报刊和荧幕前。"

"知道，报的是郝芊芊，你的参赛证不久后会寄过来。"

"你说什么？！在起假名之前征求一下我的意见很困难吗？"乔芊眉头紧锁。

"报名的相关手续由林依娜全权负责，我以为你们沟通过。"

乔芊拍案而起，"你以为你以为！是不是她说明天地球会毁灭，你也深信不疑啊？"

"你在气什么？因为姓郝？我猜想她只是希望你赢得更多的关注才用了我的姓。"

乔芊忽然感觉这样的争论很没意思，跳下床从他身边挤过，直接冲到厨房，打开冰箱取出一大桶冰激凌降降温。

这不明摆着吗？即便拿到了行凶事件由林依娜一人策划的证据也不会对她构成任何威胁，因为她是郝佑鸣的左膀右臂，尤其在商圈，成大事者不拘小节，损人利己是一些人常用的伎俩，何况这件事除了自己受到伤害之外与郝佑鸣没有半毛钱关系，所以，他没理由为了她跟林依娜闹矛盾。

郝佑鸣见她往嘴里大口大口塞着冰激凌，抿了口咖啡，翻了翻晚报，看她还在拼命吃，说："小心闹肚子。"

乔芊眼角一横，"不用你操心。"

郝佑鸣欲言又止，合上报纸走出餐厅。

走上回廊，与前来觅食的程露锦相遇。程露锦扬手打了声招呼便拐进厨房，可进去还不到十秒钟又急匆匆地追上郝佑鸣，"乔小姐她……眼中含泪。"

听罢，郝佑鸣疾步返回，又停在厨房门前，转过身面朝程露锦扯了下嘴角，"冰激凌吃太猛或许冻到牙床，叫她早点睡，晚安。"

语毕，他绕过程露锦身旁，径直走向地下工作室。

轰鸣的电钻声贯穿在偌大的工作室之中，汗水顺着他的脸颊噼噼啪啪地掉向地面，脑海中浮现出高烧不退时乔芊几乎彻夜不眠照顾他，可他都做了些什么，理所当然地接着一切，到最后连一句表示感谢的话都没有。

遇到他这种翻脸不认人的男人，她一定感到既委屈又难过。

乔芊，对不起。

第十一章
爱情的模样

经过一个月的封闭式练习，乔芊已经可以熟练地做些简单的牌技花式。不过也为此付出血的代价，指肚磨破皮，指关节被锋利的扑克牌无数次划伤又结疤，她的十根手指上贴满胶布和创可贴，就连拿筷子都费劲。

"你不要这么拼命嘛，我都快看不下去啦。"程露锦寸步不敢离开郝宅，除非郝佑鸣收拾行囊返回大西洋城，这是婆婆的命令。

乔芊笑而不语，千年的姑娘熬成婆，她不努力，没人能替她努力。

程露锦慢条斯理地涂抹着指甲油，说："穷人的孩子早当家，我真佩服你。"

"你才穷人家的。"

"啧啧，一提钱你就变脸，我不是说你家境贫寒，而是相对郝家而言算不上有钱人。我也是穷人啊，记得刚嫁入郝家那阵子，婆婆就叫我'没钱的小护士'。"程露锦出自医学世家，家庭条件相当不错，可是人人羡慕的白富美在郝家人面前无疑成了贫下中农。

"你婆婆好势利。"

"起初我也受不了，但相处久了发现婆婆讲话就那样，其实没恶意。"程露锦凑到乔芊身旁，谨慎地问："喂，你和你师父……我家鸣鸣吵架了？"

"为什么这样问，再者说，你不是希望我们吵架吗？"

"我只是不希望你们变成情侣，从没说过不能做朋友，你俩这么一闹矛盾，弄得家里气氛怪怪的，好像都是我的错一样。"程露锦自然不愿见到郝佑鸣少言寡语的样子，而且明明坐一桌吃饭，谁都不理谁很尴尬啊。

"我们没有不说话，他教我什么我就学什么，他教完就去忙他自己的事，林助理这一走，许多事都要他亲力亲为，你没发现他最近很少待在别墅里吗？"

"发现了啊！所以我在反省，猜想鸣鸣是不是烦我又不好意思直说。"程露锦侧头看向站在门外的钟玄德，"钟先生，你怎么看我？"

钟玄德就跟没听见似的，站在墙边一动不动。

"看吧看吧，除了我老公，没人喜欢我。"程露锦沮丧地嘟起嘴。

乔芊见她一脸难过，安慰道："别怪阿德，他出于职业习惯很少与人交谈，我就挺喜欢你，喜欢你的个性，直来直去挺好的。"身处复杂，贵在简单。

"我老公也常这么说，可是婆婆不喜欢，骂我做人不够圆滑，特别嫌弃我！"程露锦哀怨地看向远方，"婆婆还说，我如果遇到好男人可以改嫁，不必替她儿子守寡。"

"如果不是在说气话，我觉得老人家倒是挺开明的，何况你刚满三十岁，大好年华何必浪费。"

"你还小，不懂我们大人的事，当你真爱上一个男人的时候，即便寂寞也甘愿为他守。"她快速眨眨眼，"何况，你叫我到哪儿去找到比我老公更有型、更霸气的男人？"

"只要你开心，别人也不会说什么，总体而言你是幸福的，可以和喜欢的人一起生活十年。"乔芊盘腿坐在沙发上整理扑克牌，不小心碰到手指上的伤口，十指连心，疼得眯起眼。

"哎呀，你就休息会儿嘛，又没人拿刀架在你的脖子上威胁你。"程露锦从她手中夺走扑克牌，忽然又不好意思地笑了笑，说："有件事我决定向你坦白，不过这样说也是为了保护你的生命安全，你千万别生气哦。"

"你在你婆婆面前说我很丑什么的？"

"你好聪明呀！是的是的，婆婆问你的容貌、年龄，如果我照实说，肯定会惹得婆婆雷霆大怒，所以我就说你是满脸麻子、身材臃肿的丑八怪，至于杂志上刊登的照片，我告诉婆婆那是修片效果，与本人判若两人。婆婆听到这些，连你的名字都没问就愉快地挂上了电话。"程露锦双手作揖，"对不起。"

乔芊不以为意地摇下头，"你就不怕林助理出卖你？"

"她都自身难保了，哪里还管得了这些，而且我婆婆目前根本不接她的电话，她想拆穿我都找不到机会啦。只要鸣鸣正式接手家族事业，我的任务就算完成了！"程露锦取来药箱帮她处理手指上的划伤，见这一双漂亮的手被纸牌毁得惨不忍睹，不由心疼地吹了吹，"正值最爱臭美的年纪，你对自己可够狠得下心呀。"

乔芊无谓地一笑，"等我嫁了人，我可以用整个余生去享受购物、美容、健身、旅游所带来的乐趣，最多再生一两个孩子，所以我要留下点什么作为回忆。"

程露锦瞠目结舌地看向她，"你的口气和鸣鸣也太像了吧，他在他父亲的病床前说过类似的话。"

"他怎么想的我不知道，反正我不奢望爱情会到来，所以只能找些别的乐子填补空虚。"乔芊感到心情越发沉闷，曾经她不会在爱不爱的问题上纠结，可如今似乎也会幻想爱情的模样。

气氛凝重，乔芊话锋一转："你要真对我感到抱歉，就帮我把《千手》从郝佑鸣那里借过来，怎么样？"

"《千手》是什么？"

"据说是一本记录下郝佑鸣整个魔术生涯的工作笔记，其中包括他发明和破解的全部魔术。"乔芊挑挑眉，"如果你肯帮我的话，即便你婆婆哪天追问到我头上，我也承认自己是丑八怪。"

程露锦转了转眼珠，"哦，看来是对鸣鸣很重要的东西，我不能马上答应你。"

"没关系，你先考虑考虑。其实我完全可以派阿德去办这件事，并且可以做到滴水不漏，不过我不喜欢偷偷摸摸的；直接开口要吧，又与他没那么近的关系。所以请你帮忙，要得出来就看看呗。"

"好，有机会试试看。"既然乔芊说得清楚明白，那程露锦就原封不动地转达给郝佑鸣好了，借不借只看郝佑鸣本人的意思。

晚饭过后，郝佑鸣拖着疲惫的身躯返回别墅。路经乔芊的卧室，听到屋内传来嘻嘻哈哈的笑声，不由得探头望去。

原来是程露锦在看综艺节目，乔芊则坐在一旁昏昏欲睡。

一只贴满胶布的手垂向地面，证明着她这些日子以来的坚持与劳累。

悄然推开房门，程露锦刚要大声地与他打招呼，他马上做出嘘声的动作，又指向乔芊。程露锦吐了吐舌头，关上电视，蹑手蹑脚地退出房间。

"鸣鸣，你是不是有一本叫《千手》的工作笔记？"程露锦唯恐忘记，所以赶紧问。

"怎么了？"

"能不能借给乔芊看一看呢？"

郝佑鸣怔了怔，乔芊不止一次想看《千手》，可问题是……"她看不懂我写的内容。"每个人都有自己的记事风格，即便他摊开了给所有人看，也未必有人真正理解那些魔术道具的使用方法。

"这不正好，你就给她看看嘛，否则她总惦记着。"程露锦自从嫁入豪门之后基本交不到知心朋友，乔芊坦率的个性很对她的胃口。

郝佑鸣摇摇头，断然拒绝。

"如果想找人聊天的话，可以去找乔芊的保镖消磨时光。他有个特点，即便你从地核聊到外天空，他永远是一副面瘫的样子。不妨挑战一下？"

不待程露锦再做努力，郝佑鸣已道了晚安，随后走入自己的卧房。

——关于魔术的部分确实不必担心会泄露，但是《千手》中还记录了一些私事，虽然东一笔西一句，不过所表达的情绪直接明了。

程露锦讨了没趣，唯有作罢。走到楼梯拐角处与上楼的钟玄德相遇，程露锦顿时满眼冒坏光，"乔芊已经睡了，长夜漫漫，不如你陪我喝一杯？"

"抱歉，哎？……"钟玄德话没说完已被她拉拽前行，甩开一个女人很容易，但是身为客人有失礼貌，不如顺水推舟吧，刚巧也想喝几杯舒缓情绪。

另一边，郝佑鸣换上工作服走出卧室，既然无心睡眠，只能继续消耗体力。

再次路过乔芊的卧室，发现她仍旧卧在沙发角上睡觉。郝佑鸣站在门外停滞数秒，摘掉工作手套迈进门槛。他弯下身，小心翼翼地托起她的身体放到床上，帮她脱掉鞋，盖上被子，见她难受地侧开头，又取下她头上箍住长发的发圈。

无意间把几根缠绕在发圈上的发丝一同扯下，疼痛感令她惊醒。

乔芊打个激灵坐起身，双手急忙护在胸前。

郝佑鸣的视线落在她的十根手指上，原本纤细白嫩的手指已被扑克牌糟蹋得满目疮痍。

这一幕仿佛让他看到曾经的自己，只有同样流过血、遭过罪的人才能感同身受。

"参赛服做好了，起来试穿一下，哪里不合适可以马上改。"他的目光又不自觉地移向她粉润的唇瓣。

"你做的？"乔芊冷笑。

郝佑鸣犹豫片刻，"嗯。"

乔芊半信半疑，跟随他来到衣帽间，郝佑鸣从柜中捧出一个大纸盒，继而走到门外等候。

她打开盒盖，提起裙子的肩带，眼睛不由得亮了一下。本以为会是那种色彩夸张的演出服，却没想到是一件可爱的浅紫色小礼服。礼服采用斜肩剪裁，肩头用同色布料扎出一朵紫丁香，裙摆呈时下流行的流苏线条，整体看去既典雅又别致。

乔芊拿着裙子走到穿衣镜前比画。一个连裙子都会做的男人，并且是从款式到材质都不输于奢侈品牌的小礼服，这世上还有什么是他不会的？

更衣室外，郝佑鸣倚在墙边静心等候。这件礼服的设计灵感来源于那个被无数人指责的清晨——那日，她坐在阳台的护栏上闷闷不乐，他贴在她身前逗她开心，清风拂过她飘逸的长发，曙光掠过她俏丽的容颜，恰似一朵绽放在骄阳之中的丁香花，周身弥漫着高贵的香气。

郝佑鸣不自觉地勾起嘴角，她穿上一定很漂亮，非常漂亮。

富有垂感的流苏伴随她的步伐轻盈舞动，合身的剪裁呈现婀娜的曲线，淡淡的紫色将她的肤色衬得更白更透。她在郝佑鸣眼前站定，原地旋转一周，虽然这件小礼服她很满意，但内心的情绪不会流于表面，故作意兴阑珊地说："还可以。"

郝佑鸣认真地打量着她，入神地看了好一阵子，不由自主地上前一步，蹲下身来，本打算拉高裙摆的长度试试效果，却见乔芊如惊弓之鸟般退后三大步。

他的手定在半空，侧头望向仍在退步的乔芊，她的表情好似他是病菌或者野兽。

目前的状况显然由他一手造成，他站起身，想着调侃两句，但话到嘴边又咽了回去。

"保持这种心态，把我当作仇人来看待，战胜我，超越我。"他严肃地说。

"不是仇人也不是敌人，是路人。"乔芊气人的功力并不弱。当初是她傻，竟然没有把暴力事件与郝佑鸣和林依娜联系上。

郝佑鸣沉了口气，无谓地点下头，正不知道该不该继续聊下去时，乔芊的手机响起，她看到来电号码先是一笑，继而接起手机，同时返回更衣室换衣服。

欢声笑语隔着布帘传入他的耳际，不难推断出这通电话是廖尘打来的。

"嗯，手上很多伤口，洗澡时更疼。你头上的伤彻底好了吗？最好再去医院做个全面检查。"她夹着手机撩帘而出，绕过郝佑鸣身旁，边聊边向卧室走去。

然而，正当她要关上房门时，一股阻力从门外传来，她探头望去，捂住听筒，不客气地质问："没看见我在打电话？……喂，你！"

话音未落，郝佑鸣已按下挂断键。乔芊无暇骂他，刚欲回拨，郝佑鸣已经快速取过她的手机，关机，指尖一晃，手机不翼而飞。

"你这人真没礼貌，马上还给我！"乔芊愤怒地上前在他身上翻找手机，口袋没有，又踮起脚尖摸索他的衣领。

郝佑鸣双手环胸直视前方，不悦地说："你对我上下其手就礼貌了？"

"不可理喻！"乔芊一把推向他的肩膀，话说她早就想这么做了。

"你有什么权利挂断我的电话？何况你身为廖尘的师父，不该关心一下他的伤势吗？还是你心里有鬼？"

她并不知道他们之间发生的冲突，只知道自从廖尘离开之后，郝佑鸣不曾关怀半分。

"鬼？他受伤又不是我造成的。"

"没错，从表面上看是我造成的，所以麻烦你把手机还给我。"

郝佑鸣岂能听不出弦外之音，索性坐到沙发上等待下文。

"卧室是我的私人空间，请你留下手机然后离开。"乔芊跟这种人没什么好说的。

"你踩在脚下的每一寸土地都属于我。"

乔芊转身欲走，他又说："围绕别墅方圆百里之内也属于我。要看地契吗？"

砰的一声，乔芊怒气冲天地撞上房门，"有些事我不想再提！你最好别逼我。"

"哦？可我想听。"郝佑鸣优雅一笑。

乔芊含怒走上阳台，对着漆黑的夜空调整呼吸，"总之一句话，我不想再与你有任何瓜葛，因为你本身就是是非体，保持距离对你我都好。"

他看向她的背影，"远离我真就令你这么开心？"

"是的。"

"不后悔？"

乔芊倏地转过身，坚定地摇着头。

这时，卧室里的座机响起来，两人都猜到来电者是谁，同时向电话走去。郝佑鸣速度比她快，乔芊还没来得及争抢，已被他横出的一只手臂摁倒在床。

"快接电话啊。"乔芊蹬着双腿想坐起身。

郝佑鸣一只手牵制着她的行动，另一只手肘支在桌面上无动于衷。

铃声一次次结束又一次次响起，表露着来电者的心情。

"哪怕你接起来说一句我睡了也可以啊，这样无端端不接电话，廖尘肯定会瞎想！"乔芊越发讨厌他的个性，对待廖尘且如此，更何况是萍水相逢的她。

"我倒看他能打多久？"

"你很幼稚知道吗？！"

"谢谢提醒，"郝佑鸣侧头注视她那副焦急的神态，摆出一张更可憎的笑脸，"我向来以耍人为乐，你难道忘了？"

"你没救了郝佑鸣。"乔芊放弃挣扎，一手挡在眼前，无力又无语。

铃声终于停止，郝佑鸣收回压在她肩膀上的手臂，同时将她的手机放在枕边。阻止别人通话的行为是挺幼稚的，可他还是这样做了。

"比赛结束之后，我送你回澳门。"不知是巧合还是缘分，祖母今早打来电话，叫他去澳门见一个非常重要的人。

"你还惦记着我家的香料呢？放心，虽然我非常非常讨厌你，但是我向来言而有信，既然答应你就不食言。"

郝佑鸣怔了怔，不提还真忘了。

可是一旦提到了，便会想念那股令他安眠的味道，可现在，他不能肆无忌惮、死皮赖脸地拥她入怀。他长吁口气，从急救箱中取出药用胶布和创可贴，说："把手伸出来。"

"不必，阿德会帮我换。"

"别不知好歹，这是命令。"他瞬间绷起脸。

乔芊翻个白眼，嘀咕一句神经病，正犹豫着要不要伸出手，已被他一把将手拽走。

趁他鼓捣自己的右手，乔芊使用左手艰难地发短信，告知廖尘一切安好。

廖尘很快回复：为什么一直联系不上你？我正准备麻烦陈管家跑一趟。

乔芊瞥了郝佑鸣一眼，回复：手机不小心摔地上了，刚弄好。

[廖尘]：没事就好，不如你把钟先生的手机号码告诉我，省得我着急。

[乔芊]：只是小意外，别紧张哈。

[廖尘]：嗯，师父最近……没有为难你吧？

乔芊下意识再瞪郝佑鸣一眼，却发现他微垂视线，正专注地修剪着胶布大小。

[乔芊]：他是死性不改，我早就习惯了，尽量少跟他说话就不会生气。我困了，明天聊。

[廖尘]：好，早点休息。还有，别太拼命，尽力就好。

结束通话，乔芊举高左手，视线停留在无名指上，幻想着是怎样一个男人会为她戴上囚禁一生的婚戒。

"近期停止牌技练习，改为灵敏度训练。"其实依她目前的水准已然可以应付新人魔术大赛，但郝佑鸣希望在有限的时间内，多传授些技巧方面的知识，因而忽略了她的承受力，瞧这一双手，旧伤未愈又添新伤，女人的手果然太娇嫩。

"也好，但是为什么不改成记忆法教学？"

"你指记牌？"郝佑鸣拿起修剪成窄条的创可贴贴在她的指关节上，"那个你学不会。"

"我跋山涉水来到这里就是为了学记牌。虽然你没承诺一定教我，但也说过倾囊相授什么的，你给我一个合理的理由。"

郝佑鸣抬了下眼皮，见她小眉头紧锁，笑着说："我自小在赌场长大，耳濡目染，连我自己都不知道怎么学会的，如何教你？"

"赌场长大的孩子多了，你忽悠谁啊。"乔芊坚决不相信这个不靠谱的理由。

"你不信我也没办法。"郝佑鸣的确没有说谎，赌场不可能让未成年人进入，但荷官（洗牌师）的练习室随他进出。那时他还是六七岁大的孩子，却对扑克牌产生别样情结，尤其是洗牌的声音，在他听来就像一首动听欢快的儿歌。所以有事没事便跑到练习室玩耍，坐在一旁看荷官们洗牌，一看就是几个钟头。就这样，直到他九岁生日会那天，亲朋好友带着各种礼物来给他庆生，父亲见礼品堆积如山，唯恐惯坏了小孩子，于是别出心裁出怪招——让小寿星郝佑鸣与宾客们单牌比大小换礼物。规则很简单：A最大，2最小，黑、红、梅、方依次排序。如果输了的话，礼物暂时由父亲保管。

因此，郝佑鸣的小宇宙就在那天彻底大爆发，也震撼了全场宾朋——不论将整副牌洗到多乱，他都可以轻而易举地抽到黑桃A。

"你当你是'Ace小王子'啊？"乔芊的嘲笑声打断了他的回忆。

Ace一词原出于法语，意指"杰出的人"或"王牌"，也就是扑克牌中的"A"。

郝佑鸣怔了怔，"哟嗬，你还知道他？"

"我在澳门长大，怎么可能不知道Ace小王子？虽然无缘相见，但是我很崇拜他啊。听说他十五岁便敢坐上赌资百万底的牌桌，而且屡战屡胜，所以再嚣张的赌客一听他的名号都要夹起尾巴避风头。哎呀，太帅了有没有？"乔芊对这位传说中的大神羡慕嫉妒恨。

"Ace小王子"的雅号从郝佑鸣九岁那一年开始，带着浓郁的传奇色彩流向全球赌城。源头必然出自生日会，但没人会在聊起此事时提到他的姓名，因为一旦指名道姓，年仅九岁的郝佑鸣必会成为媒体争相追逐的焦点，届时第一个大发雷霆的人肯定是郝佑鸣的父亲。

"太夸张了吧，或许他只是帮赌场解决掉一小部分背景复杂的客人。"郝佑鸣玩笑间带出真相。赌场内鱼龙混杂，有贵胄名流也有黑帮，前者不难缠，麻烦的是后者。既然打开门做生意，自然不能轰赶客人，那不如赢光他们的钱。

而他离开家独自生活的那些年，凭借这一项"特异功能"，不仅养活了自己，还赚到房租以及购置魔术道具的材料钱。如果说受苦，离家初期确实饿过肚子，两手空空没有本钱怎么赌？

乔芊不予苟同，准备继续辩驳，但忽然察觉彼此越坐越近，她干咳一声沉下脸，"跟你扯这些真没意思，说白了，你就是不舍得把速记法教给我，算了不学了，伤口包好没？我要睡觉。"

"还没好，要不……你先躺下睡，我慢慢弄？"他一不小心把真实想法溜出嘴边。

乔芊眯起眼，他每每在动歪脑筋的时候都会把自己伪装成无害的小羊羔。一次、两次、三次，当她白痴啊！

"狼子野心，滚——"

"……"

时光如白驹过隙，明天就是新人魔术大赛比赛的日子。乔芊作为郝佑鸣的关门弟子，无须参加海选，直接进入半决赛。说实话，越是受到评委们的重视，越感到泰山压顶。

晚九点便吵着要早睡养足精神的乔芊却辗转难眠，一骨碌爬起身钻进洗手间，期盼通过泡澡舒缓情绪。刚准备脱衣服，房门被敲响了。

开门一看，来者竟然是离开两月之久的林依娜。

"看你那表情一定不想见到我。"林依娜斜唇一笑，"彼此彼此，可我又不能让郝先生失望。"

"那你不去找他，来我这里做什么？"乔芊探向门外，林依娜又说："你在找谁？进门时看到郝先生、程女士和钟玄德在花园烧烤。"

一串笑声依稀传来，乔芊磨磨后槽牙，都什么人啊，美名其曰替她打气加油小小庆祝一番，可是她还没决定参不参加，几个人已经吃上了。

"如果没其他事的话，我要休息了。"乔芊暂时不想提起那件不愉快的暴力事件，希望林依娜不要一再挑衅。

刚欲关门，林依娜用脚尖抵住，"我原本在巴黎度假，为了你明天的比赛提前取消假期赶回来，你的态度很成问题。"

乔芊暗自臭骂郝佑鸣，他的反射弧度也太长了吧，还是故意与她作对？他到底明不明白，她宁可自己提着演出服、道具箱步行至赛场，也不需要林依娜假好心！

林依娜见她沉默不语，又说："心情不好是因为我呢，还是遭到冷落？"她一进门就听程露锦聊起八卦，师徒俩时而冷战时而吵架，反正这段日子别墅里就没消停过。林依娜相信所言属实，否则郝佑鸣不会把自己叫回来全程陪同乔芊参赛。

乔芊确实有一个多星期与郝佑鸣只字未谈，说起这件事的前因后果她自己也稀里糊涂。她当时正使用笔记本与母亲视频聊天，母亲无意间看到她手上的浅显伤痕，焦急地再三追问。乔芊不是一直谎称人在西藏吗？所以视频时特意穿上棉衣，至于那些分布在手的小伤口，则告诉母亲是在爬山时不慎挫伤。虽然乔芊嬉皮笑脸尽量安抚，但母亲仍旧一百个放心不下，于是非叫她脱了衣服看看身上是否还有其他伤痕。

她拗不过母亲，只得"剥丝抽茧"，脱掉棉衣、卫衣、衬衫，就在这时，没想到郝佑鸣这个死不正经的假蜘蛛人，居然吊着绳索、穿着夜行衣赫然出现在窗外！她惊叫一声，急忙合上电脑，继而怒气冲冲地拉开玻璃窗，边大骂他是浑蛋，边系衬衫扣。

而郝佑鸣打量着衣冠不整的她，又看向半虚半掩的笔记本，竟然在扯动绳索滑向地面前丢下一句：轻浮。

轻浮？被一个大色狼骂轻浮让她情何以堪？！

就这样，两人彻底没话了。

"只是一场小比赛，就不麻烦林助理操劳了，晚安。"

林依娜则加大力气顶住门，"你以为我愿意帮你吗？别自作多情了乔芊，如果你输了，这场比赛丢的是郝先生的颜面，你没有拒绝的权利。还有，有件事我还没找你算账呢。"

第十一章 爱情的模样

"嗯？什么事呀？"乔芊歪头一笑，她当然知道林依娜指的是险些被郝奶奶炒鱿鱼的事，虽然有惊无险，但谁心里不痛快谁知道。

林依娜讥笑道："也不是什么大事，反正凭你的智商也就到这儿了，让我拿出来当笑话讲讲也不错。"

"你又有多大本事呢？雇用未成年人当打手还是散布谣言？"

此话一出，林依娜神色微变。

"比起你的所作所为，我只是讲了实话，你确实对郝佑鸣念念不忘没错吧？"乔芊眼中含笑，笑得不屑一顾，"找我算账？我不怕你回来，就怕你不回来！"

僵持片刻，林依娜忽而捧腹大笑，"你以为暴力事件由我指使？你有被迫害妄想症吗？"

乔芊伸出一根手指指向她，意味深长地笑了，"等到比赛结束，我们坐下来慢慢聊这件事。"

门板在林依娜眼前轻轻关上，她收住假笑，回到房间，立刻接通秘书的电话。

"李小姐，我刚得知一个不幸的消息，你私用人事章贷款买房的事，不知又被谁抖出来了……"

"什么？求林小姐一定要帮帮我，我不过是想多贷点款才冒用了您的职务，我怀孕已超过七个月您是知道的，如果现在被公司开除，我不但拿不到孕期福利，还会少一份薪水……"

"好了别哭了，哭哭啼啼影响胎儿发育，我虽然已递交辞职信，但这点儿小事我还是有能力压下去的。哦，对了，上次让你拿钱给表妹的事……没出什么纰漏吧？"

"您是指在网上散布谣言的事？……哦！没有，绝对没有！请林小姐放心，遇到任何问题我一个人扛！"

林依娜悠悠地勾起唇，"很好，安心养胎，明天我派人送些补品给你。"

她将手机丢在桌边，还是那句话，跟她斗，死路条条！

另一边花园里，程露锦大口喝着冰镇啤酒，指挥钟玄德再烤两个鸡翅膀。

"让工人来烤，钟先生是客人。"郝佑鸣歪在躺椅上，饮了口啤酒，视线落在乔芊的卧室窗前。

"我知道呀，但说好是自助BBQ，当然不能让工人插手，是吧阿德？"程露锦眯眼甜笑，卖萌撒娇耍赖她一门灵。

钟玄德翻烤着鸡翅应了声。程露锦告诉他，乔芊小睡一会儿就会过来庆祝，所以尽量多烤一些预备着，可是他烤好的各种美食都进了程露锦的肚子。

程露锦闻到一点烟味儿，刚欲提醒，发现在场的两位男士的视线看向同一个方向。

她放下酒杯，跑到乔芊窗沿底下，拢手喊去："芊芊哪，湖光山色，有酒有肉，快来啦。"

呼唤声接二连三，乔芊出于礼貌走上阳台，"没胃口，你替我多吃点。阿德，你也多吃点。"

"是，我烤一些海鲜给大小姐送上去？"钟玄德面朝她立定询问。

"我真的不饿，你替我多陪陪程女士，给她讲讲你当兵时的趣闻，她肯定喜欢听。"

不等钟玄德回应，程露锦扬声打断："哼，有好故事当然要多点人听才有意思嘛，想让我一人吃胖，你好阴险啊，呜呜，快叫你的乖徒弟出来庆祝！"

被点到名，郝佑鸣与乔芊下意识四目相对，又双双移开视线。

他望着皎月，喃喃地说："不用管她，回来吃你的，何况输赢未定，谈庆祝早了点。"

一句话把程露锦辛辛苦苦营造的好气氛瞬间打散，她沮丧地垮下肩膀，郝佑鸣的个性一点都没变，名副其实的破坏大王。

乔芊攥紧小拳头，"还忘了谢谢师父，谢谢你百忙之中不忘把林助理请回来替我'排忧解难'！感谢你全家老小！"

哐当一声，阳台推拉门夹着怒火关闭，紧接着，照明灯熄灭，黑压压一片。

程露锦轻吐口气，又看向老实巴交的钟玄德。不过，给保镖先生贴上"憨厚老实"的标签是她自己定义的。

"你们慢慢吃。"郝佑鸣径直返回别墅。路经乔芊房门时驻足，站在门外挥舞拳头，就是这个二百五似的耍狠举动，被突然开门而出的乔芊逮个正着。

乔芊懒得理他，摔上房门向楼梯口走去，郝佑鸣则在她身后发出命令的声音，"比赛前禁食冷饮。"

乔芊充耳不闻，噔噔噔走向楼梯，却惊见一道黑影闪落眼前。

她仰望相距二楼两米的高度，不屑一顾，"你最近又开始迷恋飞贼这职业了？"一会儿飞檐走壁，一会儿高空落体，当自己大侠啊！

"我请你吃饼干好了。"他摊开掌心，手中亮出一个迷你饼干盒。

一看是这款他最爱的饼干她更来气，因为他曾说过，喜欢她，喜欢到可以与饼干并列。她扬手打飞饼干盒，"与这种烂东西并驾齐驱简直是侮辱我的人格！"

幸好他事先在饼干盒上拴了鱼线，扯着线慢慢拉回手中，拆开包装袋，取出一块放进嘴里咀嚼。他那副慢慢品味、各种满足的表情令乔芊忍不住想把他推下楼梯。

"请你吃。"他拿出一块往她嘴里强塞。乔芊紧着闪躲，但他就是不肯停下罪恶的手指。

"一块破饼干就想化干戈为玉帛？你凭什么骂我轻浮？必须向我正式道歉。"乔芊舔掉沾满嘴唇的饼干渣。

郝佑鸣不予理会，一转身坐在阶梯上，一边挡路一边继续吃。

乔芊顺左边走，他便伸出左腿；向右边走，他抬高右手；索性原路返回，他又环住她的小腿不放行。乔芊真有心一脚踹死他。

"要么让开，要么道歉，你选。"

"凭什么？你做错事还不让我说了？"

"你倒说说我做错什么事要被你羞辱？"

郝佑鸣侧头提起眉梢，好似在说：心知肚明，你装什么装。

乔芊弯身扭过他的脸颊，"你今天不说清楚，我明天就不去比赛，你信不信？"

郝佑鸣处于仰视状态，而她处于俯视，好死不死看到她的内衣肩带，"裸聊有趣吗？我们也试试？"

乔芊忽然意识到什么，腾出一手压在胸前，质问道："你在胡说什么？什么裸聊，我跟谁裸聊？"

郝佑鸣吃完最后一块饼干，嘁了声，掸了掸衣角站起身，"我不想跟你争论如此无聊的问题，别影响比赛进程就行。"

明明是他在干扰参赛选手的情绪好吗？

见他要走，乔芊站在台阶上一把扯住他的手肘，但是力度和距离没掌握好，在他转身之际，唇与唇只剩下一厘米的间隔。

两人定格一秒，不等乔芊后退，郝佑鸣稍稍探头，如蜻蜓点水般一碰而过，继而一本正经地说："朝三暮四的女人，别忘了谁才是和你睡在一张床上的男人。"

语毕，他将瞠目结舌的乔芊留在原地，自顾自扬长而去。

第十二章
新人魔术大赛

风和日丽的清晨，郝宅一行人浩浩荡荡地坐上保姆车，陪同今日的女主角参加新人魔术大赛。

上了车，除了林依娜拿出专业精神之外，其他人不是满嘴酒气就是还没睡醒，这其中也包括直到凌晨才睡着的乔芊。她歪坐在小型的化妆台前补眠，造型师则站在一旁帮她化演出妆。

虽然个个萎靡不振，但林依娜只能捺着性子向在座各位说明比赛状况。

"比赛分为分赛场与主赛场两大区块。据我打探，进入半决赛的选手共有一百位，晋级结果由评审团独立完成。"鼠标一点，各位评委的资料分析表清晰呈现，"评委团由二十位来自世界各地的知名魔术师组成。其中八位评审擅长手法类魔术表演，包括：扑克、硬币、丝巾等；五位擅长使用器械，就是道具表演；三人擅长心理类，通过心理学原理进行魔术；两位擅长科技类，利用数理化实施魔术。参赛选手拿到十分便可晋级，综合来看，只要不出大纰漏，胜出几率毫无悬念。至于另两位大师级人物我就不介绍了，总之这两票铁定不会投给乔芊。"

"谁？为什么？"程露锦从梦中醒来。

林依娜扬起下巴指向郝佑鸣，"为保持大赛的公正性，郝先生的那一票不作数。另一位是郝先生的死对头，叫西金，因为郝先生看穿他引以为傲的'读心术'而怀恨在心。"

"你是评委之一？"乔芊也醒了。

大魔术师

郝佑鸣浑浑噩噩地应了声："原本我接受邀请就是为了节省时间把你直接送进决赛，没想到主办方这么可耻，不让我投票……"

到底是谁可耻？

"魔术师不是不能在公开场合破坏同行的梗吗？"乔芊问。

"郝先生没有公开解密读心术，只是在某次魔术师聚会中没有配合对方的表演，导致西金当场出糗。"林依娜提起这件事愉悦地笑了。

这事要追溯到四年前，西金当时已是知名大魔术师，而郝佑鸣不过小有名气。老话说得好，同行是冤家，西金看出郝佑鸣的潜力，所以在接受媒体采访时，总是对身为魔术界新星的郝佑鸣表示出些许轻蔑之意，甚至扬言只要是郝佑鸣表演的魔术他都可以如法炮制。既然西金出言挑衅，郝佑鸣似乎没有不应战的道理，于是便在某次重要的聚会中给了西金一个令他颜面尽失的下马威。次日，唯恐天下不乱的媒体便大张旗鼓地对西金奚落连连。

乔芊不屑一顾，"让人出糗难道不是郝佑鸣的生活目标？"

程露锦举高手投出赞同票，又拉高钟玄德的手，再投一票。

"娱乐第一，比赛第二，大小姐不必紧张。"钟玄德仍旧举着手。

不等乔芊回应，林依娜故作惊诧地问："大小姐？我记得乔芊分明是打着打暑期工的旗号进入郝宅打工。"

钟玄德并不知道这段"惊人"的过往，只是单纯讨厌林依娜的态度，"有的人出身贫寒却拥有善良的公主心，反之也比比皆是。"

程露锦用力点头，指向自己，"我就是公主心。"

全场鸦雀无声，希望在这段沉默的时间里，某女可以分清公主病与公主心的区别。

乔芊对于林依娜的挑衅早已麻木，呃，不对！为什么要由着她大放厥词？想到这儿，她从化妆师手中取走假睫毛，主动坐到郝佑鸣身旁，"帮我贴。"

郝佑鸣从盒中先取出一只假睫毛，侧坐身体刚要贴，手肘却撞上椅背弹了回来，于是他坐直身体，打开双腿叫乔芊蹲在其中。

那画面能看吗？乔芊虎视眈眈。

郝佑鸣等了一会儿见她一动不动，只得走到她的正面，挑高她的下巴，认真地贴起来。轻柔的气息吹拂着她的脸颊，她悄然睁开半边眼，本想看看他是怎样一副优雅的神态，没想到他早已摆好斗鸡眼等她偷看。

噗——

乔芊忍不住笑出声。

多日来她终于舍得笑了，郝佑鸣不自觉地扬起嘴角。

林依娜轻咳一声，说："收到最新线报，西金的徒弟也会参赛，不过他这次藏得很深，暂时还没查出是几号选手。"

郝佑鸣应了声："他的徒弟肯定是年轻漂亮的女性，那老色鬼。"

乔芊斜眼相望，"师父，我学了一句歇后语，你听听用得对不对：乌鸦站在猪身上——看不见自己黑。"

"你会误解我，那是因为你还不了解真正的我；一旦了解我……"

"我会动手打你。"

"嗯，是的。"郝佑鸣露出一口洁白的牙齿。

"真贫，快点贴，还要弄头发。"

"我只是在想为什么要贴假睫毛，不戴面具了？"他问。

"穿了裤子就不用穿底裤了吗？"

"这要看个人喜好，比如随时露一下的蜡笔小新，套在头上以为很酷的……"

"够了！"

两人你一言我一语，完全无视林依娜的提醒。

"底裤套在头上的是谁？"程露锦等不到下文，戳了戳钟玄德的手肘。

"如果让我看见这种人，我一定会打死他。"

"噢。"

这时，一直守在电脑旁的林依娜收到西金徒弟的资料，打开选手资料一看，她不免替夺冠之事多出几分担心，于是快速联系相关人员，搜寻对手弱点。等待片刻，她收到一封秘密邮件，阅读完毕，她笑着抬起头刚欲汇报，却看到郝佑鸣与乔芊窃窃私语的暧昧场景。

林依娜没好气地合上电脑，既然没人关心战况，她也不必浪费唇舌。最好都别来问她获胜的方案，尤其是乔芊，无可奉告！

一小时后，换装完毕的乔芊款款走入半决赛会场。她身前挂着参赛者的号码——39号，郝芊芊。

一进场就被蜂拥而至的记者团团围住，不过，他们等的不是乔芊，而是此次评委团的两名组长之一，郝佑鸣。

闪光灯噼里啪啦如雨点般洒落，乔芊透过羽毛面具看向四周，已到场的数十位选手正列队等待入场，那些人在没进场之前自然会继续练习，每个人都拿着各自的"法宝"灵活把玩。虽说是新人大赛，但不代表没有高手隐藏其中。

"我有点紧张。"她的危机感终于来了。

郝佑鸣推开快要戳到他脸上的麦克风，对她说："四牌预言没几个新人可以表演，镇定。"

没错，乔芊用来晋级的魔术为四牌预言。简而言之，拿出一副牌彻底洗乱，然后从中取出四张牌，在翻开这四张牌之前便准确无误地报出分别是哪张牌。

该项魔术要求极好的记忆力以及纯熟的洗牌技巧。对于新人而言，通常"预言"一张可以完全掌控，两张勉强，三张算是极限，至于四张，从来没有新人会在正式场合尝试，因为你面对的评审为各路魔术高手，随便洗几下想蒙混过关定会遭人耻笑。所以，不仅要洗出"乱到底"的效果，洗牌期间还不能碰到"预言牌"的原本位置。姑且不说"预言"四张牌的难度，就这心理压力就够喝一壶的。

"万一失手怎么办？"

"拿出你平时骂我的劲头儿来，你行的。"这就是郝佑鸣监督乔芊不断练习牌技的原因。魔术是一项需要一心多用的表演，一边要利用语言这门学问分散观众的注意力，一边还要牢牢记住"预言牌"的牌面和位置，当然手里的动作也不能懈怠分毫。熟能生巧只是踏上成功路的第一步。

这时，全场一片哗然，闪光灯的光线再次沸腾，记者们兴奋不已地拥向入口处。

郝佑鸣与乔芊回眸看去，评审团另一位组长西金偕爱徒步入会场。不过，记者追逐的焦点人物反倒不是西金。

"这新闻太劲爆了！莫非美佳佳小姐就是西金大师始终不肯透露的爱徒？！请问美佳佳小姐，这就是你最近推掉所有活动的原因吗？"记者们本以为拍到郝佑鸣已是不虚此行，没想到还有美佳佳这位影视歌三栖的大明星惊爆全场。

美佳佳一笑百媚生，她挽着师父西金，俏皮地眨着美眸，"是哦，虽然我今年在影视方面拿了不少奖，但对于魔术而言还是新人，诸位保佑我可以顺利晋级哦！"

"那还用说吗？佳佳小姐一出手就知有没有，何况还有西金大师坐镇，我们直接去决赛现场等你！"记者们无不跷起大拇指。这还用比吗？美佳佳是炙手可热的大明星，如果评委不让她晋级，首先跳脚的肯定是粉丝和观众。

西金叼着雪茄走到郝佑鸣的身旁，指着不远处三三两两直接退出比赛的选手，"看见没？这才叫气场。不好意思啊，郝佑鸣，冠军头衔今天肯定落不到你徒弟头上。"

郝佑鸣耸下肩，"多年不见，你又发福了。"他瞄向西金圆滚滚的肚子，"嗯，不错，别的魔术师在身上藏个盘子都困难，可你藏口锅都没问题。"

西金怒哼，"多年不见，你还是这么不懂规矩！现在我就把话放在这儿，第一名肯定是美佳佳，要弃权就趁早。哦，对了，听说你要退出魔术圈另谋生路啊？何必在最后的最后给自己抹黑一笔呢？"

美佳佳挤过人群凑到西金身旁，透过墨镜瞪了郝佑鸣一眼，随后娇滴滴地说："师父，不要在那些没礼貌的人身上浪费时间，我们进场吧，刚才还有评委找我要签名，真的好苦恼哟。"

乔芊斜睨向脑满肠肥、穿金戴银的西金，又看向浓妆艳抹的美佳佳，上前一步挽住郝佑鸣的手臂，嘴角勾起一抹自信的笑意，对师徒俩说："不管今天是选美比赛还是魔术比赛，我都不会把你们放在眼里。"

那师徒俩相视一笑，肩并肩转身离开。走出几步，美佳佳边瞄看郝佑鸣边戴上墨镜，那笑意好似带出一丝报复的快感。

"你和那个小明星认识？"

郝佑鸣幽幽一叹，"得不到我的心，又得不到我的人，由爱生恨呗。"

乔芊嫌弃地甩开他，撑场面的话反正是说出去了，但结果还是未知数。

希望不要死得太难看吧。

上午十点，全封闭的半决赛大厅中，选手们坐在休息室里等待叫号入场。因为大明星美佳佳的到来，引得原本安静的休息室乱作一团。林依娜则按照郝佑鸣的安排，全程陪在乔芊身旁。她的视线掠过骚动的人群，不由嗤之以鼻，"真不知道一个毫无演技、靠隆胸整容上位的女人究竟在得意什么。"

"不只西金跟郝佑鸣有过节，她好像也很讨厌郝佑鸣。"乔芊没想八卦，只想找点话题舒缓情绪。

提起这事，林依娜的心情有所转好。一年前的美佳佳虽然没有如今大红大紫，但也是常出现在影视作品中的活跃人物，或许是半红不紫有些心急吧，所以决定把绯闻对象锁定在口碑极好又有名气的郝佑鸣身上。于是，美佳佳故意伪装成路人，买票进场观看郝佑鸣的魔术表演秀，一旦记者捕捉到她的身影，那么就会以绯闻女友的身份抢到版面。而林依娜作为经纪人兼助理，必然不能让美佳佳得逞，因此事先就给郝佑鸣打了预防针。

　　而后，便出现了一场精彩的表演。就在演出过半时，郝佑鸣忽然指向坐在台下的美佳佳，并请其上台，"友善"地问她是否愿意配合"美人鱼"的表演。美佳佳本以为机会来了，却没想到此类表演对于没受过专业训练的参与者而言简直是灾难。总之当她反应过来的时候，整个人已泡在悬浮半空的大水缸里垂死挣扎。当然，此次演出也弄到了版面话题——美女变落汤鸡。

　　"距离比赛还有一段时间，我想离开一下。"乔芊刚要走就被林依娜一把按回座椅，林依娜说："我的任务是确保你顺利参加比赛。"

　　"可是这里太吵了，我想找个地方再练练。"乔芊捂住耳朵。

　　"虽然我没看到你的魔术，但我相信名师出高徒，你现在要做的就是放松。"林依娜拍了下她的肩膀，"对于你来讲，最可怕的敌人是我，只要我肯放过你，便可以专心比赛。"

　　乔芊怔怔地望向她，"雇用不良少女打我的人是你还是郝佑鸣？"

　　林依娜笑得莫测，"你当然希望是我，可惜看你不顺眼的人不止我一个。"

　　有些人就是有本事亦真亦假让你捉摸不透，比如郝佑鸣与林依娜这对工作拍档。乔芊时常在想，人为什么就不能活得简单点，无论是喜欢还是厌恶，直接讲出来究竟有多难？

　　工作人员举起麦克风，字正腔圆地通传道："39号郝芊芊，75号美佳佳，请念到名字的两位女选手准备入场。"

　　显然这不是巧合，而是有人刻意将二人安排在同一组。

　　乔芊沉了沉气，起立前行。美佳佳则在粉丝们的簇拥中慵懒迈步。

　　比赛会场门前，美佳佳注意到乔芊捏在手中的扑克牌，嗤笑，"也只有你这种不必在意手部保养的女人才会选择玩纸牌。"

　　乔芊在脑中走流程，起初并未理会，但美佳佳一点没有大明星的素养，在旁边叽叽歪歪没完没了。

　　乔芊向站在远处的工作人员招招手，"麻烦你走一趟，帮我转告钟玄德钟先生，在选手退场的出口等我。"

　　"好的，请问这位先生目前的位置在？"

　　"在正门，他很好认，黑衣黑帽，身高一米八五，因为职业的关系，携带武器不能入场。"

　　听罢，美佳佳把正准备说的废话吞回腹中，平行移开两步。

乔芊吹了吹指尖，护肤保养？没准儿美佳佳常光顾的哪家美容院就是她乔家名下的产业，嘚瑟个什么劲。

俄顷，前两名参赛选手蔫头蔫脑地走出来，明显未能闯入决赛。

乔芊抬脚欲进，美佳佳却侧身抢步，乔芊摊手礼让，在陌生人面前，保持淑女风范是大家闺秀秉承的准则。

步入半决赛现场，二十位评委分成两组一字排开，一组以西金为首，另一组由郝佑鸣负责。二十位评委将会从手法、台风等方面对选手进行考核。

"75号选手请开始表演。39号选手稍作休息。"

乔芊移步等候区域，将表演场地让给美佳佳。

轻视对手是最要不得的心态，所以乔芊没有掉以轻心，然而，她敛气屏息、全神贯注看完美佳佳的表演之后，忍不住怀疑：那可以称之为正规魔术吗？

整个表演美佳佳只用了两分钟。她将一枚硬币扣在纸杯里，然后打开杯子，硬币消失，然后，她举起纤纤玉手，风情万种地朝评审们做了个"嘘……"的手势，手指慢慢滑到低胸衣领口处，从乳沟中取出硬币。

乔芊傻眼，这这这，内行都知道，硬币不在杯中的原理很简单——盖住硬币的纸杯在桌面上游走的时候，已经快速把硬币滑落到腿上，而乳沟中的硬币显然是事先放好的。虽然娱乐性有了，但技术含量真的很低。

呱唧呱唧！掌声雷动。

"好！自然流畅，千娇百媚，我喜欢！"评审A带头叫好。

"75号选手将自身优点发挥得淋漓尽致，虽然过程简单，但效果极佳，我也喜欢。"评审B连连点头。

唰唰唰，写有"晋级"的牌子立起来多一半。

结果——美佳佳，晋级成功。

西金满脸洋溢着胜利的笑容，有脸蛋有身材的大明星早就够评审们瞧的了。何况这是新人大赛，"新人"大赛！只有郝佑鸣那种笨蛋才会较真儿。

见状，乔芊一头撞死的心都有，辛辛苦苦练习那种高难度的纸牌魔术为哪般啊？她向郝佑鸣抛去含恨的目光，你个浑蛋！

郝佑鸣虽然是评审团组长，但也确实说不出什么，毕竟美佳佳在表演过程中没有出现任何纰漏；话说此类小魔术想出差错，真难。

"39号选手请开始表演。"

乔芊迈着沉重又怨念的步伐来到表演台中央，首先向评审们鞠躬，抬眸之际，郝佑鸣对她挑了下眉，瞪大眼睛，偷摸做了个呆滞状的鬼脸。

乔芊抿唇一笑，这个表情只有她知道，扮演的是龙猫。那时郝佑鸣为了让她尽快练就一副厚脸皮，两人冒充街头卖艺者站在广场上一同耍宝。

嗯，把评审当成普通观众就好。乔芊深吸一口气，面带微笑地走到魔术台前，当众从牌盒中取出牌，只见一个漂亮的大开扇拉开表演的序幕。紧接着，她利落地抄起整副牌，用灵活的小指将整副牌分成均匀的五份，五份牌在她的手指间优雅且快速地翻转着，仿佛被赋予灵魂的动画纸牌。

"看这女孩的手法，完全可以参加洗牌花式大赛。"某位女评审不由得赞叹，洗牌谁都会，但能洗出华丽的花式，对于手指纤细的女性而言实属不易。

除了西金，其他评委无不专注在乔芊精湛且成熟的魔术表演上。

乔芊始终将整副牌的牌面朝下，洗牌完毕，五指轻盈一滑，令整副牌呈半圆形摊开在桌面之上。她的指尖拂过纸牌的背面，从中推出四张牌，一边翻牌，一边娓娓道来："中国人将黑、红、梅、方四种花色比喻为春、夏、秋、冬；法国人比喻为矛、红心、丁香叶和方形；意大利人则比喻为宝剑、硬币、拐杖和酒杯，而我的理解是……"

伴随平稳的语速，悠悠地翻开第一张牌，黑桃Q，"智慧。"

翻开第二张牌，红桃Q，"浪漫。"

翻开第三张牌，梅花Q，"幻想。"

指尖停在最后一张牌上，她弯起粉润的唇瓣，翻开方块Q的同时，说："以及如这菱形般尖锐又坚强的——精神。"

乔芊直视前方展开双手，四张Q完美亮相。

瞬间，铿锵有力的鼓掌声打破乔芊所营造的神秘与沉寂。郝佑鸣跷起拇指，粲然一笑，这笑容含着对她的肯定与赞扬。

唰唰唰！十八位评委不约而同举起"晋级"牌，其中也包括西金的朋友。虽说违背朋友的意愿高举通过牌有失道义，但是在真正的实力与美感面前，作为评委没有装傻充愣的借口，而美佳佳所展示的花拳绣腿必然黯然失色。

就这样，乔芊顺利拿到决赛通行证，致谢退场。

西金注视乔芊离开的背影，皮笑肉不笑地悄声说："别高兴得太早，郝佑鸣。决赛除了专业评委打分之外，还要通过网络、手机投票选出优胜者，你认为你的徒弟还有侥幸胜出的可能性吗？"

郝佑鸣笑眯眯地侧过头，"没有哪个女人可以超越我家芊芊的魅力，征服全场只需一秒钟。"

"哼！我倒看看你的徒弟如何打败艳星美佳佳。"西金不屑一顾，谎称身体不适，携手美佳佳悻悻离去。

洗手间里，乔芊坐在马桶盖上大口喘息调整呼吸，进行魔术表演需要拥有一颗强大的内心，谢天谢地，幸好没出状况。

"喂，赶紧登录微博发布我的最新动态，号召粉丝全力支持，嗯，少于十万人投票我拿你是问。"美佳佳结束通话才想起这里并非私人洗手间，匆忙逐一推动厕所门察看是否有人，推到其中一间时发现反锁。她立刻进入隔壁那间，踩在马桶盖上探头窥视，悬起的心又落下，"哟，原来是你在偷听我讲电话呀。"

乔芊懒得理会这种人，推门而出，走到盥洗台洗手。

"没想到你还真有点本事，不过可惜啊，实力在我的粉丝面前一文不值。"

乔芊走到烘手机前，美佳佳又跟过来，"杂志上说郝佑鸣金屋藏娇，莫非所谓的娇就是发育不良的你？"

烦！乔芊正色道："我奉劝美佳佳小姐一句，趁着还有影视公司用你的时候赶紧赚，再过不久，你想赚都没得赚了。"

"可笑，你在威胁我？"

乔芊伸出食指，在她眼前缓慢地摆了摆，"我对你的容忍到此为止，如果你喜欢逞口舌之快的话，我保证你的演艺生涯就此止步。"

封杀一两个小明星，只需要爸爸打上一通电话。

话音落定，乔芊走出洗手间，惊见郝佑鸣正等在门外。

"你在等我？"

"嗯。"郝佑鸣牵起乔芊向化妆间走去。

进了化妆间，郝佑鸣拿起剪刀便开始剪她的裙摆。

"你这是做什么？！"

"腿长得美当然要露。"

郝佑鸣发现她没有像往常一样大喊大叫，不由停止剪裁的动作抬起眸。

乔芊刚巧深低着头，与他面面相觑。她提起裙角，看向残破的裙摆，抿了抿唇，示意他继续糟蹋吧。

本想等到离开的时候，带走这条由他亲手裁剪的裙子，留作纪念也好，拿来穿也不错，可是这么漂亮的小礼服说毁就毁了。他不珍惜自己的劳动成果，也不在意她的想法。

郝佑鸣没看懂她的情绪，随手将剪刀撂到一边，"我不是让你出卖色相。不过我猜想，你也不打算给我时间解释。"

她的脾气有这么坏吗？乔芋木讷地点头，"不是我不想听，是你欠我太多解释。"

郝佑鸣凝望着她的头顶，密闭的空间里，只有彼此沉默的呼吸声。他欲言又止，抓过剪刀，一剪子下去，裁掉大半裙摆。

此次新人魔术大赛因为郝佑鸣与西金的介入备受媒体关注，再加上大明星美佳佳的加盟，将收视率推到最高点。距离决赛直播时间还有五个小时，消息在一个星期之前已对外宣传就绪。舞台那边，工作人员紧锣密鼓地做着最后的调试，灯光、音响统统采用一流设备，将一场原本不起眼的新手比赛弄成规格较高的大型秀。

乔芋卧在郝佑鸣的休息室里打盹儿，而郝佑鸣为了躲避记者也没出去。钟玄德本该守在门外保护乔芋安全，但是同行的程露锦实在是太活泼好动，会场内鱼龙混杂，所以乔芋指派他去照顾程露锦。至于林依娜，从半决赛开始就不见踪影。

"你学的是什么舞？"郝佑鸣忽然问。

"国标。"

"雷鬼知道吗？"

说着，雷鬼舞曲从他的手机中播放出来。雷鬼音乐起源于牙买加，曲风结合拉丁与hip-hop等元素，因其旋律极强，调子性感，所以雷鬼舞主要使用腰胯以及腿部的力量，女性舞动起来，既张扬有力又富有挑逗性。

动感的舞曲萦绕在促狭的空间里，郝佑鸣站起身，摊开一手邀她共舞。

"不跳，臀部不丰满跳起来会很丑。"乔芋回话之时才发现他换了一套衣服，虽然仍旧是西装，但是与传统西装完全不搭边。黑色衣领上镶嵌冰蓝色的水钻，脚蹬外翻边军靴，头戴欧版绅士帽，帽檐压住浅棕色的中长发，半遮半掩地挡住狭长的眸。别说，乍一看肯定会误以为哪位大歌星准备来开演唱会。

乔芋懒懒地支起身，"干吗穿这么闪亮，主办方要求你表演？"

郝佑鸣笑而不语，随着舞曲节奏移到她面前，一把将她拉到身前。

一手滑到她的腰际，她仰视眼前的郝佑鸣，只见他明媚微笑，缓慢摇摆。

音乐的魔力就在于可以轻易调动情绪，乔芋看向已被他破坏成抹胸、掐腰、迷你裙的小礼服，索性脱掉高跟鞋，倒退一步，拉了拉筋，展示一段她并不算擅长的雷鬼舞。雷鬼舞与电臀舞恰有相似之处，但比起电臀的性感妖媚，雷鬼更注重突显力道之美。

所幸，她拥有跳拉丁舞的底子，一起架势便带出雷鬼的感觉。

　　水蛇般柔软的腰肢与翘起的臀部形成一道诱人的风景线，郝佑鸣不由自主地上前一步，胸膛贴上她的脊背。乔芊则以专业舞者的态度配合着他的舞步，抬起一手拂过他的脸颊。她暂时还没察觉到，呈现在化妆镜中的他们看起来是多么暧昧。

　　……他的薄唇掠过她的耳垂，乔芊打个激灵，侧身闪躲。郝佑鸣顺势把她转过来正面相对，双手支在桌面上，把她桎梏在两臂之间。

　　"你敢亲我我可真喊了。"乔芊从他深邃邪恶的目光中看穿心思。

　　郝佑鸣向前凑过来，"只亲一下。"

　　开玩笑，半下也不行！

　　乔芊双手一撑跳坐到桌面上试图逃跑，但动作永远没有他快，导致她非但没跑成，还丢失了站立的空间。

　　轻巧而有力的拉拽，迫使唇与唇紧闭贴合，乔芊紧闭双唇阻止他入侵。

　　郝佑鸣一手压在化妆镜前，一手扣于她的脑后，轻舔着她的齿贝，磨蹭着朱红的唇，期盼着她的放行。

　　"我是你的谁啊！你想亲就亲，想抱就抱，想翻脸就翻脸？！"

　　他的额头枕在她的头顶，沉默许久，初次敛起玩世不恭的调调，说："你希望成为我的谁就是谁。"

　　乔芊的情绪空白一秒，转开视线，不屑一顾，"你少在这儿勾引有夫之妇，留着这些话骗无知少女去吧。"

　　婚姻在他们心中敲响洪亮的警钟。不约而同地，她推拒，他退步，在彼此间至少留出半米的间隔。

　　气流僵持一瞬，郝佑鸣摊开一手递给她，笑得像个绅士。

　　乔芊想了想，把手搭了上去，漠然地说："我希望我们保持这一刻的状态。"

　　郝佑鸣缓缓点头，把她扶下桌面。

　　气氛尴尬，乔芊坐到梳妆台前补妆，郝佑鸣则戴上耳机仰在一旁听音乐。然而，当他接到一条短信之后，斜起唇角，走到乔芊身旁附耳说了一长串话。语毕，推门离开。

　　乔芊捏着粉扑回过神，立刻站起身追赶，但刚要拧动门把手，门外便传来记者叽叽喳喳的躁动声。乔芊贴门聆听，郝佑鸣似乎再次被杂志封面事件围攻。

　　作为当事人之一，她现在出去就是找死，可是乔芊很想问清他刚才说的那番话究竟是什么意思，读心术？决赛要表演的项目本是把两颗鸡蛋变成一个蛋壳尖端相融合的桃心啊。

距离决赛不到四个小时，这还能说变就变？她不会，也毫无准备！

匆忙拨打他的电话，而他居然死活不接！

无奈之下，拨通林依娜的手机，"林助理，麻烦你给郝佑鸣打个电话，让他回休息室找我好吗？"

"他没告诉你他去演出后台了？"林依娜回。

"去后台？做什么？"

"我现在很忙，没空应酬你。要说起来还是我心太软，打压对手以及我方投票的事正在办理当中，你就踏踏实实比赛吧。"

乔芊喂了两声，她挂断了。

打压对手？选票？这都什么跟什么？

乔芊感觉自己就是任人摆布的小傻子，所有人都认为跟她解释是在浪费时间。

沮丧落座，看向镜中的自己，摩挲着被吃掉些许口红的唇。他的接吻技巧并不熟练，甚至让她悟出生涩腼腆的感觉。正因如此，所以时常令她忽略他是个喜怒无常的男人。

乔芊叹口气，拿起唇刷认真补色，唉，想这些做什么，简直是庸人自扰。

对了，读心术？林依娜在保姆车上提过一句，貌似是西金大师的看家本领，但自从被郝佑鸣揭晓谜底令他当众出丑之后，便未在公共场合进行表演。

既然提到读心术，乔芊也只能临时抱佛脚，赶紧翻阅资料查找相关信息。

读心术属于心灵魔术范畴之内。其中最为著名的，是由一位叫大卫·巴格拉斯的魔术师创造的神奇魔术，也叫巴格拉斯效果，由于其神秘的手法，六十年未被人破解。六十年来，任何其他版本的效果都无法与之相提并论，因为巴格拉斯效果遵循四个非常严格的标准：

1.在表演开始前扑克可以展示，没有重复的牌。然后叠摞整齐，放在桌上。

2.观众任意说一张牌。他们不是托，可以从52张牌中任意说一张。（比如观众说：红桃2）

3.另一名观众任意说一个1到52之间的数字。他们也不是托。（比如观众说：33）

4.邀请第三名观众来数牌，由上至下数到第33张翻开，就是红桃2。

其中最为神奇的一点是，表演者在表演过程中始终不接触牌。

西金所表演的读心术由巴格拉斯效果研发而来，虽然未能完全达到以上四条标准，但相对于其他魔术师的效仿表演显然略胜一筹。

直到……某男出现，砸人饭碗，毁人形象。嗯，是郝佑鸣的作风。

而她今天要表演的读心术，不会就是这种超高难度的吧？莫非，难道，叱咤业界几十年的经典魔术已被郝佑鸣破解了？

闲来无事观看巴格拉斯效果的现场表演片段，她反反复复看了不下十遍，试图找到魔术师动手脚的细节，然而，只能用天衣无缝来形容。

这时手机响起来，电话这一接起来，她险些被程露锦的尖叫声震破耳膜。

"芊芊哪！啊啊啊，鸣鸣好帅，他要模仿Adam Lambert吗？！"

亚当·兰伯特？那位美国偶像有史以来最惊艳人心的摇滚男歌手？

"啊！不羁的黑发，狂野的眼线，黑色指甲油，Adam Lambert的三大标志耶！帅到爆，我好期待他的表演啊，先不说啦，我赶紧去找鸣鸣合影。"

嘟嘟嘟，即便挂上电话，乔芊仍能想象出程露锦兴奋的状态，话说当继母的对儿子犯花痴真的科学吗？

想归想，乔芊也坐不住了，戴好羽毛面具，鬼鬼祟祟地溜向表演后台。

她还没有打探到抵达后台的路线，此起彼伏的尖叫声已为她指引了方向。

一路小跑躲在拐角望去，只见郝佑鸣被众人堵在洗手间的门口。乔芊藏在侧面看不太清楚，不过单看郝佑鸣的侧面造型已然"惊为天人"，他将一头齐肩棕发染回黑色，又经大胆修剪，将鬓角至耳郭上方周边剃得极短，黑色短发直立卷吹。野性十足，狂妄不羁。

收到最新消息的记者们如潮水般涌向郝佑鸣，刹那间，闪光灯的光线将昏暗的回廊照得灯火通明。

"请诸位不要误会，我做造型不是因为个人秀，而是为了给我的徒弟做副手。"郝佑鸣对着十几个麦克风道出一个连乔芊都不知道的真相。

乔芊呆若木鸡，不管郝佑鸣在自己心中的地位如何，但在外人眼中，他就是尊贵荣耀的顶尖大魔术师，给她一个小徒弟打下手？没听错吧。

"郝大师亲自出马，真的只是为了配合徒弟的比赛？"记者追问。

"既然我已宣布退出，自然不会食言，看我的装扮还不清楚吗？敬请期待吧。"郝佑鸣故作神秘地笑了笑，顺便抛出十万伏电眼：

话题劲爆，最新消息四散发布。炫目酷帅的造型照，令人期待的表演，立刻盖过美佳佳的头条新闻成为最大热门。

同时，由林依娜操控发布的有关美佳佳仗势欺人、殴打临时演员的负面图文新闻席卷各大网站。

消息一经放出，导致原本蓄势准备投票的拥护者们陷入矛盾之中。

眼瞅着洗手间大门即将挤碎，林依娜率领工作人员风风火火赶到，一队护送郝佑鸣返回化妆间，一队拦截疯狂的记者与围观群众。

拐入转角，郝佑鸣看到正贴在墙边的乔芊，驻足。

乔芊注视着他，踮起脚尖，摸了摸他的黑发。

"你的头发……"

"正好想换发型。怎么样？"

"很帅很朋克，而且更接近真实的你。"乔芊从与他相识的那天起，就知道他这辈子注定做不成儒雅绅士。

郝佑鸣扯了下嘴角，一向力求完美的他，不可能允许自己戴着假发套敷衍了事。何况这一次，或许是他初次，也是最后一次与乔芊同台演出。

自此之后，他必须面对现实，回到属于自己的位置，与另一个女人相伴终生。

在那座叫作追忆的城堡里，岂能没有乔芊的一片城池。

这样的结果，不是她来晚，也不是他早到，而是从不存在交会点。

"郝先生，一切顺利，投票主站的流量正在急速攀升。预计至少有两百万人会同时在线收看本节目。"林依娜站在郝佑鸣身前，将乔芊挡在身后。

郝佑鸣应了声："辛苦了。"

乔芊见他转身欲走，扯了下他的衣角，"等上台之后我该怎么配合你？"

"是我配合你，主场属于你。"郝佑鸣从口袋里取出一张印有密密麻麻英文的纸，塞上耳机，径直走向休息室。

"林助理请稍等，可以帮我解释一下吗？"乔芊感到很困惑。

"不都摆在眼前了吗？不要再炫耀了可以吗？"林依娜一脸反感地瞪视她，指向郝佑鸣离开的方向，"享誉国际的大魔术师，万众瞩目的焦点人物，今晚要为你一人甘当绿叶！待比赛结束，荣耀与光环全部属于你，你会受到魔术界人士的高度重视，这就是所谓的一、夜、成、名！"

林依娜悻悻而去。记得魔术泰斗的收山演出盛会吗？当时老人家邀请郝佑鸣配合演出，郝佑鸣却婉言谢绝，可如今却要给一个名不见经传的小女孩加持助阵，甚至不惜改头换面以"色"惑众，换取网民手中的选票，谁敢说不嫉妒？！

"芊芊，过来试靴子。"郝佑鸣以为她会跟上来，怎料还戳在原地犯傻。

乔芊疾步走入休息室，分析着林依娜的那番话，边换鞋边说："我这么说或许显得很矫情，但是我真的不想出名。"

郝佑鸣找来两根亮银色的鞋带走向她，命她坐下别动，蹲在她腿前，抽出长靴原本配备的黑鞋带，再将颜色明亮的鞋带替换上去。

"红的是郝芊芊，你还是你。"

"万一记者查到我的身世背景，我会被爷爷和爸爸骂死甚至软禁。"

真不知道她在瞎紧张什么，望子成龙难道不是全天下父母的心愿？郝佑鸣付之一笑。

"软禁？什么背景说来听听。"

乔芊捋了捋发帘，故弄虚玄地回："说出来怕吓坏你。"

"不说算了，其实我也不想知道。"说完这句话，郝佑鸣幡然醒悟，原来他一直刻意对她的家世不闻不问，从心理上避免节外生枝。

"对了，你是不是已经破解了巴格拉斯效果？"

郝佑鸣没想到她还真上心去查了资料，笑着反问："我说是，你信吗？"

"为什么不信，你是公认的天才魔术师，我等新人望尘莫及。"

"崇拜我？"郝佑鸣快速挑眉，不自觉地耍起宝来。

"崇拜崇拜行了吧，快告诉我巴格拉斯效果的原理。"接触魔术之后，乔芊发现魔术的乐趣就在于解开未知的技巧。这就好比有人给你讲了一个精彩绝伦的悬疑故事，谁不想听结果？

"一会儿你就知道了，记得带两副牌上去。"说着，郝佑鸣拆开一副新牌，开始往她裙子的暗兜中藏牌。

"起开！我自己弄。"乔芊立马翻脸打掉他的手，藏牌的特殊暗兜分别安装在抹胸内侧与腰部宽腰带的位置，瞎摸什么呢。

郝佑鸣双手插兜倚墙而立，再次戴上耳机，随着节奏打起响指。

"你能唱他的歌吗？他可是被誉为'Rock God'的音乐才子。"乔芊真替他捏把冷汗。

"我什么时候说过要唱歌了？"

乔芊指向他这身行头，"不唱歌，你穿得跟摇滚巨星似的做什么？"

郝佑鸣看向镜中的自己，捋了捋发梢，拿起眼线笔再次加重轮廓。

乔芊藏好牌，走过来打开一个小盒子，"坐下。"

郝佑鸣看向她涂在食指肚上的银色亮粉，倒退一大步，"我不。"

乔芊平静地看着他，勾了勾手指。

"大男人化什么眼影？"

"你连眼线都化了还怕眼影？给我坐下！"乔芊一把将他扯回原位，弯起膝盖压在他的大腿上，在他眼窝的位置大胆施彩。

郝佑鸣悄然垂下视线，见她姿势金鸡独立，偷偷把手搭在她腰上。虽然他的举动常常被乔芊误会成色情狂，但是他真没有猥琐的想法，单纯喜欢她所散发的气息，喜欢手指贴近她皮肤的触感。如果她保持这个姿势不反抗的话，他可以让她在自己脸上画一幅《清明上河图》。

"好了，你看看。"乔芊扳正他的肩膀，只见一张像极了埃及艳后的妖娆脸孔落入镜面。乔芊羡慕他的可塑性，简直是可男可女雌雄同体啊。

"鬼一样。"郝佑鸣抽出纸巾刚欲擦拭，乔芊则利落地夺了过去，"就这样出场吧，我喜欢。"

"你喜欢？"

"嗯！"

郝佑鸣惆怅地望着镜子，挣扎数秒，"好吧。"

距离比赛还有一小时，西金在自己的休息室中暴跳如雷，指着美佳佳破口大骂："要不是我向众多导演推荐，你能有今天？现在你居然跟我说退出比赛？！"

"我也不想啊，该死！不知道是哪个杀千刀的把我殴打临时演员的照片发到网上，我现在出去会被记者活活逼死！"美佳佳与经纪人的电话遭遇前所未有的狂轰滥炸，在未能给出合理解释之前，她绝对不能抛头露面。

"我不管那些，你今天必须给我按时出赛，否则我还怎么在魔术圈混？"西金当初答应当什么狗屁评审就是想来挫挫郝佑鸣的锐气，现在倒好，非但没能气到他，还让他占了上风。居然仗着有几分年轻帅气，不吝出卖色相给徒弟助威，这小子就不能按牌理出牌一次？！

"你还怪我？我为了这破比赛，推掉好几个试镜的机会！而且，我怀疑发布丑闻的幕后指使就是郝佑鸣！他的经纪人林依娜在圈内神通广大谁不知道啊！何况这烂比赛原本吸引的就是魔术爱好者，郝佑鸣是大魔术师，他这一出场我能镇得住？！"美佳佳拎起手包，"第一次栽在郝佑鸣手上的时候我就该长记性！你找其他人吧，抱歉，爱莫能助！"

西金望向她疾步远去的背影，暴戾出拳打在桌上。

这时，他的助理十万火急赶来，"西金大师，我已经打听到了，郝芊芊的参赛项目是、是……您的绝活读心术。啊……请大师挺住啊！"

西金险些一翻白眼厥过去，让一个初出茅庐的小家伙表演读心术？！郝佑鸣一定是在开玩笑，这怎么可能？！

"走！扶我去评委席，我倒看看他徒弟如何出丑！"

一个小时后，激光照亮富有魔幻色彩的华丽舞台，气势磅礴的交响乐拉开比赛的帷幕，除郝佑鸣以及坐在评委席的西金之外，其余十八位评委在主持人的介绍中逐一走上舞台，为这一场属于魔术师的盛会助兴表演。

台上眼花缭乱，台下喝彩连连，尤其是程露锦，尖叫呐喊。这是她常在各大演唱会中做出的举动，感到寂寞的时候要学会自己找乐子。

"你的鞋跟压在我的皮鞋上很久了。"钟玄德现在才开口，只因为她之前老实坐着没有大跳。

"你猜鸣鸣什么时候出场呀？！"

钟玄德置若罔闻，一双眼睛紧盯升降台的位置，大小姐何时出场才是他身为保镖应该关注的问题。

——乔氏国际地产唯一继承人的安全，比在场任何一个都重要。

决赛正式开始，为贯彻公正精神，选手们当场抽取赛事号码，抽到相应号码的选手姓名同时会排列在电话投票与网络选票之中。乔芊抽到19号，恰巧与她的年龄相同。

号码确定，选手们按次序入场表演，跃跃欲试，各显神通。

乔芊站在舞台下方的升降台旁静心等待，虽然高手如云，但她此刻一点都不紧张，因为郝佑鸣在离开前对她说：你只要摆出架势就好，我帮你把奖杯拿过来。

这句话让她想起COS大赛时的画面，他的自信源于充分的准备。她的脑中浮现黑色翅膀徐徐展开的场景，霸气鬼魅，像足了一位统治者。

她想，也许在这世上，能让她丢尽颜面或者在不经意间备受瞩目的人从来都是一个。

雷霆一响！极具震撼力的音乐前奏从头顶上方直逼而来，鲜明的节奏以及雷动的鼓点几乎要将舞台震碎。不等乔芊反应过来，她已被工作人员推上直达舞台的升降台。

俄顷，她现身于绚丽的舞台之上。倏地！聚光灯集中在她的周身，郝佑鸣优雅转身，一手握着麦克风继续歌唱，一手递给她。

台下尖叫声一片，乔芊把手搭在他的掌心，顿感他用力一拉，伴随这一首活力四射的迷惑摇滚——Trespassing（《非法入侵》），在一个旋转之中跌进郝佑鸣的臂弯。

"Are you ready, baby?"郝佑鸣在歌曲间歇时刻，举起麦克风向她发出邀请。身旁由黑人舞者组成的舞群大秀舞技，接二连三的地板动作令人热血沸腾。

乔芊凝视着他，或许他自小在美国长大的缘故吧，所以这首语速极快的英文歌曲在他的演绎中不觉丝毫违和感。他的歌唱实力也比她想象中更加深厚，霸气狂野的高音，流畅自然的真假音转换，随时随刻将"华丽"两字发挥得淋漓尽致，艳光四射，堪比尤物。

怪不得他刚才问她会不会雷鬼舞，怪不得让她换长靴穿安全裤，反正戴着面具没人知道她是谁……于是，她绽放一朵大笑容，重重点头，"Yes！"

郝佑鸣原本只是摆摆造型没想唱歌，不过乔芊给他一种很期待的感觉，于是从未在人前展现歌喉的他豁出去了。

乔芊贴在他的身体一侧，一手搭在他的肩头，舞步融入重节拍，扭动着柔软的腰肢一路下滑，在身体呈半蹲状时，亮相一个性感优美的大M字腿。

极富感染力与诱惑性的舞蹈立刻将全场氛围拉至鼎沸。

郝佑鸣一手环着她的腰，一手上扬挥洒，只见五彩斑斓的彩带四散飞扬。乔芊不甘示弱，面朝观众，两手从胸前滑过，抬手之际变出两张A。

此刻，这哪里还是什么新人魔术大赛，简直成了这师徒俩的专场秀。

"啊啊啊，这真是刚加进来的节目吗？两人也太默契了吧！我好激动啊——"程露锦大力挥舞荧光棒，兴奋不已！

"坐下吧，挡到后排观众了。"钟玄德第十次劝说，无效。

不过话说回来，虽然他仍是面无表情，但实则在感官上受到不小的冲击。保护乔芊五年有余，初次见识大小姐尽显性感一面。

而坐在评委席的西金除了翻白眼就是在心里飙脏话，郝佑鸣这浑蛋！……唉！果然他的成功并非偶然。长江后浪推前浪，青出于蓝而胜于蓝。

炒热全场只是热身运动，待一曲结束，魔术表演正式开始。

乔芊伫立方桌前洗牌，郝佑鸣则在旁向观众讲解巴格拉斯效果所遵循的四个标准以及其无法超越的神奇之处。旁白解说对于魔术师而言至关重要，一段好的解说可以把观众代入魔术师所设下的"圈套"，任其鱼肉。

"洗多少次都可以吗？"前排观众问。

乔芊笑着回："可以，当洗牌完毕放在桌上之后，我会站开两米，绝不再碰。"

与观众互动之际，西金目不转睛地盯住郝佑鸣的双手，他当然不相信那小丫头可以做出巴格拉斯效果。

郝佑鸣朝西金的方向微微一笑，走到距离摆放好的扑克牌三米远的位置。

换言之，此刻不管是乔芊还是郝佑鸣，这副牌谁都碰不到。

第一位观众上台，她从52张牌中自行选定：黑桃J。

第二位观众需要在1～52的数字间任选一个报出来。观众踊跃举手，郝佑鸣给乔芊使了个眼色，乔芊心领神会，手举麦克风说："请问西金大师有兴趣讲出一个数字吗？"

明摆着告诉他台下真没有托儿，来者不拒。

"44！"西金咬牙切齿地说。

乔芊俯首，"谢谢。现在邀请第三位观众上台来数牌，从上向下数，你们相不相信数到第44张就是第一位观众报出的黑桃J呢？"

将"不可能"变成"可能"是每个人的期待，但横看竖看有点悬。全场鸦雀无声，观众们翘首以盼。

"我要来！"程露锦一手高举，一手压在钟玄德肩头原地跳高。

美女上台翻牌总好过看傻老爷们儿，所以在观众的认同下，真就叫程露锦拔得头筹。

郝佑鸣亲自走向观众席将程露锦邀到台前，随后站到距离牌桌更远的位置。

程露锦搓了搓手，一边谨慎地翻开牌面，一边报出张数。观众们则是不由自主伸长脖子，陪同程露锦报数的同时，可以清晰看到牌面花色，确定每一张都不同。

当数到第40张的时候，程露锦逐渐放慢翻牌速度，拍拍胸口顺顺气，神态既忐忑又激动。见翻牌嘉宾手指颤抖、神态不安，在场所有人的心都悬到嗓子眼儿，就连西金也站了起来。

气流停滞，四周静谧，乔芊几乎可以听到自己心跳加速的节拍，因为郝佑鸣从始至终就没摸过这副牌，现在又站在三米开外，第44张究竟是不是黑桃J，谁都不知道。

她不由得瞄向郝佑鸣，发现他也不像往常那样自由散漫，而是专注地盯着牌，仿佛正在施展某种反科学的意念。

"再翻就是第44张啦，我现在翻吗？"程露锦颤颤巍巍地询问乔芊。

心中虽然紧张得如狂风骤雨，但在台上不能显现出一丝慌乱，乔芊见郝佑鸣的表情放松开来，她暗自吸口气，伸出一根手指，扬声说："诸位，请诸位睁大眼睛。如果！如果这张牌就是黑桃J，我将打破巴格拉斯效果保持六十年的神话！"

话音落定，她抬起双手翻转展示，向观众示意两手空空没有藏牌，随后走到程露锦的身旁，请她捏住牌的一角，怀揣一万种不安的情绪，轻轻地，挑起程露锦的手臂，程露锦紧闭双眼，跟随她的力道将这张牌展示在观众眼前。

顷刻间，如雷的掌声席卷舞台，紧接着，全体评审包括西金在内起立鼓掌，这掌声献给精彩绝伦的魔术以及对破解者的高度欣赏。

事到如今这还用选吗？其他选手还有必要再表演吗？别说区区一个新人奖杯，颁发给她一个高级魔术大赛的冠军奖都不为过！

"我的天！真是黑桃J，你是怎么做到的？"程露锦难以置信地睁大眼。

乔芊强撑着即将绷断的神经，自信一笑，她什么都没做，真的，吓死了呜。

这会儿再找郝佑鸣，不知何时他已悄然离开舞台。

半小时后，乔芊手捧奖杯奔向后台，逢人便问有没有看到郝佑鸣，这也太神奇了，太太太想知道究竟是怎么做到的！

"大小姐，老太爷刚打来电话，要求您务必在明日上午十点之前返回澳门。"钟玄德神色凝重，既然电话不是夫人打来的，那便证明夫人已无法再帮乔芊隐瞒行程。如果她如期未归，恐怕就不是自己走回去，而是被一整队保镖押送出境。

乔芊的思绪顿了顿，喃喃低问："现在就走吗？"

"机票已订好，从这里直接赶往机场还来得及。大小姐随身携带的重要物品与行李箱可以拜托郝宅管家稍后托运，我刚与程女士打过招呼，并请她转告郝先生。"钟玄德也不想让她扫兴，但是事态确实很严峻。

"噢……安排得真周到……那，去机场吧。"乔芊将奖杯交给钟玄德，迈着缓慢的步伐，一步三回头，望向空荡荡的回廊。

郝佑鸣你去哪儿了？没有胜利后的击掌，没有分享心情的庆功宴，没有弄清巴格拉斯效果的原理，甚至，没机会当面道别。

——乔芊坐上出租车，当车轮疾驰而过的一刻，不幸与手捧大束玫瑰花急匆匆赶回现场的郝佑鸣失之交臂。

第十三章
被囚禁的两只金丝雀

澳门。

习习晚风拂过气势恢宏、具有中式建筑风格的巨型豪宅。乔芊趴在阁楼的窗沿前，眺望银白色的澳门旅游塔，挺拔纤细的塔身仿佛立于天地间的定海神针，守护着这座美丽又古老的城市。

这里就是乔芊的出生地，被冠誉为"东方拉斯维加斯"的澳门。

"芊芊，过来吃饭。"温柔的呼唤从桌边传来，乔芊却并未回头，不满地嘟囔道："一天到晚连点活动量都没有，哪里会饿。"

"我跟你爸说了，等你爷爷稍微消气，马上放你出去。乖，快过来，妈妈给你做了好吃的。"乔母看向束缚在女儿脚踝的铁链，满是心疼，"不过这一次真的是你不对，明知道婚期将近还离家几个月，如果不是赶上你爸在忙生意，爷爷不在澳门，你早就被抓回来了。"

"我这不是安全回来了吗？难道我还能逃婚不成？这都过去大半个月了，至少给我台电脑打发时间吧。"乔芊嘟起嘴，一进家门就被软禁在阁楼里，别说可以联系外界的手机、电脑，就连个掌上游戏机都不给她。

乔家属于典型的"封建家庭"，乔母虽然身份显赫，但在某些问题上确实没有话语权，只能眼巴巴看着女儿整天像小可怜似的向外张望。

"对了，妈学了个小戏法，变给你看好不好？"乔母走到女儿身旁，举起一枚硬币，故作神秘地晃了晃。

　　暂时没人知道乔芊在离开家的这段日子做过些什么，看到常常被郝佑鸣把玩在手的硬币，她忽然感到很难过，搂住母亲撒起娇来。

　　"爷爷什么时候才能消气啊，妈妈。"

　　乔母秀眉微蹙，其实公公打算把乔芊关到正式与未婚夫相见的日子，粗略一算也要两个月，这才关了她没几天已然出现抑郁的症状，真要关上两个月还得了？

　　"要不妈妈给你弄台笔记本解解闷儿？"

　　"好好好！"乔芊鼓鼓掌。

　　"你先答应妈妈，千万别被爷爷他们发现哦！"

　　乔芊点头如捣蒜，其实她只是想向新朋友们报一下平安，比如廖尘、程露锦，还有……时常捉弄她的坏师父郝佑鸣。

　　然而——

　　"妈妈、妈妈……为什么没有网啊啊啊！"再找母亲，已然跑得无影无踪。

　　乔芊伸直双臂将笔记本伸到窗户外，试图搜索免密码的Wi-Fi，但豪宅外围是一望无垠的高尔夫球场，搜来搜去仍是没网蹭。她蹬着脚镣坐到床头，在这失去互联网就会抓狂的年代，居然给她一台只能玩蜘蛛牌的电脑呜！

　　纸牌？……她抬起眼睛，新人大赛中的种种浮入脑海，同时撞进一张既妖冶又张狂的脸庞。对了！郝佑鸣不是说过要来澳门吗？来没来？来没来？

　　与此同时，位于澳门市中心的超五星酒店的某间客房中，正在进行一场不算友好的会谈。

　　"郝先生，请您停止飞牌的暴力举动，否则我可发脾气了！"打手小D一手举起电棍，一手扒拉开飞满身的纸牌。

　　"有你们这么办事的吗？赶紧放了程露锦和林依娜。"郝佑鸣一下飞机就遇上绑架，不过对方还算客气，好吃好喝款待，但禁止他与外界联系，可是他来澳门的任务正是按照奶奶的指示会见某人。

　　显然，这些人不想伤人，只想限制他的自由。

　　"你们软禁我也有三五天了，知道我是谁吗就敢绑架我，小命不要了？"郝佑鸣当然不是在危言耸听。

　　"你以为我愿意监管你啊？！什么大魔术师，简直是过动儿童！"小D又从脑门上拔下不知从哪儿飞出来的黏黏球。

　　话说几天下来，小D没少被郝佑鸣恶整，而且他发现郝佑鸣都不用睡觉，没黑没白折腾他，如果不是心脏强悍，可能早就口吐白沫送进医院了。

"我呢，不只魔术师这一种身份，还是潜伏在亚洲地区的意大利黑手党。"

"骗谁啊你，我警告你最好放老实点，守在外屋的那些打手可都有枪，也没有我好说话，你再逼我，我就换他们进来监视你！"

郝佑鸣饮了口咖啡，"你们老大为什么会收你这么二的人当马仔啊？"

"你才二呢！我们老大就是我亲大哥！"

郝佑鸣无谓地应了声，果然是由黑帮实施的绑架行动，换言之，这群人不过是拿人钱财与人消灾，幕后指使应该与他们有业务上的往来。

虽然于法不合，可是在澳门这种以博彩业为龙头的地方，不可能缺少不法分子的一席之地。

"闲来无事赌一把如何？"

一听"赌"字，小D双眼发亮，但转念一想，"你当我傻啊，你浑身上下至少藏了十几副扑克牌。"

"那我只穿四角裤跟你赌总行了吧？"郝佑鸣诚恳地眨眨眼。

"玩多大？"小D稍有动心。

"看你，多大都可以哟，我这么有钱。"郝佑鸣注意到小D的眼神儿，不由晃了晃手腕上的限量版名表，"赢了就是你的。"

小D琢磨着反正他也跑不了，赚点外快自然更妙，于是接受郝佑鸣的提议，不过为防止他出老千，叫他赶紧脱衣脱裤。

"我喜欢你的短裤。"小D直勾勾盯着印在短裤上的巴斯光年（《玩具总动员》的主角）。

"哦，那第一把就赌短裤。"郝佑鸣仰在沙发上随意地洗着牌，"玩什么？"

"21点好了，比较快。"小D把电棍夹在腋下，从皮夹中取出几百澳元，"我猜你身上的现金应该不多，先赌小一点试试手。"

啪，一厚沓美金拍在茶几上，小D立刻表现出万般眼馋，郝佑鸣说："如果你赢了，只管拿钱，如果我赢了，你只需要回答我的问题。"见小D欲开口，他做了个嘘声的手势，"我保证不问有关你们组织和幕后指使是谁的问题。"

"那你还能问什么？"

"我一个从没进过赌场的人都不怕，你生在赌城反而胆怯了？"——郝佑鸣在试探他是否知晓自己是赌城继承人一事。

小D在钞票、短裤、名表与不可告人的秘密之间挣扎许久，想到此事的严重性，艰难地摇摇头。

"还是算了，万一说错话会被我大哥打死。"

"胆小鬼，只摇头或点头总行了吧？何况我未必能赢。"

小D一听这话感觉靠谱多了，只要不用开口说话，就不会出状况。

牌局开始，小D胜出，手舞足蹈地从郝佑鸣手中取走一百美金。

第二局，仍是小D胜出，他边收钱边捶胸顿足，早知道玩大点了！

郝佑鸣漫不经心地洗着牌，"都说新手手气好，这话一点都不准。"

"你坏心眼太多了！幸运之神当然不会降临到你头上！发牌！"小D放上刚从郝佑鸣那里赢来的二百美金。

郝佑鸣弯起眼角，21点（黑杰克）玩法很简单。一张牌面朝上（叫明牌），一张牌面朝下（叫暗牌）。点数的计算是：K、Q、J和10牌都算作10点。A牌既可算作1点，也可算作11点。2～9按照牌面数值使用，玩家每人最多可以叫到五张牌，只要相加点数不超过21点就有获胜的希望。爆掉（超过21点）输。

郝佑鸣的牌面是黑桃A，暗牌未知。

小D的牌面是黑桃K，从牌面看，郝佑鸣略胜一筹。

"没道理不跟你！"小D加注。

最终，郝佑鸣以至尊牌黑桃A+黑桃J获得全胜。"Ace小王子"的名号并非浪得虚名，他想赢就赢，想输就输，还用出老千？

"第一个问题，两位女士不会受到丝毫侵犯吧？"

小D笃定地摇摇头。那两个女人疯魔程度不亚于郝佑鸣，尤其是年纪稍微长一点的那位，成天鬼吼鬼叫；另一位倒是安静，但嘴巴超毒，把看管她们的兄弟从头到脚数落得快没人样儿了。

话说这三个人都不知道怕字怎么写吗？有没有点当人质的自觉性啊？！

继续赌，小D又输。

"第二个问题，你们准备囚禁我多久？你不用说话，一根手指代表一个月。"

小D傻不拉唧伸出两根手指。

两个月？郝佑鸣点下头，果然与联姻有关，但是为什么要把他囚禁在澳门，难道他必须要娶的女人不是金发碧眼的波斯猫？

下一把，小D赢，开开心心收走美金。

一位好的魔术师也是专业的心理学博士，只要让小D沉迷赌局，他便可以得到想知道的一切。

经过两个小时的迂回战术，郝佑鸣得到以下一系列答案：1.幕后指使有钱有势，非本地人。2.两位女士也被囚禁在这座酒店里，且就在隔壁。3.囚禁他们的黑帮组织不仅洗黑钱、放高利贷、开设非法赌局，还走私，属于相对庞大的团伙。4.在澳门黑白通吃的大财团有两家，可谓呼风唤雨只手遮天，值得探讨的是，其中一家居然姓——乔？

郝佑鸣仰在沙发背上，无情的小丫头，他又不会与她争抢新人奖杯，至于抱起奖杯就跑吗？

"芊芊……"

他只是在喃喃自语，小D却忽然间怒目圆睁横眉冷对，"虽然你是大帅哥、大魔术师，但在那些富豪眼中你真的什么都不算，看在赢你这么多钱的份儿上，我奉劝你一句，趁早别瞎想了！乔家大小姐婚期已近，你就别惦记了！"

他平和的目光中划过一道犀利的冷光，弹身而起，手肘压住小D的肩头，银光闪过，刀尖顶上小D的喉咙，"把乔家小姐的全名告诉我！"

乔家别墅内。

"大小姐，我已查过近期航班，郝先生、程女士、林小姐一行三人于六天前抵达本市。"钟玄德可以为乔芊做任何事，除了帮助她联系外界。

乔芊直起身，连带脚镣哗啦作响，她又沮丧地垮下肩膀，"在他家白吃白住那么久，他来了却打不通我的电话，肯定在背地里骂我忘恩负义呢。"

不等钟玄德回应，乔芊又说："虽然郝佑鸣对你不够礼貌，但程露锦对你很热情啊，你是不是……应该代表我尽到地主之谊？"

NO，那女人的热情与生俱来，这一点与谁相处无关。

"我没有对方的联系方式。"钟玄德婉拒。

乔芊的手机早就被爷爷摔个稀巴烂，存档手机号码也没记住，"在澳门还有你钟玄德查不到的号码？现在连你也要与我作对？"

钟玄德俯首致歉："老太爷、老爷禁止您与外人沟通，属下若有违抗，将被调离大小姐左右。"

乔芊欲言又止，"爷爷肯定不会轻易放过你，对不起阿德，为了帮我隐瞒真相，牵连到你。"

钟玄德不以为意地摇摇头，"我的命是老太爷救下来的，有机会保护大小姐是我的荣幸。"他在退伍前曾因追击一名黑帮首脑奔赴此地，怎料抓捕失败反被擒，当时如果不是老太爷乔正天出面保他，他在八年前就死了。

"我不懂，为什么不让我联系朋友啊？我从没说过不结婚，莫非你向爷爷打了我的小报告？"乔芊挑起眉。

"老太爷只知道大小姐外出旅行，并未追问更多，何况有我陪同定然不会出大事，至于禁足令也在情理之中，杜绝一切隐患。"

爷爷是钟玄德的救命恩人，如果爷爷命他从实招来，他其实也不敢隐瞒。乔芊踩了脚镣一脚，她巴不得赶紧嫁人咧！住在这里一点人权都没有。

她眼珠一转，蹭到钟玄德的身旁，拉起他的手臂晃了晃，"爷爷只说不让我出去，没说不让我的朋友来咱家做客吧？哎呀，阿德，拜托拜托。"

她这一撒娇，面部鲜少出现表情的钟玄德憋成大红脸，"好吧，我试着联系。"

"不是试着，是必须！"贴近一步蹭。

"……好。"

待钟玄德迈着机械步离开阁楼，乔芊趴到窗沿旁，将一架架折好的纸飞机抛向湛蓝的天空，纸飞机遨游于空，仿佛从郝佑鸣掌心腾空而起的白色信鸽。

她单手托腮，想入非非，如果让爷爷和爸爸知道她结识的新朋友是郝佑鸣，对，就是爸爸夸赞牌技高超的郝佑鸣，他们会不会感到震撼呢？会不会一高兴解除禁足令呢？嘻嘻，好期待。

"芊芊，阿德是不是身体不舒服啊？我见他下楼时撞门柱上了。"乔母听那动静感觉应该挺疼的。

乔芊无谓地哦了声，见站在母亲身后的保姆手提一条超级闪的华丽长裙，憧憬地问："我可以出去了？"

"想得美，过来试礼服，见未婚夫时要穿。"

"你们这些大人到底在搞什么神秘？对方究竟长多丑啊，这么不好意思出来见我？"所以家里人掖着藏着怕她逃婚？

"别瞎说，妈妈昨晚还看见那小伙的近照了，仪表堂堂的。"

乔芊瞪大双眼，"那就是……残疾？"

"你这孩子，不残不傻不胖的年轻帅小伙。"

"那为什么不让我见，还是他不想见我？"

乔母拉着女儿坐到床边，"妈妈不太清楚，但听你爸的意思，似乎关乎一个几十年的约定，至于为何'以赌会郎君'，正因为这则约定。"

"约定？不是说开设赌局是为了决定谁掌权的问题吗？"

这便是乔芊偷偷学习千术的原因，如果她胜出，即便乔家最终交由夫家管理，她还将是最大股东，并成功跻身全球财富排行榜前十，届时，股票将在一夜之间翻着跟头飙升。反之，排行榜还在，但挂在排行榜上的企业将是夫家。按照父亲的说法——此次联姻将会直接波及股市。所以，要以直播的形式开设所谓的赌局，让投资者摸不透谁才是最后的大赢家。

显然，乔芊只知其一不知其二，不知道约定是什么。

"哦，是吧，妈妈不懂生意上的事。快试裙子，哪里不合适还要拿去改。"乔母言辞闪躲，将晚礼服递给乔芊，"输赢不重要，你只管漂漂亮亮登上直播的舞台。"

"当然重要，我要赢嘛，凭什么让夫家名利双收？"

乔母抿唇一笑，"对方很富有，婚礼当日将向我乔氏注入百亿合作资金。

"我也不懂，乔氏已然位居前列，为什么还要冒险接下那些搭上全部家财的巨型工程？"动辄百亿千亿很吓人好吗？

"男人的欲望永无止境，攀上这座山峰，又会向往更高一座，金钱根本满足不了他们，你是女孩子，不会理解。"乔母不想加重女儿的心理负担，不过，所指的约定刚巧就是一项筹备已久的大工程，并且，这项工程必须等到联姻之后才可以顺利启动。

"妈妈，那个……未婚夫多大年纪？"

"比你大两岁。"乔母拍了拍女儿的手，"宝贝别担心，虽然你爷爷和你父亲希望通过联姻让乔氏更上一层楼，但他们和妈一样疼你，绝不会把你嫁给平庸之辈。"

乔芊默默点头，"对了，妈，您看过一位姓郝的魔术师的表演吗？"

乔母怔了怔，不动声色地问："听说过，怎么了？"

"连您都知道他呀？嘻嘻，没什么。"

乔母观察着女儿的神态，索性直截了当问她是否认识郝佑鸣。母女俩没什么不能聊的，于是乔芊便承认与之相识，听罢，乔母心中一惊，立刻将服侍乔芊换装的保姆们轰到门外，随后关上门窗，正色道："芊芊，妈妈有必要提醒你，千万不要在爷爷面前提起郝家公子，更不要与郝家扯上丝毫瓜葛。"

乔芊迷茫地眨眨眼，"您在紧张什么？我说的是魔术师郝佑鸣。"

"我知道，他另一个身份妈妈也知道，赌场酒店继承人，没错吧？"

不问世事的母亲居然对郝佑鸣的身世背景了如指掌？

乔母迅速调整面部表情，抚了抚女儿的长发，"这事说来话长，等你结婚之后妈妈再把原因告诉你。总之这件事到妈妈这里止步，千万不要再提起这个人。"

"可是……我之所以知道郝佑鸣，正因为听到爷爷和爸爸讨论郝佑鸣的牌技如何高超。"乔芊彻底晕菜了。

乔母敛起慈祥一面，郑重警告："他们可以聊，你却不可以。"

乔芊虽然很想知道原因，但又不想惹母亲生气，晕乎乎地点下头。

气氛凝重，乔母也没了帮女儿试装的兴头，关门离开之际，不由惆怅长叹，原本无论如何无缘相识的两个人，居然会因为长辈无意间的一段交谈联系在一起？

与此同时，澳门国际机场——

一行西装笔挺的黑衣人走出机场大厅，眼观六路眼看八方，亦步亦趋地保护着走在队伍前方的年轻男子。男子着装随性且入时，午后明媚的阳光笼罩在他的周身，令他看上去更为出众夺目。他从兜中取出手机，拨打号码的同时坐入劳斯莱斯。

见劳斯莱斯缓缓驶去，大批随行黑衣人各自坐上轿车。

"嗯，刚下飞机。"廖尘取下墨镜，仰靠在椅背上稍作休息。

"到了就先玩几天，等爷爷过去再说。"

廖尘睁开眼，"您说什么？您也要过来？"印象中，爷爷从未离开过摩纳哥，所以他一直以为此行正是代表爷爷洽谈某项重要业务。

"是啊，事关重大，爷爷当然要亲自出面。"爷爷廖睿风爽朗一笑，笑声附带浓浓的神秘感。

"好，不过您还没告诉我突然派我来澳门的原因。"廖尘还在睡梦中就被塞进私人飞机，随行人员倒是不少，但个个一问三不知。

"哎呀！爷爷还能害你怎么的？一切等爷爷抵达澳门之后再说。哦，对了，玩什么都行，就是不能……"

"——玩女人。知道了爷爷，我有那么色吗？"廖尘倒背如流。

"好好好，嫌爷爷唠叨爷爷就不说了。爷爷记得你这是第一次去澳门，可以去参观一下大三巴牌坊和妈阁庙，寻刺激的话可以去观光塔蹦极，小吃……"

"知道了！我会买一份旅游指南的。"摩纳哥与澳门同属沿海城市，对于自小在海岛国家长大的廖尘而言并不会感到陌生。

摩纳哥的国土面积虽然只有澳门的十分之一，但是人均收入却超过美国十几倍，是屹立在世界财富金字塔顶端的独立王国。在摩纳哥只有两种阶层，一层是拥有私人飞机的富人，另一层则是从法国、意大利等地赶来为富人服务的阶层。

廖尘望向窗外，视线有意无意地扫过路边行人。据郝宅陈管家说，乔芊已返回澳门，本以为很难再有机会见面，没想到会在机缘巧合中来到这里，虽然暂时未能联系到乔芊，但这算不算缘分？

另一边，酒店里。

因郝佑鸣殴打监管小D以及极度不配合，在寡不敌众的乱战中被电棍击晕，再戴上手铐丢到卧室床上。

小D揉着红肿的腮帮子倚在一旁休息，这小子忽然间失控个什么劲啊。何况他也没说什么啊，只是讲出一件整个城市都知道的事罢了！哼，不让他说，他还偏要重复！

"乔氏国际地产的乔大小姐，乔芊、乔芊、乔芊马上要嫁人了！等着看电视吧你！还是现场直播耶！"小D朝昏迷在床的郝佑鸣吼过去。

郝佑鸣浓眉紧蹙，复杂的情绪凝聚在眉宇之间，一时间不知该先表达哪一种。

乔宅。

"怎么了，阿德？一整天都不见你说话。"乔芊边玩纸牌边询问。

钟玄德在考虑要不要把他查到的真相告诉乔芊，可是一旦说出事实，保不齐会出现怎样的局面。

乔芊走到他身旁，见他马上戴上墨镜，她又径自给取了下来。

"有关郝佑鸣的事？"说完她急忙捂住嘴，因为母亲不准她提。

钟玄德面有难色，低沉地应了声。

乔芊合起房门，轻声问："他遇到麻烦了？"

"暂时不能确定。他们一行三人住在十六浦索菲特大酒店，可是三人手机始终打不通，通过酒店服务台联系客房也是无人接听，但据我两日来的侦察，他们并未离开客房半步。"

"什么意思？郝佑鸣在屋里研究新魔术还是什么？"乔芊不能理解。

钟玄德观察着她的神态，轻舒一口气，"据我分析，郝佑鸣很有可能遭到绑架。"

乔芊一惊，"谁？谁绑架了他？！你还真沉得住气，快报警啊！"说着，她到他兜中摸索手机，钟玄德则压住她的手，"绑匪很有经验，没有将他们关押在远离市区的密室中，而是选择高档酒店。他们将郝佑鸣单独监管，将两名女士囚禁在另一处，如此一来，即便警察找上门，也会因为担忧同伴的安全而守口如瓶。"

"那怎么办？我们不能见死不救啊！"乔芊提起裙摆推门而出，可是刚走到门槛就被束缚行动的脚镣扯住步伐，急声呐喊："放我出去！我要出去！"

"大小姐，请大小姐冷静，我已通过关系联到该酒店的客房部经理，服务生会帮忙留意客房内部动态，先确定对方为哪路人马才好设计对策。"

"是本地人绑架了他，还是他的仇家？"

"暂时不知。"钟玄德见她站在门前徘徊，稍加用力地把她拉回屋中，"这件事可大可小，如果大小姐信得过阿德，就让阿德独自实施营救计划。"

乔芊心神不宁地问："那些人会不会虐待他？还有程露锦和林依娜，她们一定吓坏了。你快想想办法，阿德。对了，这事千万不要让长辈们知道。"

母亲很少对她耳提面命，所以她猜想，性格高傲不羁的郝佑鸣或许得罪过家中男性长辈。

看她眼中泛起泪光，钟玄德的眉头拧成弓，伸出手，迟疑一瞬，压在她的肩头，"等我消息，我会竭尽全力的。"

乔芊深知绑架案多半与黑道脱不了干系，而"钟玄德"这三个字在抓获某黑道首脑后已被黑道列入黑名单。她纠结着，深鞠躬致谢，"我的朋友很少，这些年幸好有你愿意听我发牢骚，我不希望他们在澳门留下阴影，但更不希望你出事，一切以自身安全为准。"

钟玄德的手定在半空，缓缓垂下，笃定应声，继而转身离开。

他离开不久，乔芊匆匆走到窗口，望向钟玄德驾车离去的渺小身影，心悬在嗓子眼儿，不知所措。

一小时之后，为乔芊送来晚餐的保姆守在门外很久，仍旧得不到入门的允许。

"啊！快来人啊，大小姐晕倒了！"保姆扶起昏厥在地的乔芊，见她头冒虚汗，脸色发白，吓得魂飞魄散。

乔母闻声赶来，一边焦急地呼唤乔芊，一边打开脚镣，不等保姆上楼搭手，乔母已将女儿背上身，"芊芊坚持住……"

乔芊为了活灵活现出演病人一角，裹着棉被在桑拿室里坐了整整半小时。

母亲的声音哽咽且慌张，身材又娇小，乔芊虽然于心不忍、万分内疚，但她实在没有其他办法离开阁楼，对不起了老妈。

保姆紧随其后将乔芊搀扶到客厅沙发上，急救车与私人医生几乎是同步抵达乔家宅邸。见乔芊在半梦半醒之间呓语"热、难受"，在不能确定病因的情况下，私人医生立刻将乔芊送往医院进行全面检查。

进入医院，乔芊为了避免让母亲过于担心，告诉母亲只是很不舒服，乔母听女儿语速平稳、思维清晰，这才稍稍松了口气，但无缘无故晕倒肯定不正常，所以要求院方一项一项替女儿做检查。

"妈妈，您回去休息吧，有张医生陪着我就好。"张医生是她家的私人医生。

不等乔母拒绝，张医生说："等待全面检查报告出结果最快也要一天，有任何问题我会在第一时间通知夫人。"

乔母拭去泪水，帮女儿掖了掖被角，"妈妈就你这么一个宝贝，你实话告诉妈妈，是不是把你关在阁楼里让你有了轻生的念头？"

乔芊摇摇头，"我可没活够，何况我也舍不得您。"

母女俩交流一阵，直到乔芊发誓绝不会自杀之后母亲才肯离开。

一刻钟后，乔芊谎称困了，将所有人轰到门外守护。待清场完毕，她蹑手蹑脚地走下病床，首先反锁上病房门，再移到床边，谨慎地拉开玻璃窗，趁自己还没从一楼急诊室转入病房的大好机会，从窗子跳了出去！

"你好，请送我去索菲特酒店。"

"小姐，你穿着病号服跑出来真的没问题吗？"出租车司机问。

"哦呵呵，我是来做健康检查的，没问题，请开车。"乔芊摆了个活泼的笑脸。

"别说，你的长相与乔家千金还真有几分相似啊。"司机指向道旁的广告牌，乔芊闻声望去——道路两旁屹立着一排排硕大的海报广告。海报中的乔芊身着华丽婚纱，以"怀抱琵琶半遮面"的美艳造型示人。海报中还有一位男士的身形，不过做成黑色剪影图。

标题为：世纪之约，谁是她的Mr.Right？

全程直播敬请期待。

当然，花大价钱买断广告位也不能漏掉商机，海报背景除了必不可少的点缀，还有乔氏正热销的楼盘。

晕，结婚而已，有必要昭告天下吗？

"乔家小姐的气质不错啊，我可差远了。"乔芊眯眼傻笑。

"这倒是，有钱人用的擦脸油都够咱们小老百姓生活好几年了。"

"……"太夸张了亲。

十分钟后，抵达酒店门前，乔芊随身携带现金不多，准确来讲只够买一部手机，剩下的钱勉强可以购买价格便宜的棒球帽和平光眼镜。

通讯业务当场开通，乔芊首先给母亲发送一条报备短信：对不起妈妈，有一位朋友与我约好今天见面，我不想失信于人，去去就回。

[乔母]回复：你从医院跑出去了？！你这孩子是不是疯了？！这件事如果让你爷爷知道，你会大难临头的！

[乔芊]：所以麻烦您帮我挡一下嘛，求求您了，爱您，MUA！

怀揣歉意拒绝母亲的N次来电，乔芊刻不容缓拨通钟玄德的手机，"你在哪里？"

"酒店咖啡厅。"

"出来接我，我穿着病号服进不去。"

"？！……是。"

俄顷，钟玄德提着刚买的女式风衣迎上乔芊，乔芊戴上帽子、眼镜，披上"战袍"，手持该酒店VIP金卡来到服务台订房。

服务人员很快将乔芊指定的客房房卡双手奉上，而她订的客房位于囚禁郝佑鸣的所在楼层。

"大小姐，贸然接近目标人物有失稳妥。"钟玄德平静地说。

"没事，这里随处可见摄像头，料对方也不敢轻举妄动，最主要的是，这是我的事，怎么可以让你一个人冲锋陷阵？"乔芊粲然一笑。

钟玄德欲言又止，怎么说呢，乔芊自小到大都是长辈眼中的乖乖女，如今却要为了交情不深的朋友，不惜违抗最高指令甚至舍身犯险？稍有差池，谁担得起？

然而话虽如此，他没有教训、阻止乔芊的权利，只能配合并服从。

电梯将他们送至目的地，两人一前一后走在回廊里。这时，只见两名身材魁梧的男子从郝佑鸣的客房中走出来。钟玄德自然保持一贯的沉稳，乔芊则故作镇定，与那两人擦肩而过，随后开门进入郝佑鸣斜对面的客房。

进到屋中，乔芊贴在猫眼前窥视四周。钟玄德则立刻取下墨镜连接电脑，因为墨镜上装有微型照相机，刚巧拍到刚才两名男子。紧接着，他又从手提箱中取出一部精密的金属探测仪，如实汇报道："其中一人携带弹药型武器。"

这无疑是一个恐怖的坏消息。乔芊心神不宁地凑到钟玄德身旁。他正向情报部门上传两名男子的照片、身高、体重等资料，随后等待筛选结果。

乔芊看向显现在屏幕上的眼花缭乱的全英文数据库，"你真像个间谍。"

"我确实做过间谍。这套设备可以直接进入警方人口普查档案系统。"特种兵的身份很复杂，总之，国家哪里需要他们，他们便会赴汤蹈火全力完成。

筛选工作需要一段时间，钟玄德又从皮箱中取出另一件法宝——声音收纳器。

这件东西非常神奇，只要贴在门上，回廊里飞过只苍蝇都可以听得一清二楚。

装好声音收纳器，他又在客房门前架起一台体温测试仪，该仪器可以穿透厚实的墙壁，根据体温追踪，探测到对面屋中的人数与分布位置。

乔芊透过豆腐块儿大的仪器屏幕，可以看到斜对面客房中的3D人体轮廓。目前客厅中有三个人，两人坐在沙发上，一人缓慢踱步。郝佑鸣是否在其中暂时无法确定。至于卧室里的状况，因角度的局限性完全看不到。乔芊从来不知道钟玄德拥有这么酷的间谍设备，经她再三追问，钟玄德实话告诉她，他从一个现役特种兵那儿借来的。换言之，严重违反军事纪律。

"阿德，谢谢你，我代表郝佑鸣感谢你。"乔芊感动得一塌糊涂。

他刚毅的脸部线条上展现一丝柔和，"谢什么，大小姐的事就是我的事。"

这时，门外传来交谈声，虽然对方紧捂手机窃窃私语，但通过声音收纳器传到他们的耳朵里却是无比清晰。

那人说："对不起老大，一个没看住，让那小子从兄弟身上顺走一把枪。嗯，他目前挟持了小D，要求见同行的两名女伴。"

听罢，钟玄德与乔芊互看一眼，立刻看向体温测试仪中的动态。客厅中的三人同时消失，换句话说，客厅三人中没有郝佑鸣，郝佑鸣在卧室抢了另一名绑匪的枪？

乔芊眨巴眼睛不知如何是好，钟玄德则算准时机来了，于是他穿上事先准备好的防弹背心与该酒店服务生的工作服。

只要第一枪打不中他的头部，安全救出郝佑鸣的可能性非常之大。

乔芊慌乱之余，掰手指头算人头，"客厅三人，在回廊里打电话一人……刚才离开两人，卧室至少还有一个，加在一起至少有七人！"她一把拉住钟玄德，"你不能单枪匹马杀过去，这也太危险了！"

"我会在其余两人返回之前解决他们，何况还有郝佑鸣，四对二，胜算率很高。"钟玄德从枪套中取出手枪型麻醉枪。

"四？不是五吗？"

"请大小姐切记一点，无论发生任何情况都不准出去，否则第一个饶不了郝佑鸣的就是我钟玄德！"

话音未落，钟玄德一个箭步冲出门槛，瞬间将刚结束通话欲返回房间的那名绑匪撂倒在地，继而锁住此人的脖颈，压制此人步入房门，又翻脚踢上门。

这一气呵成、干净利落的动作令乔芊瞠目结舌，果然还剩下四个人！

乔芊手忙脚乱地关上房门，她确实帮不上忙，就别添乱了。她搓了搓手汗，一手紧握手机准备随时报警，一边通过各种仪器观察门外动向。

此刻除了祈祷他们安然无恙，就是期盼速战速决。

郝佑鸣这让人不省心的笨蛋，不好好回去接管家族事业，跑来澳门干什么啊！

乔芊把耳朵贴在声音收纳器旁仔细聆听，可是除了轻微的拳脚声几乎没有听到交谈声，反而无意间收听到另一间客房中高分贝的喊叫声。

她怔了怔，没错！那是程露锦的声音。

程露锦歇斯底里地喊道："我已经半个月没做指甲、没有护理了！你们还有没有人性？！我的人生全毁了！"

乔芊满脸黑线，都什么情况了还想着臭美。

不过，听到程露锦底气十足的吼声就知道她没有受到虐待，乔芊放心了不少。

大概过去十分钟，透过猫眼的窥视，看到关押郝佑鸣的房间里走出一名男子。乔芊下意识地缩成一团，男子出门之后并未东张西望，面朝门板方向竖起风衣衣领，压低帽檐，继而堂而皇之按下隔壁客房的门铃。

乔芊的神经更为紧绷，里面的情况到底怎么样了？为什么这个男人可以随便进出？没人告诉她绑架犯与囚禁者之间可以如此友好啊！

这名男子不知道进屋之后说了些什么，总之很快将程露锦从客房中带了出来。程露锦身后还跟随着另一名黑衣男子，她没有反抗的意思，显然不想被暴徒毁容。

三人一同返回郝佑鸣的客房，只听咣当一声巨响，之后又恢复安静。过去大概五分钟，风衣男子又一次走出来，乔芊这一次看到了男人的侧脸，啊，原来是钟玄德！说明他们成功了？

这一次，包括钟玄德在内，关押两名女士的客房中走出三人。乔芊通过猫眼看到一名男子边走边把手插入西服，颇有随时掏出武器的架势。她紧张得连呼吸都快停了。

气氛高度紧张，就在钟玄德跨过门槛的这一刻，乔芊眼睁睁看到紧随其后的两名男子被什么东西绊到脚踝，身体前倾，相继扑倒在地。这时，郝佑鸣的身影从门前一闪而过，他与钟玄德几乎同时出击，一招击晕对方之后，硬生生将两名绑架犯推搡进屋。房门再次关闭，顷刻间恢复安宁祥和。

乔芊呆若木鸡，这是她见过最安静、最快捷的大规模伤人事件。

形势一片大好，她的情绪也渐渐放松下来。

接下来，再救出林依娜就万事大吉了，噢耶。

正想着，声音收纳器中传来两道清晰的脚步声。二人的步伐从电梯方向逐渐靠近。A附耳对B说：大队人马这就赶过来，他们今天插翅难飞。咱们就假装什么都不知道，先挟持姓林的女人当肉票，只要有人质在手，料郝佑鸣和那个来救他们的人不敢轻举妄动！

B应了声：幸好小D按照老大的吩咐在身上藏了窃听器，否则还真叫他们杀出重围了！

听罢，乔芊一时间忘了害怕，不假思索地夺门而出，心想，绝对不能让他们返回客房挟持林依娜，一定要在这两人进入房间前阻拦去路！

两人见迎面走来个小姑娘，步伐稍微停顿了一下，为避免节外生枝，两人故作绅士，站在一旁给乔芊让行。

乔芊敛气屏息，路过两人身旁时礼貌俯首，见二人准备继续走，她哎哟一声弯腰捂住胃部，"先生，先生请帮帮我……"

幸好穿着病号服，虽然有风衣遮挡，但是裤子部分看得一清二楚。

A暗示B少管闲事，于是两人充耳不闻继续前行，乔芊则瘫坐在地，面朝空旷的回廊大喊："服务生在哪里？！我的肚子疼死了，快扶我回房间——"

这一扬声喊叫，两人唯恐引来服务生的关注，只得返回乔芊的身旁，询问她房间号，并打算送她回房。

客房中摆放着各种精密仪器，乔芊自然不能让他们进去，而她的目的就是拖延时间，所以一边挣扎着站起身，一边故作羸弱地说："麻烦两位把我送到电梯口可以吗？实不相瞒，我是从医院里偷跑出来的……"

"行，没问题，你送这位小姐去电梯口。"A指挥着B单独行动。

见状，刚走出半步的乔芊一个趔趄跌倒，A驻足抓住她的手臂，这才感到她的身体正在剧烈颤抖，"小姐，我看你病得不轻，不如直接去医院吧。"

乔芊会颤抖完全是因为害怕，因为钟玄德曾说过其中一人身上有枪。

"好……谢谢，可是我双腿无力、浑身发软，能不能麻烦两位帮下忙？"

话音刚落，她顿感双脚悬空，竟然被A横抱起身。A显然不想再浪费时间，命B原地等候，随后大步流星向电梯口走去。

乔芊小幅度看向B的位置，而B也正在看他们这边的动态。电梯门很快在眼前打开，站在其中的电梯小姐热忱相邀。乔芊如果再纠缠下去似乎不合理，但是为了尽可能延迟A折回的速度，她站在电梯门口向A索要联系方式，承诺日后定有重谢。

做好事不求回报那是雷锋的工作，A打量乔芊，注意到她戴在耳垂上的钻石耳钉，能捞不捞的是蠢蛋，因此爽快地报出手机号。正当这时，乔芊的余光中闪过一道黑影，她平行移动眼珠瞄过去，惊见郝佑鸣悄然打开房门，正弯身靠近B，她倒抽一口气，立刻高举手机递到A眼前确认号码。

而郝佑鸣并不知道乔芊会走出客房与绑匪周旋，见对方只有一人站在门外，以迅雷不及掩耳之势跃身而起，狠狠一掌劈向B的后脖颈儿！

咚的一声闷响从A身后发出，A机警转身。与此同时，透过监视器察觉异样的酒店保全人员们通过安全门冲上本楼层。

可问题是，保全出现得实在不是时候，来势汹汹、声势浩大，A本能的反应肯定是逃跑，于是二话不说一把将乔芊推进电梯，又快速关闭。

该酒店高20层，他们所在楼层为18层，当电梯降到第10层时，轰隆一阵颠簸袭来，酒店方强制关闭了该部电梯的运行系统。

监控室可以直接看到电梯里的状况，首先确定两名女士的安危，随后，保全部经理使用麦克风传递信息，警告绑匪A万不可伤害人质。促狭密闭的空间里萦绕着酒店保全人员与A交涉的话语，电梯小姐与乔芊则抱团缩在角落不敢吱声。

A飚了句脏话，既然出了事必须有人扛，因此他立刻发短信通知老大撤走埋伏在酒店外的兄弟。反正他一没伤人，二没性侵，警方大不了告他一个非法禁锢人身自由。

猝然之间，扬声器的另一端传来一阵嘈杂，好似是阻止谁进入的吵闹声。

"是你在里面吗？快回答我！"郝佑鸣急问。

乔芊眼中含着泪，怯懦地抬起头，将正面呈现在镜头中。

"放她出去，以我郝佑鸣的人格担保，对于你们的所作所为不予追究。"

A捧腹大笑，"追究什么啊，这位先生？我根本听不懂你在说什么！"

"听不懂没关系，我在9层等你，送你安全离开。"

"郝先生，为了人质的安全，应该马上联系警方，何况您没权利这么做！"保全经理阻止的话语传入电梯间。

"你最好给我滚开！如果不是为了救我，她不会假扮成电梯小姐出现在这家酒店里！更不会遭遇叵测！现在！我用我的命换我的女人出来就是我的权利！钟玄德，压住报警的那名保全！"

监控室方向传来一片混乱之声，而电梯这边，A猛地提起电梯小姐的手臂，继而将一把弹簧刀横在电梯小姐的脖颈前。

电梯小姐吓得惊声尖叫，两腿一软昏了过去。

乔芊没时间反应郝佑鸣那番话的用意，抱紧电梯小姐摇摇欲坠的身躯，吞了吞口水，对A说："我们不跑，一定服从你的命令，不要伤害我们，可以吗？"

人高马大的A一拳砸碎摄像头以及一切与外界相连的设备，扯过电梯小姐看向她的容貌，"长得一般般嘛。"他又看向乔芊，"我还以为郝佑鸣要救的人是你，不过幸亏他情急之下暴露了保护对象，否则我肯定要狠狠揍你一顿，知道为什么吗？！"

"愿、愿、愿闻其详……"

"先把耳钉摘下来放我裤兜里！"

"噢！"乔芊立即取下钻石耳钉放进他的裤兜。

"如果是你，那就说明你刚才是在蓄意破坏我们的行动，如果是那样的话，你说你该不该死？！"A扬起拳头虚晃一招，吓得乔芊抱头捂脸。

乔芊缩了下肩膀，又默默取下铂金手链，"这个你也拿去当逃跑的路费吧，以后，不要再做违法乱纪的勾当了……"

A从没见过这么"有爱心"的人质，扑哧一笑，毫不客气地收下手链，爽快地说："只要她男人不耍花样，助我逃生，我自然不会给自己找麻烦。你也别害怕，小妹妹，哥最怜香惜玉了。"

乔芊怂颠颠地谄媚憨笑，庆幸郝佑鸣机智之余，又在心里向吓昏过去的无辜的电梯小姐报以十二分的歉意。

说时迟那时快，电梯再次启动，数字"9"自动亮起来，紧接着缓缓向下方移动。事态无法控制，A唯有勒住电梯小姐挡在身前，随机应变。

乔芊则按照A的指示，环抱他的腰部，心不甘情不愿地站在A的身体一侧。

叮——

电梯门悠悠敞开，所有人的心都悬了起来。

当门打开的这一瞬，A看到伫立门前、距离自己不到半米的郝佑鸣，内心不由得惊了一下。

郝佑鸣始终不看乔芊一眼，上前一步，与A脸对脸，正色道："放了她们，我送你上顶楼直升机，直飞公海。我向来说到做到。"

螺旋桨的旋转声从酒店上方掠过，证明着他的信誉与实力。

乔芊见他满脸伤痕，嘴角溢血，心脏揪成一团。

经A观察，基本可以确定四周并未埋伏保全或警察，又见郝佑鸣神色坦然，他索性直言不讳地说："没想到郝先生竟然拥有呼风唤雨的能力，正如郝先生所看到的，我们不过是替人消灾的小喽啰，谢谢你大人不记小人过。为了表示感谢，我不妨实话告诉你，虽然对方不曾露面，但通过我们老大毕恭毕敬的口气也不难判断对方是位非同一般的大人物。而我们收到的指令是：无限期软禁，等待新的指令。我想，即便我们任务失败，对方也不会轻易放过你。"

听罢，郝佑鸣平静地回："我很快就会知道对方的来头，请吧。"说着，他一手托住昏厥的电梯小姐，一手拉住乔芊的手腕，将她们双双拉出电梯；同时，自行走入A的控制范围。

电梯门即将关闭，乔芊竟然一侧身钻了回来，她什么都没说，深低着头，死死挽住郝佑鸣的手臂。

"这位小姐，莫非你是我的脑残粉？"郝佑鸣口吻轻佻，眉头紧锁。

乔芊顺从点头，"久仰郝大师在魔术界的威名，嗯，我很崇拜你。澳门欢迎你。"

郝佑鸣暗自吐口气，地痞流氓的话能信几分？别以为此刻相安无事就不会再出变故！这傻丫头肯定是活腻了。

而乔芊真的没想太多，只是想亲眼看到郝佑鸣脱险的一幕。

再之后所发生的一切，让郝佑鸣必须承认自己是乌鸦嘴，真就言中了……

当他们一行三人抵达顶楼时，自作聪明的保全人员从四面八方拥过来。A大骂郝佑鸣言而无信，挥动弹簧刀乱砍。当刀刃迎面向乔芊砍来时，郝佑鸣一把将她护在怀中，锋利的刀刃狠狠砍到他的手臂上。

最终，A一行人全部落网。幸运的是，程露锦与林依娜顺利获救；不幸的是，诱发了一场原本不该发生的流血事件。

从始至终，郝佑鸣都紧紧将乔芊搂在怀中，任由鲜血如泉眼般喷涌，直至昏迷。

他在昏厥前再三叮嘱乔芊，千万不要送他去医院。

乔芊哭着点头，命钟玄德立刻准备车把他带到安全的地方。

在钟玄德私有的公寓套房中，正实施着一场简单的刀口缝合手术。

"他的伤没事吧？"乔芊看向钟玄德忙碌的身影，又看向放在桌边的血色棉球。

"伤口很深，虽然没砍断静脉，但伤势不轻，我只能先帮他做简单的缝合与止血，万无一失的方法自然是送入正规医院。"

乔芊坐到床边，注视郝佑鸣红肿的手臂，上臂包扎着厚厚的白纱布。她拧好热毛巾，替郝佑鸣擦拭飞溅在皮肤上的血迹。

"他不想去医院就别去了，今天辛苦你了阿德。"乔芊回眸凝睇，"幸好有你这位全才的能人在我身边，谢谢。"

钟玄德看到她眼中的泪光，怔了怔，俯首致意，然后退出房间。

静谧的卧室里，郝佑鸣喃喃呓语，吵着要手机。

"你说号码，我帮你拨。"

郝佑鸣眉头紧锁，在空气中胡乱地抓找。乔芊以为他要手机，急忙把手机塞到他的掌中，可是他又扬手推开，继而握紧她的手，这才停止躁动。

乔芊垂下眸，凝视着十指相扣的两只手，心情变得越发复杂。

听到均匀的呼吸声，乔芊探身抚了抚他的发帘，几不可闻地说："为什么拉着我的手不放呢？再过一个月，我将成为别人的妻子。"

她的手被他移到唇边，他似乎没有醒，只是无谓地用嘴唇摩擦着她的手。

"大小姐，再不回去，夫人很难向老太爷交代。"钟玄德重新进入房间，附耳提醒。

"可是郝佑鸣还没醒，我这一回去，肯定再也出不来了。"乔芊向钟玄德抛去恳求的目光。

钟玄德思忖不语，又向郝佑鸣看去，请乔芊借一步说话。

"有件棘手事……我一直不知道该怎样告诉大小姐。"

"怎么了？你说吧。"

"绑架郝佑鸣的人是……"

"你查到了？是谁？"

钟玄德移步窗边，戒烟许久的他竟然燃起一根烟，深邃的黑眸中满是挣扎。

乔芊从没见过他如现在这般纠结，绕到他的正面追问："究竟是谁？"

"总之，请大小姐速速返家，否则，郝佑鸣未必可以安全离开澳门。"

乔芊心头一紧，回忆起与母亲的对话，她难以置信地问："难道……是爷爷？"

"当然不是，请大小姐千万不要胡思乱想。"钟玄德掐灭烟蒂，"我先送大小姐回家，再回来照顾郝佑鸣，直到他康复为止。"

就这样，乔芊稀里糊涂地被带出门，走到电梯门前，她不由得联想到刚才在电梯里的一幕……旋身跑回门前，径直走入卧室。钟玄德后脚跟进，刚欲开口，乔芊率先说："让我和他单独待一会儿，最多两小时。"

"意义何在？"钟玄德初次使用质问的口吻。

"没有意义，只想陪他多待一会儿。"乔芊深知此行返家再没可能逃脱。

面对一个曾教导过她的师父，一个救她脱险的男人，她没理由再次不告而别。

钟玄德欲言又止，告诉她他在车里等，便离开公寓。

半小时后，郝佑鸣从痛楚中浑浑噩噩地苏醒过来。他看向直勾勾望向自己的乔芊，嘴角勾起一抹淡然的笑意，"脑残粉你还在哟？"

乔芊笑着瞪他一眼，将手机交到他手中，"先联系你的家人。"在听到钟玄德不清不楚的警告之后，她很担心郝佑鸣再出意外。

郝佑鸣在乔芊的搀扶中坐起身，首先接通奶奶的电话。

电话一接通，对方就像吃了子弹的机关枪一样突突突发射。

"您别急，我很好……嗯，手机不知丢哪儿了……好，稍等一下。"郝佑鸣示意乔芊回避，乔芊识趣地走出卧室，把房门关上。

卧室里，郝佑鸣将突发状况告知奶奶。

听罢，奶奶一语道破天机："我就知道姓廖的老家伙不可能让咱郝家顺心如意！奶奶就是考虑到这一点，才让你下了飞机便联系老东尼。老东尼在当地拥有一家实力雄厚的保全公司，他完全可以保证你在澳门的安全。快告诉奶奶，伤得重不重？"

"小伤不碍事，不过事到如今，您还不打算告诉我此行的原因吗？"郝佑鸣不知道祖母的葫芦里卖的什么药，只知道如果让他早些了解真相就不会乱作一团。

"奶奶上次不是和你说过了吗？廖睿风把他孙子廖尘弄到你身边其实另有目的。别看廖尘比你小四岁，但他是当仁不让的廖氏皇家赌场第三代继承人。说得更明白点，也是郝家在不久之后的竞争对手。"

"郝家酒店在北美洲，廖家赌场在欧洲，显然谁都无法动摇对方的根基，除非……"郝佑鸣沉了沉气，"牵扯到祖父未了的心愿？"

奶奶喟叹，"这件事不是不想与你细聊，只是不愿意扯上一堆陈年往事令你感到困惑。何况《合作协议书》中有明确规定，为保证合作的公平性、公正性，在没有确定结婚对象之前，三方的第三代绝对不可以提前见面。其他苛刻条例先不说，单破坏了这一条，便等于自动放弃合作机会。"

"您怎么可以这么……不懂变通，先告诉我又能怎样？我可以装不知道啊。"他差点说奶奶是死脑筋。

"即便你装得像，那对方呢？谁能保证女方不会出卖你？本来女方家长就不同意这桩婚事，正因为碍于《合作协议书》仍旧有效，所以才迫使廖家也不敢轻举妄动，否则早就让两家继承人睡在一起了！还会等你过去搅局？"

"如此说来，您叫我抢的女人就是廖尘的未婚妻？"

"是啊！不过据奶奶多方打探，廖家虽然将订婚戒指送了过去，但廖尘本人也不知道即将娶回家的女人是何许人也，那姓廖的老家伙真是谨小慎微，处处提防，唯恐被我抓到一点把柄。"

"您明知道廖尘来者不善也不提醒我。您拿亲孙子当猴儿耍吗？"

"别瞎说，你是奶奶的主心骨、宝贝疙瘩，奶奶之前没有说是因为非常了解廖家老头的个性，他也不会把实情一五一十地告诉廖尘，最多偶尔给廖尘打打电话，在闲谈间问问你的近况和动向。后来奶奶在哪种情况下才提醒你防范廖尘，你还记得吧？就因为你与情人的暧昧照闹上杂志封面！奶奶能不急吗？！《协议》中写得清清楚楚，绝不允许在婚前包养情人！还有那个林依娜，为什么她还跟在你身边？你们的关系真的正常吗？"

郝佑鸣下意识看向门的方向，"哎哟，您把我当成什么人了，左搂右抱这种事即便我想，人家也不干。林依娜只是我的助理，没别的。至于您提到的情人，更是误会一场，她是我徒弟。"

"好吧，姑且相信你与林依娜之间是清白的，不过那什么徒弟的不对头，何况哪个徒弟会与师父搂搂抱抱？我是你奶奶，别想蒙我！瞧你当时那宠溺的小眼神儿，奶奶是过来人，还能不知道你心里在盘算什么？满脸写着：Oh, my baby！"

郝佑鸣这一笑连带着伤口隐隐作痛，"那更好办了，如果廖尘提及所谓的情人，那他只能与我各被打五十大板。他喜欢那女孩。"

"哦？！好啊，好消息！不过，那个女孩子喜欢你还是他？"

郝佑鸣拧了拧眉头，顾左右而言他道："您似乎与廖尘的爷爷很熟？"

"是很熟，关于我们这一辈的恩恩怨怨你迟早会知道，等奶奶过去再慢慢告诉你。你先联系老东尼，请他弄一车军人过去保护你和你继母她们，我看谁还敢动我宝贝孙子一根汗毛！"

女王架势十足，气场全开。郝佑鸣恭敬不如从命。

乔芊听到他的召唤，打开门探进小半个脑瓜，"是不是饿了？"

郝佑鸣拍了拍床边的空位，伸出一臂。

乔芊摩挲着衣角走上前，还没决定坐在哪里，已被他搂住腰肢拉入怀中。

"小心碰到伤口。"乔芊关切地扭转视线。

然而，却没料到会迎上他压下来的唇。

唇与唇轻柔地磨蹭着，乔芊心里想着要躲开，但没有付之行动。他的齿间仍旧弥漫着淡淡的血腥味儿，时刻提醒她受伤的源头与自己脱不了关系。

情不自禁地，他的手顺着她的衣领探了进去，抚摸着漂亮的锁骨与光滑的肩膀。

"不，不能再向下摸……"乔芊小脸涨红，气息紊乱。

一句话稍稍唤回郝佑鸣的理智，但他不舍得就此放手，亲吻着她的耳垂，问："不嫁，不行吗？"

"不娶，你可以吗？"

郝佑鸣无力地垂下手臂，长嘘一口气。

乔芊看向窗外，从她的角度可以清晰看到屹立在道旁的"结婚通告"广告牌，正因为她比郝佑鸣更要面对现实，所以不敢幻想更多。

"还有一个月我将永久失去自由身，不如……我们就在这里道别吧，你暂时住在这里很安全，钟玄德会……"

话音未落，郝佑鸣环起一臂捞过她的身体，用力地揽入怀中。

"原来你是大地产商乔正天的孙女，我还以为是谁家的小暴发户。"

"你认识我爷爷，是吗？"乔芊没有忘记母亲与郝家撇清关系的郑重警告，所以谨慎地询问。

"不认识，听绑匪提过一句，似乎除了我，所有人都知道你要嫁人的事。"

乔芊怔了怔，不由得摸了摸他的额头测体温，"怎么了你，你早就知道……"

"我不想知道！别重复个没完没了的！"

乔芊没料到他会突然发飙，钻出他的怀抱站到一旁，委屈地说："这也不是我能左右的，我心里也不舒服啊，你还吼我。"

郝佑鸣沉默许久，说："在我奶奶还没来之前，我们私奔吧？"

第十四章
没人替你勇敢

乔芊望向郝佑鸣那双深若幽潭的黑眸，深吸一口气，扬手轻拍他的头顶，"神经病，谁要跟你私奔啊。"

这一巴掌虽然不重，但足以使他清醒三分。

"那你陪我睡，否则我也太亏了。"

"……？！哪里亏了！"

"容忍你打骂无数这事先不提了，"郝佑鸣伸出五根手指，又一根一根屈起，"教你魔术，送你古董香水瓶挂件，COS比赛、新人比赛出钱出力又出人，最重要的一点是，奋不顾身帮你挡刀差点死掉。"

"……"骗人，没有死掉这种事。

郝佑鸣见她企图逃跑，一把攥住她的手腕，把她扯到床上。

看看，手腕有力、动作利索，哪里像命不久矣之人。

"如果不是那一晚我对你心慈手软，你早就是我囊中之物了，对于一个绅士，且帅气迷人的绅士，你好意思拒绝吗？"

"可是，你受伤了啊。"乔芊胡乱抓来一个借口。

"姿势千千万，我允许你在上面。"

"……"乔芊见他一副势在必行的流氓样儿，紧张得连双手都缩进袖口，坚定地摇摇头。

哗啦，一个紫色的小水晶球呈现在她的眼前，惊见小球有规律地横向摆动起来，乔芊立刻机警地捂住双眼，"呸，什么绅士！"这个小水晶球是做催眠之用，她被坑过一次了好吗！

郝佑鸣一猜她就不敢睁眼看，趁着这会儿赶紧毛手毛脚。

"不要！你给我走开！"乔芊一手捂脸，一手推拒他正解自己衣扣的罪恶之手。

但不幸的是，上衣还是被他的毒手扯落在地。

"你这么做，对得起你未来的妻子吗？！"

"我都不知道她是谁，更别提什么对不对得起了。现在就说你，你究竟在矜持个什么劲儿？明明很喜欢我，迫切想占有我，又不敢承认，现在我又没要你负责，你反倒推三阻四起来了？"

"你！你也太不要脸了郝佑鸣！是你喜欢我、想占有我！"

"如果这样讲让你有面子的话，也可以。"

郝佑鸣见她一手盖在眼前，谨慎地凑上前，袭上她的唇。

一个男人可以无怨无悔地对一个女人好，可是没有一个男人会跟傻大憨似的对女人说，千万别感动，当我不存在，真的不求回报。

病号服真好，裤腰是松紧带的，只要稍微往下一拉，他的食指便轻易地钩住她的内裤边缘。

"不行，真的不行！别闹了郝佑鸣！"乔芊吓得满床乱窜……

忽然间，他从她的眼前压下来，乔芊以为他又要强吻或乱摸，可是他没有那样做，指背轻轻掠过她的脸颊，将几缕凌乱的长发从她眼前撩开。

他的脸上染上一丝柔情，乌黑的眼眸中映衬她的身影，温热的气流在彼此间交错而过，仿佛正诉说着离别的无奈与哀伤。

他们不曾相恋，甚至不曾认真聊过感情的问题，所以令乔芊百思不得其解的是，对于他肆无忌惮的侵犯，她却没能做到完全排斥。

"如果你未来的妻子问你，你在婚前喜欢过别的女人吗？你会怎样回答？"

"从感情方面讲，我会照实说；从合作关系上讲，我不会回答诸如此类的问题。"郝佑鸣揉了下太阳穴，"如果对方继续追问，我会大言不惭地说，我爱我的妻子。"

"我很好奇，是怎样一桩大生意让你变得如此虚伪。你又不缺钱，少赚一笔又怎么了？"反正她不会昧着良心对未来丈夫说什么爱不爱的。

"钱？这话真伤我自尊，这是一桩与钱无关的生意，目的是让郝氏的大旗插上新的领土，这是一场战役，你不懂。"

"凭自己的能力不行吗？"

"除非我是美国总统，要么下届选举时你投我一票？"

他的唇在笑，眼睛却没笑。乔芊确实不理解生意场的魅力，或许永远搞不懂，但是从自家长辈严重干涉婚姻的事件来看，说好听了叫门当户对，说难听点，女性在家族事业中多半只起到壮大企业的辅助作用。

这本是不争的事实，所以她应该欣赏郝佑鸣的坦白？

"幸好我一早就知道你是个说话不靠谱的人，刚才还说私奔咧！"

郝佑鸣将整张脸充斥在她的视线里，严肃地问："我是认真的，听好芊芊，对于我们都是最后一次机会……"他滚了滚喉结，更为深沉地说："我有能力养你、保护你，愿不愿意与我私奔？"

他想他肯定是这世上最不孝的孩子，总是做出一些令长辈痛心的决定。不过，风平浪静的日子似乎真的不适合他，他喜欢刺激，喜欢冒险，如果乔芊不够勇敢，他显然无法替她勇敢。

乔芊的思绪堕入他迷离深邃的目光，让时间分分秒秒流逝。

倏地，她闭紧双眼，深吸一口气，说："对不起，我……"

郝佑鸣伸出一指抵在她的唇边，已然猜到她的选择，也是，他们既不是恋人也不是知己，乔芊没理由陪他疯。

做个吻别的仪式吧，他想着，盖住她的唇。然而，那夹杂着离别气息的热吻强烈到变了味儿，仿佛有一个声音在心底呐喊，一遍遍质问他：就这样认命了吗？

他蓦地睁开眼，一鼓作气快速抽离，翻身下床，捡起她的衣衫放在枕边，继而走入洗手间。

乔芊不明所以，支起身等待半晌也不见他出来。

一串急促的敲门声传来，乔芊匆忙穿戴整齐去开门。

"公寓外围被十几辆黑色轿车包围，敌友未知。"钟玄德急报。

不等乔芊追问，郝佑鸣从洗手间里走出来，"那些保全人员是我叫来的，麻烦钟先生带乔芊……先行离开。还有，谢谢。"他郑重地向钟玄德俯首。今日如果没有钟玄德鼎力相助，他不可能顺利获救，这份人情他会记着。

他抬起眸，视线落在乔芊身前，深吸一口气，伸出一只手，"芊芊，再见了。"

乔芊望向他那血迹斑斑的手、黯然的眸，这一别，不知是否还有机会再见面。如果说刚才的她还没有彻底意识到这一点的话，此刻已幡然醒悟。

钟玄德见她一动不动，径自抓起她的风衣，站在一旁施加无声的压力。

"再见不如不见，祝你大获全胜吧。"

她没有与他行什么握手道别礼，径直走出房间，步伐又急又快。

闷闷的关门声震入郝佑鸣的心里，手臂上的刀伤因肿胀而疼痛，额头抵在玻璃窗前，俯视钻进轿车后座的乔芊，直到看不见车的踪影。

"乖孩子，快跟妈妈去医院！"程露锦在一列保全人员的陪同下出现在公寓门前。

不知是他体力严重透支，还是伤口发作导致虚弱无力，第一次，他给了继母一个满是情感的大拥抱。

程露锦绷直双腿环住他的身躯，像母亲那样宠溺地拍了拍。

"你一直是坚强独立的好孩子，我们祝她幸福好吗？"她在来的路上已经看到铺天盖地的广告牌，怪不得最初见到乔芊时她敢与她比财富，原来是地产界翘楚乔正天的小孙女。

郝佑鸣讷讷地说："凭什么祝福她，她又没祝福我。"

"好嘛好嘛，那就不祝福了，反正没能嫁给你，肯定是她的重大损失啦！"程露锦这小马屁拍得一套一套的。

"就是。"他垂下手臂，有气无力地返回客厅。走着走着，余光里似乎闪过什么，他缓慢地侧过头，透过玻璃窗，巨幅海报落入眼底，海报中的乔芊身披白色婚纱，弯长的睫毛微微低垂，一束手捧花立于唇边，美得像个仙女。

而新郎居然只用了黑色剪影，剪影上印有一行显眼的大字——×年×月×日晚八点，敬请关注。

郝佑鸣一手按在窗边久久凝视，程露锦误以为他触景伤情，所以偷偷摸摸放下百叶窗，直到窗叶碰到他的手背，他才忽然回过神，又打了个冷战。

"怎么了，鸣鸣？"

"时间，结婚庆典的直播时间你注意到了没？"

程露锦望过去，边看边念……"咦，这么巧？！"果然没缘分，乔芊的大喜之日也是郝佑鸣见未来妻子的日子。

"我为什么来到澳门？"他加以引导。

"婆婆的意思。"

"我们为什么会在这里遭到绑架？"

"呃……不知道耶。"

他望向玻璃窗，思路越发清晰，抓起手机接通老东尼的电话。

"麻烦您帮我查一下，近期是否有一个叫廖尘的摩纳哥籍男性华人入境。"

老东尼办事效率极高，不出半小时便打了回来，答案是肯定的。

郝佑鸣摩挲着电话按键思忖不语——地产商，神秘联姻，开设赌局以及乔芊亲口证实的那一位素未谋面的未婚夫。

"啊……"郝佑鸣看向正在啃比萨的程露锦，"虽然整件事巧合到匪夷所思的地步，但是，莫非奶奶叫我抢的女人就是乔芊？"

"……"程露锦嘴里塞满食物不是很想回答。这孩子是不是疯了？

见郝佑鸣持续呈惊呆状，她为了安抚他不稳定的情绪，迎合道："你给她打个电话问问呗，她不可能不知道自己要嫁给谁。"

"我现在用的就是她的手机。"

程露锦眨眨眼，苦口婆心地说："鸣鸣，我知道你对乔芊有着特殊的感情，但这世上不可能有如此巧合的事，千万不要打给你奶奶求证，我怕婆婆骂我玩忽职守。"

这时，手机在他掌心振动开来，他一看是本地号码，犹豫三秒才接了起来。

"芊芊你在哪儿啊，别让妈妈着急好不好？妈妈刚听说某家酒店中发生一起严重的伤人事件，哎哟，你快回来呀！你倒是说话啊，究竟见哪个朋友去了？不会是去见那个叫郝佑鸣的魔术师了吧？你非要与长辈们作对是吗？"

郝佑鸣正琢磨着要不要挂断电话，只听电话那端隐约传来熟悉的声音，乔芊说："妈，我回来了。"

乔母见女儿平安归来，直接撂下电话。

郝佑鸣搓了搓下巴，猛地看向程露锦，"乔芊她妈貌似不喜欢我。"

程露锦抖了抖唇，有种想大哭的冲动，怎么回事？他正在幻想与乔芊母亲见面的场景吗？要不要带这孩子去看看心理医生啊？！

时光飞逝，真的是飞逝，尤其是对于婚姻毫无憧憬的女人。

位于某家电视台的上千平方米演播厅之内，工作人员正调试灯光与音效，一幅幅渲染喜气的装饰画悬挂在舞台之上，舞台正中央摆放着一张圆形赌桌，桌上整齐码放着今晚要用到的筹码。入口处，由各界名流送来的高架花篮弥漫着浓郁的花香，无不是在恭贺庆祝乔家嫁女。一条撒满玫瑰花瓣的红毯延伸至后台化妆室门前，门前悬挂标牌——乔小姐专用。

今天，也是乔芊满二十岁的生辰之日。

"芊芊，一会儿上台不要害怕，自当四下无人。"乔母盛装出席，项上佩戴翡翠项链，晶莹剔透的宝石与端庄的妆容彰显着她的雍容华贵。

"我没怯场，反倒是您，妈妈，坐下吧。"乔芊并非初次登台，当然不紧张，不过曾在几百名观众面前表演魔术这种事她可不敢告诉任何人。

乔母则持续不安，审视着为女儿精心准备的礼服。第一套是经过大胆改良后的红色旗袍，中式风格融入西式礼服的元素，将抹胸以上的部分全部掏空，只留小立领与盘口，腰部以下采用具有中国风的单边侧开叉设计与部分蕾丝，裙摆上绣有喻意吉祥的龙凤。还未穿上身，便可感到它不失时代感的温婉恬静。

乔芊在服装师的协助下换上旗袍以及同色系的高跟鞋。旗袍合体的剪裁勾勒出纤细的腰肢，她的肤色很白很透，在艳红的衬托下越发光彩夺目。伴随步伐，若隐若现修长的美腿。发型师没有在她的发型上花费太大气力，松垮的盘发再稍加点缀，便足以将她姣好的面容与身姿呈现至完美状态。

"真美！我家芊芊真漂亮。"乔母拉起女儿的双手原地转了一圈。

"那男的到了没？"她懒懒地问。

"你这孩子，那是你未来的丈夫，嗯，郎才女貌，真好。"

"再有两小时就要正式直播了，还不让我见他？"

"不是不让你见，他们那边比咱们这边还要混乱，毕竟远道而来，保镖、保姆什么的来了一大堆人，你爷爷去找他爷爷叙旧，你爸也过去了，反正马上就会见到面，不差这一会儿。"

"肯定是丑八怪，我坚信这一点！你们怕我逃婚！"乔芊气鼓鼓地坐到沙发上。

"妈妈没骗你，真是帅小伙儿。身高超过一米八，浓眉大眼、玉树临风啊。"乔母唯恐女儿情绪不佳，命其他人先行离开。

"可我不喜欢大眼睛！"

"大眼睛、双眼皮多好啊，不管日后生男生女都漂亮。"

乔芊侧头叹气，越说越不靠谱。

"妈妈，如果，我只是说如果，我真的不愿意嫁……"

话未说完，乔母已捂住女儿的嘴，"你想都别想，亲家偕亲朋好友全来了，又是现场直播，必须嫁。"

乔芊始终摆出一副死鱼眼，这些日子被长辈们逼着学法语，法语啊，bonjour（你好）、merci（谢谢），她的舌头都要打结了。

家中保姆敲门请走母亲，美甲师替换而来，进行最后一道修饰，红色水晶指甲。

"乔小姐今日真是艳光四射，新郎好有福气。"美甲师真诚地说。

"我要是男方我也高兴，可惜我是女人，高兴不起来啊。"

"为什么？莫非如外界谣传那样真没见过面？"真不是炒作？

乔芊摇头不语，思绪飘到安静的角落，对着墙角又捶又打又发飙。

这时，钟玄德敲门而入，乔芊漫不经心地问："联系上郝佑鸣了吗？"

钟玄德据实以报："各大酒店都查过了，没有相关住宿记录，出境记录中查到程露锦与林依娜的出境信息，我估计，郝佑鸣已离开本市。"

乔芊无谓地应了声。自从那日与他离别之后，她仍是对他的伤势有所担心，于是第二天一大早便请钟玄德返回公寓照料郝佑鸣，怎料郝佑鸣已离开公寓，并将她的手机留在公寓里。她又恳求钟玄德联系程露锦与林依娜，但二人也未开机。直到今天，他依旧杳无音信，就像人间蒸发了一样。

"你说，他会不会又遇上麻烦了呢？"

"大小姐，容我说句自信的话，只要在本市之内，发生任何一起刑事案件都不可能逃过我的追查，所以我可以确定郝佑鸣没有发生意外，答案就是他已经离开。"

乔芊当然相信钟玄德的办事能力，但没联系上郝佑鸣本人也是事实，所以这心里总是放心不下。

"今天是大小姐的大喜之日，不要去想那些与结婚无关的琐事了。"钟玄德今日一袭正统黑色西服，既酷帅又低调。

"你见到我的未婚夫了吗？"

"我在很久前已知道是谁，只是不能确定对于大小姐而言算不算惊喜。"

"很久，有多久？惊喜又代表什么意思？"

"半年前。至于惊喜的问题，当大小姐见到对方之时自有答案。"钟玄德身为乔家的第一保镖，通常会执行最艰巨、最秘密的工作。其实这些日子以来，乔老爷也在追查郝佑鸣的下落，并且向他下达最高指令——只要郝佑鸣出现在本市，必须在第一时间将他投进大牢，不惜动用任何关系。一面是救命恩人的命令，一面是誓死效忠的小主人，所以钟玄德期盼乔芊不要卷进这场商战风暴。

不过，郝佑鸣很聪明，并未在本地逗留。

乔芊知道钟玄德属于口风很紧的人，虽然满心好奇，但决定不再追问，反正伸头一刀缩头一刀，不想嫁也得嫁。

演播厅里。

主持人伫立舞台之上，对于今晚的直播活动进行简单的表述——准新郎与准新娘各持等同一千万的筹码，每一局底金各为五十万，竞技项目为：梭哈。

此次梭哈比赛本来就不是为了赢房子、赢地，所以赌金走走形式就好，谁先输光台面上的筹码便代表自愿被纳入对方旗下。换言之，待两家长辈移交董事长之位时，任何一项工程或投资项目，皆要以今日胜出一方的最终决定作为准则。因此，隐藏在这场赌赛背后的资金才真的是令人叹为观止。

位于舞台斜上方的贵宾包厢里传来朗朗笑声，乔正天与廖睿风正举杯畅饮。

"正天啊，咱俩这一别也有三十个年头了，你这身体还是这么硬朗！"廖睿风拍了拍老友的肩膀，笑容中透着欣慰。

"想想各自接手家族事业那会儿，我们也就三十出头，如今都老了不中用了，是该让他们年轻人大显身手的时候了。"乔正天看向赌桌，不由得感慨，"廖尘继承了你的优点，谦和有礼，谈吐不俗。"他又想到某人，继而怒哼，"比起那些诡计多端、两面三刀的人的后代不知道强出多少倍！"

"你看你又来了，人都死了，什么仇也报了是不是？大喜日子，别让这些事扫了你的兴致。"廖睿风帮老友斟上酒。

"他不该死吗？这就是报应！背信弃义！我宁可把那块地卖了，也不会让他郝家称心如意！"乔正天一想起郝弘文在背地里干的那件龌龊事，就恨不得把他从坟墓里挖出来痛打一顿。

——郝弘文是郝佑鸣的祖父。

"哎哟，气大伤身，放心吧，老同学，我廖家加上你乔家的保镖将近一百来人，正死死守在电视台门外，我保证连只苍蝇都飞不进来。何况郝佑鸣压根就不在本市，那孩子自小就叛逆，十五六岁就敢离家出走，这一走就是十年，与家里人的感情原本就不深，再加上绑架那事一吓唬，早就拍拍屁股走人了。《合作协议书》中可是写得清清楚楚，未在规定时间内到场就算自动弃权。"廖睿风笑着附和，一同望向赌桌，只要乔正天心甘情愿"割爱"，那么他永远是乔正天最坚强的后盾。

安静片刻，总导演的命令贯穿于整间大厅："各机位注意！灯光音效准备！距离主角登场时间还有五分钟，倒计时，开始！"

会场逐渐肃静下来，乐团指挥站上指挥台，全体人员各就各位……

倒计时完毕，白色追光首先停在右侧出口处，就在主持人的介绍中，帐幕缓缓开启，身着旗袍的乔芊款款而来，靓丽的外表，稳健的台风，令旁观者无不赞叹其秀美端庄之容。

而后，追光在左侧出口处亮起，音乐从婉约急转为震撼有力，加之霓虹光效的视觉冲击与主持人的渲染，不只伫立舞台之上的乔芊好奇满满，就连坐在电视前的观众也是翘首以盼，因为男主角的出场，将揭开本场直播的第一个大悬念。

"真漂亮，我这孙媳妇也太漂亮了吧！哈哈。"廖睿风满意抚掌，虽然见过乔芊的生活照，但显然经过一番打扮的乔芊更加美丽动人。

乔正天低沉地应了声，惴惴不安地问："Amanda重病住院肯定过不来，不过，郝佑鸣真走了吗？为什么查不到他的最新动态？我这心里总感觉不踏实。"他几日来没睡过一个安稳觉，唯恐出现不可预知的变故。而他口中的Amanda，就是郝佑鸣的祖母。

"我派去监视Amanda的人，亲眼见她被推进手术室急救，所以你就把心放在肚子里吧。退一万步讲，即便真没走又能怎样？他还能插上翅膀飞进来？"廖睿风爽朗一笑。

话音未落，震耳欲聋的螺旋桨噪声，顷刻间震颤了演播厅的外墙……

乔正天与廖睿风不约而同站起身。乔芊闻声望去，只见一架架软梯由高处垂降窗外，紧接着，全副武装的"天兵天将"从四面八方拥入会场，又火速列成两队各站一边。带队人一声令下，"天兵们"齐刷刷行礼，气势排山倒海。

见状，钟玄德跳上舞台护在乔芊身前，乔芊不明所以，于是躲在他身后怯生生观望。

俄顷，由银色荧光灯装饰而成的软梯垂在窗前，明黄色的光束从高处释放开来，光芒四射，瞬间点亮漆黑夜空。此刻，一部分善于捕捉镜头的摄像师已将镜头对准窗外。

黑色皮鞋，黑色西裤，黑色西服，逐渐进入所有人的视线……

倏然之间，一记优雅的跳跃，怀抱大捧玫瑰花束的郝佑鸣赫然出现！虽然他的发型仍旧带着不羁的朋克风格，但今日所穿的西装格外正统。他朝乔芊俏皮地眨了下眼。

而乔芊持续呈呆滞状，下巴快掉了。天啊！知道郝佑鸣爱胡闹、爱出风头，但今天肯定不是他胡作非为的场合啊！怎么办，爷爷会不会杀了他啊？这笨蛋还不逃命，更待何时？！

郝佑鸣却是一副坦然自若的神态，首先举起一个纸卷，朝乔正天的方向挥了挥。乔正天与廖睿风定睛望去，本欲发作的情绪硬是被这泛黄的纸张压了回去。

既然两位老人家再次入座，郝佑鸣岂能让场子冷下去？他从保全队长手中接过无线麦克风，利用丰富的舞台经验，熟练地找到正对自己的镜头，礼貌俯首致意，面带笑容地说："先生们，女士们，晚上好。我是郝佑鸣，我想正在收看此次直播的观众朋友对我并不陌生，没错，我就是今晚的男主角之一。下面，有请另一位主角入场。"

手持武器的保全人员，在保全队长的命令下，做出整齐划一的调整动作。良好市民听到这动静不害怕才怪，于是摄像师立马将镜头转向左边出口。

帐幕升起来，廖尘怒视郝佑鸣，握紧双拳，四平八稳地走了出来。

如果说郝佑鸣的出现足以令乔芊口吐白沫的话，那么廖尘的现身就得让她口喷鲜血。她再也承受不住一波接一波突如其来的"惊喜"，顿感双腿发软，眼前发黑。

钟玄德及时扶住她，又看向位于高处的乔正天，在后者目光的授意下，立刻将乔芊送至后台休息室。同时，身经百战的主持人走上台稳定局面，随后插入大量广告，直播暂时停止。

第十五章
《合作协议书》亮相

此次直播关系到乔氏的信誉，所以不可能说中止便彻底终止。但是摆在乔正天面前的问题又是客观存在的，郝佑鸣既然有备而来，就不可能轻易离开，何况郝佑鸣手中握有那份由乔正天亲笔拟定的《合作协议书》，这份协议书在三方见证下接受公证，具有法律效力。

思及此，乔正天铿锵有力地说："你的祖父郝弘文已过世，至于协议书是否还具备效力，待律师到场再做定夺。"

郝佑鸣则保持不卑不亢的态度，悉听尊便。

廖睿风捋了捋山羊胡，笑盈盈地说："正天啊，咱们果然都老了，传说中的'Ace小王子'转眼间也成了可以独当一面的大小伙子。"

这一则故意重申的信息立刻引起乔正天的警觉。叱咤赌场多年的廖睿风，对于活跃在赌桌上的高手总会特别关注。于是在不久前，他为保合作事宜万无一失，特意向乔正天透露了"Ace小王子"的真身，所以乔正天才会找来郝佑鸣的纸牌魔术影集进行研究。最终，经一流魔术高手亲临现场观摩以及对视频的分析来看，郝佑鸣在表演"观众指向哪张暗牌便报出正确牌面"的过程中，确实没有在纸牌背面动过手脚，似乎真的拥有过目不忘的"特异功能"。

乔正天蹙紧花白的浓眉，"郝佑鸣你这是什么意思？居然带武器进场？知法犯法吗？信不信我现在就把你送进监狱？！"他怒指一干持枪闯入的保全。

郝佑鸣粲然一笑，打个响指，全体保全人员将枪口指向天花板，食指移动，置于扳机处，队长高举一面鲜艳的发令旗。见状，在场人员抱头鼠窜，尖叫连连。然而，当所有人都惊恐万状之际，枪口内打出五彩斑斓的彩带——他们手中的根本是仿真玩具枪。

乔正天捂住心口气得浑身哆嗦，绝不！绝不允许乔家后代的血管中流淌郝家的血！

廖睿风扶住老友摇摇欲坠的身躯，"廖尘！还不快点将郝佑鸣'请'出去。"

廖尘正有此意，走到郝佑鸣面前，无奈地说："实不相瞒，我也是近期才知道未婚妻正是乔芊。不要再胡闹了，我和她早就有婚约，乔芊也不可能跟你走。"

"有些真相你并不是完全清楚，不如稍等片刻，我先去接个人。"语毕，郝佑鸣在保全人员的保护中径直离开主会场。

一刻钟之后，在郝佑鸣的陪同之下，一位气质出众的老妇人步入会场。老妇人虽然即将步入古稀之年，但精气神仍保持着健康良好的状态，妆容简约得体，白色西服套装衬出她的干练与果敢，一颦一笑丝毫不见衰老之气。

乔正天刚刚在私人医生的照料下吞了降压药，惊见来者，不由得手抓护栏再次站起身，神态中可见复杂的情绪，"Amanda？你不是躺在重症室吗？……"

此位老妇人正是郝佑鸣的祖母Amanda。她朝瞠目结舌的乔正天与廖睿风望去，展开双手旋转一周，"好久不见哦，怎么？两位老帅哥不打算走下楼来迎接一下我这位老朋友吗？"

哼！如果她没有表演重病不起的大戏，恐怕无缘出席今日的盛会了！

不经意间，乔正天的嘴角弯起一抹浅笑，廖睿风见他挪步欲迎，一把攥住他的手腕，正色提醒道："你可要保持冷静，别忘了站在你眼前的女人是谁的妻子。"

一语惊醒梦中人，乔正天驻足，扫视媒体的方位，摊开一手，严肃地说："请郝夫人移步会议室。"

Amanda拍了拍郝佑鸣的手，"放心，奶奶才不会傻到拿出协议书原件，你只管安心赢得赌局，必须抢走他老乔家的女人！"

郝佑鸣见奶奶劲头十足，似乎也没什么好担心的，何况他并没违反《合作协议书》的条款，所以今晚在众人的见证下，光明正大地"抢钱抢粮抢女人"。

余光中闪现出廖尘的身影，郝佑鸣朝奶奶的秘书勾勾手指，秘书小姐信步上前，从文件夹中取出一份协议书复印件送到廖尘的手中。

这是一份签署于半个世纪前的《合作协议书》。

甲方代表：乔正天公司：乔氏国际地产

以下乙方、丙方并列

乙方代表：郝弘文公司：Luck-99 Hotel（主营：商务酒店）地点：美国新泽西州大西洋城

丙方代表：廖睿风公司：Casino Royale（主营：贵族赌场）地点：摩纳哥公国蒙地卡罗

合作条件：甲方承诺在50年之内收购完成位于拉斯维加斯黄金地带的适用于建造赌场度假酒店的私有地产。

未来25年建造规划：六星级酒店（包括260间房间、50间华丽套房及堂皇别墅）、十余家餐厅、三家赌场、保龄球场、羽毛球场、网球场、大型健身美容沙龙与购物中心、四家娱乐中心与表演厅以及水上游乐场。

因施工周期较为漫长，所以将建造执行权与进度监督权赋予甲方之第三代。

又因并列双方财力与家世不分伯仲，在甲方心目中不分轩轾。

所以经三方协商，合作方式如下。

甲方一经收购成功，立即执行以下方案：

第一条：若甲方第三代继承人为男性，并列双方第三代继承人同为女性；

那么三方以纸牌类竞技形式进行公平竞争。

胜出者一方与甲方第三代继承人联姻并启动合作工程。

第二条：若甲方第三代继承人为女性，并列双方第三代继承人同为男性；

合作执行方式同第一条。

第三条：若并列双方第三代继承人性别相异；

甲方则按照第三代继承人性别直接婚配并合作，不得争议。

——为保证本协议的公平、公正，限制条款如下，并列双方第三代继承人违反任何一条按自动弃权处理：

并列双方第三代继承人不得在未谈及婚嫁之前相识甚至是相恋。

1. 不得在婚前出现任何影响企业形象的负面新闻。

2. 可以与异性正常交往，但是不得出现包养情人、嫖娼等作风问题。

3. 不得吸食、注射违禁品。

4. 不得涉及刑事案。

附加条款：

若符合第一条、第二条之内容却无故缺席者，按弃权执行。

……

……

——签订协议的那一年，他们是无话不谈的大学同窗及患难与共的挚友，他们是刚步入而立之年的新一代企业家。那一年，乔正天硬着头皮接过濒临倒闭的乔氏地产，郝弘文掌管落成不久的酒店生意，廖睿风则子承父业经营赌场。

那时，郝氏只是纯粹的酒店，直到七十年代后期，郝弘文预感大西洋城将进入蓬勃发展的时代，于是以超前的经营理念，率先建起今日的赌城酒店。而后，果然不到十年光景，大西洋城便成为拉斯维加斯最强大的竞争对手，位居全球十大赌场之一，并且大有后来者居上之势。

如今的Luck-99 Hotel在同行眼中，已是羡慕嫉妒恨的吸金大财团。

廖尘阅读完毕，说实话，内心着实受到不小的震撼。因为整件事比他想象得要复杂许多。在拉斯维加斯建造一座属于自己的赌场是每一位赌界人士穷极一生的梦想，而乔家刚巧在这块寸土寸金的领土上拥有实现梦想的权杖。

从这份协议书的内容来看，郝佑鸣不仅不是来闹场的，并且完全具备争夺土地与配偶的资格。

"如果没有其他问题，那就赌桌上见吧。"郝佑鸣自从那日与乔芊分别之后，就上了游艇驶入公海，这便是所有人都查不到他踪迹的原因。不过这段日子他也没闲着，边养伤边恶补赌场经营之道，每当累的时候，钓钓鱼，琢磨琢磨新魔术，想想乔芊见到他时的画面。

本以为她会欢呼雀跃，怎知直接晕菜了，不知这会儿醒来没？

他边移步，边考虑顺利溜到乔芊身边的方法。

"等一下，郝佑鸣。"廖尘唤住。

"说。"

廖尘沉了沉气，走到他的正面，"不到最后一刻，我绝不会放手。"

"最后一刻指什么？"

"乔芊自愿嫁给你。"

不管是这个女人还是这项工程，他都没有说服自己退出的理由。

看来，第一张踢走对手的王牌，是时候登场了。

郝佑鸣似笑非笑地应了声，这事听起来貌似不困难？

休息室里。

乔芊从昏迷中惊醒，猛然坐起身，向门口走去，可刚一开门，迎面而来的乔母又把她塞回屋中。

"妈妈，我要去求爷爷放过郝佑鸣，他只是玩心重，没想过后果的严重性。"她万般焦虑。

听到这话，乔母反而眼前一亮，"也就是说，你和郝佑鸣之间……莫非有男女之情？"

为保持公平公正性，《合作协议书》其中一条为：第三代继承人不得在未谈及婚嫁之前相识甚至是相恋。

乔芊急忙摆手，"当然不是啊。还有一件事，我的未婚夫就是廖尘？！我没眼花吧？我早就认识他啊。我先认识的他，后认识的郝佑鸣。"

"你说什么？！"乔母一听这话险些晕过去，如此一来廖、郝两家各打五十大板，要么协议书上那条相关条款作废，要么两家孩子一起出局？

见女儿试图离开，乔母快一步挡在门前，"芊芊，先听妈妈把话说完，你再决定是否执意蹚浑水。"

"您讲。"

事到如今也没有什么可隐瞒的了，乔母将事件的来龙去脉一五一十地告诉乔芊，并将协议书复印件递给她。

"其实细说下来，廖家与郝家对咱乔家都有恩情。当时金融风暴席卷全球，许多银行听到'借钱'二字唯恐避之不及。郝佑鸣的祖父郝弘文，为了支持你爷爷的工程，竟然拿自家酒店向银行抵押贷款；而廖尘的祖父廖睿风提前接管家族赌场的原因，也是为了能够动用资金拯救乔氏。乔氏有今日的辉煌，离不开两位长辈的扶持。你爷爷当时非常感动，所以当场拟定这份你目前看到的《合作协议书》，希望有朝一日可以还清这份恩情。"

那时的郝弘文与廖睿风或许只是为了让好友安心才签署协议，但是乔正天一刻不曾忘记诺言。

乔芊看完协议书，显然还未能从整件事中回过神，不由得喃喃低问："郝家擅长管理酒店，廖家擅长赌场经营，三剑合璧不就好了吗？"

"古代为平息战争有和亲之说，现代为顺利完成巨大的工程自有联姻之理。现在你知道你爷爷从众多地产商中脱颖而出的原因了没？那就是深谋远虑。虽然签署协议之时八字还没一撇，但你爷爷能够将必然存在的利益冲突考虑进来。要说这世间的明争暗斗啊，跳不出两种原因：你的，我的。所以，只有成为真正的一家人，才会为了共同的梦想去奋斗。几十年的建筑计划，可不是闹着玩的。不过你爷爷唯一没想到的是，今生会与郝弘文反目成仇，毕竟他们曾经是最要好的朋友。"

如今，乔正天对郝弘文有着不可磨灭的恨，本以为伴随郝弘文的离世会就此翻过历史的一页，怎料，郝弘文并没有忘记曾经的约定，没有放弃建造赌场的梦想，以至将接力棒交到孙子手中。

至于割袍断义的原因，乔母显然不愿多言。对于乔芊，无疑信息量过大也无暇追问，她抬起头，傻乎乎地问："那，是不是说明，我又多了一个……未婚夫？"

乔母一手扶额，即便没有这些事，她也不喜欢郝佑鸣这个人，一个长相"千娇百媚"的男人就应该乖乖去做他的万人迷！乔母心不甘情不愿地应了声："别担心，宝贝，你爷爷与廖爷爷正在商讨对策，必须把郝佑鸣踢出局。"

乔芊望天，脑子里盘旋着廖尘与郝佑鸣的信息。一个是想到未婚妻便心烦意乱的赌场传人，一个是始终对她若即若离的酒店大亨；本该是八竿子打不着的两家企业，却又为了共同的目标不惜火拼到底，并且同样把她当成开启梦想之门的金钥匙。

当然，这不是谁的错，他们别无选择，错就错在不该早相识、早了解。

乔芊转头怒哼，臭不要脸的郝佑鸣，明知她着急还故意躲起来不吱声，随后大张旗鼓地跑来抢媳妇？！

千万不要以为她会庆幸未婚夫……们是熟人，一点都不高兴！

"妈，现在三方僵持不下，郝家与廖家又有求于我乔家，那你为什么不去向爷爷提议，按照我自己的意愿选择丈夫？"

"开什么玩笑？你实话告诉妈妈，你是不是想选郝佑鸣？！"

乔芊嗤之以鼻，"我选他去死！"

与此同时，会议室里正进行着一场激烈的辩论。别看三位老人的年纪加在一起超过两百岁，但吵起架来绝不输于精力旺盛的年轻人。

"我不管！反正协议书就是那样写的，只要让我家佑鸣参加赌局就可以，输赢我都认！"Amanda拍案而起，"何况我孙儿有一定的知名度，他本人就是一张可以带来经济效应的活招牌！"

乔正天冷哼，"不就是个臭变魔术的。"

"你才臭！你不就是个臭盖房的！"

"你！"

廖睿风起身稳定局势，"都是一把年纪的人了，不要吵了好吗？既然有协议在手，咱们就按照协议中的规章制度办事好了啊。"他戴上老花镜，拾起协议书，念道："违反条例一栏中写道：可以与异性正常交往，但是不得出现包养情人、嫖娼等作风问题。"

"你这话是什么意思？暗指我家佑鸣作风不正派？！"Amanda再怒。

"哎哟，你的脾气还是这么火爆。我是说，我敢拍胸脯保证我家廖尘肯定没有作风问题，甚至为了这桩婚事连个女朋友都没交过。"

Amanda当然知道他想表达的意思，明摆着就是找碴儿！

这时，廖睿风的秘书敲门而入，双手奉上手机。廖睿风接过电话，他并没有讲话，只是在听，当听到话筒对面说到某个话题时，他嘴角不由上翘。结束通话，他悠悠地看向乔正天，两位老友只用眼神便交流了令Amanda悟不出的话题。

廖睿风暂时离席，乔正天则拿起茶杯吹了吹茶叶沫，心情愉悦地品起茶来了。

Amanda顿感局势有变，急忙从脑中搜索有关郝佑鸣的不实绯闻……想着想着，她不自觉地抓紧衣领。

不一会儿，廖睿风捏着一份杂志返回，又将杂志推到Amanda眼前。

怕什么来什么，果然还是没能逃过廖睿风这只老狐狸的监控。

乔正天歪头看向杂志封面，坐在阳台上相拥的一对男女，尤其是女人身着睡衣这一点很关键，他笑着放下茶杯，"说说吧，这女人是谁？"

"八卦杂志的话能信吗？这是借位！"

廖睿风搭话："不管是借位还是陷害，把这女人叫来一问便知。"

"我哪儿知道这女人是哪根葱！当然，也可以按照廖睿风的提议来执行，身正不怕影子斜，暂时取消直播？"Amanda看向二人，"我是无所谓，只要公平就好。"

"信息时代就这点好，麻烦郝佑鸣视频连线不困难吧？"乔正天诡异一笑，"如果你再推三阻四，就证明心里有鬼。"

Amanda思忖不语，其实她已在第一时间封锁该消息，怎料这条负面新闻还是无孔不入。

乔正天不打算给她自圆其说的时间，命秘书将三个孩子都叫过来。这样做有三个目的：其一，让乔芊初步了解郝佑鸣的恶劣品性；其二，反衬廖尘的正面形象；其三，当然是让全体当事人围观郝家祖孙俩的窘况。

片刻，三家孩子在各家秘书的引领之下，顺三条通道抵达会议室门前等候。

郝佑鸣平行移动眼珠偷瞄乔芊，乔芊则看向廖尘，热情地打招呼。

此时不宜寒暄，廖尘礼貌俯首并未多言，何况他当然知道把他们会聚于此的原因，倒要看看郝佑鸣如何解释。

"离我远点！"乔芊轻声警告鬼鬼祟祟靠近的郝佑鸣。

"我知道你恨不得扑到我怀里来。"

"你想太多了。"乔芊没有忘记郝佑鸣接近神经质的个性，当初她还替他的未婚妻鞠上一把心酸泪，果然很应该大哭一场！

会议室大门敞开，三人规规矩矩站到自家长辈的身旁。

然而，情况并不是乔芊以为的自我介绍，爷爷单刀直入，将一本杂志摔在郝佑鸣的眼前。

Amanda并不知道乔芊正是封面上的女人，不由得心内惴惴。

"别告诉我，你与这女人毫无瓜葛。"乔正天怒视。

乔芊见爷爷针对郝佑鸣开炮，先是一怔，随后踮起脚尖偷瞄，当她看清封面上的内容时，顿时瞪大双眼暗自惊呼，完了！如果郝佑鸣指证杂志中的人正是自己的话，那么她在爷爷眼中就是败坏门风的逆子，八成会当场吃上一耳光。

她瞬间吓得魂飞魄散，心中不断祈祷，拜托拜托，千万不要报出她的名字。

郝佑鸣拾起杂志随意地翻阅着，显然正在考虑如何回答。

Amanda为了给孙子争取时间，明知故问道："虽然这件事我不甚了解，但就事论事而言，协议中并未规定不能与女性正常交往吧？"

"是没限制，不过请Amanda女士注意一下刊登照片的时间，明知约定时间将近还与其他女人暧昧不清，成何体统？我乔正天唯一的孙女岂能嫁给这种不自律的男人，哼！"乔正天展开折扇猛扇风，上梁不正下梁歪！一看这小子就是个朝三暮四的花花公子！

乔芊手中沁满汗珠，将求助的目光稍稍抛向廖尘。廖尘则目不斜视，置若罔闻……对不起乔芊，郝佑鸣会站出来搅局，显然打算争抢到底。他不仁别怪自己不义，郝佑鸣必须出局。

"芊芊！"

"啊？在……怎么了爷爷？"乔芊小碎步靠近。

乔正天将杂志递给孙女，"你也来看看！这种花心男人能成为丈夫的人选吗？！"

乔芊轻轻拭去额头的汗珠，"这、这这是八卦杂志吗？或、或许……"

"什么或许？！你结结巴巴搞什么鬼？！"乔正天见她期期艾艾顿感火大，从小教育乔芊如何看人，尤其是男人，多注重内涵，不要看外表！越帅越没用。话说这孩子应该对郝佑鸣百般厌恶才对啊？！

"正天，你这是干吗？芊芊还小，别吓唬她。"廖睿风立刻站起身将未来的孙媳妇拦在身后，又命秘书搀扶乔芊一旁稍作休息。

乔芊此刻确实需要赶紧坐下，因为双腿抖得非常厉害。

乔芊所坐位置不巧面朝郝佑鸣的背部，别说挤眉弄眼，就连他目前是怎样的表情都看不到。乔芊真不知道他会怎样回答，如果不指出杂志上的女人是自己的话，爷爷一定会按照协议条款中"包养情人"加以定论；可如果说出是她，那她谎称去西藏旅游的事就会穿帮，还要牵连帮她隐瞒真相的母亲，而爸爸的脾气也很火爆，肯定要教训妈妈教子无方什么的。

天啊，呜呜，瞧这群狗仔干的好事！

Amanda表面故作镇定，内心十分忐忑，她的不安缘于对郝佑鸣的了解，因为这孩子和他爷爷的个性最像，我行我素，从不委曲求全。

所有人都在等待郝佑鸣给出最终答案，凝重的氛围中夹杂着乔正天与廖睿风轻蔑的笑意。

郝佑鸣在开口前，悠悠地扭了下身似乎在寻找谁，这一举动惊得乔芊紧贴墙角恨不得隐身。

见状，乔正天再怒，"芊芊，你今天究竟是怎么回事？！站没站相，坐没坐相，成何体统！"

乔芊俯首致歉："不、不，对不起爷爷，昨晚没休息好。"

不等乔正天继续质问，Amanda可看不惯了，"你个死老头子，看我们祖孙俩不顺眼，也不用拿亲孙女撒气吧？"

"我教训我乔家的孩子，关你什么事？！"

"不关我事，呵呵，幸好不关我事。"

"你！"乔正天当然知道她暗指何事，气得咬牙切齿。

廖尘见乔芊的额头上布满细碎的汗珠，上前一步提议："乔小姐脸色很差，不如先请秘书送她回休息室调整片刻？"

乔芊不能同意再多！能逃避一会儿是一会儿。

然而，不等乔正天应允，郝佑鸣抬高一根手指，拉回全场的主控权。

"无论是面对媒体或各位长辈，这是我第一次公开解释这件事。"

"嗯，可以开始杜撰了。"

"乔正天，你不说话没人会把你当哑巴！"Amanda斜眼瞪。

"……"乔正天环胸扭头。

乔芊在心里跷起大拇指，郝奶奶威武！

廖睿风则是一副看好戏的模样，虽然他也不清楚封面上的女人是哪位，但廖尘说了，这件事空穴来风，并非无因，一定会令郝佑鸣左右为难。

会场内恢复一派宁静，郝佑鸣拿起杂志，边缓行边说："杂志中的女人是我的徒弟，她叫……"

乔芊不自觉地捏紧领口，不能说，千万不能说啊！

郝佑鸣抿了抿唇，"她叫什么其实并不重要，重要的是我始终不曾将真相公之于众的原因，对吗？"他指向杂志中的女人，"各位是否注意到她的坐姿以及偷拍的地点？睡衣，披头散发，阳台。"

两位男性老者意味深长地笑着，郝佑鸣则优雅地扬起唇角，"我的这个徒弟是一名自尊心极强的年轻女性，她在魔术方面拥有一定天赋，所以我对她的要求更高，训练起来时常过于严格。事发当晚，我曾疾声厉色地痛斥过她，于是，她一时间想不开便萌生自杀的念头，不过幸好——"他横开一臂指向廖尘，"我的另一名徒弟廖尘及时发现，并及时通知了我。情急之下，我一面护住她的身体保证安全，一面劝慰安抚，甚至变魔术分散她的注意力，经一番开导，这才令女徒弟打消轻生的念头。整个过程中廖尘刚巧站在记者拍摄不到的位置，他可以替我证明。对了，廖爷爷不会忘记廖尘曾跟我学过魔术这件事吧？"

时间吻合，廖睿风呛咳一声坐直身体，"廖尘？真相就是这样？"

廖尘确实没料到郝佑鸣捏造出一桩自杀未遂的故事，并且把自己拖下水。他缓缓地看向郝佑鸣……如果答案是否定的，那么他就必须指出这女人的姓名背景，届时，乔芊不只会憎恨明哲保身的郝佑鸣，也会埋怨自己。

"是的爷爷，当时我刚巧路过这女孩的卧室门口。记者们只是借由角度捏造不实新闻。"

"原来你家廖尘也在场啊？早说嘛，这下真相大白了。"Amanda拍了拍郝佑鸣的手臂，"多亏了你，否则一条年轻的生命就这么没了。"

"我也挺后怕的，这事也不能怪廖尘只字不提，主要是我们答应这位小姐不会再提起此事，也不在媒体面前多作辩解。"

祖孙俩一个欣慰点头，一个无奈微笑，一唱一和相当默契。

听罢，乔芊悬起的心终于落地，谢天谢地，谢谢圣母玛利亚。

她见爷爷愀然变色，为打破僵局，轻声鼓掌，这一鼓掌越发引起乔正天的不满，他怒视孙女，用眼神质问她到底跟谁一头的！

乔芊双手定在半空，尴尬地笑了笑，"见义勇为，呵呵，值得表扬。"

"瞧你孙女多识大体，来来来，芊芊过来，让郝奶奶仔细看看你。"奶奶看孙媳，越看越顺眼，孰不知眼前的小姑娘就是她曾经以为的绊脚石。

啪！乔正天拍桌发话："延迟直播时间！告诉媒体，我心脏病突发，无法进行签约仪式！"

话音未落，乔正天牵起乔芊走出会议室。绝不打无把握之仗，宁可丢信誉，也不能让郝家占上风！且让他缓缓情绪，一定可以想到对付这祖孙俩的好办法！

乔家车队浩浩荡荡地火速撤离现场。至于烂摊子，就交给乔芊她爸慢慢收拾。

郝佑鸣走到廖尘面前，诡异一笑，"谢了。"

廖尘下颌微扬，"即便让你躲过一劫又怎样，乔爷爷的态度你心知肚明。"

郝佑鸣单手插兜，上前一步，"我赌你不会出卖乔芊，道谢指的是这件事。"

廖尘攥紧拳头，继而随廖睿风离开，将偌大的会议室留给郝家祖孙。

Amanda剥了块糖放进口中，长嘘一口气，"虽然暂时给他们来了一记下马威，但你千万别掉以轻心，比起乔老头，我更担心廖家老小。"

郝佑鸣单手一支坐上桌面，"满意吗，对这孙媳妇？"

"满意，当然满意，谁娶到她就等同拥有了拉斯维加斯的大赌场。"Amanda眯眼一笑，"赶紧给奶奶生个重孙子出来就更完美了。"

"您也太贪心了吧，没看乔芊从头到尾都没看您孙子一眼吗？"

"这不奇怪啊，只怪你长得和你爷爷、你爸一样帅，我年轻的时候看见帅哥也害羞，尤其是看见你爷爷的时候哟，奶奶这心里啊就跟万马奔腾似的，奶奶完全理解乔芊的心情！"

"……"自信心这玩意儿果然是遗传来的。

Amanda见郝佑鸣思绪开小差儿，拍了他一巴掌，"听见没有，防着点廖尘，奶奶看他眼中有杀气。"

郝佑鸣若有所思地应了声，猜想此刻心情最糟糕的应该是乔芊，一面是友情，一面是……应该不会通过杂志又联想到那一桩耍流氓未遂的恶劣事件吧？

忘了吧，快忘记，想想他正派阳光的一面。

同一时间——

乔芊坐在车里暗暗发狠，郝佑鸣这浑蛋，从认识他的那一天起，他就从未停止过对她的毛手毛脚！如果不是她意志坚定，早就让那流氓得逞了。幸好他反应够快，没有道出真相，否则她大有可能抱着他一块从楼上跳下去！

大批人马回到乔家，乔芊见爷爷怒火难消，命钟玄德照料左右并加以宽慰。

"我绝不能把芊芊嫁给郝佑鸣！看他那张脸就厌恶！"乔正天自从见到郝佑鸣之后不曾冷静一刻，只因为这小子的五官与郝弘文有八分相似。

"你还站在这儿做什么？！去找那小子的桃色新闻啊，他在魔术圈摸爬滚打这些年，不可能一点生活作风问题都没有！"乔正天瞪视钟玄德，现在他看谁都来气。

"我只是打个比方，如果大小姐非他不嫁呢？"

"那我宁可让那块地荒废掉，也不会让他郝家称心如意！"乔正天心意已决，"何况芊芊凭什么非他不嫁？这问题就不合理！"

钟玄德知道建造赌场度假村是乔正天几十年来的梦想，为了晚辈们的婚姻问题放弃如此庞大的工程，显然不够理智。他一路都在考虑，考虑自身的立场。

乔正天回过神，"阿德，依你的个性根本不会问出这种问题，你有事瞒着我？别忘了你这条命是谁捡回来的！"

钟玄德立正俯首，不再犹豫，从西服口袋中取出一个信封，怀揣对乔芊的十二分歉意，将信封推到乔正天的面前。

乔正天不耐烦地打开信封，只见一沓照片从信封中掉落在桌，他不悦地看过去，待看清是谁穿梭在混乱的械斗之中时，紧锁的眉头逐渐舒展。

"哈哈，这些照片是什么时候拍到的？"

"八年前，您指派给我的第一个任务就是追查郝佑鸣的下落。那时我并不确定照片中的少年是不是郝佑鸣，而后，不等追查清楚他已离开洛杉矶黑人区。之后，您交给我其他任务，我便暂时搁置此事，直到郝佑鸣主动问我是否在哪里见过他，这才得以确定。"还记得郝佑鸣初次见到钟玄德时的问话吗？当时钟玄德立即给予否定，同时确定了郝佑鸣的身份，所以从始至终采取静观其变的态度。

洛杉矶黑人区属于治安极差的区域，聚集大量帮派，时而发生枪战。只要是没活够的市民，基本不会往那儿溜达。

现在要说的是，郝佑鸣在照片中佩戴的袖标正是美国最凶恶的M打头、3结尾的黑帮标志，该组织入会需要进行以下变态考核：男性，必须在一小时之内打倒三名壮如牛的会员；而新的女性会员则为"性入"，即被六名男成员轮奸。并且一旦加入，退会非常之难，帮众可以从一个洲追杀到另一个洲要了你的小命。不过即便如此，仍有无数少男少女蜂拥入会。

——《合作协议》中提到：不得吸食、注射违禁品；不得涉及刑事案；不得参与走私交易。

显然在这种环境下，不犯罪的可能性几乎等于零。

抑制不住的笑声从乔正天唇边发出，"你拍摄这组照片的时候，他在干什么？"

"当时情况非常混乱，又是凌晨，枪声四起，郝佑鸣遭到四名黑人的围追堵截。那时我并不知您让我追查他的动机，所以开车冲入重围将他救了下来。"这也是钟玄德敢于独闯绑架现场的原因，因为他早在八年前就见识过郝佑鸣的身手，不敢说与职业拳手媲美，但出招的速度既快又狠。

乔正天懊恼长叹，不过话说回来，见死不救貌似也太不人道了点。

这等消息实在是大快人心啊，照片、证人、当事人，一个不缺。

"阿德，快去把那祖孙俩接到别墅来，我要与郝佑鸣当面对质。"

"是。不过，这件事可以不让大小姐知道吗？"

"你怕吓到芊芊吧？当然不会告诉她，就让她留在房中认真学法语。"

虽然钟玄德的目的只是不想在乔芊心目中留下不好的印象，但显然没必要向老人家解释这些，于是得令离开。

与此同时——

位于别墅的室内游泳馆里，乔芊仿佛一头发疯了的小鲨鱼般迂回急游。不明真相的人会以为她在为无故取消直播感到心烦，实则她在舒缓紧张过度的情绪。

"芊芊，快上来，刚刚晕倒，再这样消耗体力身体会吃不消的。"乔母蹲在池边呼唤。

乔芊噌地从水中冒出头，"妈，你看到那本杂志了吗？"

"看到了，别说，背影吧……妈妈怎么越看越觉得眼熟呢？"说来奇怪，乔母对那个背影的主人产生莫名的熟悉感。

乔芊赶紧钻进救生圈，宁可漂在水中休息，也不打算让母亲联想到那个背影属于她的亲闺女。

这时，保姆来请乔母，告知今晚家中宴客，宾客居然是郝家祖孙。

"你确定是我公公请来的客人？"乔母鲜少发出质疑。

答案是肯定的，所以乔母无暇再问，抓紧时间安排晚餐食谱。

"芊芊，玩一会儿赶紧回房休息，你的晚餐在房中用。"

乔芊应了声，抹掉脸上的水花，爷爷刚才还一副恨不得宰了郝佑鸣的态度，一转眼请他们吃饭？

不等多想，保姆手捧乔芊的手机来到池边，乔芊爬上岸接过电话，"呀，廖尘？你怎么会知道我的新号码？"

"是你爷爷告诉我的，今晚有空吗？"

"嗯？你今晚不是要来我家吃饭吗？"

"暂时没听说，莫非……郝佑鸣会过去？"

"是啊，我妈去准备晚餐餐单了。"乔芊一转身坐上藤椅，随后稍有埋怨地说："你也真是的，为什么不告诉我我的结婚对象就是你？你们全都耍着我玩。"

"我哪儿敢耍你，我也是直到半个月之前才知道结婚对象是你。说一句你可能不太相信的话……"廖尘清了清喉咙，说："刚到澳门那会儿，看到有关你婚期的海报时，我便再没离开过酒店。"

乔芊吸了口饮料，"为什么，照片拍得太丑了？"

"呵，我知道你听得懂。"

"……"乔芊含着饮料不知该怎样接话。

"还记得你对我承诺过什么吗？"他问。

乔芊当然记得，当时她遭到不良少女的袭击，是廖尘及时相救才免受更多皮肉之苦，而幕后黑手经钟玄德彻查，结果竟然是郝佑鸣的"好"助理林依娜。

她曾向廖尘承诺，只要是力所能及的事，她绝不推辞。

"我拜托你的事，你可以轻而易举办到，不会推辞吧？"廖尘给她留出回忆的时间，就是让她想清楚谁才是真正视她如宝的男人。

"你头上的伤没事了吧？"

"我当然没事，主要是你，刚刚怎么会昏倒？"

"我忽然看到你俩出现，没病都要吓出病来。"她干笑两声，或许是廖尘在交谈方式上有所改变吧，总感觉他变得彬彬有礼且谨小慎微。

"这就是所谓的缘分吧。你离开郝宅之后我打过几次电话，陈管家说你离开的时候很仓促，连行李都是后托运回去的，你家里人没有为难你吧？"

那些戴脚镣过生活的日子，不提也罢。

"没有。廖尘，晚一点再聊好吗？我妈叫我洗澡换衣服。"她搪塞道。

"换衣服做什么，迎接郝佑鸣？"

"不是，当然不是，我刚游完泳。还有，谢谢你没有在爷爷面前拆穿杂志封面上的女人正是我。万分感谢。"乔芊匆匆挂上电话，说不上是什么感觉。

晚餐时分，乔芊待在卧室里刚准备开吃，保姆又忽然来请，叫她换上正装赶往餐厅，爷爷正在发脾气。

"噢，出了什么事？"她边换装边问。

"具体不清楚，不过餐厅里聚集了很多人，廖老爷与他的孙儿刚到不久。"

"廖爷爷与爷爷是挚友，他们在吵架？"

"不是，是廖尘先生与郝先生吵起来了。说吵架也不准确，应该是争论吧，双方情绪都有些激动。长辈们都在劝。"

事不宜迟，乔芊快速套上长裙向餐厅跑去，一进门，惊见廖尘将郝佑鸣压在墙边欲大打出手。

乔芊一个箭步钻到两人中间，随后抱住廖尘的拳头，"有话好好说。"

"如果让你听见他刚才说过什么，你也无法冷静！"廖尘怒火上涌。

乔芊转而看向郝佑鸣，"你说了什么？"

"你爷爷说我加入黑帮，打家劫舍，杀人放火，无恶不作，我就顺着说呗，告诉他如果不肯把你嫁给我的话，我只能纠集帮众抢人。"

乔芊扬起手打他胸口一拳，"什么黑帮？什么乱七八糟的？你怎么可以威胁老人家？！出言不逊，没大没小的！还不快给我爷爷道歉！"

说着，她踮起脚尖按住郝佑鸣的后脑勺，乔芊不自觉地与他一同鞠躬致歉。

"说话啊，装什么哑巴？！"她轻声怒吼。

"乔爷爷，对不起。"

"……"

乔正天捂住心口，看了看瞠目结舌的廖睿风，又看了看惊魂未定的Amanda，这还是刚才那个跳上餐桌抽风的浑小子吗？

事情是这样的，乔正天未料到廖睿风突然造访，不过既然来了就一起听听。公开审问之前，为求保险起见，他首先命儿媳与保姆退到门外等候，而后才取出照片质问郝佑鸣。

郝佑鸣起初只是听着，但听到诸多栽赃到他头上的恐怖事件之后，他忽然冷笑一声跳上餐桌，踩碎他心爱的古董餐盘不说，还扬言要抢人。于是才引发后续，乔正天急命保姆去请乔芊，目的就是让郝佑鸣更难看。然而适得其反的是，孙女的出现，反而轻而易举制服了胡作非为的郝佑鸣。

鼓掌声从Amanda方向传来，"看到没，这就叫一物降一物，你家芊芊是吃定他了。当然，我也要为我家佑鸣的失礼之举向各位道歉。古董餐具是吧？稍后补你十套。"这死孩子！说发疯就发疯，弄得她一点心理准备都没有，幸好他还没忘记在乔芊面前上演"妻管严"的戏码，否则非把她这把老骨头气死不可！

乔芊一低头发现地毯上躺着一张照片，好奇地捡起来一看，照片中的少年正挥舞着棒球棍打向一名彪形大汉，虽然背景环境污浊不堪，又是傍晚，但少年清秀的容貌以及白皙的肤色在黑人当中显得格外特别。

她举起照片放在郝佑鸣的脸庞边做比较，"这照片中的人……是你？"

"是。"

"你为什么要与那些满是文身的外国人打架？你戴的袖标又代表哪种含义？莫非参加了某种非法集会？"她好奇地问。

此话一出，所有人的视线都集中到郝佑鸣身前，没错，他们都想知道！

如果乔芊没有出现，郝佑鸣或许不会道出真相，但是她来了，至少有一个人相信他没有说谎。

"我说什么你都会相信吗？"郝佑鸣笑着问。

"为什么不信，只要是事实。"乔芊洗耳恭听。

"我十六岁那年离家出走这事应该不是秘密吧？"郝佑鸣环视四周，见全体玩沉默，接着说道，"袖标是我自己做着玩的。"

"一派胡言！"乔正天怒道。

"好吧，我重新说，我当时听说M组织中有一位可以打造万能钥匙的高手，号称可以开启任何一道门。魔术与扒手之间自有共通的技巧，我想，我要拥有这把钥匙。如果拥有了它，在表演逃生类的魔术时，任何一个路人取来的任何一把锁都无法再困住我。"郝佑鸣对于魔术的痴迷程度足以令他以身犯险。

说着，他从衬衫中扯出一条链子，链子坠由几根看不出名堂的铁丝组成。不过每根铁丝上都焊接着一个凸起点，焊接位置也不尽相同。他曾经无数次穿梭在乔芊的卧室内外也正是拜它所赐。

"当然，装有加护密码的门我肯定打不开，所以各位不必担心自家的保险柜。汇报完毕。"

听罢，Amanda先火了，含泪怒斥："你是我郝家的独苗啊！你究竟知不知道M

组织的危险性？！"杀人如麻的恐怖势力，让人死都不知道怎么死的。

"对不起奶奶，那一年我刚满十八岁，思想与心智不够成熟，但我保证没有做过违法乱纪的事。如今我已经长大成人，日后不会再让您操心。"郝佑鸣面朝奶奶深鞠一躬，他刚才胡闹确实是为了转移血腥的话题，如果乔芊不出现，他也不会讲。

"且不说动机，但你加入不法组织总是事实吧？如果你对他们没有贡献，他们会将所谓的万能钥匙赠予你吗？"廖睿风心平气和地问。

"在回答您的问题前，我想知道这些老照片从何而来。"

"对，这照片从哪儿来的？我们为了寻找佑鸣，前前后后至少雇用过上百名私家侦探，从时间上推断，显然在我郝家之前找到了佑鸣。"Amanda眼中含泪，悠悠地看向乔正天，"你打探到我孙子的下落却置若罔闻？你恨我冲我来啊，何必装聋作哑，让这孩子漂泊在外过着血雨腥风的日子？你这恶毒的老东西真能狠得下心啊！恨不得我们都死了才好呢是不是？！"

乔正天见她伤心欲绝，抓起纸巾递上去，"我恨的是郝弘文，什么时候说过恨你了？这沓照片也是今天才送到我手中的，注意身体，快别哭了。"

"你给我走开！让我安静安静！"Amanda看向那些令人触目惊心的照片，越哭越伤心。

乔芊最看不得老人潸然泪下，也跟着红了眼眶。她走到郝奶奶身旁，抚了抚老人的脊背，无意间瞟到戳在一旁不知所措的郝佑鸣，"你脚底打桩了吗？！快过来劝劝你奶奶啊！"

郝佑鸣少年离家，关于亲情方面的交流确实薄弱了些，更没想到奶奶的反应不是发怒而是伤心难过，他蹲在奶奶身旁，奶奶扑他的肩膀，失声痛哭。

乔芊则默默走到爷爷身旁，双手搭在爷爷肩头，低声啜泣。

乔正天拍了拍孙女的手，本想大声提出观点，但碍于Amanda也在场，他拢手对孙女说："你们女人就是太感性，反正我是不信。"

乔芊比大多数人更了解郝佑鸣对于魔术的痴狂程度，可是又不好在爷爷面前言之凿凿，所以只得声若蚊蚋地回应："艺术家与疯子之间真的只有一线之隔，我相信。"

今天不是给郝佑鸣开声讨大会吗？这一片悲悲戚戚的干什么呢？

廖睿风重重地咳嗽一声，"处于叛逆期的青少年确实很难掌控，只要未走上歧途便有的救，有的救。你说是不是正天？"

终于回到主题，乔正天首先命孙女入座，随后吩咐保姆整理餐桌准备上菜。

这一说到入座，乔芊看向左边的廖家祖孙，又看向位于右边的郝家人，这才发现坐在哪边都不合适。

两位老人见她举棋不定，不甘示弱地招呼她坐到自家孙儿旁边。

廖尘率先站起身，替她拉出座椅，一派绅士风度。

乔芊俯首致谢，坐到廖尘的身旁。

Amanda从悲愤中回归现实，偷摸拧了郝佑鸣胳膊一下，手快有手慢无了吧？！

而郝佑鸣一直在观察廖尘的态度，分析他是否将乔芊曾一度成为他徒弟的事告知廖睿风。如果说了，说过多少？

"回去之后还有练习魔术吗？"他主动闲话家常。

廖尘明白他的意图，举杯回敬，"那段日子承蒙郝先生照顾，我学到不少本领。"

"其实我也没教你什么，主要是你悟性高，情商更高。"

"在你那里，开不起玩笑的人会患上抑郁症。"

"所幸每个人都有一颗坚强的心。"郝佑鸣举起酒杯。

廖尘笑而不语，举杯回礼。

乔芊没有听懂，反正她知道的真相是，郝佑鸣总会发明一些奇奇怪怪的整蛊道具，只要能整到别人，他就开心了。这其中他最常欺负的对象非廖尘莫属，要说起来吧，廖尘确实有风度，不过此次见面有些不同之处，或者说，他的神经似乎很紧绷，似乎每说一句话都要斟酌良久，更不会像郝佑鸣那样任性妄为。

Amanda在旁翻阅手机，收到秘书传来的好消息——自从郝佑鸣出现在直播现场之后，由郝奶奶匿名操控的外围赌局已正式开盘，于是乎，大量赌金从世界各地纳入郝氏集团。参与方式与赌球、赌马性质大致相同，详细介绍"选手"背景，再根据相关情况随意下注：1.乔芊嫁给郝佑鸣，一赔一；2.乔芊嫁给廖尘，一赔二；3.乔芊保持单身或者另有选择，一赔五。

赌池里的钱每分每秒在增多，她抑制不住地笑出声，平行移动手机，将内容分享给郝佑鸣。

果然是精明的商人，郝佑鸣扯了扯嘴角，"不如多玩几天？"

Amanda做了个OK的手势，乖孙子好好表现哦，千万别让奶奶血本无归。

"咳咳！"乔正天最看不得郝家祖孙称心如意，正色道："郝佑鸣，不是我非要为难你，但加入非法组织这件事还是说清楚比较好，我不可能把孙女嫁给一个有过不良记录的男人。"

"所以我才会问起这组照片的由来，因为如果当时我没有被一名亚洲男子及时救下，也许会当场送命。"

"此人是谁不便告知，但他此刻拿出这些照片的目的肯定不是为了帮你，这样讲够清楚了吗？"

"明白，请乔爷爷务必将我的谢意传达过去。"郝佑鸣抽出支票夹，填写一定数额推到乔正天桌前，"我不相信见义勇为的英雄会为了钱出卖消息，或许他遇到困难不得已为之，这些钱能帮到他再好不过。"

乔芊好奇地望向爷爷，是谁？

"他缺钱可以从我这儿拿，不需要。"乔正天嗤之以鼻，拒收支票。

"看来乔爷爷与这名男子交情匪浅。"这才是郝佑鸣当场开支票的原因，于是摊开双手，无奈地说："既然如此，那我就更没必要重申所发生的状况，此人了如指掌啊。"

"他未必知道吧？"乔正天反问。

"那是他没有向您全面汇报，他不仅助我杀出重围，还将我送回住所，途中我将事件的起因、经过全盘告知，如果您还不信的话，请此人现身与我当场对质。"郝佑鸣看向坐在斜对面的乔芊，看她像个小傻子似的聚精会神聆听，他挑起眉梢微微一笑，"乔小姐也很想知道这位老兄是谁吧？"

乔芊赶忙端正坐姿，如大家闺秀一般品尝盘中美食。

乔正天微微蹙眉，不是不敢把钟玄德叫过来，而是即便叫来也未必真能帮上忙。哼，这小狐狸与他爷爷一样巧舌如簧、擅长模糊焦点，倘若有朝一日他涉足地产界，必然会成为不可小觑的敌手。

各怀心事的两位男性长辈都在考虑如何对付郝佑鸣，原本郝佑鸣也该趁安宁之时考虑而后的对策，可他却利用大伙闷头吃的工夫开始犯贱，偷偷摸摸地伸长脚，轻踢乔芊的鞋帮。

乔芊起初没搭理他，可他没完没了犯讨厌，忍无可忍之下，她单刀直入地问："郝先生，请问你到底有没有作奸犯科呢？单从照片来看，械斗应归类于刑事案件。"

乔正天内心鼓掌，边缘问题由平辈询问最合适，真是爷爷的乖孙女！

有神清气爽的就得有提心吊胆的，譬如Amanda，又不便替孙子解围。

郝佑鸣粲然一笑，"如果我有不良记录，应该早被魔术迷们挖出来了。依乔小姐看，我像那种人吗？"

"那可不好说，我看许多警匪片中的卧底要替黑帮老大卖命博取好感与信任，何况你身处某些排外严重的暴力地区，亚洲人从身形到容貌都没有优势也是事实。"

廖睿风勾起嘴角，没想到看似柔弱的乔芊另有一番胆量，显然更中意他家廖尘。

郝佑鸣十指交叉支在桌边，目不转睛地凝视乔芊，从容地问："听说女生常喜欢通过星座判断异性的性格，不如你猜猜我是哪个星座的？"

"抱歉，我对星座不甚了解。"

"给你个提示，与玖兰枢同一个星座。"

"……"乔芊移开视线，抓起水杯饮下一大口水，浑蛋郝佑鸣，居然用COS大赛的事威胁她闭嘴。

"怎么样，猜到了吗？"

"哦？原来是天蝎座。"乔芊取出手机搜索，故作专心地解释道："神秘诡谲、令人匪夷所思的星座。他们很执着，破坏性很大；对于爱情，一旦确立目标便义无反顾。嗯，前半段似乎有几分道理。"

"后半段也很准，有我这么执着的男人追求你，是不是很开心？"

厚颜无耻！乔芊抓起餐巾拭了下嘴角，"请各位长辈慢用，我有些不舒服。"

乔芊面朝各位长辈俯首致歉，经过郝佑鸣身旁时，顿感他的手滑过她的小腿！乔芊一惊，险些叫出声来，她索性驻足，再次问道："郝先生，容我冒昧地问一句，你没有暴力倾向吧？若有冒犯之处还望见谅，不过单从那组照片来看，令我不得不怀疑。"

"要不要我在婚前给你写一份保证书？内容你来定，无论条款有多么苛刻，我都接受。"

乔芊攥了攥拳头，借助一个转身的动作碰倒他手边的酒杯，然后边致歉，边招呼保姆带郝佑鸣去洗手间……

两人一前一后走出餐厅，郝佑鸣走入洗手间，刚欲关门，乔芊顺着门缝溜了进来，二话不说揍他三拳，先报非礼之仇，再发出警告："别以为三言两语就可以在我爷爷面前蒙混过关，你完了坏孩子郝佑鸣。"

"我没做过伤天害理的事，你叫我承认什么？救人如果犯法的话，那都去犯罪好了。"那晚，郝佑鸣见两名亚洲女性遭遇抢劫，情急之下忘了那块地盘不属于M组织。等反应过味儿的时候已被敌对方前后拦截，于是他用中文指挥二人驾驶他的车火速逃离，而自身反而陷入岌岌可危的死局。

"呃？真的吗？那你为什么不直说？"

"因为我想确定当年救我的人是不是钟玄德，如果是他的话，他的后背上应该有一道刀疤。"郝佑鸣心里始终装着这件事。

"阿德？你说那组照片是阿德拿给爷爷的？这，这怎么可能？他不是那种人。"

"他应该是奉了你爷爷的指示追查我的踪迹，身不由己，错不在他，而你没理由质疑他的人品，因为他是可以为你出生入死的称职保镖。"郝佑鸣顺势锁上洗手间门，托起她的身体抱上盥洗池台面，两手支在她的体侧，用一种极其暧昧的语调说道："我，真的很想你。"

"你要死啊？爷爷他们就在隔壁。"乔芊不敢大吼大叫。

郝佑鸣深邃的黑眸中泛起涟漪，"我知道你气我一走几个月没联系你，所以我有必要替自己做出解释——就在我们分别的那天，我才醒悟那个女人就是你。"

"少来这一套，你不要再用花言巧语干扰我的判断力了，好吗？"

"别闹了宝贝儿，现在矛头全部指向我，你应该与我一致对外，而不是为所欲为地激化内部矛盾。"

"谁是你宝贝啊，谁跟你内部啊……"乔芊见他把脸颊凑过来，捂住嘴向后挪，"算我求你郝佑鸣，再多待一分钟，我会死得很难看。"

郝佑鸣猜想乔芊在家中的地位肯定不高，唯有按捺思念之情倒退三步。乔芊则急忙从高大的盥洗台上爬下来，打开门刚欲离开，赫然发现廖尘正站在门外……

廖尘当然知道郝佑鸣也在洗手间里，但他并没捅破这层窗户纸，说："我只是过来告诉你一声，我爷爷今晚要留下来陪你爷爷叙旧，我准备先回酒店。"

"噢，好。"乔芊挺直腰板关门而出，"那么，我送送你。"

廖尘欣然接受，与她走在幽静的鹅卵石铺成的小路上。他不肯打破沉寂，她便感到更心虚，"看，今晚月亮很亮嘛。"

"哦，是吗？"

乔芊语塞，不知再聊些什么。

"郝佑鸣应该告诉你了吧，我没有把你出现在郝宅的事告诉任何人。"

乔芊怔了怔，"他没说，谢谢你。"

"他在宴席上三番五次试探我。"郝佑鸣刻意提到魔术就是要看他怎样回答有关乔芊的部分以及观察他祖父的神态。当廖尘暗示并未提及乔芊之时，郝佑鸣立刻用到两个词，悟性和情商。呵，这种淡淡的夹杂着警告与评判意味的语句，听上去真是刺耳。

可是又不得不承认，当他郝佑鸣的情敌，没人敢说毫无压力。

"我知道，你更希望未来伴侣是郝佑鸣。"

"也不完全是。"乔芊看向他，可是他眼中刚进出亮光，她又说："不过说句实话，如果让我来选的话，我应该会选他，因为我在他面前不用收敛脾气。"

"在我面前需要？"廖尘想起初识乔芊的情景，她有时像个目中无人的公主，对于爱情观、价值观有独到的见解，有时又比任何人都要坚韧不拔，不服输，吃苦耐劳。双重的气质，一面可爱，一面坚强，赋予了她特殊的魅力。

"我不是那意思，只是……"

"我替你来说，只是把我当作普通朋友。"

乔芊深吸一口气，"我知道此次联姻关系到某项重要工程与两家企业的利益，所以我的意见基本不作数，何况赌局还未开始，我……"

"郝佑鸣就是'Ace小王子'，看来你并不知道？"

"什么？！"乔芊忽然想问，在郝佑鸣那无所不能的世界里真的需要女人吗？

廖尘无谓一笑，"不提也罢，我只是想说，此刻想娶你的我，不会比任何人少宠你一分。"

话音刚落，廖尘坐入轿车，扬长而去。

乔芊久久凝望他离开的方向，回忆着相处的那段日子，似乎无论遇到任何麻烦，第一个站出来帮她出头的肯定是廖尘。

返回卧室，乔芊趴在松软的大床上，脑海中浮现着廖尘临别前的一幕，心里有点乱。

就在这时，视线中冒出一个人影，乔芊刚欲尖叫，郝佑鸣一把捂住她的嘴。

"唔唔唔唔？！"她想说，你是怎么进来的？！

郝佑鸣提起挂在胸前的项链晃了晃，当然是万能钥匙的功劳。

"我听管家说你与你奶奶回去了啊？"

"是回去了，但我想了想，又回来了。"郝佑鸣压低身体走上阳台，慢条斯理地整理着攀岩绳索。

"你真是胆大包天，就不怕被守在别墅外的保镖当场打死吗？"乔芊见他自顾自拉窗帘，不忘帮倒忙。

"我是乔家请来的客人，保镖们见到我还行礼来着。"郝佑鸣眯眼一笑，圈住她的身体压在墙边，"别担心，我待一小会儿马上走。"

乔芊凝望着他的脸庞，幽幽地说："你曾告诉我，为了实现你祖父的夙愿，你将无所不用其极。承认吗？"

郝佑鸣敛起嘴角的笑容，"嗯。"

"你曾为了实现这个愿望，对我忽冷忽热，你承认吗？"

郝佑鸣抿了下嘴唇，应声。

"承认就好，一个把事业放在首位的男人，一个连真实情感都吝于表达的男人，我该怎么面对你？"

"这样讲对我不公平。"

"怎么不公平？又不是我主动去招惹你。"

郝佑鸣不太适应凝重的气氛，哧地笑了，"我可不可以理解为，你动心了？"

"可以，我动过心，"乔芊扳正他的脸颊，说，"更伤过心。我好像是你把玩在手的扯线木偶，随时迎接你的热情与冷漠。你是否想过，当你抽身离去的时候，我可能还没学会洒脱。"

有别以往的乔芊呈现在他的面前，这个正与他认真讨论感情问题的女人，眼中流淌着悲伤。

他欲言又止，强行将她拥入怀中，原本他可以给出大量解释，证明一次次的靠近实属情不自禁，不过，他猜想乔芊并不想听到这些。

乔芊的视线渐渐变得模糊，自从与他在公寓分别又失去联系之后，她每天都在提心吊胆中度过，怕他伤口发炎，怕他遭遇不测。甚至，在她资讯受限的情况下，不忘拼命使唤钟玄德昼夜追查。追查未果，恨不得再次逃出家门亲自去找。

"别以为你胜券在握，我偏偏不选你。"

"这事吧，你做不了主。"

感到乔芊奋力挣脱，他紧了紧双臂，轻声道歉："谁说我不难过？我刚才在你爷爷面前说的话并不是开玩笑，如果他不肯点头，我真的会抢。"

"哪怕我不是那个你本应娶的女人？"她边问边警告自己别犯傻。

"不管你信不信，如果那个女人不是你，我根本不会想方设法争抢未婚夫的位置。"见她反应不佳，他又说："我承认，我确实在爱情与亲情间挣扎过，但最终还是遵从了内心的决定，我说我们私奔吧，你是怎样回答我的？一直以来不敢违背长辈意愿的人是你，不是我。"

"我……"

郝佑鸣一手盖在她的头顶，"押送"到床边，"帮"她坐下，让她冷静下来遥想过往。趁某女自我反思的时候，他开始参观这间偌大的闺房。

推开一扇木门，屋中的书柜中码放一排排书籍，书桌上摊开平放几本，他走近一看，嗯？《法语用法词典》与《口语教材》。

指尖滑过排列整齐的书脊，在一本高于其他书的册子前停止，抽出册子，翻开一页，不由得扬起唇，随性地倚靠书柜坐下。

乔芊边琢磨边跟过来，见他竟然翻阅她的相册，疾步上前蹲在一旁欲争抢，郝佑鸣则拦过她的腰肢桎梏在身前，"你小时候真肥。"

"笨蛋，那叫婴儿肥！很可爱有木有？"她指向其中一张问，"你猜我穿成这样去做什么？"

下巴抵在她的肩头，看向身着白色公主裙的小美女，笑着回："嗯……六一儿童节汇报演出。"

乔芊垮下肩膀，"为什么一猜就中？"

"咱俩谁笨，难道我看不懂中文？"他指向位于照片最上方的红色横幅，虽然只拍到字体的三分之一，但不难猜。

"好吧，算你侥幸胜出。"她又指向另一张，"猜我在哪里，这回没有参照物。"

"植物园。"

"不对！"

"我知道了，是地球。"

"废话！好好猜。"乔芊仰头一笑，不知不觉枕上他的肩膀。冲印照片是母亲的习惯，这种习惯或许会截止在她这一代，而下一代基本不会捧着相册回忆童年，不知道这算不算一件值得伤感的事。

"哇，比基尼！"

听罢，乔芊蓦地抬起相册，一看是自己五岁时拍摄的照片，不禁翻个白眼。

他面带微笑看得津津有味，她则再一次陷入不安之中，喃喃地说："如果爷爷执意让我嫁给廖尘，我……"

"除非是你执意。"

"正如你所说，我谁的主都做不了。"乔芊长嘘一口气，乔家所灌输的教育方针就是无条件服从，她甚至从没想过说"不"。

郝佑鸣吻了下她的头顶，"作为一个男人，至少做到不让他的女人为难。"

"真的吗？可是你自顾自的定位已然让我感到很为难。"

郝佑鸣扭过她的脸颊，在她脑门上轻咬一口。

不等她以牙还牙，他再次拥紧她，笑得像个获得胜利的孩子。

"对了，我一直想问你，赢得新人魔术大赛的那个魔术，巴格拉斯效果，你从始至终没靠近过牌，究竟是怎么做到的？"乔芊纠结此事已久。

"我曾告诉过你，只要在我面前洗一次牌，我便可以记下整副牌的顺序与内容，先说你信不信？"

"原来不信，现在信了，廖尘爆料说，你就是传说中的'Ace小王子'。快点说，别卖关子。"

"产生巴格拉斯效果的规则是，一人随意报一张牌，一人再从1～52中随便说一个数字，第三个人按照第二人给出的数字开始翻牌，翻到指定张数，就是第一个人报出的那张牌。表演从始至终，魔术师与扑克牌至少保持一米的距离。"他指了下头部，"其实我没有破解巴格拉斯效果，只是利用了记忆力，比如第一个人报出的纸牌是红桃5，那么，我瞬间便知道红桃5的所在位置，于是，在引领程露锦上台之际，已将事先准备好的牌交给了她。当然，不排除红桃5在指定数字之前出现的可能性，所以她一共做过两次偷梁换柱的动作。关于换牌就不用我多说了吧？你知道很简单。"

乔芊呆若木鸡，因为程露锦当时表现出来的状态就是无限紧张，并且一副替乔芊捏把冷汗的惊慌模样，原来玄机就在她这里啊！

"简直了，不是一家人不进一家门，天生的演技派，不过，我还真没想到程露锦也会魔术。"

"她只会换牌这一招，记得她刚嫁给我爸的时候，很怕我排挤她，所以谎称热爱魔术极力讨好我，我见她天天坐在沙发上摆弄指甲，于是对她说，想学魔术是吗？先把那些花里胡哨的水晶指甲统统取下来！她只能含泪照办。"

乔芊垮下肩膀，可怜的继母，可恶的儿子。

同一时间，远在大西洋城——

林依娜结束长达一小时的通话，手捏手机呆坐许久，继而合上笔记本，走出卧室，来到一楼健身房，沉了沉气，推开玻璃门。

"早上好！"程露锦取下耳麦，调慢跑步机的速度。

"早。"林依娜将一瓶矿泉水递给她，"方便聊几句吗？"

程露锦从机器上走下来，边擦汗边跟上她的步伐。

两人来到花园，林依娜首先聊了些有的没的，而后指向一座刚落成不久的商务楼，笑着说："我在那座写字楼里看中一间商铺，打算开一家具有一定规模的发型屋，一旦装潢完毕，马上可以开业。"

"恭喜恭喜，好位置嘛，我一定常给你捧场！"

"谢谢，不过……我本以为在租金方面会与商家交涉很久，却没想到对方如此爽快问我何时可以签约……"

"好事呀，需要律师把关吗？我请郝家的私人律师陪你去。"程露锦取出手机刚准备翻找号码，林依娜快一步阻止她的动作，面有难色地说："不是律师的问题，郝先生也知道这件事，并且很有兴趣投资，正因为他要加盟，我才积极响应。可目前的问题是，郝先生与老夫人哪有时间理会这些小事，我个人也不想给他添麻烦，所以……是否可以先从你那边借一部分资金以作周转？"

"哦，这样呀，多少？"

"我的存款足够付定金，现在只差购买设备与部分装修费，美金五十万左右。"

"我还以为多少钱，没问题啦，现在开支票给你？"自从绑架事件之后，程露锦与林依娜不免多出患难之情。

林依娜似乎松了口气，展现笑颜，"那就再好不过了，谢谢郝太。"

程露锦笑着应声，径直返回别墅开支票，完全没当回事。

林依娜则跟在她的身后，步伐沉重且矛盾。

两日之后，乔正天接到电视台台长打来的电话，台长实在顶不住压力，唯有婉转地告知乔正天：市民已打来多达上万条的投诉电话，投诉电视台没信誉，居然连直播都可以改期？！市面上闹得沸沸扬扬，其中还包括一部分由名流权贵打来的"恐吓"电话。经调查，这才得知此次直播关系到外围赌局，不止本地赌民纷纷下注，海外赌民同样摩拳擦掌。因此，倘若电视台再不明确播出时间，很有可能造成一定规模的暴动事件。

乔正天愤愤地挂上电话，这等外围大赌盘他岂能一无所知？再看赔付比率，嫁给廖尘一赔二，嫁给郝佑鸣一赔一，谁都不嫁一赔五！傻子都能猜出幕后操盘大东家是那个黑心肝的老太婆Amanda！

哼，这如意算盘打的！一来海捞一笔，二来逼迫他尽快执行约定！

"进来！"

钟玄德推门而入，乔正天急问："怎么样，查到蛛丝马迹了吗？"那日当晚，他便指派钟玄德亲自前往洛杉矶调查郝佑鸣的黑色背景。

钟玄德立正致歉："情况基本与郝佑鸣的陈述吻合，当晚确实有两名亚洲女性前往乱战附近的警署报警，并且将郝佑鸣的车留在警局。"

"那就没有其他犯罪记录了？"

"不曾以郝佑鸣的身份留有任何案底。"

乔正天长叹一声，"难道真制约不了他了？！"

钟玄德无法接话，因为已然动用了所有关系。

这时，乔正天的手机再次响起，他烦躁地接起来，却没想到是一桩令事态大逆转的好消息，"好！办得好啊廖睿风，这一次看他郝佑鸣还怎么诡辩！"

他笑逐颜开地挂上电话，"你马上去请郝家祖孙来家中小聚，哈哈。"

钟玄德得令，刚欲驾车离开，只见乔芊开着她那辆红色法拉利在草坪上缓慢跑圈。

"大小姐晚上好。"

"嗨，阿德，你这两天去哪儿了？"乔芊一个急刹车停在他的身旁，"练练手，总不开容易生疏。"

钟玄德注视她的笑靥，自从回到澳门之后，她似乎很久没有像现在这样笑过，而这个好心情显然与郝佑鸣的到来脱不了关系，这便是令他担心的问题。

"晚餐时间将近，不如明天再练，我先去接郝夫人与郝先生。"

"哦？那你快去吧，路上小心。"乔芊走下车，欢蹦乱跳地向别墅大门走去。

钟玄德望向她的背影，不由得急声唤住，乔芊则笑着回眸。

他想到老太爷刚接的那通电话，沉了口气，说："也许这顿饭是鸿门宴。"

乔芊敛起笑容，"把他叫过来还是为了追问有关参与不法组织的事吗？爷爷为什么不肯相信他没有做坏事？"

"不，其他事，是一件我不知内情的事。抱歉。"钟玄德违背原则说起这些，无非是希望乔芊做好心理准备。

乔芊默默点头，"是祸躲不过，看他自己如何解决吧。还有，他拜托我一定要对你说，如果八年前的那个晚上救他的人是你的话，他要郑重向你表示感谢。"

钟玄德不予回答，驾车离开。

晚八点半，难得心平气和共进晚餐的一行人移步小型会议室。会议室里除了三对祖孙之外，服侍人员全体在门外守候。

会议室内有一张椭圆形的大会议桌，乔芊陪同爷爷坐在正位，其他两家一左一右形成鲜明的对立。

Amanda观察着最新的赌金增长趋势，只见一个标红色的数字注入赌池。（注：单笔下注超过五千万，系统会给予提示。）

啧啧，这是哪儿来的冤大头啊？居然买廖尘赢，等着赔钱吧，哈哈！

廖睿风腹诽，女人就是太容易得意忘形，没想到这笔钱是他投注的吧？笑吧笑吧，看谁笑到最后。

"别摆弄手机了，别说我没提醒你，当务之急是准备好心脏急救药。"乔正天粗声粗气道。

"不劳烦你操心，我身体硬朗着呢！"Amanda抿了口茶，催促道："不管你还有多少烂借口，最好一次性用完，我真没时间陪你耗，还要回去打点赌场生意。"

"对啊正天，你忽然把我们叫过来，究竟是为了什么事？"廖睿风明知故问。

"别急，都别急，喝喝茶，放松放松，我请的贵客马上就到。"

乔芊下意识地攥了攥裙摆，爷爷鲜少与人客套，证明此次对付郝佑鸣的招数十拿九稳？客人会是谁？

正想着，会议室大门敞开，全场一同望去，郝佑鸣与Amanda顿时一怔。

乔芊则是心中一惊，祈祷林依娜千万别与自己打招呼。万幸的是，林依娜真的对她视而不见。

"林小姐，你这是？……"Amanda蹙眉打量，林依娜双眼红肿，神色颓然，完全一副受到委屈的可怜模样。

"林小姐是我请的客人，请坐吧。"乔正天摊手指向会议桌正对面的位置，扬声命保姆送上饮料茶点。

林依娜从进门开始便不曾看过郝佑鸣一眼，她站在座位旁，礼貌地向诸位长辈俯首，随后缓缓落座，垂眸不语。

"这里是乔宅，不会有人为难你，请林小姐将事情真相大胆地讲出来。"乔正天一副掩饰不住的好心情。

林依娜再次起身俯首，"各位好，我叫林依娜，在郝佑鸣郝先生退出魔术界之前，我曾担任他的经纪人兼助理。从表面上看，我们只是单纯的工作关系，不过在私底下，我还有一个身份，就是他的……地下情人。"

此话一出，Amanda拍案而起，"林小姐，我家佑鸣的品行我比任何人都清楚，请注意你的措辞，小心我告你诽谤！"

林依娜并未受到惊吓，平静地说："我曾是他的女朋友，这一点他可以否认吗？"

"正常交往没问题，但请你不要扯到情妇的问题上！"

见奶奶情绪激动，郝佑鸣起身揽过奶奶的肩膀把她拉回座席，"没关系，让她讲。"

"我早就提醒过你不要用这女人，现在看到了吧？！"

"郝女士，我尽量克制情绪，正因为我尊重您是一位长者，但是不代表您的宝贝孙子没有做过对不起我的事！"林依娜眸子闪过一道愤怒的锐光，当她得知郝佑鸣要娶的对象居然就是乔芊的时候，她便确定未来的结局只留其一。

她的努力，她的情感，必会付诸东流。

"冷静，Amanda！听你孙子的话，先听这位小姐讲完。"廖睿风厉声控场。

混乱暂时压制，林依娜稍作稳定，说："我十八岁那年邂逅郝佑鸣，彼此很快展开一段甜蜜恋情，但交往不到半年，他忽然提出分手。听到这消息我整个人都傻了，哭着甚至跪下来恳求他不要分手，而他却冷冷地对我说，他只不过想和我玩玩，绝不可能娶我。他看我哭得很伤心，又说，如果我不介意当情妇的话，他倒不介意多我这么一个会暖床的女人。"

听罢，Amanda愤然起身，她愤怒地逼近林依娜，狠狠地抽了她一耳光，"你说这番话不只在诬蔑我孙子的人格，还在玷污我郝家的门风！你给我滚，滚出去！"

发丝顺着火辣辣的脸颊滑下来，这一巴掌彻底将林依娜打入没有退路的悬崖。她倏地站起身，一臂横出，指向乔芊的方位，继而怒视Amanda，针锋相对道："我父母都没打过我，你凭什么打我？！说实话，如果不是因为我爱郝佑鸣，我早就跟你翻脸了！在你眼里，除了你尊贵的郝家人以及这位脑门上刻着金字徽章的准儿媳之外，别人都是垃圾吗？！"

啪的一声，一张支票重重地拍在桌面上，"这就是你孙子拜托你儿媳交给我的分手费！睁大你的眼睛给我看清楚！"

她怒目而视，郝佑鸣立刻将奶奶拦到身后，刚欲开口，乔芊率先劝慰："林小姐，不管你心中有多少不满与怨言，但对方毕竟是年长老者，请你稍微控制一下情绪。"

林依娜冷笑一声侧过头，"刚才恕我冒昧，不过现场只有你一位陌生的年轻女性，我猜想，你一定是乔芊乔小姐，没错吧？"

乔芊不想接话，或者说，已然完全不认识眼前的女人，此刻的她好似经过长期压抑患上失心疯的病人，正在传达一种态度——玉石俱焚！

郝佑鸣首先搀扶奶奶回座，然后拾起支票，上面果然有程露锦的亲笔签名。他放下支票，看向林依娜，他的神态异常平静，平静得像在看一场蹩脚的演出。

"继续讲可以，说什么都可以，但不要再一次激怒我的祖母。有理不在声高，心虚才靠吼。"

乔正天也没料到这位林小姐如此彪悍，惊见Amanda捂住心口，神色痛苦，急命人去请医生，又掏出速效救心丸塞给乔芊，"快过去服侍你郝奶奶吃药。"

乔芊从恍惚中抽回神志，抓起药走到Amanda身旁，一边帮老人家顺气，一边揪心观望……

"我心虚？呵呵，你在讲笑话吗郝佑鸣，你忘了你是怎么答应我的了？你说只要把那女人娶到手，便可以在拉斯维加斯占有一席之位，届时，你郝氏将再创辉煌！你说，虽然你仍旧不能娶我，但只要拿到那块地的所有权，你便让那女人独守空房，与我双宿双飞，可是现在呢？"她捏起那张支票，"你让你的继母丢给我一张支票就算打发我了？我为你付出多少你心里有数，我无怨无悔做你背后的女人，你却告诉我，你改变主意了，喜欢更年轻更漂亮的乔小姐？"

泪水扑簌簌地滑下她的脸颊。没错，一切都是子虚乌有的谎言，但这颗心是真的疼痛难忍！她忠心耿耿，全心全意，换来的也不过是一缕指间沙。他眼中只有一个乔芊，目不转睛，爱意浓浓。如果对方不是乔芊，她至少还有插足的余地，但如今已成定局，那就一起毁灭吧！

Amanda一手摁在绞痛的心口上，一手颤抖着拨打手机，"我现在就给儿媳打电话，我开免提，让、让事实说话……"

乔正天见她额头渗出大颗汗珠，刚欲制止，Amanda勉强抬起一只手，"谁都不要阻止我，让我打。"

电话很快接通——

"婆婆大人好！"程露锦洪亮道。

"我问你，你是不是开了一张五十万的支票给林依娜？"

程露锦还记得林依娜曾叮嘱的内容——林依娜说：郝奶奶本就对她有成见，如果得知钱的问题肯定又要怀疑她的目的，所以拜托程露锦千万不要将钱的用途告知郝奶奶，如果老人家真的追问起来，就说……"啊，是的啊，是鸣鸣叫我开的，具体用途您问鸣鸣啦，我什么都不知道。"

哐当一声，手机应声落地，Amanda气得当场昏厥！

见状，郝佑鸣立刻抱起奶奶向门外奔去，此刻除了林依娜之外，在场其他人无不紧追其后。奔跑途中，他与乔家的私人医生相遇，乔正天杵着拐杖，大声呼唤郝佑鸣止步救人。

郝佑鸣则一把推开医生，旋身怒视众人——

"如果我奶奶有个三长两短，我会让参与这件事的所有人偿命！"

话音落定，他踹开虚掩的大门，带着一股难消的怒气奔出乔家。

乔芊望向晃动的木门，脑子一片空白。

乔芊返回会议室，反锁上门，倚在门边，轻轻地问："你在说谎，对吗？"

"你还是一样的愚蠢。还记得你以保姆身份入住郝宅时我对你说过的话吗？我对你说，郝佑鸣要娶的女人绝不是你我这种小角色！"林依娜冷哼，"如果我和他之间是清白的，我为什么要处处针对你？又何必如此愤怒？"当初她是真的不懂究竟是怎样一桩生意，可以让郝佑鸣为了一个素未谋面的女人拒她于千里之外，此刻幡然醒悟，原来是一块无法用价值来衡量的巨大工程。

"不止我，所有人都看得出你喜欢他。"

"是，怪我演技太差，不能像他那样冷酷绝情。"林依娜猜想这一闹结果或许凶多吉少，但她说服不了自己罢手，优秀如她，无法忍受输给只具备先天优势的乔芊！

"还有你上次遭袭击的事儿，郝佑鸣明知道幕后指使是我却不闻不问，试问，一个真心爱你的男人可以做到无动于衷吗？"林依娜自顾自从酒柜中取出一瓶红酒，抄起杯子一饮而尽，"信不信由你，反正通过这件事，他肯定不会再对我念及半分旧情，我不认了又能怎样？"

乔芊独自回到会议室的目的，就是希望林依娜以胜利者的姿态嘲笑被她玩弄于掌股的他们，然而她没有听到任何与刚才有出入的言辞，也不能确定这些话中有几分真假。

何况，她确实不了解郝佑鸣，捉摸不定的男人，给不了女人安全感。

"郝奶奶心脏病突发，我先去医院看看她。至于你，是去是留随你。"

乔芊拖着无力的双腿走在悠长的走廊间，当走到楼梯口的时候，遇到从楼下走上来的廖尘。

"你脸色很差，先回房休息吧。"

"你说，林依娜真的是郝佑鸣的情妇吗？"乔芊不得不承认一点，她在感情问题上确实是个门外汉。

"我不清楚来龙去脉，但是从表象上看，如果郝佑鸣问心无愧，为什么要给林依娜一笔数目不小的支票？还有，程露锦接电话时的回答又是怎么一回事？"廖尘拍了下她的肩膀，"当然我只是瞎猜，还是要看郝佑鸣如何回应。"

谁说不是呢，程露锦对于郝佑鸣的指示基本做到言听计从，何况区区五十万罢了，依她的个性无须多问。

乔芊越发感到烦闷，顾左右而言他道："不知道郝奶奶现在情况如何，联系上郝佑鸣了吗？"

"乔芊，你很奇怪。"

"怎么？"

"你脸上分明写着伤感与愤怒，却又要在我面前强撑，难道我就这么不值得你信赖？"

乔芊不自觉地摸了下脸颊，有吗？她表现出什么了吗？或许吧，心底正燃烧着一团火，特想揪起郝佑鸣的衣领，质问他到底在搞什么鬼！

"回房休息吧，那边由我和爷爷们照顾。"廖尘揽过她的肩膀，直到将乔芊送回卧室他才离开。

另一边，办公室里——

乔正天攥着手机急躁地踱步。

"正天，你先坐下吧，转得我的头都晕了，你不是派保镖追过去了吗？有什么事一定会马上通知我们的。"廖睿风劝慰道。

"我的目的是把郝佑鸣踢出局，不是气死Amanda！早知会弄成这样，我真该先盘问那女人再让她出现！"乔正天一屁股坐下，万一Amanda有个好歹，他等于亲手害死了初恋情人！

"我知道你还没把那段情忘干净，但Amanda当初是怎样对你的？他郝弘文又是怎样对待你这位老同学的？！当你还在苦苦追求Amanda的时候，她的肚子里都怀上郝弘文的种了！"

"别说了！别说了……"乔正天陷入痛苦的回忆。他们三人曾是同窗好友，当乔氏遇到危机时，郝弘文与廖睿风毫不犹豫地向他伸出援手。经过不懈努力，乔氏地产不仅渡过危机且蒸蒸日上。

乔正天永远忘不了那一天，那日，他兴致盎然地约两位好友来到远在郊外的别墅，一方面举办庆功宴，另一方面当然是为了签署《三方合作协议》。

然而就在这时，Amanda如落难的仙女般悬挂在院落的大树上……乔正天微微扬起嘴角，年仅二十二岁的Amanda，是一名空军部队的小伞兵。那时Amanda刚加入这支部队，因技术动作不够熟练，所以导致在降落之时，降落伞不慎扑向参天大树。

窗外传来哇哇大叫声，他们三人来到院落围观受害者，挂在树杈上的Amanda见几人幸灾乐祸，见死不救，愤愤地取下风镜，痛骂他们没人性。她俏丽的容颜映入乔正天的眼帘，乔正天只是看了这么一眼，便确定Amanda就是他在人海茫茫中寻找的终身伴侣。

……这一晃半个世纪过去了，他已发白齿落，Amanda也已容颜老去，可是每每忆起当初，隐藏在内心深处的那份悸动似乎仍是呼之欲出。

"我要去医院看她，我不想等了。"乔正天眼中不知何时涌出一层氤氲，爱之深，恨之切，但他心里明白，毕竟他恨的不是Amanda。

乔正天匆匆坐上轿车，刚欲命司机开车，手机响起，且是一通他希望接到的来电。

"阿德吗？Amanda怎么样了？"

"请老太爷务必保持冷静……郝夫人目前的状况很危险，因此院方给出唯一的方案是手术，但是郝夫人年迈体衰不适于做手术，所以在手术前，郝佑鸣必须签订'死亡协议'。"

听到这样的噩耗，乔正天的双手剧烈地颤抖起来，双眼渐渐地模糊。

"怎么办阿德，怎么办……"活了一大把年纪，他终于尝到六神无主的滋味。

"我咨询了一下郝女士的主治医生，医生说，现在手术至少还有百分之五十的存活几率，倘若再耽误下去更难以手术。手术台准备就绪，此刻就差郝佑鸣签字，可是他整个人陷入恐慌，拒绝签字。不如请大小姐过来劝劝他？"

"芊芊？有用吗？……好，好！"乔正天什么都不管了，急命司机去喊乔芊芊。

俄顷，乔芊奔出别墅，廖尘搀扶着廖睿风追随而来，几人坐上两辆轿车，急速驶向医院。途中，乔正天有些语无伦次地讲述着医院那边的状况。

何止郝佑鸣恐慌，他也是怕得浑身战栗。

"怪我，这事都怪爷爷，芊芊，爷爷是杀人凶手……"

"不是您的错，没事的，都会没事的。"乔芊一边安抚爷爷的情绪一边啜泣，在她的印象中，爷爷是刚毅的硬汉，是无坚不摧的战士，可如今的爷爷，萎靡不振地歪在她的肩头，脆弱得不堪一击。

几分钟之后，轿车停在医院门前。乔芊三步并作两步冲向急诊室，很快钻进一间堆满急救人员的病房。她气喘吁吁地环视四周，只见郝佑鸣坐在墙角，脸颊埋在膝盖间，仿佛一座雕像。

不等乔芊靠近，大批人马闯入，七嘴八舌询问着病情，瞬间乱成一锅粥。

"走，都给我滚！"郝佑鸣缓慢地抬起头，从怀里取出《合作协议书》的原件，当着乔正天与廖睿风的面，毫不犹豫地撕成两半！

"恭喜各位，你们的诡计终于得逞了，现在我郝家与你们两家再无瓜葛，收起你们的假慈悲，离我奶奶远点！"

他的目光冷到极点，一旦奶奶熬不过今晚，他会说到做到，叫这些人偿命。

作为晚辈出言不逊的确不应该，乔芊惊见廖睿风恼羞成怒，急忙走向郝佑鸣，边揪扯他的手臂，边说："你还有心情吵架吗，郝佑鸣？你先给我起来！我理解你的心情，但当务之急要让郝奶奶尽快进行手术！"

"够了！你们先出去！"郝佑鸣发现自己比想象中的还要懦弱，他的爷爷、母亲、父亲相继离世，一直以为早已看淡生死，可是他错了，望向在死亡线上挣扎的奶奶，他真的没有勇气签署什么狗屁死亡协议书！

急诊室内外传递着令人窒息的气流，乔芊虽然感到很委屈，但任何委屈都比不过一条人命来得重要，于是她强忍悲痛，请廖尘陪同两位老人先去外面稍作休息。

"别过去，乔芊，郝佑鸣此刻情绪失控，不知会做出什么事。"廖尘拉住她的手臂。

"如果挨几拳可以换回郝奶奶的健康也是值得的，不必替我担心，其实不管结果如何，他都不会忘记今日我乔家人对郝家所做的一切。"乔芊挣脱廖尘的手，转身走向郝佑鸣……越是靠近，她的泪水越是源源不断地涌出眼眶。爱恨情仇暂且放一放，内心的矛盾与挣扎姑且不理，迫切想知道的有关林依娜的问题也不再重要，人命最大。

郝佑鸣仍旧埋头倚在墙角，她蹲在他的面前，谨慎地伸出双臂，环住他的身体，掌心触碰到那具颤抖的躯体，他的神经似乎随时会绷裂……

"别害怕，你舍不得你奶奶，你奶奶更舍不得你，这家医院拥有最好的医生、最先进的医疗器材，听话好吗，手术一定要做。"

……眼泪终于还是淌了出来。在他的印象里，他只哭过三次，三次全部源于亲人的离世，所以他用尽全力忍耐着，生怕这眼泪带来不祥的预兆。

乔芊没有打断他的情绪，将他紧紧地搂在怀中，一遍一遍地抚着他的短发，泪水一刻不曾停止。两天前，她还依偎在他的肩头谈天说地；几个小时前，她打算重温驾驶技术，带他去兜风，参观这座既美丽又古老的城市。几分钟前，她还在想，好你个郝佑鸣，如果解释不清你与林依娜之间的关系，本大小姐坚决不会嫁给你个花心大渣！

可现在，虽然光明正大地拥在一起，但两颗心就像那份刚刚撕毁的协议书，支离破碎，四分五裂。

她深吸一口气，举起医生送来的协议书，坐到他的身旁，将协议书平铺在地上，又把签字笔塞入郝佑鸣的手中，握住他的手，让笔尖悬停在签字栏的位置。

他下不了决心，没勇气签字，那么唯有她来做这个斩钉截铁的恶人。

"你可以不看，签上名字马上可以手术。相信我郝佑鸣，郝奶奶一定可以救回来。我会在这儿陪着你，直到郝奶奶顺利被推出手术室为止。一定，手术一定会很顺利。"

见他无动于衷，她将他搂得更紧，贴在他的耳边轻声安慰……

功夫不负有心人，在迟迟疑疑间，"郝佑鸣"三个字落上纸张。乔芊不给他留出反悔的时间，果断地从他手下抽出协议交给主治医生，立即进行手术！

她吻了下郝佑鸣的额头，摩挲着他的身体给予他力量，"真勇敢，不怕不怕，我就在这儿陪着你。"

哪里勇敢了？这是他这辈子做出的最不勇敢的决定，没有力气说话，枕在她的肩头，握住她的手抵在唇边，从未感到时间会过得如此之慢。

幸好，上天赐给他一位天使。

天空翻出鱼肚白，当主治医生推开手术室大门的这一刻，郝佑鸣与乔正天几乎是并排跑到医生面前。乔芊紧随其后,一手挽爷爷,一手与郝佑鸣十指相扣,唯恐二人受到不可预知的刺激。

结果可喜可贺,手术顺利!不过,病人毕竟是将近七十岁的老年人,是否可以渡过难关还有待观察。

无论如何,至少Amanda暂时脱离危险,郝佑鸣一把将乔芊搂在怀中,嘴角终于染上一丝灿烂的笑意。

"……"乔正天双手悬在半空没得抱,这小子居然快一步抢走孙女分享喜悦?

廖睿风则向廖尘抛去如释重负的眼神,虽然他对Amanda的生与死没有太大反应,但林依娜毕竟是廖尘弄来的,一旦追究起责任对廖尘极为不利。

廖尘暗自吐口气,大家的想法基本相同,目的达成就好,真闹出人命也未必过得去良心这关。如今郝佑鸣已经亲手撕毁《合作协议书》,便预示着胜利。至于林依娜,事前已商量好对策,他承诺,成败与否都会保证她的生命安全,并支付巨额酬劳。再谈那所谓的五十万分手费,即便郝佑鸣的继母改口,除了林依娜本人之外,也没人能证明程露锦说的是实话。

目前,他已将林依娜转移至隐蔽的安全地点。一来,避免林依娜吐露实情出卖自己;二来,日后如果还需要她做假证的话,可以通过视频对话方式进行交流。

廖尘原本没想出此种狠招,但是在拥有压倒性胜利几率的郝佑鸣面前,还谈什么公平竞争?

正想着,廖睿风朝廖尘使个眼色,廖尘收到暗示望过去,很快注意到喜极相拥的一对男女。他阔步上前,将乔芊拉到身后,严肃地提醒道:"我认为你应该为刚才的出言不逊向乔董事长道歉。"

郝佑鸣明白他话中的玄机,侧头看向老泪纵横的乔正天,把插在西服上衣口袋中的装饰方巾抽了出来,随后爱答不理地递到他手中。

乔芊见爷爷不予理会,从廖尘背后绕出来,压低郝佑鸣高举方巾的手,取出纸巾帮爷爷拭泪。

一串急促的脚步声将众人视线拉向出口方向,只见是姗姗来迟的乔母。乔母参加完外甥的婚礼,刚下飞机便收到噩耗,她首先询问郝奶奶的病情,待确定脱离危险之后,不由得用指责的目光看向乔芊,"你这孩子,居然让两位老人在医院坐了一夜?"

"别骂芊芊,是我不想走。"乔正天确实感到体虚力乏,"裕兴没跟你一起回来？”

“孩子他爸暂时留在那边与我哥合作一桩生意，晚几天回来。”

乔母对答如流，但眼底流露出些许黯然。乔正天无奈地应了声，其实心里跟明镜似的，肯定又寻花问柳去了。唉，不知是天意还是命运多舛，三家人的第二代，要么命短，要么玩物丧志。

廖睿风见火候差不多了，张罗着让乔正天回家休息。乔正天犹豫片刻，回眸张望根本看不到内部情况的重症监护室，欲言又止，拉起孙女向外走。

乔芊刚欲迈步，手腕传来阻力。爷孙俩止步，发现郝佑鸣正紧握乔芊的手腕。

见状，不等廖尘出面制止，乔母已将两人分开，“郝先生，对于郝夫人的状况，我乔家深表歉意，但我在来的路上听说，事件由郝先生的感情问题引起，不管其中几分真假，但那位林小姐必定深受其害，否则纵然她有十条命，也不敢红口白牙诬告你。所以，作为乔芊的母亲，我绝不会把女儿嫁给一个花花公子！”她是过来人，也是受害者，深知男人的不忠会令女人生不如死。

乔母鲜少与人针锋相对，所以反而弄得乔正天一怔，“好了儿媳妇，这里是医院，有什么事等Amanda醒来再说。”

廖睿风不失时机道：“对对，反正郝佑鸣也决定退出，你家芊芊与廖尘的婚事只是时间上的问题。”

此话一出，乔母赶忙朝廖尘满意一笑，“那就好那就好，只要芊芊可以得到真正的幸福，我这当妈的举双手赞成。”

抛开郝佑鸣在外，其他人呈现一团和气。乔芊见郝佑鸣不反驳也不恼怒，就那样目不转睛地望向自己，看上去很像被众人排挤的受气包，于是她扯了扯母亲的衣角，“妈妈，郝奶奶还躺在重症室里，您就别说他了……”

“不说了，但他不敢回应就证明心里有鬼，你最好给我擦亮眼睛。”乔母可没忘记乔芊与郝佑鸣一早相识的事实。

交谈声不大，但刚巧够传到郝佑鸣的耳中，他向乔母微俯首，“我问心无愧，各位信与不信对我而言并不重要，只要乔芊信我就够了。”

乔母将乔芊扯到身后，质问道：“你的情妇都追到澳门来了，你还要狡辩？是不是非要那女人怀上你的孩子才能证明你的谎言？”

“我没与林依娜上过床。”郝佑鸣直白地回。

一听这话廖尘笑了，“原本我不该插话，可是这答案的可信度未免太低了吧？郝先生，别忘了我在你的住所生活过几个月。”

"你看见我和她发生关系了？"

乔芊被几人吵得头昏脑涨，心里更乱，扬声说："我累了，你们慢慢吵，我先送爷爷回家。"

没走出几步，郝佑鸣三两步超越祖孙俩的步伐，站在乔芊的正前方，说："我只说一句话就马上让行。你说实话，是否也受到林依娜的影响，从而质疑我的人品。"

"我的答案还重要吗？协议你已经撕了。"当郝佑鸣撕毁协议的那一刻，她的心也跟着揪扯一疼，同时证明，他选择放弃。

"撕掉协议与我们的感情有关系吗？"

不待乔芊回话，乔正天率先开口，但口吻不再盛气凌人，而是发自肺腑地说："现实来讲，我需要一个忠于芊芊的实干家与乔氏共同完成这项耗资百亿美元、工期长达二十年之久的工程；感性点说，那块地是我送给孙女的嫁妆，只要产权握在芊芊手中，我想这世上没有哪个男人会为了贪恋一时之欢背叛芊芊。待我百年之后，毫无疑问的，芊芊定会成为地产界的女王，一个可以呼风唤雨的女人。届时，她缺的必然不是钱。再说难听点，我根本不信这世上存在永恒不变的爱情，所以，我乔正天就是要用钱替孙女砸出一个忠心不贰的男人。而你郝佑鸣，是我无法完全驾驭的定时炸弹。"

"爷爷？"乔芊从没想过她的婚姻中居然包含着家人的爱。

乔正天抚了抚乔芊的长发，继续对郝佑鸣说："我承认，我恨你爷爷郝弘文，打心底里不愿意把芊芊嫁给你，但更多的担心则是你的身份太招摇，容貌太出众，花花世界，诱惑无处不在，即便你不去招惹别的女人又怎样，她们会放过你吗？即便那位林小姐句句虚假，恶意中伤，你又凭哪一点保证在未来的日子里不会再出现另一个林小姐？即便芊芊这次信你，那么下次、下下次呢？到头来，遍体鳞伤的还是我们芊芊。"

乔正天这番话算是掏心掏肺了，他不想再指责郝佑鸣的种种，但必须道出事实，拉回两个年轻人的理智。何况他真的没说错，郝佑鸣仿佛一颗划过夜空的流星，纵使再低调，仍是耀眼夺目。

因此，在选择孙女婿的问题上，显然斯文儒雅、中规中矩的廖尘更适合乔芊。

乔芊垂下眸，爷爷的话颇有几分道理，且不说未来会遇到些什么人，单说一个林依娜，已把她折腾得焦头烂额……

郝佑鸣看到从她眼底流露出来的彷徨与不安，稍显焦急地说："看着我，芊芊，你是了解我的对不对？"

"你……我好像听见医生在叫你……"

话未说完，郝佑鸣已朝反方向跑去，与她擦肩而过时，附耳说："别听你爷爷瞎忽悠，谁都无法阻止我娶你，别担心。"

乔芊望向他远去的背影，问题是，她什么时候说过非他不嫁了？！

车辆行驶在清晨的马路上，乔芊一路沉默，直到回到家，妈妈回房换装，她才鼓足勇气问："爷爷，林依娜说的究竟是真话还是假话？还有，她怎么会出现在咱家，是您联系的她还是她联系的您？"

乔正天肯定不能出卖好友，机智反问："如果不是她主动联系爷爷，爷爷岂能认识这号人物？还有，好好想想爷爷刚才说的那番话，郝佑鸣命犯桃花，纠缠不清。由爱演变成恨的惨案还少吗？譬如……"话到嘴边戛然而止，险些拿自己举了例子。

"总之，爷爷和你母亲意见一致，坚决反对。而且，他已然失去参与合作的资格，廖尘毫无悬念胜出。趁着Amanda还没力气大闹会场，尽快把你俩的婚事定下来。"乔正天坚信只要手术顺利，Amanda定会生龙活虎，因为她就是一头好战斗狠的小母狮，投胎成女人一定是阎王开的玩笑。

见爷爷嘴角微扬，乔芊嘟囔道："我怎么觉得爷爷对郝奶奶……"

"屁大点儿孩子觉得觉得什么啊觉得？！赶紧洗澡睡觉去！"乔正天终于恢复本来面目，霸气外露。

乔芊脚踩风火轮，一溜烟儿钻回卧室，几乎在同一时间，收到两则短信。

[廖尘]：芊芊，或许我的一生不够精彩，但我会竭尽所能为你创造最精彩的未来。选择我，你绝对不会后悔。

[郝佑鸣]：嗨，宝贝儿，等奶奶苏醒过来我就去找你，别锁门窗。

乔芊无力望天，郝佑鸣到底有没有点觉悟？他难道没有想过伴随《合作协议书》的撕毁、长辈们的极力反对以及林依娜言之凿凿的指控，他们只有Game Over？

最重要的一点是，她根本没把握能笃定地对长辈们说：你们爱说什么说什么吧，我就是相信郝佑鸣。

她拿什么信任他啊？他连一句正式的告白都没有。

一觉醒来，已是午夜，乔芊睁开眼，惊见郝佑鸣正双手托腮趴在床边。

"你，你怎么进来的啊？"她看向紧锁的门窗，完好无损。

"从门那边进来的。"

"怎么可能，你就这么大摇大摆走进来的？"

"不是啊，我来你家蹭饭，吃完饭他们以为我回去了，其实我甩掉管家上了楼。"郝佑鸣抬起手，帮她捋顺凌乱的长发，问："知道如何避免再次受到惊吓吗？"

"除非你自愿去死。"

郝佑鸣一转身躺到她身边，"只要你每天和我睡在一起，不就解决问题了？"

乔芊这才注意到他的穿着是多么诡异与眼熟，因为那是一件印有卡通熊图案的白色全棉家居服，而这件宽松版的大睡衣属于她，原本过膝的长度硬是让他穿出T恤的效果，OMG！

"你别告诉我，你趁我睡觉的时候在我的浴室里洗了个澡？"

"当然，我最大的优点就是懂礼貌，绝对不会穿着带有尘土的衣服爬上女士的床。"

"……"乔芊本想再骂他两句，但看到他眼底泛着的黑青色，又气馁地垮下肩膀，"你奶奶怎么样了？"

提到奶奶，他侧过身弓成大虾米，"医生说恢复情况良好，不过还没醒。"

乔芊半跪起身，抚了抚他的脊背，"吃饱了吗？"

"气饱了倒是真的，你母亲和你爷爷真吝啬，吃饭时一直瞪着我，唯恐我吃光你家的鱼子酱。"

真能歪曲事实！明明被嫌弃！

"活该，知道自己不受欢迎，还跑过来自讨没趣。"

郝佑鸣一个大翻身将她"撂倒"，顺势一条腿骑上去，"不说了，我们睡觉吧。"

乔芊见他真打算睡觉，急忙推他肩膀，"回酒店睡去，如果让我妈看到你在我的房里还了得？！"

"我在门上贴了'请勿打扰'的纸条。"

乔芊简直不敢信他都做了些什么，忍不住一巴掌拍上他的脑门，见他仍是迷迷糊糊不肯睁眼，又扒他眼皮，"不许睡，快起来，我要跟你谈谈。"

郝佑鸣微蹙眉，怀里抱着"乔芊牌安眠神器"，不睡觉合适吗？

"找到林依娜了吗？"

"找她做什么？我的清白不需要任何人证明。"郝佑鸣的口吻明显沉了下来，被最信任的朋友出卖，心寒多过气愤。

乔芊正想着聊点什么让他明白目前的处境，他倏地抬起眼皮，稍显不满地说："那些鬼话骗骗局外人还可以，如果你也相信，就是智商问题。"

乔芊挣脱他的怀抱跳下床，"我又了解你多少？就拿我遭遇伏击的那件事来说，你知不知道是林依娜做的？"

郝佑鸣怔了怔，猛地坐起身，"她亲口承认的？"

"是。"

听罢，郝佑鸣的脸色变得更加阴沉，抓起手机匆匆联系着谁。

"你要给她打电话求证？"

郝佑鸣做了个噤声的手势，随后与对方使用英语交流。

他的语速很快，乔芊听懂了七七八八，于是惊慌失措地与他争夺手机，"你疯了你？！我只是告诉你一声，没叫你把她抓去坐牢！"

郝佑鸣伸出一只手臂将她桎梏在怀，直到结束通话才松开手，随后拍了下她的肩膀，"你说得对，不能因为她是女人便轻易放过她。"

"我说什么了就对……"

"林依娜必须受到法律的制裁，我明白你的意思。"

乔芊戳了下他的腿，"其实，如果我没说这件事的话，你打算放过她的，对不对？毕竟她鞍前马后跟了你这么多年。"

郝佑鸣将手机丢在床头柜上，一手枕在头下，仰视淡粉色的公主纱帐，轻描淡写地说："只要我的家人和你没事，其他人对我而言无足轻重。"

"谢谢，我的地位终于从饼干晋升到人类了。"乔芊永远忘不了这个令人开心不起来的比喻。

郝佑鸣笑着揉乱她的发帘，"你一提起饼干来，我忽然想吃，不如我们溜出去？就这么定了，我去门口等你。"

说时迟那时快，郝佑鸣抓起衣裤走入洗手间换装。

乔芊也想找个清静点的地方跟他聊聊，拉开衣橱，发现他居然把攀岩绳索挂在其中。这人，简直了！

两人约好在十字路口碰面，随后兵分两路溜出别墅。

走遍城中数家超市，终于在某家超市买到最后一盒郝佑鸣钟爱的饼干。他们随性地坐在阶梯上，郝佑鸣将大袋子零食放在她的身旁，自己则捧着这盒手工饼干细细品味。

见他一脸满足，乔芊好奇地问："你的个人资料上写着，你独爱这款饼干将近十六年，不会吃腻吗？"

"其实不止十六年，不好吃吗？"

"松松软软奶香浓郁，确实很可口，但还不至于令我如痴如醉。"对，他的表情就是陶醉，像饮到上等佳酿。

郝佑鸣舔掉沾在嘴唇上的饼干渣，从盒中取出一块送到乔芊唇边。乔芊不明所以，探头咬掉一半，细嚼慢咽，但还是未能品出新意。

"咀嚼的时候有没有感到整个口腔充满温暖？"

乔芊面无表情地看着他，"别卖关子，说啊。"

他指了下脸颊，"亲我一下就告诉你。"

"爱说不说。"她大口啃起汉堡。

郝佑鸣并不为之表示遗憾，继续认真地品尝他的最爱。

俄顷，温热的嘴唇快速地碰上他的脸颊，又在他反应过来时早早抽离。

乔芊借助喝饮料的动作转开头，"就会占我便宜，快讲。"

等待许久得不到回应，转过头一看，他居然正蹑手蹑脚地企图逃跑。

乔芊环视周遭，确定四下无人之后，百米冲刺一个猴子跳，蹿上他的脊背，"妖孽哪里跑！"

"真没猜到？多明显的品牌。"

乔芊伸长手臂抓走饼干盒看了看，"品牌？'My Cookie'翻译成中文不就是'我的饼干'吗？"

郝佑鸣笑而不语，托了托她的双腿，背着她漫步在静谧的林荫小道上。

"该品牌十几年来只出品这一款饼干，而这款手工饼干几乎在哪个国家都可以买到，之所以可以广为流传，是因为任何一位高级面点师都可以无偿拥有制作配方。不过，在得到配方之前，需要与创始人的委托代理律师签订保证协议。"

"什么保证？你怎么会这么了解？"

"保证饼干的品质，一旦接到客人的投诉，必须无条件立即下架，并赔付巨额违约金。知道这是为什么吗？"他侧过头，抿了下唇，笑着说，"因为，有一位远在天国的母亲，希望儿子随时随地可以吃到她亲手烘烤的甜品。"

My Cookie有两层意思，一种是我的饼干，代表孩子气的霸道；另一种相对隐晦，M=鸣。

——鸣鸣的饼干。饱含着母亲对儿子的宠爱与依依不舍。

听罢，乔芊的内心受到深深的触动，原来他吃的并不是味道，而是对母亲的思念。

郝佑鸣听到啜泣声，将她放在花坛的石台上，一边帮她擦眼泪，一边嘲笑："我还没哭，你反而先哭上了？"

乔芊泪眼汪汪地凝视着他，他淡然地笑着，环住她的腰，轻轻地磨蹭着她的唇。这样的触碰似乎顺理成章，乔芊没有闪躲，双手自然而然地搭上他的肩，舌与舌之间交织的却不是欲望，恰有温情的暖流在唇齿间弥漫。

一直想了解真正的他，想知道看似玩世不恭的他是不是真的桀骜不驯，可是通过郝奶奶突发疾病与缅怀母亲这两件事来看，谁能说他薄情寡义？

呃，不对，她蓦地清醒过来，一把推开他，"算我求你，别再来招惹我了好吗？在你撕毁协议书的那一刻，我们之间就不可能了！我现在没得选择，只能嫁给廖尘！"

她跳下石台，头也不回地飞奔离去。她很清楚一点，心酸与心疼之间有着本质上的区别，一旦体会到他的疼，她的心也会被扯进去。

乔芊一路狂奔回别墅，环视偌大的客厅，又一鼓作气跑上楼，站在楼梯口遥望悠长的回廊，楼上楼下都是人，可是除了这些毕恭毕敬向她行礼的保姆之外，居然找不到一个倾诉对象。最终，她敲响了钟玄德的卧室门。

刚打开门，她已闯入他的怀抱号啕大哭。

钟玄德僵着脊背，直挺挺地站在原地，任由她发泄。

哭了不知多久，她忽然退后一步，命令道："从今以后，坚决不许再让郝佑鸣靠近我的卧室以及我这个人。"

"是。"

既然大小姐有吩咐，钟玄德睡到一半的觉也不用睡了，即刻穿戴整齐守在乔芊的卧室门前，同时用对讲机指挥守在别墅外围的保镖加强防范。

乔芊抱着大玩具熊倚靠在床边发呆，听到门外传来紧急走动的脚步声，她又跑上阳台，俯瞰聚集在阳台下方的保镖，含糊其辞地说："万一发现可疑人物，叫他回去就可以了，千万不要使用武力，有话好好说。"

保镖得令，她又来到门前，叮嘱钟玄德："你知道他是吃软不吃硬的人，所以……"

"明白，依照目前的部署方案，郝先生基本没机会出现在我面前。"

"噢……也对。"乔芊怔怔地点着头，喃喃自语："我的担心是多余的吧，我在回来之前已经跟他说清楚了，他没理由又跑来碰钉子。阿德，你说是不是？"

"大小姐还记得曾在郝宅发生的种种吗？我守在门口，他就爬窗；爬窗失败，他便指使继眉缠住我；我们搬出郝宅入住酒店，他仍能想方设法找来并顺利进门。诸如此类吧，似乎只要是他认准的事，便会无所不用其极。"

乔芊遥想住在郝宅期间，那无数个提心吊胆、唯恐他爬上床的夜晚，不怒反笑。至于这种状况究竟从几时开始发生她已记不清，反正自从他打定主意黏上她的那天开始，那手段耍的，五花八门外带各种耍无赖、不要脸。

她抱起玩具熊坐回墙角，不过这次的情况明显不同，乔家不只是他无法为所欲为的场所，更是禁锢女性思想的金丝笼。不是她不想尝试，而是他根本不把乔家长辈放在眼里，所以结果必然是，越执着，越挫败。

翌日中午，吵闹声直达二楼，敌对双方自然是郝佑鸣与乔、廖两家长辈。

"郝佑鸣，乔家不欢迎你！请你马上离开！"乔母怒道。

"昨天在医院我已经跟你讲得清清楚楚，别逼我动用保全人员把你请出去！"乔正天也火了，这小子居然拉着行李箱再次出现，难不成把乔家当成酒店了？！

"别以为你是晚辈，我们这些做长辈的就拿你没办法，乔芊是我廖睿风的孙媳妇！"

不能怪长辈们言辞刻薄，撕毁《合作协议书》的人是他，扬言要杀了他们的人也是他，如今Amanda手术成功脱离危险，他立马兴高采烈地回来抢乔芊？！

郝佑鸣抿了口咖啡，折起报纸，说："各位，能否先冷静？"

"不能！"三人异口同声。

"……"

与此同时，乔芊蹲在护栏下方，眨巴着眼睛看向伫立墙边的钟玄德。

钟玄德知道乔芊希望他能想想办法，但他无能为力。

乔芊谨慎偷瞄，发现廖尘也在，并且就坐在郝佑鸣的正对面，看似平和的目光中隐藏些许愠怒。

"你想怎样不妨直说。"廖尘真是受不了郝佑鸣的个性，太过目中无人。

"我的意图还不够明显？"郝佑鸣用一种"你们是傻子吗"的眼神扫视众人。

"乔芊是我的未婚妻，订婚戒指她也一早收下了，你的介入本就属于不合理的举动，请停止无理取闹。"

"是我表达得不够清楚还是各位欲盖弥彰？撕掉协议只能证明我放弃争抢那块土地的权利，不代表我放弃乔芊。"

"乔芊必须嫁给家族指定的结婚对象，何况她曾向你许诺过什么没有？"乔正天坚信乔芊没胆量与郝佑鸣私订终身，而且他们也不过近几日才相识。

"您难道不曾对哪位女士有过一见钟情的感觉？"

"你！"乔正天怒目圆瞪，乔母赶忙上前搀扶，"闹够了没有，郝佑鸣！"

"您为什么不能试着接纳我？拆散我们究竟对您有什么好处？您的心未免太狠了点。"

"你！你！"

廖尘倏地站起身，将乔母护在身后，"乔芊嫁给你才是不幸，你知道我在指什么。"

"不知道，愿闻其详。"

"乔芊对你的感情不是爱而是惧怕，这一点你心知肚明。"如果乔芊爱他，就不会连护照都不要便选择逃离；如果爱他，就不会连夜搬入酒店。廖尘一直认为自己处于劣势并不是因为乔芊多爱郝佑鸣，而是自己不够主动。郝佑鸣利用教学之便填满乔芊的时间，致使她无暇考虑其他。

郝佑鸣微微一笑，指向身后斜上方的回廊，"如果她对我没感情，就不会躲在护栏那里东张西望。"

此话一出，所有人的视线移向护栏。乔芊见事情败露，只得硬着头皮站起身，但不敢直视众人，低头摩挲衣角。

见乔正天要发飙，乔母率先开口："芊芊，今天你就把话与郝佑鸣讲清楚，说句难听点的话，这孩子太难缠了。"

巨大的压迫感袭向乔芊，她手心冒汗，不自觉地攥住扶手，见状，钟玄德上去一把扶住乔芊，"夫人，大小姐并非偷听，而是刚巧走出卧室寻找感冒药。"

"是啊，妈，我喉咙疼……"乔芊立马配合着咳嗽两声。

乔母一听这话匆匆上楼，搂起闺女返回卧室。

房门在众人的关注中关上，郝佑鸣转回视线，面朝廖尘耸了下肩，"乔芊对我属于哪种感情其实并不重要，重要的是我非她不娶。"

一语激起千层浪，乔正天难以置信地瞪视他，"那我也明明白白地告诉你，乔芊未来的丈夫是廖尘！你信不信我现在就让他们把结婚证领了？！"

廖睿风乘胜追击，"好啊，反正芊芊迟早会成为我廖家的人，择日不如撞日！"

郝佑鸣悠悠地站起身，攥紧拳头快步走向乔正天。廖尘见他来势汹汹，一个箭步将两位老人挡在身后，然而，郝佑鸣却在即将走近他们之时掉转方向，噌地一下跨上阶梯往二楼跑去！乔正天一声怒吼，乔家顷刻大乱，只见几名保镖冲入大厅追赶围堵，郝佑鸣一拳打倒迎面而来的保镖，又将紧随其后的那位踹下阶梯。

"抓住他！反了反了！抓住他！"乔正天戳着拐棍，暴跳如雷。

乔家的楼梯又宽又长，郝佑鸣一路"过关斩将"，千辛万苦，终于跑上二楼回廊，然而，最难对付的保镖正站在楼梯口候着他，那人便是钟玄德。

钟玄德见保镖们追赶过来，扬手制止，随后平静地对郝佑鸣说："为避免伤到你，我劝你束手就擒。一旦动起手，我绝对不会对郝先生心慈手软。"

郝佑鸣神色异常严肃，他守在奶奶的病房前连续两天没合过眼，加之在打斗中消耗大量体力，此刻已是气喘吁吁。

他甩了甩手腕，一把扯下领带缠绕在血迹斑斑的手上，正色道："你有你的职责，我有我的信念，不巧发生冲突，那就来吧！"

话音未落，他发出一记快拳打向钟玄德的胸口，钟玄德岂能看不出他体力不支，所以暂时只防不攻。

"你明知打不过我，又何必自讨苦吃？"

"就当陪你练手好了。"也许这场比试最终会以失败告终，但没理由不试一下便放弃。郝佑鸣来到这里的目的只有一个，亲口告诉乔芊他对她的感情。

门外噪声不断，门里，乔母紧搂乔芊不允许她出去。

"妈，您放开我，爷爷一定会命令阿德全力以赴！"话没说完，门板受到猛烈的撞击，随后传来郝佑鸣唇边溢出的闷哼声。

"这小子就是欠打！无法无天不知好歹！不仅指责我不配做母亲，还敢顶撞你爷爷！"乔母越看郝佑鸣越不顺眼，居然还敢在乔家闹事？别忘了这里是澳门，不是他郝家只手遮天的大西洋城！

乔芊扑簌簌地流着泪，自从昨晚与郝佑鸣分别，她也曾设想他会以哪种形式接近自己，却万万没想到他会硬碰硬。

这笨蛋就是疯子！

乔芊挣脱母亲的束缚，刚奔到门前，又被母亲拽回去。乔母把心一横，将乔芊关进阳台，"你这孩子非要把爷爷和妈妈气病了才甘心吗？阿德自知轻重！何况，不让郝佑鸣吃点苦头，他绝不会善罢甘休！"

乔芊焦急地敲打玻璃门，"妈，我求您让阿德住手，我去跟他说，我叫他走叫他滚还不行吗？求您……"

看女儿哭得如此伤心，乔母忍了忍，背过身，"芊芊，千万不要怪妈妈狠心，妈妈比你更了解男人，他今天可以肆无忌惮地与乔家长辈针锋相对，明天还不知道会干出什么更可怕的事来。在妈妈眼里，他是一头野性难驯的猛兽，妈妈怎么可能把你交给他？"

"不是的！你们根本不了解他，是你们一直在排挤他！把他逼成这样的！"

乔母蓦地转身，不敢相信这种话会从她乖巧听话的女儿嘴里说出来，"我们逼他？如果不是他冒出来闹场，你早已成为廖尘的妻子，现在反而成了我们逼他？你这孩子怎么也变得跟他一样不可理喻？"

门板再次发出几欲撞裂的响动，乔芊的心也跟着痛楚，她知道，劝阻只会给郝佑鸣造成反效果，于是她努力地平复着情绪，泪水却怎样都无法停止。

在煎熬中过去五分钟，母亲唉声叹气地走入洗手间。见状，乔芊抓准时机，立刻爬上阳台，手抓栏杆向下，低头俯瞰下方的草坪，目测至少还有三米的距离，但她管不了那么多，双眼一闭跳了下去。

扑通一声重重落地，乔芊无暇按揉疼痛部位，爬起身向别墅的正门奔去——幸运的是，爷爷他们都不在客厅；不幸的是，这是长辈们惯用的推卸责任的伎俩——打得很严重吗？不好意思，刚巧不在现场。

她顺利抵达二楼，一眼便看到浑身是血、倚在墙边抵御拳头的郝佑鸣。

"阿德，你给我住手！"

"这是老太爷的命令，恕难从命！"钟玄德扬起铁拳，狠狠地打向郝佑鸣的颧骨。本来他不用下手这么狠，但无意间被郝佑鸣一句话刺痛软肋。讲出那句话的时候，郝佑鸣已然站不稳，但是居然还敢挑衅！他说他知道钟玄德心里在盘算什么，一旦乔芊嫁给自己，再也不需要钟玄德这个人；若嫁给廖尘，她至少会因为对婚姻不满而继续拿他当知己。

听上去很可悲是吗？可偏偏就是他的选择。从来不敢奢望从乔芊那里获取分毫的回应，只是默默守护有问题吗？！

又是一记重拳打下，郝佑鸣支起上半身，用尽全力握住他的拳头，钟玄德则挥起另一只手将郝佑鸣扳倒在地，猛然起脚欲踩踏他的心口，然而就在落脚之际，一片粉色落入眼底。只见乔芊趴在郝佑鸣的身躯之上，紧紧护住他的身体。

原来勇敢是不需要酝酿的，即点燃便爆发。

炙热的泪水唤醒郝佑鸣的意识，他使出仅存的一丝力气，挤出一个灿烂的笑容，"我跑来告诉你……我很想你。"

"我也是……"乔芊心疼不已，揪起睡衣袖口替他擦拭溢出嘴角的鲜血。

就在这时，乔正天疾步赶来，见此情景，顿时气得七窍生烟，"反了！全都疯了！阿德还不快把他们拉开！立刻将郝佑鸣关起来！没有我的命令，谁都不许放他出来！"

"是！"

钟玄德俯视乔芊的脊背，道了声歉，俯身将乔芊扛在肩头，随后命下属架起郝佑鸣拖走。

乔芊拼命捶打着钟玄德的背部，哭得肝肠寸断。

第十七章
囚禁在阁楼的大魔术师

　　乔芊被锁在卧室里，为防止她再次跳窗，乔正天加派人手守在墙外。出不去，乔芊只能绝食反抗。整整一天过去了，她滴水未进，只有一个要求，必须替郝佑鸣疗伤！

　　听到门把手拧动的声响，乔芊躺在床上并未回头。

　　一盘精致的点心放在床头柜上，乔芊视而不见，翻了个身，撩起被子盖过头顶。

　　廖尘轻舒了口气，悠悠地坐在床边，说："我已说动你爷爷派医生给郝佑鸣治疗，这会儿应该正在包扎伤口，起来吃点东西吧。"

　　乔芊急忙坐起身，"他伤得重不重？"

　　"钟玄德并未攻击要害，多半属于皮外伤。"

　　乔芊长嘘一口气，"也就是说，你看见他了？他在哪里？"

　　"不清楚，我只是听到钟玄德向你爷爷汇报。你的脸色很差，先吃点东西。"廖尘端起热牛奶。

　　乔芊摇摇头推开马克杯，抿了下唇，看向廖尘，刚欲开口，廖尘却先发制人，"本来你所提出的任何要求，我应该做到无条件接受，但我们的婚姻关系到两家日后的发展，对不起，我不是慈善家，不会把你让给郝佑鸣。"

　　"可是，他说了，不要那块地……"

　　人们常说，无论面对感情还是事业，不到最后一刻决不放弃。郝佑鸣则是毫不犹豫地放弃了，放弃了大有可能属于他的事业，这样的取舍似乎又赢了。

廖尘凝望着她那双红肿的眼睛，此次见面之后，他感觉她仿佛变了一个人，变得失去自信，就连语调都失去了底气。

"你很怕你的家人，对吗？"

乔芊垂下酸涩的眼皮，"我在家人眼中一直是乖孩子，对于长辈的命令我从不敢违抗，直到你送来订婚戒指，我才恍然发现这些年从没按照自己的意愿生活过……于是我想在结婚之前做一回自己，去一个没人管束、没人认识我的地方，做一些会令家人咋舌的疯狂事。之后，我遇到了你，又遇到郝佑鸣。他是个具备破坏力的男人，可以轻而易举激怒我，使我忘记必须遵从的礼仪教条。当我无所顾忌地打骂他时，我的情绪居然得到前所未有的释放，怎么形容好呢？很畅快，很真实。"

廖尘尽量让自己看上去神态平静，"那我呢？"

乔芊莞尔一笑，"还记得我们相遇时的事吗？我谎称腹痛企图混进郝家，却被你拆穿诡计，当时我很生气啊，忍不住骂你多管闲事，你则不气不恼保持风度，我心想，世间会有这么好脾气的人吗？莫非妈妈已发现我的行踪，所以派这人乔装路人甲跟踪我？"

"你常被人跟踪？"

"嗯，从上学开始便经常，应该叫暗保，长辈们唯恐我遭人绑架。"乔芊儿时最大的乐趣就是甩掉暗保或故意找他们麻烦，但这些训练有素的专业人士亦步亦趋，并且不会与她一般见识。所以她猜想这次出走也不会太顺利，却没想到廖尘居然就是"激励"她疯狂的导火索。

"为了达到疯狂的目的，你刻意让自己变得与往日截然不同？比如，露出小腿勾引我。"记忆的流转将他带回那段快乐美好的时光。

乔芊尴尬地点下头，"反正没人知道我是谁，感觉特别刺激。"

不等廖尘再说什么，她伸出手指抵在他的唇边，神色渐渐阴沉下来，"变的人不只是我，还有你。你有没有发现，只要在郝佑鸣身边待一段日子，便会在不经意间抛开光鲜的外壳，找到更自在的生活方式？"

廖尘敛起笑容，托起她的手顺势握在掌心。不可否认，郝佑鸣的身体里住着一个古灵精怪的魔王，那个魔王把魔术当成独家编程的游戏，游戏由他布局，每个人的情绪早已设定，只待引君入瓮，激发对方抓狂或崩溃的一面。一旦一贯保持的形象破功，显然没有再维持下去的必要。

"的确，他可以给你带来快乐，可是生活不是游戏。乔芊，即便你不嫁给我，也仍要面对乔氏的未来，你应该考虑谁更愿意帮你分担压力。当你忙得焦头烂额的时候，他或许正在废寝忘食地研发新魔术。"

乔芊默默地抽回手指，缄默不语。

"而我现在就可以向你保证，不管工作多忙，只要你说想去旅游，我便马上排开时间留给你。"廖尘再次抓起她的手，含情脉脉地说："我们原本都是对婚姻不抱希望的人，但迫于无奈必须遵从家中的安排，既然原本就认了，何必因为某人的介入打破计划？何况你曾说过，只要是你力所能及的事，就一定会帮我。现在我非常需要你的帮助，答应嫁给我。"

乔芊紧咬着唇，迟疑许久，几不可闻地说："既然那块地是爷爷送给我的嫁妆，而联姻也因为那块地，不如，由我做主……交给廖家全权负责。"

廖尘的眸子附着一层黯然，"你在拒绝我的求婚，是吗？"

乔芊不敢直视他的双眼，声音虽小，但笃定，"廖尘，对不起。"

骗得过别人终究骗不过自己，如果这便是疯狂之后必须承受的代价，她甘愿当个脱离现实的不被理解的疯子。

"我们所有人与你讲事实，摆道理，聊利弊，谈后果，你都无动于衷？"廖尘落寞地松开手，又浅淡一笑，"好吧，那我也只能向你说一声对不起。"

见他起身欲走，乔芊跳下床拦在前方，"你这话什么意思？讲清楚。"

"明天上午十点，民事登记局见。"

语毕，他侧身离开房间，乔芊刚欲迈出门槛追赶，站在门外的钟玄德横出一臂，"请大小姐立即返回卧室。"

乔芊想到钟玄德对郝佑鸣的那副绝狠模样，磨磨后槽牙，狠狠一口咬在他的手腕上。钟玄德则任由她发泄不满，本以为她会咬到皮开肉绽为止，却未料到自己手腕上那些湿热的液体并非是血。

钟玄德转到她的身前，她瘫坐在地，默默地淌着泪，哭得像个即将死去的泪人。

"你们不是讨厌他而是嫉妒他，因为他是上流社会中的异类分子，你们嫉妒他敢于做自己！"乔芊双手盖住脸颊，眼泪很快溢满掌心，顺着指缝滴答洒落。

钟玄德从未见过乔芊这般伤心欲绝，他深吸口气，蹲在她的面前。也许她说得没错，他确实嫉妒郝佑鸣，嫉妒他的放肆张扬。他只能时刻忠告自己不过是乔家雇用的保镖，没资格拥抱他的女主人。

"我现在很讨厌你钟玄德，可是除了你又没人愿意帮我。"乔芊扬起一双泪眸，"廖尘说，明天我会与他去民事登记局注册结婚，显然，除非我现在就死掉，否则……"

"请大小姐不要乱说，你会长命百岁的。"钟玄德急得从半蹲转为单膝跪地。

见他如此，乔芊心中燃起希望，直起上半身，恳求道："如果你真希望我好好活下去，那么请你带我去见郝佑鸣，我想亲口与他道别。你可以守在门外，我绝对不会乱跑，求你帮帮我。"

"求"字是钟玄德承受不起的重托，他闭上双眼，点了下头。

"绝对不可以超过一小时。"

"嗯！谢谢你，阿德。"乔芊按捺内心的狂喜，在钟玄德的安排下，回房换上一套全黑的西服套装，戴上墨镜，将长发塞进黑色鸭舌帽，伪装成保镖的样子，跟在他的身后，忐忑不安地穿行在回廊之间，来到顶楼阁楼门前。

钟玄德支开监守在此地的同事，待确定清空之后，取出门钥匙打开门，推开一道门缝，摊手请入。

"我已通知全体保镖到会议室集合，现在是凌晨一点，两点我会准时出现，请大小姐掌控好时间。"他使用的理由为开会。

乔芊踮起脚尖，赠予感激的大拥抱。

紧紧相拥，钟玄德确定心跳曾停滞一秒，或许一切都值得。

乔芊谨慎地推开门，漆黑的房间中弥漫着浓重的血腥味，她手忙脚乱地打开照明灯，顿时被眼前的画面惹得泪如雨下。

郝佑鸣的四肢被铁链捆绑着，脸部多处瘀青，前胸与手臂缠绕着数道纱布，压在他身下的床单已被鲜血染成红色。

她冲到床边，不知道自己想干什么，只是疯了似的拉扯铁链，"这些人都该拉出去枪毙！他们怎么可以这样对你！"

郝佑鸣从浑浑噩噩中苏醒过来，模糊混沌的视线里出现乔芊伤心的模样，逐渐变得清晰。

"原来我没死……还是，你也死了？不过，这天堂的装潢风格真寒酸。"他的口吻一点都不哀怨，甚至带点调侃的意味。

"你都这样了还有心情乱开玩笑？哪里疼告诉我。"乔芊半跪在床边抚摸着他的脸颊，手臂再次碰到冰冷的铁链，急忙拉开大小抽屉寻找钥匙。

"喂，先过来亲我一下。"郝佑鸣很想看清她的位置，可是铁链束缚了视角。

乔芊忍住悲伤，反锁上门，边走向他边取下帽子，乌黑长发如瀑布般倾泻而下，随后，她脱掉西服外套，解开衬衫衣扣。

"我的时间不多，只问你一个问题，你爱不爱我？"

"爱。"他几乎没有犹豫。

乔芊轻碰了一下他的唇，又环视四周，很快找到郝佑鸣的万能钥匙项链。

她按照他口述的步骤，将万能钥匙插入锁眼，静下心试了又试。

长发垂在他的手背上，他将那些发丝缠绕指尖，见她神色焦急，想了想，说："你和廖尘的婚期定下来了，是吧？"

乔芊指尖一顿，矢口否认，"没有，干吗这样问？"

"如果没有的话，你不会急于献身。你的意思我明白，不仅明白还特别开心，但是我不想用你的清白换取最终的胜利。"

咔嚓一声，铁链脱离他的一只手腕，郝佑鸣揽过她，迫不及待地袭上她的唇，"我单枪匹马来到这里，本意是希望让你爷爷看到我的诚意，可是你的家人曲解了我的意思，我再谈谈看？"

无论如何都不会有结果，不管他拥有多少财富，不管他有多聪颖，只因为他姓郝，叫郝佑鸣。乔芊垂下眸，清楚这里是毫无情调的场所，她也不想在这种情况下跟他发生关系，但这一次她不能由着郝佑鸣自作主张，她要帮忙，帮助彼此从僵局进入无路可退的死局。

她把万能钥匙放在床头柜上，坐在床边，缓缓地褪去衬衫，侧身依在他的肩头，她弯起嘴角，说："我也曾质疑我对你的感情究竟算哪种，后来我总结了一下，你是一个可以让我为了你又哭又笑又操心的男人，我愿意陪你去广场表演，愿意与你共舞，愿意把自己交给你。而我此刻所做出的决定，并不是送你一张所谓的结婚通行证，而是怕你退缩，怕你在重重阻挠面前放弃我。"

本以为协议书的撕毁会令她更理性，却不曾想到，当那一纸协议荡然无存时，反而让她看清这份感情是多么纯粹且值得珍惜。

郝佑鸣忘却伤痛，拥紧她的身体，蹭了蹭她的额头，"什么都别说了，我明白。"

他抓过万能钥匙，不到一分钟便解开其余三道锁链，随后，温柔地将她拉到身边。

不过，他的心情并不比乔芊轻松多少，因为这不仅是她的第一次，也是他的。

第十七章 囚禁在阁楼的大魔术师

不曾想过为谁刻意留守，却恰巧留下最珍贵的纪念。他们的缘分从魔术开始，因为魔术，他无暇顾及感情之事；还是因为魔术，将她带到他的身边，感谢他所热爱的一切，感谢他爱的人也同样爱着自己。

欢愉过后，乔芊站在窗边眺望远方，还是这间阁楼，还是那片风景，不同的是，他站在身后拥着她的身体。如果累了，便倚在他的肩头休息，悠哉地深吸一口气，仿佛可以嗅到百种花香。原来这就是幸福的感觉，无法言喻的美妙。

然而，沉寂在幸福中的他们很快被一阵急促的脚步声拉回现实，不等对方敲门，郝佑鸣已牵起乔芊，率先打开门。

他们以为来者会是钟玄德，却没想到竟是廖尘。

两个男人面面相觑，目光互不相让，似乎随时会引发一场战争。

乔芊自然不希望郝佑鸣再次受伤，刚欲开口，就被郝佑鸣扯回身后，他上前一步，笑了，"廖先生是来捉奸的吗？嗯，恭喜你。"

廖尘攥得拳头咯吱作响，可以看出他已然忍到极限。

郝佑鸣又说："先别激动，来都来了，不如我们一起去客厅请乔芊的爷爷出面替你主持公道，也许他会杀了我，又也许，他老人家会改变主意。"

廖尘不愿相信所看到的，但乔芊始终与郝佑鸣十指相扣，她那副小鸟依人的模样已然说明一切。

他倏地伸出手指戳向郝佑鸣的胸口，眼中燃起一片怒火，"你这人渣，以为用这种下三烂的招数就会逼我放弃吗？告诉你，休想！"

"哦，是吗？我没见过哪个正人君子会采用绑架的方式限制对手的行动；也没见过哪个好人会利用女人的嫉妒心，无中生有，造谣诽谤。还有那本杂志，也是你交给乔芊爷爷的吧？"郝佑鸣的表情渐渐冷到冰点，他一把将廖尘推到墙边，"人渣这词原封不动还给你！"

在郝佑鸣看来，任何问题只要他可以解决，就没有追究到底的必要，或者可以自负点说，他瞧不上那些所谓的精心策划的伎俩。

听罢，乔芊震惊不已，不敢相信这些事的幕后指使居然会是廖尘。

廖尘刻意不去看她，揪住郝佑鸣的衣领，讪笑道："你以为在乔爷爷面前抖出这些事便会令我害怕？"

"我当然知道你的所作所为大多得到乔正天的默许，即便不是，揭穿你伪善的嘴脸也很无趣不是吗？"郝佑鸣甩开他，嘴角噙着一抹高深莫测的笑意，说："这次换我出招，你猜你是否招架得住？"

语毕，他拉起乔芊径直向客厅走去。

"我爷爷年纪大了经不起刺激，我妈妈的身体也不大好，你先答应我，不许使用非常手段恐吓我的家人。还有咱们发生关系的事……看情况而定。"乔芊这才想到那支听命于郝佑鸣的武装队伍。

郝佑鸣驻足，转身之际亲吻她的额头，"我早就说过，不会让你夹在其中左右为难。你要做的只是站在你母亲的身旁，你的身体与你的家人统一战线，心陪在我这边就好，如何？"

乔芊虽然惴惴不安，但也期待他将使出怎样一鸣惊人的……怪招。

他们走到楼梯口，整齐划一的脚步声迎面逼近，只见钟玄德率领几名保镖拦住去路。不等郝佑鸣交涉，乔芊率先走到钟玄德面前，"阿德，幸福距我咫尺之遥，迈过这一步至少还有希望，你真的忍心阻断这条路吗？"

钟玄德凝视她的双眼，脑海中浮现出老太爷初次将他带到乔芊面前时的场景。那时她还是初中生，一个人坐在书房里孤零零地涂鸦，画中有游乐场，有游泳池。她歪头看了钟玄德一眼，又在画中加上一个戴墨镜的成年人，画完之后抬头一笑，笑容中不带丝毫矫揉造作。然后，她抓起一把糖果塞进他的口袋，认真地说："保镖先生，你带我从这里逃出去吧？"

逃，逃去哪里，这里是她的家，却想逃。而他的职责，正是保护以及禁止她单独出行。除非他故意放行，否则她永远逃不出他的监控范围。

仅一次的心软，便让她再也不想回来，不想再与孤独为伍……

钟玄德闭了下眼，从西服口袋中掏出工作卡，利落地丢进纸篓，继而退开三步，挽起袖口，面朝一干保镖，威胁道："如果谁敢阻拦大小姐的去路，先过我这关！"

是的，他都可以为她去死，又为什么不能让她去找到幸福？

在乔家工作的保全人员皆知晓钟玄德从不说笑，于是按兵不动。

"过去吧，大小姐，有我护着你。"

丢掉工作卡便证明他不再听命于爷爷，乔芊心中五味杂陈，走到他的面前深深鞠躬，"谢谢，谢谢你在我最无助的时候仍选择支持我。"

钟玄德庆幸自己戴着墨镜，要说起来，自从成为乔芊的保镖那一天起，便有了这习惯。他立正俯首，心甘情愿地做出请的手势。

郝佑鸣与他擦肩而过，明明气氛凝重，他却朝钟玄德挤眉弄眼，"炒乔家的鱿鱼绝对是英明之举，跟我走就对了。"

钟玄德刚想澄清他的臆想，郝佑鸣就拍了下他的肩，严肃地说："我出高于乔家三倍的佣金雇用你，有你保护乔芊，我走到哪里都安心。这事儿就这么定了吧？我们一起回大西洋城。"

郝佑鸣发出真诚的邀请，道出钟玄德实在无法拒绝的理由，他只得无奈地扯了下嘴角，一切尽在不言中。

目送他们远去，钟玄德有时也搞不懂郝佑鸣哪来的这份自信，居然在没有得到任何人的应允之前便有胆量把话说满。

抵达客厅，乔正天与乔母已等候多时，见二人手牵手出现，眼中足以喷出火来。

郝佑鸣主动松开乔芊的手，轻推她一把，示意她走向乔母。

乔芊步伐缓慢，一步三回头，唯恐有人趁机偷袭郝佑鸣。

郝佑鸣扫视一周，瞄到管家，客气地询问："我的旅行箱是否交由你保管？麻烦你帮我取过来。"

乔母怒声质问："你又在耍什么花样？莫非你以为提走行李，就可以带上乔芊远走高飞？！我不怕告诉你，等到天一亮，芊芊便会成为廖尘名正言顺的妻子！"

"哦，不过现在天还没亮。"郝佑鸣再次向管家索要旅行箱。

"给他！他还能从旅行箱里取出冲锋枪吗？！"乔正天倒要看他玩什么。

廖尘走入客厅，同时，管家奉命提来旅行箱。郝佑鸣按下密码，皮箱打开，他从箱子的暗层中取出一个黑色的硬皮本，不等解释这本东西是何物，乔正天已经微倾斜身子，疑惑地问："这本子居然还在？"

"爷爷也见过？"乔芊望过去，郝佑鸣拿出《千手》，用意何在？

"我见过不奇怪，你知道就说不通了。"乔正天扬起一道厉光射向乔芊。当乔芊不惜从阳台跳下去保护郝佑鸣的时候，乔正天就怀疑孙女与郝佑鸣私下有交往。在对乔母的"严刑拷问"中，乔母终于含糊其辞地承认，乔芊在旅行途中邂逅了郝佑鸣，至于二人究竟走到哪一步，她不确定。因此，为避免夜长梦多，乔正天更加确定联姻一事事不宜迟。

乔芊缩了缩肩膀，据说《千手》中记录着郝佑鸣毕生所研发的魔术，对他乃至魔术界而言当然有着非比寻常的价值，可是对于爷爷来讲等同一堆废纸，她顿感前途一片黑暗。

廖尘饮口咖啡，似笑非笑。本以为郝佑鸣藏了什么扭转乾坤的法宝，呵。

然而，当所有人唱衰之际，郝佑鸣四平八稳地翻开扉页，就此揭开《千手》神秘的面纱。

他清了清喉咙，朗读道："dear小文，在这个特殊的日子里，我要大声告诉你，I LOVE……"

"闭嘴，你给我闭嘴！郝佑鸣，你听到没有？！"乔正天大步上前争抢《千手》。郝佑鸣早有预料，高举《千手》满屋乱窜。

于是，偌大的客厅里，出现了步履蹒跚的老者抓捕青年的荒诞画面。

乔芊扬声制止："郝佑鸣，把本子交给我爷爷。"

"你爷爷会毁尸灭迹的。"郝佑鸣边慢跑边对乔正天说，"您如果答应不撕毁《千手》，我就拿给您看，我保证其中有您意想不到的精彩内容。"

"给我，你这浑小子马上给我！"乔正天简直要气疯了，这本子本身并不稀奇，但写在扉页上的赠言必然会引人遐想，并且落款处标有日期：2月14日。

本子的再次出现，将他带回无知无畏的少年时光。那时的乔正天与郝弘文还不满十八岁，还不认识廖睿风，他们是同学，是无话不谈的挚友，更是校园中多金又帅气的风云人物，所以不免惹来莺莺燕燕的追逐，为此乔正天深感烦躁，郝弘文便提议——不如假扮同性恋，在情人节当天当众互换礼物，怎么样？

纯粹出于好玩，便出现了那些混淆视听的暧昧赠言。那一年，他俩真的很要好，疯起来一起打架，静下来一起学书法、拉奏小提琴，好到穿一条裤子都嫌肥。

正因如此，乔正天无法原谅郝弘文，无法原谅他为了一个女人宁愿毁掉深厚的兄弟情。即便那女人值得去爱，也不应该发生在他们之间。

郝佑鸣抓住从他眼底溜走的忧伤，双手奉上《千手》，正色道："之前我并不知道祖父在日记中提到的'小天'正是您。我无意破坏祖父的遗物，只是太喜欢这个本子，尤其捧在手里时会感到莫名的温暖，所以我继续使用着它。那些乱七八糟的设计图您可以忽略不看，只看文字，文字中记录了祖父与我最不愿意让人发现的一面。乔爷爷，我恳请您，耐心地看完它。"

乔正天凝视着保存完好的硬皮厚本，迟疑许久，接过本子，缓慢转身，迈着沉重的步伐关上书房大门。

关门前，他向乔母交代，暂时允许郝佑鸣自由活动。

——形势逆转，令在场的其他人措手不及。

"那里面写了什么？"乔芊对不可告人的那部分深感好奇。

"不许和郝佑鸣交头接耳。"乔母严厉得像个老师。

廖尘则缓慢拊掌，"不愧为大魔术师，果然是制造'惊喜'的高手。"

"不到万不得已，我并没打算拿出《千手》，无奈你步步紧逼。"郝佑鸣陷入沙发，又因摩擦到伤口紧蹙眉头，他一边按揉手臂一边说，"我曾是你的师父，徒弟永远斗不过师父。"

廖尘刚欲反驳，他又自顾自抓起听筒，打向医院询问祖母的病况。

见他面带微笑，乔芊不自觉地松口气，偷摸摆了个剪刀手表示庆祝。

乔母一看见郝佑鸣就会感到胸闷，拉起乔芊走上阶梯。没走出几步，郝佑鸣又追了上来，乔母立刻将女儿扯到身后，却没想到他找的是自己。

"乔伯母，我知道您对我有成见，可是我偏偏爱上了您的女儿，而您的女儿，虽然没有我爱她那么深，但我相信她绝对不讨厌我。可以说，芊芊在我心中是最特别的存在，所以请您给我一次机会，一次爱她一生的机会。"郝佑鸣的口吻异常柔和，为了他爱的女人，心甘情愿收起具有攻击性的荆棘利刺。

"哪个男人不花心？你拿什么向我保证你可以做到片叶不沾身？"乔母喟叹，"我猜想你会说廖尘也未必做得到，但是与你相比，我更希望把女儿嫁给他。说句你不爱听的话，你一个男孩子怎么可以长得比女人还妩媚？一天到晚冲着女人放电你就不累吗？"

"……"郝佑鸣摸了下脸颊，长成这样真不能怪他吧。

乔芊见他神色纠结，转开头偷笑，初次见到郝佑鸣时，她也想问这句话，还是老妈有魄力。

"这才证明您女儿魅力大。"

"她涉世尚浅，才会看不清形势！我拜托你别再招惹她了。"乔母的观点没有变，帅哥都花心，何况是喜欢舞台的年轻帅哥！

绕过他身旁径直前行，乔芊偷偷回眸凝睇，翘起小嘴空中飞吻。

"先去吃点东西，再换一下纱布。"

不等郝佑鸣回应，乔母已大力扯动女儿手腕拐上阶梯，走上二楼，乔母俯瞰郝佑鸣，说："我不知道那本子中写有什么，可以哄得我公公暂时放你一马，但你不必太得意，因为我作为芊芊的母亲，完全感受不到你的诚意。"

"我会让您感受到的，请两位女士先回房休息。"郝佑鸣摆了个绅士的pose。

迎着曙光，乔正天从书房中走出来，余光落在墙边，发现郝佑鸣倚墙而坐，头部深深埋在双膝间，扑克牌撒落在他的四周，他仿佛已累到极限仍在强撑。

乔正天无奈一叹，拐杖轻碰他的膝盖，"起来，陪我散散步。"

郝佑鸣迷迷糊糊地应了声，抬起头看清发出邀请的人，不由得粲然一笑。

清晨的花园，空气清爽且微凉，郝佑鸣脱下外套披在乔正天的肩头，而自己只穿一件染满血的衬衫。

"马屁精。"乔正天的口吻稍显执拗。

"能拍中才好。"郝佑鸣将凉爽的空气吸入心肺，"我知道您此刻的心情很复杂，准确地说，可能会感到一些内疚。"

"哼！我有什么可内疚的！"乔正天不予回应，望向湛蓝的天，朵朵白云缓慢浮游，好似正会聚出某位老友可恶的笑脸，"如果郝弘文还没死，我一定要狠狠揍他一顿。他怎么可以不把这些事告诉我……"他拧着眉，遥想过往，想到郝弘文的一言一行，想到他说过的那些绝情话，唯有一声长叹。

"是可恨，是自私，但是爱情真的是无法控制的东西，当我的祖父爱上我的祖母的时候，如果他还继续与您保持朋友关系，你会不会觉得他更自私更可恶？……"郝佑鸣耸下肩，"如果是我，我也会这样做，宁可遭人唾弃，也不做虚伪的烂好人。"

郝弘文在日记中写道：Amanda的从天而降，一定是上帝在我和小天之间开的大玩笑。小天是我最好的朋友，是我可以为他两肋插刀的好兄弟，但是因为我们爱上同一个女人，迫使我必须在爱情与友情之间做出选择。说实话，我曾无数次想过放弃爱情挽回友情，无奈，我实在骗不了自己，我爱Amanda，深深地爱上这个坚强可爱的女人。所以我只能向小天坦白了，坦白我是一个无耻之徒，一个唯利是图的小人，一个为了女人可以把朋友当垃圾看待的混蛋。

当我以傲慢的态度说完这番话，小天的反应在我意料之内，他说他这辈子都不想再见到我，他会憎恨我诅咒我，直到我死去。

隔年三月……

我人虽然在大西洋城，但是随时随刻关注着小天的企业。听说小天的企业再次面临资金运转问题。我决定，即使是倾家荡产也要帮他渡过难关。所以我抵押了酒店与十几处房产，向银行申请巨额贷款。这样做无疑是在拿郝家的祖业赌生死，不过我一点也不担心，因为我相信小天的能力，他是可以让企业起死回生的商业奇才。

拿到贷款当天，我马上联系另一个朋友，希望通过他的名义将资金转交到小天手上，经我再三重申，那位朋友承诺替我秘密，并且永远保守这个秘密。

我此刻的心情非常好，因为朋友的援手会给小天带来巨大的动力，而我，会在远方替他呐喊助威。

……

乔正天悠悠落座。虽然郝弘文在日记中没有指名道姓，但是他知道所指之人正是廖睿风。有一日，廖睿风主动找上他，问他资金运转问题。当时他正四处筹钱，所以在言谈间带出些许苦恼，听罢，廖睿风爽快地答应帮他，并且免息。

也就是从那天起，乔正天将廖睿风纳入挚友的行列，却从不知晓解救燃眉之急的，获取巨额资金的替代品不是他的信誉而是郝家的家业。

乔正天感到耳边嗡嗡作响，回忆在脑海中震荡。郝弘文在字里行间吐露着忏悔的情绪。他因为爱上了朋友的初恋情人，深感内疚与压抑，甚至，在重病期间拒绝治疗。

乔正天又是一声长叹……如果不是自己自作主张拟定《合作协议书》，又引发一系列后续，他想，他这辈子都不会知道郝弘文曾为他做过多少事。

"弘文天资聪颖，各方面成绩都非常优秀，我没有他聪明是不争的事实，他却总对我说，你是商业奇才。"乔正天扯了下嘴角，"或许正因为受到他的鼓励，我才会变得越来越自信。"

——这个记事本记载了郝弘文那些年默默支持乔正天的几项大事件。乔正天如今可以独霸地产界，郝弘文的功劳功不可没。

"Amanda她，应该不知道这些事吧？"乔正天问。"那就不太清楚了，祖父过世时我还没出生，本子是我从书房的暗格中找到的。"郝佑鸣顿了顿，"要说起来，那份《合作协议书》还是我从本子的夹层中找到的，当时我基本看不懂汉字，所以顺手交给了奶奶。"

乔正天应了声，不得不承认，他很了解郝弘文的个性，只要是他不想说的事，谁逼他都没用。乔正天拍了下大腿，一阵感慨，恨了半辈子的人居然会以救世主的姿态化解他心中的死结，说不气也气，可是气又能怎样？时过境迁，物是人非，那些恩恩怨怨或者肺腑之言也只能留到来世再说了。至于廖睿风，虽然受郝弘文所托才答应出手相助，但在他同时失去友情与爱情的那段日子里也曾给予安慰，即便算不上无话不说的知己，兄弟情谊也还是有的。

倏地，乔正天想起日记本中所提到的有关郝佑鸣记录的部分事件。他像看怪物一样瞪视郝佑鸣，"你小小年纪怎么会患上失眠症？莫非得了什么怪病？"

郝佑鸣眯眼相望，"天才总要有些异于常人的特点是不是？只要您同意把芊芊嫁给我，就等于救我一命。"

"强词夺理！切入主题的速度不要太快！"

"不快不行啊，我等得起，芊芊的肚子等不起。"

"你你你！你个浑小子说什么？！"乔正天捂住心口，怒目圆瞪。

郝佑鸣赶忙搀扶，又被乔正天甩出八丈远。乔正天沉了沉气，指向别墅，"唉！罢了罢了，你现在就去，把有关郝弘文的那部分内容裁剪下来交给我保管，然后拿着本子去见芊芊的母亲，毕竟芊芊是她的孩子，我即便能做主，也要照顾到儿媳妇的心情。"一扭头，见他还没挪窝，乔正天捶他肩膀一拳，"还愣着？！再晚一步，芊芊就是廖家的人了！"

郝佑鸣干脆地应了声，起身向书房跑去。

乔正天望向他的背影。如果没有看过那本日记，他这辈子都不会原谅郝弘文；如果不看日记，他永远不知道自己欠郝弘文多少人情债；不看日记，不会知道看似玩世不恭的郝佑鸣竟受过那许多磨难；更不会知道，郝佑鸣对乔芊的爱恋会是那般如痴如狂。也许这便是郝家男人的共同点，一旦动情，终身不悔。

郝佑鸣伫立在乔母的卧室门前已等待许久，但乔母不肯开门，更拒绝与他交谈。

"妈妈，您就听他说说嘛。他与那位林小姐真的没什么，我相信他。"乔芊昨晚直接被母亲带回卧室，本想与母亲稍微聊一下，但母亲根本不想听她唠叨，进门之后倒头便睡。

"芊芊你自己说，从小到大，只要在妈妈的能力范围之内，哪一回不是由着你任性胡闹？妈妈有多宠你你还不清楚吗？且不说情人不情人的，就说他郝佑鸣居然指责妈妈看不得你幸福？他人在乔家都敢顶撞我，如果把你嫁给他还得？！还有他的祖母，那张嘴也够厉害的，所以妈想得很清楚，即便你爷爷同意，妈也坚决不同意！"

乔芊急忙帮母亲顺顺气，"我骂他揍他帮您出气……他在外面站了快一个小时了，身上还有伤。"

"不见，要见也要等到你和廖尘领完结婚证。"

"我不会嫁给廖尘。"

"怎么，你也学会顶撞妈妈了？"

乔芊不愿与母亲争辩，但母亲的态度过分强硬，见母亲拿起话筒指挥保镖轰赶郝佑鸣，她不假思索地截断通话，"妈，其实您从来没给过郝佑鸣说话的机会，今天你只当迁就女儿最后一次，如果他真的无法令您回心转意，我二话不说嫁给廖尘还不行吗？"

她没得选择，必须相信他，此刻唯有期盼他真的是可以幻化出奇迹的大魔术师。

乔芊母见女儿泪眼婆娑，不免心软，经过一番激烈的思想斗争，命乔芊告诉他，一楼大厅见面。

乔芊迫不及待地打开门，看到他的疲惫与憔悴，看到他沁在眼中的柔光，她可以深刻地感觉到，他骨子里的高傲已被自家长辈磨得所剩无几。

情不自禁地拥在一起。

乔芊紧紧搂着他的脖子，说："我知道你很辛苦，也受了不少委屈，但是为了我，坚持下去好吗？"

郝佑鸣轻吻着她的额头，为了不引起乔母的反感，又不舍地松开双手，抚了下她的脸颊，故作轻松地说："出来混，迟早是要还的，还你当学徒时遭受的折磨。"

乔芊强忍难过的情绪，调侃回去："那我是不是应该说，哼哼郝佑鸣，原来你也有今天啊。"

郝佑鸣抓起她的小手咬上一口，又翻转她的手掌将《千手》放了上去，"帮我拿给你的母亲，我去客厅等消息。"

乔芊抱在怀里，刚欲转身，又被他唤住，"你不要看，一个字都别看，答应我。"

这里面究竟隐藏着怎样的玄机？很好奇。

"我答应你。"她踮起脚，蜻蜓点水掠过他的薄唇，"祝我们成功。"

房门在他面前再次合起，指尖摩挲着留在唇边的一缕余香……最最亲爱的宝贝儿，你应该拿出自信，如初次见到你的那样，手举黑桃Queen，趾高气昂地说，祝我们幸福。

知道为什么吗？因为在你没出现之前，我的世界里只有魔术；待你出现之后，我幡然醒悟，那些消磨在魔术上的时光，原来是在等你长大。

卧室里，乔芊没有遵守诺言，与母亲一同翻开《千手》复古的封皮。

首先发现其中少了几页，母女俩都没太在意这问题，尤其是母亲，不耐烦地翻动几页，决定从后面开始阅读。

最后日期截止在两个月前，也就是郝佑鸣从绑匪手中逃脱的那日。

——如果我猜错了结婚对象，那就抢。

乔芊满脸黑线，但笑容中透着甜蜜，乔母的表情则是截然相反。乔母烦躁地折回几十页前的内容，其实通本粗略一看，他的文字很少，少到根本不能称之为日记，说白了就是夹在各种设计图中的心情短句。

——家里来了新保姆，真可爱。（附赠一张Q版图，身着保姆装，手举马桶撅子。）

"这画中的人怎么这么像你？"乔母不悦地质问。

"噢……就是我，您先别发火，我想学点赌术应战未婚夫，所以假扮暑期工混进他家。"

堂堂乔氏继承人跑去给人洗厕所？乔母连生气的力气都没了。

——她叫乔芊，我喜欢这名字。

——她在魔术方面有天赋，更喜欢了。

——她是我一直在寻找的女人，我确定。

——她企图说服我参加不符合我形象的COS大赛，我嘴上说不同意，其实已经在准备了。（附加几张华丽的服装设计图。）

——奇怪，她似乎很讨厌我，怎样哄她开心才好呢？变魔术？变玫瑰花表达一下喜爱之情怎么样？

乔芊笑着红了脸，怪不得那家伙变来变去全是玫瑰。

——我有婚约在身，她也有，她命令我滚远点，别招惹她，可是忍不住啊。（ToT）

——她今天不仅骂我，还动手打我。（ToT）

——又是失眠夜，想她。（ToT）

——她一点不尊重师父，今晚还是不让睡。(╯'□')╯ ┻━┻

——吼哈哈！今天一起睡了。(∩_∩)

"什么？你们睡在一起了？！"乔母质问。

乔芊低头对手指，"不是您想的那样，单纯睡觉。不过妈妈，您不觉得他……很可爱吗？"

"可恨倒是有！"乔母怒哼，继续翻，发现郝佑鸣多次提到"失眠"两字。

找寻片刻，终于翻到一段很长的独白。

——今天是我16岁的生日，第一次在没有家人的地方过生日有点不习惯，没有生日蛋糕，没有礼物，只有飘洒的雪花，冷得上下牙在打架。

离开家，不是叛逆，而是想换一种生活方式。因为妈躺在病床上时曾问我，若有一天郝家衰败，你是否有能力重振旗鼓。那时的我还太小，所以直到妈过世仍无法回答，如今我长大了，到了寻找答案的年纪，希望妈在天国可以看到我的努力，然后可以骄傲地告诉其他天使，她的儿子是英雄。

PS：好饿，妈，先空投一个面包下来啊。(ToT)

乔母的心稍稍柔软下来，同为母亲，可以感受到从另一位母亲心中淌出的泪。所幸，这孩子带着固执的不成熟的英雄情结，大获全胜。

——自从只身闯世界以来，我的神经总是处于紧绷状态，因为这世界比我想象中的还要恐怖，尤其到了夜晚，总能听到枪声与械斗的厮杀声，充满罪恶的国度，导致我患上越来越严重的不睡症。

PS：我要学拳击练格斗，先保证不死再谈理想。

母女俩不约而同拧起眉，因为她们看到他记录居住地的位置，正是黑帮聚集之地。

接着翻阅，便提到乔芊，提到体香有助于睡眠的问题，居然有效地治愈了困扰他将近十年的病症。

乔芊恍然大悟，取而代之的又是一阵心疼。

"妈，秘制香料中有安神的成分吧？"

乔母缄默不语，猜想着一个不愿承认的问题——郝佑鸣可以踏实安睡，也许并非香料疗效，而是乔芊为他制造出温暖又放松的氛围。打个不算恰当的比方吧，乔芊身上散发着郝佑鸣可以解读的母性气息，小孩子只有躺在母亲的怀里才会获得十足的安全感。

乔母悠悠地看向女儿稚嫩可爱的脸庞，有没有搞错？

乔芊则心神不宁地回望母亲，然后趁机嘀嘀咕咕把林依娜与廖尘联手陷害郝佑鸣的事添油加醋表述一番，还有关于COS比赛、学魔术、参加新人大赛等事件都讲了，尽可能放大郝佑鸣的优点。

点头吧！同意吧！

第十八章
一旦动情，终身不悔

早上十点，乔母与乔正天关在书房中商讨对策。廖睿风、廖尘和郝佑鸣坐在客厅的沙发上等待结果。

"郝佑鸣，你也太难缠了吧？"廖睿风一大早欢欢喜喜过来接孙媳妇，可乔正天迟迟不现身，还让管家搪塞什么身体不适。

"您要的是拉斯维加斯的地皮，我要的是乔芊，哪里冲突了？"

不等廖睿风回应，廖尘说："那块地我廖家也可以不要，我们交换怎么样？"

廖睿风一怔，轻踢了下廖尘的鞋帮，暗示他别乱说赌气的话。

廖尘的态度则不予改善，怒视郝佑鸣。

郝佑鸣耸耸肩，吃蛋糕，看晨报。

这时，廖尘与郝佑鸣的手机同时响起来，虽然消息并非来源于同一处，但内容大致相同——由廖尘雇用的美名其曰保护林依娜的社会分子企图对其性侵，林依娜不堪受辱奋力反抗，逃脱途中出了车祸，正送往医院抢救，生死未卜。

当通话结束，二人的表情出现明显的变化。

咖啡杯从郝佑鸣手边飞出，正中廖尘的额头。廖睿风愤然起身，刚欲破口大骂，郝佑鸣已然揪起廖尘的衣领，又是一记重拳打向他的颧骨，"她是罪该万死，但还轮不到你来裁决！"

"我用错人，难道你就用对了？！最希望她死的人是你吧！"

"知道你为什么只配当输家吗？送你四个字，心胸狭窄！"郝佑鸣从不是被仇恨蒙蔽双眼的人，他记得林依娜的好，记得她这些年的奔波劳碌，虽然她最终选择背叛，但他还真做不到幸灾乐祸。

局势越演越烈，乔芊奔向客厅，一把搂住郝佑鸣向后推，钟玄德则挡在乔芊身旁，拦截廖尘对郝佑鸣所发出的反击。

"到底发生了什么事？你先消消气。"乔芊看到他暴出手臂的青筋。

"他会发疯源于林依娜。还敢说你们之间没什么？！"廖尘怒指。

"林依娜怎么了？"乔芊不明所以。

"车祸。"

乔芊心中一惊，转向郝佑鸣，"有生命危险吗？"

"在抢救，不知道。"郝佑鸣的情绪平复下来，"芊芊，我会生气不是因为……"

"不用解释，我明白。"乔芊非常讨厌林依娜，但林依娜对郝佑鸣又是真的好。其实换位思考一下，对于她种种恶行的最高惩罚难道不是求而不得？

"我陪你去医院看看她？"

郝佑鸣缓慢摇头，"我对她已经没什么可说的了。"

与此同时，书房里——

乔正天和乔母正盘算着如何向廖睿风交代，管家忽然急急来报，郝夫人的车已驶入别墅正门。

客厅中，Amanda在两名医护人员的搀扶下缓缓走来。

"奶奶？您怎么从医院跑出来了？"

Amanda大病未愈，气色欠佳，但笑容仍旧明媚，紧紧握住郝佑鸣的手，说："奶奶一想到你在孤军奋战就再也躺不住了，所以奶奶来了，看谁敢欺负我的宝贝孙子！"说话同时，她斜睨向姗姗来迟的乔正天，"老家伙！瞧你把我孙子打的，出手够狠的啊！"

"你先问问他打伤我这边多少人再来兴师问罪！"乔正天嘴上不依不饶，但看到Amanda有力气骂人应该算喜事一桩。

"闲言少叙，说正事吧。"Amanda双掌一击，只见程露锦像个罪人似的走进来。

她首先向各位长辈鞠躬，然后把林依娜诬蔑郝佑鸣的过程一五一十汇报："事情就是这样，林依娜以为与我在花园交谈便没有证人，但是她有所不知，花园中装有最先进的监控系统，即便只能录下图像录不到声音，但口型对得上。这女人太坏啦，居然利用我对她的信任栽赃鸣鸣！还气得婆婆大人住院！哼。"

听罢，乔母把最后那一点顾虑彻底放下，不由得笑着看向公公。

然而，未等乔正天主持公道，廖睿风站出一步，说："即便是误会一场又怎样？郝佑鸣在你入院期间已撕毁了协议书。"

厅内一片寂静。Amanda冷冷一笑，从医护人员手捧的文件夹中取出一份贴满透明胶带的纸张，唰地展现在众人面前，"不好意思啊，协议书中可没声明破损作废一事。我粘得还不错吧？"

"……"郝佑鸣扶额，显然奶奶在生命垂危之际仍没忘记外围赌局的事。

"……"乔芊险些笑出声，姜还是老的辣哇。

"……"乔正天暗自无奈一笑，当局面相持不下时，必须有人站出来无理搅三分，显然Amanda最适合担当这角色，来得好，来得妙！于是，他不失时机道："如果不是看你有病在身，我真想把你轰出去！罢了，自当给你丈夫面子吧！儿媳，联系电视台，准备直播。你们三个年轻人快去收拾一下，一局定输赢。"

话音落定，乔正天疾步返回书房，明摆着告诉众人，谁也别找他谈了，公平竞争，胜者为王。

乔正天突然改口，反而弄得Amanda一愣，她喜出望外地催促道："快快，趁着老家伙吃错药了，赶紧带佑鸣去换衣服弄头发。儿媳妇，速度！"

"是的婆婆大人！"程露锦拽起郝佑鸣跑出别墅，郝佑鸣回眸看向乔芊，N个飞吻，"等我，宝贝，爱你。"

"MUA……"乔芊捂脸奔上楼。

瞬间，客厅里只剩下廖家祖孙。究竟是怎么回事？一夜之间他们成了多余的人？廖尘扯了扯领带，"爷爷，我还是退出算了。"

"别胡闹！胜负未定，你至少还有百分之五十的机会，你看他郝佑鸣遭受无数阻碍还不是熬过来了，你又凭什么认输？"

"不管他承受多少压力，始终有一个人站在他身边，那个人就是乔芊。"

廖睿风嗤之以鼻，"男人追求的应该是名与利，乔芊爱不爱你根本不重要。何况不就是个女人吗？等拿下那块地，你喜欢找什么样的都可以。行了，爷爷不想听情情爱爱的事，最后一搏，听天由命！"

廖尘默默地应了声，其实他想问爷爷一个问题——有没有发现郝佑鸣是天生的战士，在逆境中越挫越勇，最终以一人之力战胜熊罴之师。

从心理上，他在很久之前已败下阵来。

当晚八点，直播开始。

金碧辉煌的演播大厅中，三家第三代继承人身着华丽的礼服，在主持人的介绍中逐一入场，走上阶梯，坐到位于舞台正中央的赌桌前。

俊男靓女，跨国富豪，二男争一女，再加之庞大的外围赌局等话题，使得他们必然成为今晚万众瞩目的焦点。

规则照旧，每人拥有一千万的筹码，每一局底金各为五十万，最先输光筹码者出局。竞技项目为：梭哈。

梭哈是全世界各大赌局与扑克王大赛中必不可少的纸牌类游戏。

梭哈使用52张扑克牌进行游戏（不要大小王）。参与者最多可以拥有五张牌。第一步，从发牌员手中获得两张牌，看过牌之后选择一张明牌，另一张暗牌。第二步：牌面最大者获得最先发言权，同时加注或放弃。若加注，其他玩家可以选择跟注或追加注金，若放弃便失去底金。

牌型比较：同花顺>四条>富尔豪斯（三条加一对）>同花>顺子>三条>二对>单对>散牌

数字比较：A>K>Q>J>10>9>8>7>6>5>4>3>2

花式比较：黑>红>梅>方

应乔正天的要求，此次直播不收录三人的声音，请场外播报员全程介绍即可。因为，几位长辈知晓两位年轻男士之间的战争一触即发。

"你当初跑去找我学魔术，就为了在今天这场赌局上出老千？"郝佑鸣严重怀疑她的智商。

乔芊白了他一眼，又瞄向面无表情的廖尘，随后等待荷官发牌。

第一轮，每人得到两张牌，乔芊牌面最大，最先获得加注或弃牌权。

她加注一百万筹码；

廖尘跟注一百万；

郝佑鸣showhand。（注：全下。）

见状，台下媒体一片哗然。

"第一把就showhand？"廖尘说。

"你可以不跟。"郝佑鸣漫不经心地回。

若想继续玩也得showhand，乔芊的暗牌是张5而已，她边扣牌边嘟囔道："抢锅底的坏蛋。"

廖尘见他来势汹汹，也扣牌放弃。

郝佑鸣胜。

第二轮开始。

这次郝佑鸣牌面最大，再次showhand。

"有必要玩这么大吗？！"坐在VIP间观摩赌局的乔正天有些担心。

"我看多半是虚张声势。"廖睿风不屑一哼。

"有本事也让你孙子嚣张一个啊！我家佑鸣可是逢赌必赢的'Ace小王子'！"Amanda躺在沙发上边输液边抬杠。

乔正天哭笑不得，瞧给她喝瑟的。

赌桌这边，乔芊与廖尘在经过一番斟酌之后，再次弃牌。按照目前的趋势来看，郝佑鸣单凭showhand抢锅底已然不难胜出。

第三轮，廖尘忽然命发牌员暂停洗牌，随后，在发牌员发牌前先showhand！

他无谓地笑了笑，对郝佑鸣说："只要洗一次牌你便可以记住所有牌，所以这样玩下去还有公平可言吗？梭哈拼的是运气和心理素质，不如我们蒙起双眼，然后再请发牌员洗牌并发齐五张，看看上天更眷顾谁？"

"我目前胜券在握，何必多此一举？"郝佑鸣挑起眉。

廖尘微前倾，"你不敢，因为你知道自己的运气很差。幼年丧母，少年丧父，学魔术还得不到家人的支持，成功之后又遇人不淑，终于找到喜欢的人，却偏偏要受到我这当徒弟的阻碍，虽然你最终以肉体关系占到先机，但是真的光彩吗？亲情、友情、师徒情以及爱情，我应该嘲笑你做人失败，还是应该同情你？"

乔芊压低嗓门说："你说这种话太过分了，廖尘，难道你当初在我面前所表现出来的风度全是假象？"

"当初我们不过是陌生人，当林依娜刁难你的时候是谁帮你出头？当你发牢骚时又是谁在倾听？你遇到危险时，如果我考虑到自己就不会躺进医院。如果不是因为喜欢你，我才懒得争！今天更不会坐在这里遭他戏耍。现在觉得我虚伪了？在整件事里，最没资格指责我的人就是你。你究竟站在哪种立场上质问我？"

乔芊被问得哑口无言，郝佑鸣则扬声一笑，他边接过工作人员送上来的黑色蒙眼布，一边说："闭上你的嘴吧，如果真喜欢一个人根本不会在意付出多少，你看你那斤斤计较的样子多难看。"

他指向廖尘，"很好，你至少算准我的弱点是芊芊，于是如你所愿成功地激怒了我，我就与你赌运气！"

话音未落，哗啦一声，千万筹码涌入赌池！

三位长者虽然听不到直播间的交谈声，但是惊见廖尘与郝佑鸣面前的筹码赫然相冲，不约而同站起身。

直播大厅里，乔芊一直担心郝佑鸣掉进廖尘的语言陷阱，不料还是发生了。更糟糕的是，筹码一旦推入赌池，便没有反悔之说。

廖尘双手搭在桌边，勾起唇角，扬起一指示意开始。

为保证赌局的公平性，工作人员已检查过二人的蒙眼布，一副新牌送上赌桌，在所有人的监督下拆开封盒，进行洗牌并派给。

每人得到两张暗牌，因为遮住视线看不到牌面内容，所以两人随意地翻开一张亮出来。

廖尘明牌：黑桃K，底牌未知。

郝佑鸣明牌：红桃6，底牌未知。

牌面比对：廖尘大。

既然双方showhand，便不存在加注的环节，因此按照牌面大小的顺序直接发送第三张明牌。

廖尘牌面：黑桃K，红桃K，底牌未知。

郝佑鸣牌面：红桃6，梅花4，底牌未知。

牌面比对：廖尘一对K，大。

牌面悬殊如此之大，此刻不只乔芊提心吊胆、汗流浃背，几家长辈以及坐在家中收看直播的观众们的心也提到嗓子眼儿。

派第四张牌——

廖尘牌面：黑桃K，红桃K，红桃J，底牌未知。

郝佑鸣牌面：红桃6，梅花4，黑桃2，底牌未知。

牌面比对：郝佑鸣一手散牌，仍是廖尘大。

"我似乎有一对？"廖尘听到媒体方向传来的窃窃私语。

"是吗？没准儿你还能凑出三条呢。"郝佑鸣摊手示意继续。

乔芊的额头渗出细密的汗珠，牌面形式对郝佑鸣极为不利，说句丧气话，赢的希望非常渺茫。

最后一张牌派出——

当发牌员将牌发到廖尘面前时，全场一阵沸腾。

因为他的牌面状况是：红桃K，黑桃K，梅花K，红桃J。

换言之，即便侥幸让郝佑鸣抓到两对还是个输。

当发牌员准备发牌给郝佑鸣之际，倏地，乔芊站起身，"这把不算，发牌员在发牌前忘记问我是否参与此局，属于犯规操作。"

廖尘嗤地笑了，"如此说来我倒想起一件事，撕毁又黏合的协议书在法律上是否仍具备效力呢？"

郝佑鸣伸出手臂，乔芊立刻递上手与他相握，不安地说："你的牌面……"

郝佑鸣托起她的手轻吻了下，敲了下桌面要牌。

没想到的是，更戏剧的一幕发生了——郝佑鸣得到一张红桃3！

牌面显示为：红桃6，梅花4，红桃3，黑桃2，暗牌未知。

与此同时，VIP室里。

廖睿风抑制不住地大笑起来，"廖尘牌面三条，除非郝佑鸣的底牌是5，否则必输无疑。我家廖尘的运气真是好啊！"

乔正天蹙眉不语，接触过梭哈的人都知道，三条在赌局中已然称得上稳胜不输的大牌。出现顺子的几率微乎其微。

Amanda已然没勇气站前观看，唯有双手合十默默祈祷。

台下躁动片刻，主持人请二位男士取下蒙眼布自行翻看底牌，悬念即将揭晓——

廖尘率先摘掉蒙布，毫不犹豫地翻开底牌，底牌虽然只是一张没什么用的"7"，但三条显然够用了。他扫视如此漂亮的牌面，笑着说："看来幸运之神很眷顾我。"

郝佑鸣解下黑色布带，捋了捋头发，看向"惨不忍睹"的牌面，不由得倒抽一口气。

乔芊感觉自己的手心都能攥出水来，见郝佑鸣欲翻看底牌，不假思索地压住他的手背，笃定地说："无论输赢，我们都要在一起。我爱你。"

原来爱情的代名词叫痴狂，正因为痴心不悔，以至于达到丧心病狂的地步。如果有人硬要拆散他们，她会不顾一切地捍卫爱情，去他的理智，去他的素养！纵使明天是世界末日，也要死在一起。

如果问她究竟几时爱他如此之深，其实她也说不清，或许正如郝佑鸣这个人给她的感觉，又讨厌又可爱，一边嫌弃着，一边在心里扎下根。

郝佑鸣严肃地抿了下嘴唇，全神贯注地望向她，表现出难得一见的深沉，"当初我以为我们之间没有交会点，因此我会更加珍惜相处的每一天，把每天当作分别的前一日来看待，时常告诫自己：祖母是我在这世上唯一的亲人，如果再不尽孝道，枉为郝家子孙。即便心有不甘，也要完成必须承担的使命。而我爱的人，同样会顺应安排嫁给他人。所以，对她好是自己的事，千万别期待她的回应，否则我一定会坐实逆子的名号。"

所以在大多数的情况下，他会用轻佻的言语掩饰最深的情感。怕她与自己一样，又妄想心有灵犀。

乔芊不想在直播现场失控，但有些情绪已按捺不住，然而，刚欲与他紧紧相拥，廖尘冰冷的提醒令温馨的氛围瞬间冰冻。

"别再拖延时间了可以吗？"他象征性地礼貌摊手。

郝佑鸣悠悠地仰上椅背，捏起底牌边角，唇边勾起一抹淡淡的弧度。

"首先告诉你一个好消息，林依娜已经脱离生命危险，我在进场前收到她发来的短信，她急于告诉我，她已然意识到自身的错误，希望立即出面澄清并承担一切后果。然后我要告诉你的是，虽然我幼年丧母，但无论走到哪里，仍旧可以吃到母亲烘烤的'My Cookie'，我很满足。你懂吗？……我想你不懂。我从母亲身上学到坚强与乐观；继承了我父亲的固执；从祖父的日记里领悟到慷慨的真正含义；我的祖母，此时此刻挂着吊瓶仍执意陪伴我；而我爱的女人，终于在我的死缠烂打当中，冲破教条的束缚与我同舟共济。我喜欢玩魔术，便可以把它做到极致，得到所有人的认可。所以……我的胜利从来不是靠运气！"

伴随铿锵有力的尾音，底牌在翻转中惊艳亮相，它就是——方块5！

纵观牌桌，红桃6、梅花4、红桃3、黑桃2以及方块5。

23456，顺子，完胜！

会场空气凝结一秒，刹那之间，掌声如雷，人声鼎沸！

"天啊！感谢上帝！感谢老头子在天之灵保佑我们佑鸣！"Amanda激动得热泪盈眶，竟然忘乎所以到与死对头乔正天相拥欢呼。

乔正天也高兴，发自内心的高兴，虽然郝弘文无情地夺走他最心爱的女人，但是静下心来细细一想，郝弘文所受到的煎熬或许并不亚于自己。不过在这场摧毁友情的三角恋里，必定有一人幸福，那个人便是集万千宠爱于一身的Amanda。

他的心中五味杂陈，又满意地笑了。但愿郝佑鸣也能拥有如他祖父那般强烈的情感，把他家的芊芊宠上天！

一旁的廖睿风满心遗憾，但是不保持风度还能怎样？道喜吧。

赌桌这边，乔芊早已哭成小花猫，郝佑鸣把她搂在怀里，遮挡拥向舞台的记者。

廖尘移步面前，优雅地伸出一只手，"这一仗输得心服口服，祝福你们。"

当郝佑鸣翻开底牌的那一刻，仿佛百种情绪瞬间化作惊叹，就像他曾在乔芊面前夸奖郝佑鸣优秀那样，就像也曾恨他恨到咬牙切齿那样，每一种情绪在当下都是最真实的。

郝佑鸣腾出一手与之相握，什么都没说，只是从容一笑。

经过一番波折，他们清楚不可能再成为朋友，但是否一定会成为敌人也不好推断，时刻保持未雨绸缪的状态最重要。

"乔芊，你还愿意给我一个离别的拥抱吗？"廖尘尴尬地展开双臂。

这一秒，廖尘仿佛回到她最初认识的模样，不过遗憾的是，她已从不懂爱的少女变成只爱郝佑鸣的女人，她所理解的爱情的全貌只有五个字：只属于彼此。

"一路顺风。"她伫立原地纹丝未动。

廖尘看向他们那双从未松开的手，垂下手臂插入裤兜，继而消失在人海之中。

簇拥当中，此次赌局的发牌员已快被记者挤出舞台，她在转身之际偷偷一笑——噢耶！顺利拿下大西洋城赌场经理的优渥职位！而她的新老板，正是出手阔绰又酷帅的郝佑鸣。

郝佑鸣不是说了吗，赌桌上的胜利绝对与运气无关。他自小在赌场长大，岂能相信运气那种骗人的鬼东西，起初一直showhand就是要逼得廖尘提出蒙眼豪赌速战速决。一旦廖尘投入全部筹码便没了退路，紧接着，发牌员便会按照预设的计划分配出这样两副牌。

一名优秀的发牌员可以在洗牌的过程中，整理出任何一组他欲获得的牌型，因此没有人可以在赌场里一直赢钱。见好就收方为上策。

并且，廖尘怎么可以忘记他的另一个身份——掌控全场的大魔术师啊。

"抱歉，请问一下赌局何时继续？"主持人不得不见缝插针，因为按流程来看，还未决出乔氏地产新工程的冠名权。

郝佑鸣挡住摄像机，替乔芊擦净哭乱的眼线，回应主持人："不必赌了，我认输。"

"您确定？"

"确定。"

"不需要再考虑一下吗？"主持人的意思是，让台里多抢点收视率吧亲！

郝佑鸣当然明白他的小心思，可是他家大宝贝又哭又笑，应该返回后台好好休息，于是他似笑非笑地对主持人说："其实我也可以表演魔术，比如让主持人凭空消失之类的。"

　　"本次赌局最终获胜方为乔氏集团，由此预示着在不久的将来，乔氏将与郝氏联手，在拉斯维加斯那片富有魔力的土地上落成本世纪最奢华最完善的赌城度假村，它就是未来的'梦幻帝国'！期待两家跨国集团共创辉煌，同时祝福这对壁人情深意笃、白头偕老！感谢观众朋友们的收看！"

　　主持人刚要开溜，乔芊一把抓住他手中的麦克风，敲了敲话筒，万分激动地说："谢谢大家，辛苦了，明天我会包下望香楼，都去都去，别客气。"

　　原本她想邀请在场人员胡吃海喝，却不知道直播还没结束，这种白吃白喝的好消息一经发出，全城沸腾了，乔正天晕菜了。

　　Amanda扶住乔正天摇摇欲坠的身躯，捧腹大笑，"瞧你那抠样儿，我开设的外围赌局赚疯了，我给孙媳妇买单！"

　　她笑得眼泪横流。弘文啊，这辈子能拥有你的爱是我最大的幸运，我没有什么可回报你的，只能拼上老命帮你圆梦，如今，乔家与郝家终于拧成一股解不开的绳，共结连理，荣辱与共。

　　在天堂的你，一定笑得很开心吧？

　　乔母倚在一旁落下欣慰的泪，她不关心赌局，只在意女儿的态度。看到郝佑鸣的表现牵动着女儿的每一个表情，看到盛开在女儿眼中满满的幸福，看到郝佑鸣对女儿全方位的保护，看到的除了喜悦就是感动。所以她这当妈的纵使再有一百个不放心也得放手了。

　　舞台这边，众人退场，霓虹消散，只有一道微弱的光线笼罩在他们的四周，静谧得可以听到彼此的呼吸声。

　　郝佑鸣向后退开一步，缓缓地，半跪在地，一道绚丽的光掠过乔芊的眼眸，那光是钻戒所释放的美丽，璀璨的光芒映衬在郝佑鸣迷人的笑脸上，风度翩翩，优雅得像一位王子。

　　"芊芊，嫁给我好吗？"

　　乔芊故作矜持地扭捏着，突然灵光一现，严肃地问："你曾对我说，希望我成为公认的大魔术师，如此一来，三年后可以与你一同参加国际魔术联盟大赛。我忽然想到一个魔术，而且是你肯定无法超越的魔术，你先说信不信？"

　　"我如果说不信，你会不会不肯嫁给我？"

　　"不会。"

　　"不信。"

　　"……"乔芊抽回左手背到身后，"那就等你相信了再来娶我好了！"

"别！我信。"郝佑鸣的神态无比纠结。

乔芊咯咯一乐，伸出手递给他。

戒环在银光的流转间滑到无名指的底端，骤然泛起潋滟的波光。这光源在彼此心间无限延伸，耀眼明媚，情意缠绵。

唇与唇正交织着甜蜜，郝佑鸣却突然一本正经地问："我无法超越的魔术在这世上真的存在吗？"

乔芊搂住他的脖子，含而不露地一笑，"嗯哼，精彩的魔术当然需要花费大把时间来筹备，不出意外的话，一年以后表演给你看。"

"……"郝佑鸣认真地思考起来，是什么？究竟是什么？

乔芊见他完全陷入了魔术的误区，笑得更诡异，聪明一世糊涂一时了吧，笨蛋，当然是从她肚子里蹦出来的小baby啊！

任他再厉害也变不出来，所以她才是不可超越的大魔术师！不过，咳咳，需要某人多多配合，才能顺利完成表演任务。

"你在傻笑什么？样子很呆。"

呸，这叫娇羞。

【全文完】